DE KLEUREN VAN DE BERG

DA CHEN

DE KLEUREN VAN DE BERG

the house of books

Oorspronkelijke titel
Colors of the mountain
Uitgave
Anchor Books, a division of Random House, Inc., New York

Vertaling
Ineke van Bronswijk
Omslagontwerp
Marry van Baar
Omslagdia
Marc Riboud/Magnum Photos
Foto auteur
Jeffrey Henson Scales

ISBN 90 443 0578 6
D/2002/8899/174
NUR 302

Aan opa, voor je glimlachende ogen;
aan oma, voor de gulheid waarmee je me voerde.
Aan mijn moeder: je bent alles wat mooi is;
en aan mijn vader: je bent eeuwig.

Op de houten deur van ons oude familiehuis had mijn grootvader met krachtige penseelstreken een nostalgisch couplet geschilderd:

De kleuren van de berg zullen nooit wijken van onze deur
De geluiden van de rivier zullen eeuwig ruisen in onze oren

De berg Ch'ing met zijn steeds veranderende kleuren heeft mijn grootvader een heel leven lang hoop gegeven, en de rivier de Dong Jing, met haar fluistering, haar gebulder of, soms, alleen haar stilte, is altijd zijn bron van inspiratie geweest.

Dankwoord

Ik wil graag de volgende mensen bedanken omdat ze er voor me waren in de periode dat ik mijn memoires op schrift stelde:

Mijn beeldschone en briljante vrouw, Sunni, die me heeft aangemoedigd om dit boek te schrijven, me heeft geleerd hoe ik het moest schrijven, en het onvermoeibaar als eerste heeft geredigeerd. Dit boek is van ons samen, ons derde kind!

Victoria, onze dochter, omdat ik met je mee mocht groeien.

Michael, onze zoon, voor je glimlachende ogen, net als die van je overgrootvader.

Mijn literair agent, Elaine Koster: je bent een droom, een superagent en een dierbare vriendin. Je bent onbetaalbaar. Ik wil je bedanken omdat je hartstochtelijk van dit boek hebt gehouden en het allemaal mogelijk hebt gemaakt.

Bill Koster, Elaines wederhelft, omdat je er net zo over dacht als zij.

William en Alice Liu omdat ze van me hielden alsof ik hun eigen zoon was. Zonder de halve dagen vrij gedurende al die tumultueuze maanden zou dit boek nooit geschreven zijn.

Mijn lieve zus Ke Ke, voor je blinde vertrouwen. Ik verheug me erop om jouw verhaal in boekvorm te zien.

Mijn broer Jin en mijn zussen Si en Huang omdat jullie zoveel van jullie kleine broertje houden. Ik hou van jullie allemaal, onnoemelijk veel.

Cindy, mijn nicht, voor de wilde bloemen die roken naar een zomerdag.

Al mijn vrienden die in dit boek worden genoemd, waar jullie ook zijn. Dit boek spreekt voor zich. Ik mis jullie.

Tom, Joe, Doris, Jeff, Diane, Sharon, Karen, Ken Holland en de andere leden van de Hudson Valley Writers' Association. Jullie hebben niet alleen de bal aan het rollen gebracht, jullie geloofden bovendien in me. Bedankt daarvoor.

Jean-Isabel McNutt van Random House; je bent een dichter in hart en nieren, en ik ben diep onder de indruk van je vakbekwaamheid.

En de andere leden van het team van Random House, die zich met liefde en enthousiasme voor dit boek hebben ingezet.

Mijn Amerikaanse redacteur en uitgever, Ann Godoff, hoofdredacteur, uitgever en president-directeur van de Random House Trade Group: er gaat geen dag voorbij zonder dat ik God voor je bedank. Je bent een uitzonderlijk goede redacteur en een idealist, zo iemand die je maar zelden ontmoet. Jij hebt mijn droom waargemaakt!

1

Ik ben in 1962 in Zuid-China geboren, in het stadje Gele Steen. Dat jaar werd het Jaar van de Grote Hongersnood genoemd. Voorzitter Mao had een andere politieke koers gekozen dan de sovjets, die nu eisten dat hun leningen terugbetaald zouden worden; anders zou er bloed vloeien, veel bloed.

Mao raakte in paniek. Hij bepaalde dat alle burgers minder moesten eten en hongerige helden moesten worden, zodat hij de leningen kon terugbetalen. De bijgelovige inwoners van Gele Steen zagen de geesten van alle mensen die in dat jaar van de honger waren gestorven nog steeds rondwaren en huilen om eten op de vooravond van het lentefestival waarbij de graven worden geveegd.

In datzelfde jaar sloeg er een meedogenloze droogte toe, waardoor de velden in heel China barstten als was. Voor het eerst zagen de mensen in Gele Steen de bodem van de Dong Jing-rivier. Rijstplanten vergeelden en verdorden jong.

Mijn vader wilde mij 'Han' noemen, het woord voor 'droogte,' maar dat zou net zoiets zijn als een jongen in Hiroshima 'Atoombom' noemen. Bovendien geloven Chinezen dat hun naam hun lot bepaalt, dus zou ik waarschijnlijk mijn hele leven lang greppels hebben gegraven in een of andere woestenij, op zoek naar water. Daarom noemde mijn vader me 'Da', dat 'voorspoed' betekent.

Het ongunstige jaar van mijn geboorte veroorzaakte een permanente zwakke plek in mijn karakter: ik had altijd honger. Ik snakte naar eten. Ik kon er eindeloos over praten, over denken en van dromen. Als baby werd ik gevoerd met een grote lepel voor volwassenen. Ik sperde mijn mond altijd wijd open terwijl mijn ouders pap naar binnen lepelden. Mijn grootmoeder zei dat ze nooit een kind had gekend dat zich zo makkelijk liet voeren.

We woonden in een oud huis aan de enige straat van Gele Steen. Onze achtertuin kwam uit op de heldere rivier de Dong Jing, die zigzagde als een draak op het land. De weelderig begroeide, merkwaardige gevormde berg de Ch'ing doemde op achter de oneindige rijstvelden als een stokoude reus met een puntige hoed, ronde schouders en het gebogen hoofd van iemand die in slaap is gesukkeld.

Mijn broer, mijn zussen en ik speelden zelden op straat, want mijn moeder zei dat er overal slechte mensen waren die ons kwaad wilden doen. Als ik buiten kwam om eten te kopen bij de kruidenier van de commune, een paar straten verderop, liep ik altijd in het midden, veilig geflankeerd door mijn drie zusjes, en we liepen altijd zo snel mogelijk. Jongens uit de buurt gooiden soms stenen naar ons, ze trokken lelijke gezichten en scholden ons uit. Ik vroeg me altijd af waarom ze dat deden. Niet voor de lol, dat was duidelijk. Vaak moesten we rennen en opzij springen en de deur van ons huis zo snel mogelijk achter ons dichttrekken, en dan huilden mijn zusjes.

Op een dag probeerde ik door onze zijdeur naar buiten te glippen om met de kinderen op straat te gaan spelen, maar Si pakte mijn arm beet en trok me weer naar binnen, ook al gilde en schopte ik. Ze gaf me er flink van langs omdat ik me niet aan het uitgaansverbod had gehouden. Toen ik mijn moeder vroeg waarom we ons altijd in ons donkere huis moesten verbergen, vertelde ze dat we landheren waren, en dat de mensen op straat arme boeren waren die ons land en onze huizen en voorraadschuren hadden afgepakt. Ze maakten ons het leven zuur omdat de leiders slecht waren. We werden oneerlijk behandeld, voor ons was er geen rechtvaardigheid. We moesten teruggetrokken leven, geen problemen veroorzaken en wachten op betere tijden.

Wanneer komen er betere tijden, vroeg ik vaak. Op een dag, als je groot bent, antwoordde zij dan. Dat duurt nog heel lang, zei ik. Dan knikte mijn moeder en bestudeerde ze mijn gezicht met haar lieve ogen alsof ze zelf het antwoord zocht. Ze nam me in haar armen en neuriede het simpele melodietje van haar lievelingsliedje, over een jongen die wordt aangespoord om meer te eten en sneller groot te worden zodat hij zijn vader kan helpen bij het ploegen van het land en het oogsten van het graan.

Omdat ik aan huis gekluisterd was, ging ik vaak stilletjes naar de rokerige kamer van mijn grootvader om kalligrafie met hem te oefenen. Soms, als mijn zusjes op school zaten en mijn moeder het te druk had om me in de gaten te houden, glipte ik naar buiten om met de jongens op straat te worstelen. Dat vond ik erg leuk, en als ik dan onder het stof terugkwam, vertelde ik mijn moeder dat ik was gevallen en moest ik van haar schone kleren aantrekken.

Op een dag toen ik een jaar of zes was, stond ik op de stoep te kijken naar een parade van de Rode Garde, mannen met geweren en rode vlaggen die leuzen riepen, toen een buurjongen van ons me zonder aanwijsbare reden een klap in mijn gezicht gaf en me schopte toen ik viel. Ik krabbelde overeind en ging mijn glimlachende aanvaller als een stier te lijf. Toen hij viel, ging ik schrijlings op hem zitten en ik sloeg hem hard in zijn gezicht en hals. Binnen een halfuur stormde de communistische partijsecretaris, een mager mannetje, samen met de moeder van de jongen ons huis binnen. Hij ging tekeer tegen mijn moeder, en eiste dat hij mijn vader te spreken zou krijgen, maar die zat in een werkkamp. Ik verborg me achter een grote stoel.

'Wat heeft u uw kinderen geleerd, om tegen de wereld te vechten? Om tegen het communisme te vechten?' Hij schudde zijn vuist naar mijn tengere kleine moeder. 'Ik zou u ook naar een werkkamp kunnen sturen als een van uw kinderen dit nog een keer doet. Is dat duidelijk?'

Mijn moeder huilde en was veel te nerveus om hem meteen antwoord te geven, en de secretaris vatte dit als een belediging op. Hij gaf haar een klap in haar gezicht, zo hard dat ze wankelde en viel. Ik wilde achter de stoel vandaan komen en hem stompen met mijn vuisten, maar angst weerhield me. Ik kon mijn familie niet nog meer problemen bezorgen. Nadat hij een donkere klodder op onze vlekkeloze vloer had gespuugd, stoof de man weer naar buiten. Mijn moeder zat nog steeds huilend op de grond. De rest van de dag hield ze een natte handdoek tegen haar gezicht gedrukt, maar de vernederende afdruk van de hand bleef zichtbaar. Ze was heel stil. Ze hoefde me niets meer over de wreedheid van de buitenwereld te leren.

Mijn grootvader, die een beetje aan de drank was – om zijn botten te kalmeren, zoals hij zelf zei – zag geen toekomst voor ons. Op school zaten mijn zusjes achter in het lokaal, hoewel ze gezien hun lengte in het midden hoorden te zitten. Ze mochten niet zingen in het koor. Ze mochten niet meedoen aan de toneelstukken. De andere kinderen konden hen slaan en op hen spugen, zonder dat de leraren er iets van zeiden. Mijn grootvader wilde zo snel mogelijk sterven, in de hoop dat wij dan beter behandeld zouden worden. Mijn vader vond dat onzin. Het ging toch prima met ons?

Maar het ging niet prima. We waren van al onze bezittingen beroofd. Mijn vader, die lesgaf, werd ontslagen, zodat een familie van negen personen geen inkomen meer had. We waren geheel afhankelijk van een klein voedselrantsoen dat elk jaar wisselde, al naargelang de oogst. Een periode van droogte kon het rantsoen voor een halfjaar vernietigen en in een nat seizoen stond de rijst te rotten op de velden. Soms hadden we maandenlang niets anders te eten dan boomschors en de wortels van wilde planten. Zelfs als de oogst goed was, hadden we voor niet meer dan acht of negen maanden per jaar te eten. De overgebleven maanden noemden we: 'het seizoen dat het groene en het gele niet bij elkaar komen'. In die maanden moest mijn vader smeken om uitstel voor het terugbetalen van oude leningen, en probeerde hij extra geld te lenen om schulden af te lossen, zodat ons meubilair niet weggehaald zou worden. Hij had de houten deuren en deurkozijnen in ons huis al verkocht om eten van te kopen. Elke deur werd vervangen door een provisorisch schot van rottend hout. Toch ging er geen dag voorbij zonder dat mijn moeder ons leerde dat we ondanks alle ontberingen onze waardigheid moesten behouden. Ze wees ons aan welke stukken land en welke pakhuizen vroeger van ons waren geweest, en dan waren we in stilte trots.

In de lange maanden dat er geen eten was, aten we alles wat er op tafel kwam. Het is een keer voorgekomen dat we vier maanden achter elkaar drie keer per dag beschimmelde yams aten. Mijn broer Jin vatte het heel goed samen met de woorden: 'Ik kan geen yams meer zien, maar ik ben als de dood dat ze opraken.' We leerden van weinig te leven en tevreden te zijn met wat we hadden. Als we met zijn allen aan tafel zaten, wekten de waterige yams soms zelfs onze lachlust. Maar meestal zat mijn vader in een werkkamp, of mijn grootvader was weer eens opgesloten in de gevangenis van de commune in afwachting van de zoveelste openbare vernedering, een genadeloos pak slaag tijdens bijeenkomsten op het marktplein.

Mijn moeder leerde ons dat we Boeddha om bescherming en

hulp moesten vragen. Dat was makkelijker dan zindelijk worden. Het enige wat je ervoor hoefde te doen, was jezelf grondig wassen, je knopen dichtmaken, op je knieën gaan liggen voor het geheime altaar van de dikke, glimlachende Boeddha en met je hoofd tegen de grond tikken. Je kunt alles vragen wat je maar wilt, zei mijn moeder tegen ons, en de Boeddha zal er gehoor aan geven.

Ik volgde haar elke dag naar het altaar, dat verborgen was achter een gordijn op zolder omdat religie in het communistische China verboden was. Ik knielde achter mijn moeder en bonkte hard met mijn hoofd tegen de grond terwijl ik mijn bescheiden verzoekjes fluisterde. Mijn lijstje groeide van twee vragen naar een hele waslijst. Ik bad dat mijn vader niet door de Rode Garde geslagen zou worden, dat mijn moeder niet zo vaak hoefde te huilen en ik vroeg om gezondheid voor mijn grootvader. Mijn laatste verzoek ging altijd over eten – meer eten, alsjeblieft.

2

Mijn grootvader leefde zoals een bergkat. Hij stond met de maan op en viel in zijn smalle houten bed in slaap als de zon opkwam. Om middernacht sloop hij altijd naar de keuken om een pot water te koken en groene thee te zetten. Hij zei dat hij altijd heel zachtjes probeerde te doen, maar hij praatte tegen zichzelf en liet vaak zijn bord of een kopje vallen omdat hij alles in het donker deed. En als hij zich ergens aan stootte, kon je hem horen vloeken als een visser die net een grote vis was kwijtgeraakt. Verder hoestte hij ook nog. Zijn longen waren rauw van de smerige goedkope tabak, en ik moest mijn duimen in mijn oren steken om zijn zenuwslopende gehoest niet te horen.

Om twaalf uur 's nachts rookte mijn grootvader zijn eerste sigaret, en dan begon hij zijn teruggetrokken leven als iemand die niet het licht maar de duisternis verdiende.

Bij het begin van de Culturele Revolutie hadden de kaderleden van de commune die belast waren met de landhervormingen de volgende regels opgesteld: mijn grootvader mocht niet op bezoek bij zijn vrienden, hij mocht de stad niet verlaten zonder eerst om toestemming te vragen, en hij moest elke dag een gedetailleerd dagboek bijhouden. Dat moest hij twee keer per week inleveren. Hij was niet welkom op openbare plaatsen, mocht niet aan politieke discussies deelnemen en hij moest de andere kant op kijken als iemand hem in zijn gezicht spuugde. Als die persoon miste, moest mijn grootvader het speeksel van de grond vegen. Er waren nog veel meer regels, maar mijn grootvader vergat er een paar te vermelden toen hij thuiskwam om ons erover te vertellen.

Toen hij op een dag over straat liep, gooiden buurtkinderen stenen naar hem, en rende hij met zijn hele gezicht onder de bloeduitstortingen naar huis. Mijn vader was boos op hem omdat hij zo onvoorzichtig was geweest. Men had hem wel dood kunnen slaan en niemand zou zich er iets van hebben aangetrokken. Vanaf dat moment stond mijn grootvader midden in de nacht op en sloop hij door de verlaten straten om in het donker nog iets van vrijheid op te snuiven. Hij had de gekste dingen kunnen doen, dansen, salto's maken, kungfu oefenen, zonder dat iemand het merkte. Vóór zonsopgang was hij altijd weer thuis en dan vertelde hij ons zijn avonturen – de aanbouw in Lius' achtertuin, het gevecht met de valse hond van de Dengs en het verrukkelijke fruit aan de bomen van de Changs. Bepaald geen normaal leven voor een grootvader.

Datzelfde jaar overleed onze grootmoeder aan eierstokkanker. Mijn grootvader is nooit meer de oude geweest. Hij kon de volgorde waarin Boeddha hen naar het land van de doden riep niet begrijpen. Hij was van plan geweest om eerder te gaan dan zijn vrouw, had zelfs met haar over zijn eigen begrafenis gepraat. Verbrand me tot as, had hij gezegd, en strooi die uit over het land om het vruchtbaar te maken. Er was geen testament, geen erfenis. Hij stond te trappelen om deze wereld te verlaten en hoopte in het hiernamaals de vrienden met wie hij vroeger gokte terug te zien.

Hij was net een kaarsje dat flakkerde in de wind. Hij deed alleen hazenslaapjes, dommelde hier en daar even in. En er veranderde iets in hem. Hij werd brutaler, was minder bang.

Het dagboek dat hij in moest leveren, werd cynisch en sarcastisch, het stond vol met ingenieuze woordspelingen en metaforen die de kaderleden in verwarring brachten omdat ze nooit naar school waren geweest. Toen mijn grootvader bevel kreeg op te houden met deze manier van schrijven, zei hij tegen het kaderlid dat het wellicht tijd was om het dagboek door iemand anders te laten lezen als hij het zelf niet begreep. De man gaf hem een paar klappen in zijn gezicht en trapte hem zijn kantoor uit. Eenmaal weer thuis vertelde mijn grootvader ons lachend zijn verhaal terwijl hij zijn gezicht bette met een natte handdoek. Voor zijn gevoel had hij een overwinning behaald.

Op een dag glipte hij ongezien het huis uit om op het marktplein een paar bananen te kopen. Hij kuierde rond, bleef staan voor de groente- en fruitstalletjes en genoot met volle teugen. Hij was nergens meer bang voor. Mensen hadden hem in zijn gezicht gespuugd en hij had het speeksel glimlachend afgeveegd. Ze hadden hem geslagen en hij was in staat geweest om overeind te komen en om meer te vragen.

Uiteindelijk kwam hij bij een stal met bananen en hij viste twintig fen uit zijn zak om er twee te kopen. Terwijl hij betaalde, kwam het kaderlid achter hem staan.

'Wat doe jij hier, smerige grootgrondbezitter?' zei de man.

'O, bent u het. Ik doe hetzelfde als u.' Mijn grootvader glimlachte.

'Eens even zien of je nu ook hetzelfde kunt doen als ik,' zei de man, en hij sloeg mijn grootvader zo hard dat hij op de modderige grond viel. Hij rolde door het vuil, probeerde zich uit alle macht op zijn knieën te werken, maar hij gleed telkens uit. Het kaderlid stond alleen maar naar hem te kijken. Er verzamelde zich een grote menigte, maar niemand bood aan de oude man te helpen. Ze gooiden rotte vruchten en stenen naar hem. Men had minder medelijden met mijn grootvader dan met een rat die door een troep joelende kinderen wordt geslagen.

Net toen mijn grootvader zijn evenwicht had hervonden, trapte het kaderlid hem met een schop tegen zijn hoofd weer omver. Dit keer bleef hij op de grond liggen. Zijn magere, ineengekrompen lichaam bewoog nauwelijks, op zijn handen na. Hij wilde wel opstaan, maar het lukte hem niet. Hij kreunde zacht en staarde naar de mensen om zich heen. De menigte verspreidde zich en het kaderlid slenterde triomfantelijk verder.

Een aardige oude vrouw kwam naar ons huis om mijn vader te vertellen wat er was gebeurd. Mijn vader ging direct naar het marktplein en hij droeg mijn grootvader op zijn rug naar huis. Mijn grootvader moest twee weken in bed blijven, en al voordat hij volledig was hersteld, droeg het kaderlid hem op om 's nachts het hout op een bouwterrein te bewaken. Elke avond om negen uur trok hij zijn gescheurde katoenen jas aan en ging hij met een stok in zijn ene hand en een lantaarn in de andere de deur uit. Ik keek hem altijd na vanuit de deuropening totdat hij oploste in het donker. We waren allemaal even bezorgd, maar zelf was hij in de wolken. Hij popelde elke dag om naar zijn werk te gaan. Hij genoot ervan om buiten te zijn, de fonkelende sterren en de zonsopkomst te zien.

Op een ochtend kwam hij zwaar hinkend thuis. Mijn grootvader was geen aansteller. Hij was gestruikeld en gevallen over een steen toen hij een groep jongens wegjoeg die het hout probeerden te stelen. Een dokter gaf een schriftelijke verklaring en het kaderlid verleende hem tijdelijk vrijstelling van zijn nachtwerk.

Toen de zomer aanbrak, kreeg mijn grootvader bevel om de vogels, duizenden vogels, te verjagen van de pas ingezaaide velden. Tegen die tijd verzwakte hij met de dag. Zijn longen lieten het afweten, zijn nieren en lever begonnen af te takelen.

Op een dag, toen elk orgaan in zijn lichaam pijn deed en alcohol de pijn niet kon verzachten, vroeg mijn grootvader of mijn vader een briefje voor hem wilde schrijven. Ik rende ermee naar het kantoor van het kaderlid. De man bekeek het en vroeg aan mij hoe ernstig het was. Ik zei dat mijn grootvader elk moment dood kon gaan. Hij ramde met zijn vuist op het bureau, waar ik enorm van schrok, en stelde voor dat ik in zijn plaats zou gaan. Ik zei dat ik dat graag wilde doen. Dat was dan afgesproken.

De volgende dag wachtte ik bij de deur van ons huis op de vriend van mijn grootvader, ook een landheer, die me op zou komen halen. Meneer Gong was niet echt een grootgrondbezitter geweest. Mijn vader vertelde dat hij maar weinig land had bezeten en de pech had gehad dat hem het verkeerde etiket was opgeplakt. Hij had in de gevangenis gezeten en zag er uitgemergeld uit, wat werd geaccentueerd door zijn hoge jukbeenderen, een hoog voorhoofd en een zwarte baard. Zijn ogen waren vriendelijk maar hij keek je nooit lang aan, en mijn vader legde uit dat dat door zijn angst kwam. Ik volgde hem op tien meter afstand door de straten. Ik durfde niet met een landheer gezien te worden. Ik was pas zeven en had nog een heel leven voor me. Kinderen zouden met stenen kunnen gooien. Ze konden alles met ons doen wat ze wilden en niemand zou ons verdedigen. Landheren waren vogelvrij. Stilletjes liepen we afzonderlijk van elkaar over straat.

Het veld waar we voor vogelverschrikkers moesten spelen, lag op acht kilometer van het centrum van Gele Steen. De Dong Jing kronkelde zich als een slang door de velden. De bergen aan de horizon vervaagden in een waas van hitte. Verborgen tussen de rijstplanten zongen de insecten hun lied. De aarde rook naar de zomer. De jonge zaadjes waren over vier hectare afgelegen land verspreid. Dit was rijst voor het volgende seizoen, ingezaaid zodra de rijpe rijst was geoogst en het veld was geploegd.

Meneer Gong vroeg of ik het zuidelijke deel van het veld voor mijn rekening wilde nemen. Zelf zorgde hij voor de noordelijke kant. Ik stond versteld van het aantal mussen dat zich aan de zaadjes te goed deed. Ze trokken zich bij het verorberen van hun gratis ontbijt niets aan van de twee mensen op het veld. Meneer Gong haalde uit de bosjes een verborgen gong te voorschijn en twee lange bamboestokken met rode lappen aan de uiteinden.

Ik besloot voor de verandering drastische maatregelen te nemen. Ik pakte de gong en sloeg erop terwijl ik over het veld holde. De vogels vlogen woedend weg en ik bleef voor meneer Gong staan. Ik verwachtte een complimentje voor mijn jeugdige enthousiasme, maar hij glimlachte en vroeg hoelang ik dat harde rennen vol kon houden. Om de tien minuten, zei ik. Vriendelijk schudde hij zijn hoofd, totaal niet onder de indruk. Hij zei dat de boeren uit voorzorg al tien keer meer zaaiden dan nodig was, dat ze al rekening hielden met de vogels en wisten dat wij niet de hele tijd konden blijven rennen.

Ik vroeg hem wat we gingen doen. Hij wees vaag op de rivier en vroeg of ik zin had om met vissen de tijd te doden. Ik vroeg hem of dat wel mocht. Wie was er in de buurt om het ons te verbieden, antwoordde hij. Het kaderlid kon echt niet tellen hoeveel zaadjes er ontbraken. Meneer Gong zou de weg in de gaten houden, en als ik hem drie keer op de gong hoorde slaan, moest ik onmiddellijk uit het water springen.

De eerste dag zwom ik wel drie uur in de rivier, en daarna sliep ik zeker twee uur. Af en toe sloeg ik voor de lol op de gong. De tweede dag verveelde ik me, dus kwam ik naast meneer Gong zitten en vertelde ik hem over school. Als we niet praatten, speelde ik stilletjes met zijn baard. De derde dag begon hij te praten, en ik kon er geen speld meer tussen krijgen. Hij vertelde over taal en hoeveel hij van de schoonheid van woorden hield. Vroeger schreef hij gedichten en proza. Door zijn proza was zijn vrouw verliefd op hem geworden toen ze allebei studeerden in het noorden van het land. Zijn vader had wat land bezeten, dus was hij na zijn studie teruggekomen met zijn vrouw en uit eigen vrije wil landheer geworden. Zijn vrouw was verbitterd gestorven, maar hij was heel erg trots op zijn zoons omdat het allemaal schrijvers waren die beter schreven dan hij. Hij hoopte vurig dat ze beroemde dichters zouden worden. Vervolgens zei hij een paar van hun favoriete gedichten op, soms tot tranen toe geroerd. Ik vergat de brandende zon en de saaie, stille, verlaten velden waar we alleen af en toe een visser langs zagen komen in zijn bamboeboot.

Al snel was ik zó bruin dat meneer Gong me plagend 'paling'

noemde. Er ontstond een prettig patroon. Ik viste 's ochtends, en hij deed rond het middaguur een dutje. Daarna sliep ik een uur of twee, en als ik wakker werd, rende ik een halfuur rond om de vogels weg te jagen. Dan was er weer tijd om te praten, en wachtend op het wegvliegen van de laatste vogels keken we naar de zonsondergang. Het duurde niet lang of we liepen niet meer afzonderlijk van elkaar over straat. Ik liep zowel naar het werk als terug naar huis altijd vlak achter meneer Gong, als een schaduw, zonder nog bang te zijn om samen met hem gezien te worden. We maakten grapjes en lachten. Zijn schichtige ogen waren altijd even alert, en we zwegen als er mensen in de buurt waren.

Toen ik niet langer hoefde in te vallen voor mijn grootvader, miste ik het zwemmen in het koele water, de dutjes in de stilte van de rijstvelden en de gesprekken die we hadden als we naar de spectaculaire zonsondergangen keken. Ik wilde dat ik dichter was, net als meneer Gong, zodat ik die momenten in woorden kon vastleggen.

De lagere school van Gele Steen stond anderhalve kilometer verderop in onze straat. Het was een oude confucianistische tempel met schuine daken en veel houtsnijwerk. Oeroude bomen beschermden de gebouwen tegen de zon, en er was een vijver vol lotusbloemen.

Op de dag dat kinderen zich moesten inschrijven voor het nieuwe schooljaar stond ik vroeg op en ik bekeek mezelf aandachtig in een stuk van de spiegel dat afgebroken was van de grotere van mijn broer. Mijn huid was zo donker als houtskool en ik was zo mager als een stengel suikerriet. Door mijn korte stekeltjeshaar liepen ongelijke voren van de roestige schaar in de niet al te ervaren hand van mijn moeder, alsof een onhandige boer de velden had geploegd. Ik vond het niet zo erg. Mijn haar groeide wel weer aan, en hoewel het geen pretje was als je haar door een botte schaar werd uitgetrokken, was die pijn snel weer vergeten. Mijn zusjes knipten elkaars haar en mijn moeder nam de vier mannen in de familie voor haar rekening. Zo spaarden we een hoop geld uit. De enige keer dat mijn haar door de kapper werd geknipt, was op de dag dat mijn grootmoeder overleed.

Mijn voorhoofd vervelde als een slang die in de lente zijn oude huid afwerpt. Ik wreef er hard over en trok de grootste vellen eraf, maar uiteindelijk gaf ik het op. Als de verzengende zomerhitte plaatsmaakte voor de zachte, winderige herfst, met diepblauwe luchten en witte sluierwolken die elkaar als geliefden achternazaten, zou ik vanzelf mijn normale kleur terugkrijgen.

Ik trok een wit overhemd aan – een afdankertje van Jin – en rende naar de school. Op een rood aanplakbiljet op het schoolplein stond dat meneer Sun onze nieuwe leraar zou worden. Het schoolgeld bedroeg drie yuen, een kolossaal bedrag voor ons huishouden. Ik controleerde de informatie twee keer, noteerde het bedrag voor mijn moeder, en vatte post bij het raam, waar ik kon kijken naar ouders die met hun kinderen aan de hand naar de leraren liepen om ze in te schrijven. Er moest contant worden betaald. Vrolijk lachend kwamen ze weer naar buiten, hun kinderen huppelend met een stapel boeken in hun handen. Voor hen was het niets bijzonders, maar als ik naar school wilde, moest ik vindingrijk zijn. Ik wist drommels goed dat we nog maar voor een paar weken rijst en yams hadden. Mijn vader zat in een werkkamp en het voedselrantsoen werd elke dag kleiner. Mijn moeder spaarde elke fen om er eten van te kopen. Er was geen geld om de school van te betalen. Van de drie yuen die ik nodig had, zouden we tien pond rijst en honderd pond yams kunnen kopen. Hoeveel kennis kon je ermee kopen?

Met een brok in mijn keel ging ik naar huis. Ik wist precies hoe het zou gaan. Ik zou mijn moeder vertellen van het schoolgeld. Zij zou mij vertellen hoeveel geld ze nog had voor het hele gezin, een paar yuen hooguit. Ze zou tegen me zeggen dat ik om uitstel van betaling of om kwijtschelding van het schoolgeld moest vragen. Dan zou ik naar mijn nieuwe leraar moeten gaan en hem op mijn knieën om een gunst moeten smeken. Als ik al uitstel van betaling zou krijgen, zou de leraar elke dag iets over het schoolgeld zeggen om de hele klas duidelijk te maken hoe arm ik was. Hij kon me zelfs laten nablijven om me de les te lezen. Het was mijn broer en zusjes overkomen, en ze hadden nooit eigen schoolboeken gehad, ze moesten altijd alles overschrijven uit boeken van anderen. Nu was ik zelf aan de beurt.

Ik voelde me verslagen, berooid en zielig toen ik naar huis liep. Mijn moeder wist al waarom. Ze veegde haar handen af aan haar schort, gaf me vijftig fen en zei dat dit al een hele uitgave was. Dat hoefde ze me eigenlijk niet te vertellen. Een arm kind weet wat het betekent om arm te zijn. We vroegen niet veel, soms zelfs helemaal niets.

Ze zei dat ik om uitstel moest smeken. Ik vroeg haar alleen tot wanneer. Totdat de biggetjes groot waren en verkocht konden worden, zei ze tegen me. Dat was iets om naar uit te kijken, maar onze zeug was nog drachtig. Verdrietig pakte ik het geld van haar aan. Het was een financiële aderlating voor ons gezin, en toch niet meer dan een klein deel van het schoolgeld.

Ik speldde het geld vast in de binnenkant van mijn zak uit angst dat ik het zou verliezen en rende terug naar school. Ook nu ging ik weer onder het raam staan, zodat ik de leraar goed kon zien. Hij was een magere man met kort krullend haar, net veertjes. Hij zag eruit als de doorsnee onderwijzer, een saaie kerel die een paar boeken had gelezen. Glimlachend en rokend gaf hij de ouders van andere kinderen een hand.

De moed zonk me in de schoenen en ik zakte in elkaar tegen de muur. Het leven was niet eerlijk. Alle andere kinderen hadden jonge ouders met geld die babbelden en lachten met de nieuwe leraar. Ze hadden goede manieren en leuke kleren. Voor de ouders was het een bijzondere gebeurtenis, voor de kinderen een mijlpaal. Sommige ouders waren zo machtig in ons kleine, armoedige stadje dat de leraar van hun kinderen op allerlei voordeeltjes via de achterdeur kon rekenen.

Neem bijvoorbeeld de dikke slager van de commune met zijn dikke zoontje, die nu bij de leraar zaten. Hij was zo rijk dat hij een dik pak bankbiljetten uit zijn zak haalde en er achteloos twee grote biljetten afpelde. De leraar moest de hele la omkeren voordat hij genoeg wisselgeld had. Ik kon me wel voorstellen wat ze tegen elkaar zeiden.

Uw zoon is een leuke jongen.

Dank u, maar het is een belhamel.

Zo erg kan het toch niet zijn.

Een goede leraar zoals u brengt hem vast wel in het gareel.

Geen probleem, kameraad, dat komt voor elkaar. Wat voor werk doet u trouwens?

O, ik verkoop vlees. Komt u gerust langs, dan krijgt u via de achterdeur lekker mager vlees.

Afgesproken.

De slager stak zijn mollige hand uit en de leraar gaf hem de vijf. Het dikke jongetje zou ongetwijfeld worden voorgetrokken in de klas. Hij had een vader die slager was, dus zou hij altijd winnen. En de leraar zou op feestdagen, met nieuwjaar en bijzondere gelegenheden van goed vlees verzekerd zijn. Hij zou het jammer vinden als het dikke joch overging naar de volgende klas. Zo ging het.

En wat had ik te bieden? Niets. Mijn grootvader lag in bed en was op sterven na dood. De dokter had gezegd dat hij met de juiste medicijnen nog een paar maanden te leven had. Pech. Medicijnen waren duur. Geen geld, geen leven. Mijn vader deed dwangarbeid in de bergen en kampeerde in een oude, tochtige tempel. En ik had niet meer dan vijftig fen in kleine muntjes. Mijn uiterlijk was bedroevend – ik had een hoofd als een pompoen en ik droeg een tien jaar oud, opgelapt hemd. En zelf had ik al sinds nieuwjaarsdag geen vlees meer gegeten.

Ik werd gekweld door dit soort gedachten en kon wel door de grond zakken van schaamte als ik dacht aan de vernedering die me te wachten stond, maar ik móest de werkelijkheid onder ogen zien. De leraar kon me er zonder plichtplegingen uit smijten. Dat vond ik op zich niet erg, ik had een olifantshuid. Een arm kind kon het zich niet veroorloven om gevoelig te zijn. Alleen rijke jongens en meisjes met schattige strikken in hun haar konden zich dat permitteren.

Ik hees mijn broek op, controleerde of de gulp niet openstond en ging uiterst behoedzaam het kantoor van de leraar binnen. Ik zou bidden en smeken tot ik een ons woog, ook al was ik op het ergste voorbereid. Het raam was groot genoeg en gelukkig was er gras dat de landing zou verzachten.

'Dus jij bent Chen Da,' zei hij tot mijn verbazing.

'Ja, meneer. Ik heb een probleem.'

'Je zult de eerste niet zijn.'

'Pardon?'

'Ik bedoel dat we allemaal problemen hebben.' Hij glimlachte.

'Weet u wat het is, ik heb maar vijftig fen voor het schoolgeld.'

'En je wilt je inschrijven?'

'Als dat kan.'

'Wat is je excuus?'

'We moeten wachten tot de biggetjes groot zijn.'

'Hoe groot zijn de biggetjes nu?'

'Klein.'

'Hoe klein?'

'Nog niet geboren.' Ik verwachtte een hand in mijn nek en een schop onder mijn achterste.

'Goed, zet dat van die biggetjes maar in een briefje, dan schrijf ik je in.'

Ongelovig keek ik hem aan. Een golf van dankbaarheid ging door me heen. Ik wilde het liefst voor hem knielen en zijn schoenen kussen. Ergens in de nevelige hemel was er écht een Boeddha. Ik pakte de pen aan en schreef een schuldbekentenis op een stukje papier.

'Ik kan je alleen nog geen schoolboeken geven. Dat zijn de regels.'

'Dat is niet erg. Ik schrijf de opdrachten wel over uit de boeken van andere kinderen.'

'Nou, als je het niet vervelend vindt, mag je mijn boeken van verleden jaar wel lenen. Maar ik waarschuw je, elke bladzijde staat vol met mijn aantekeningen.'

Als ik het niet vervelend vond? Wie was deze man? Een heilige uit Boeddha's hemel?

Ik was zo ontroerd dat ik geen woord kon uitbrengen. Ik bleef naar mijn voeten staren. Ik had me erop ingesteld om uit het raam gesmeten te worden, om uitgelachen en vernederd te worden, maar vriendelijkheid... Vriendelijkheid was wel het laatste wat ik had verwacht. Ik knikte snel en rende weg nadat ik hem uit de grond van mijn hart had bedankt en zo'n diepe buiging had gemaakt dat mijn neus bijna mijn knieën had geraakt.

Meneer Sun, de nieuwe leraar, kwam uit een dorp aan de voet van de berg Ch'ing. Hij had een zonnig karakter en was graag in de buitenlucht. Elke ochtend gaf hij samen met zijn vrouw de groente in hun moestuin water, en dan liep hij naar school. Al snel begon ik hem elke ochtend als een schaduw te volgen. Tijdens die wandelingen vertelde hij me vaak verhalen.

Hij benoemde mij tot klassenvertegenwoordiger, wat een dappere politieke beslissing van hem was, en hij liet mij de eerste stem zingen als we aan het begin van elke les revolutionaire liederen oefenden. Ik was die hoge uitzondering in onze wrede werkelijkheid. Dat ik een leidende rol speelde in mijn klas was ongekend. Ik was geboren met een politieke smet die niemand weg kon wassen. Maar heel af en toe gooiden ze ons een kluif toe, een kluif waar we enthousiast achteraan gingen. Ik was blij met die kluif. Ik speelde ermee, duwde mijn snoet eronder, en genoot met volle teugen van de voorpret voordat ik mijn tanden in het vlezigste deel zette.

Ik was altijd al vroeg op school, samen met de leraar, en dook dan in de boeken. In mijn vrije tijd hielp ik andere kinderen die een achterstand hadden. Ik was aanvoerder van ons basketbalteam en zong altijd uit volle borst als er op school wedstrijden werden gehouden. Op een dag zong ik zo hard dat ik er drie dagen schor van was. Ik las de hele klas klassieke verhalen voor terwijl mijn leraar achterin zat en huiswerk corrigeerde. Af en toe keek hij op om goedkeurend te knikken.

Aan het eind van de middag bedelden mijn nieuwe vrienden – Joe, Ciang en nog een paar anderen – vaak om verhalen. Dan klommen we over een muurtje achter onze school en lieten we ons in een oude boomgaard vallen. Het was een paradijsje.

Onze vaste plek was een enorme lycheeboom met laaghangende takken. We hadden allemaal ons favoriete plekje. Het mijne had steun voor mijn rug en een kleinere tak waar ik mijn voeten op kon zetten. Het praatte makkelijker als ik lekker zat. Soms masseerde Jie mijn voetzolen en dat was dan goed voor twintig minuten extra. En elke keer dat ik dreigde op te houden met vertellen, smeekten ze me om meer, en dan moest ik mijn verbeelding oprekken en een kort verhaal langer maken en een lang verhaal eindeloos.

Mijn populariteit bleef onbetwist totdat er op een dag een jongen met grote ogen ons lokaal binnenkwam die zich alsnog wilde laten inschrijven. Ik gaf het met tegenzin toe, maar het was een knap joch. Hij was nog geen vijf minuten binnen of alle meisjes giechelden al om zijn innemende glimlach en ondeugende knipoogjes. In de pauze bleef ik in de klas zitten, briesend van woede en minachting jegens deze plotselinge indringer. Ik zon op de beste reactie. Ik overwoog naar hem toe te gaan en mezelf als leider van de klas voor te stellen. Het was per slot van rekening mijn terrein, en hij was me beleefdheid en respect verschuldigd. Je kunt niet ergens zomaar binnen komen wandelen en alles verpesten. Als het een fatsoenlijke jongen was (en nadat ik hem een uur lang nauwlettend had bestudeerd betwijfelde ik dat) zou ik hem mijn zegen geven, hem mijn bescherming aanbieden en zorgen dat hij zich thuis voelde bij onze groep. Ik was, vond ik zelf, een aardige jongen met een groot hart. Elke slimme jongen kon mijn vriend worden, maar ik was niet van plan om naar hem toe te gaan en hem een hand te geven. Omringd door een fanclub kwam hij het lokaal weer binnen, kinderen dromden om hem heen en bewonderden iets wat hij aanhad. De meisjes giechelden. De klas was een gekkenhuis.

Terwijl ik brandde van jaloezie, een negatief gevoel dat ik probeerde te onderdrukken omdat ik de leider was, baande de lefgozer zich een weg tussen de kinderen door en kwam naar me toe. Hij keek me aan met die leuke, intelligente ogen van hem, en meteen begon ik te smelten. Geen wonder dat de meisjes hoteldebotel waren. Ik was onwillekeurig onder de indruk van zijn heldere en doelbewuste blik, de rechte neus, lang en scherp, en die vierkante, wilskrachtige kaak. Als hij een generaal was geweest, zou ik onder zijn leiding ten strijde zijn getrokken om tot het bittere eind te vechten.

Met het kleine beetje waardigheid dat me nog restte stond ik op en stak ik mijn hand uit. We gaven elkaar een hand, en toen pas zag ik de gesp. Hij droeg een riem met een glimmende gesp zo groot als een flinke vuist. Er waren vijf sterren in gegraveerd. Het duidelijk met trotse hand glimmend gepoetste metaal glinsterde in de ochtendzon.

'Ik hoor dat jij de *Tau-Ke* bent.' De nummer één. Zijn woordgebruik was origineel.

'Onzin, onzin.' Een groot compliment vroeg om bescheidenheid, maar ik voelde me wel gevleid.

'Volgens mij zou deze je heel goed staan.' Hij deed zijn riem met de grote gesp af en gaf die aan mij, zomaar.

'Nee, nee, hij is van jou.'

'Ik draag hem al sinds mijn vader terug is uit de oorlog in Vietnam.' Hij had de kunst van het strooien met namen aardig onder de knie.

'Heeft jouw vader tegen de Amerikanen in Vietnam gevochten?'

'Nou en of, tegen blanke Amerikanen. Hij is in Ho Chi Minh City geweest en hij heeft allemaal medailles. *Okay, okay, okay.*' Hij sprak zelfs een woordje Engels.

Aandachtig bestudeerde hij de gesp. Achter me had zich een muur van nieuwsgierige klasgenoten gevormd.

'Er zit een verhaal aan vast,' zei hij.

'Wat voor verhaal?'

'Mijn vader heeft deze riem in de oorlog gedragen. Het leer is zo sterk en stug dat kogels erop afketsten, en dan heb ik het over de superkogels uit de Amerikaanse geweren. Er zitten niet eens putjes in.'

Ik was ter plekke verkocht. Hij werd mijn beste vriend en we gaven hem de bijnaam Mister Gesp. Hij vond het helemaal niet erg.

Ik nam hem mee naar het louche deel van de stad, de met struikgewas begroeide begraafplaats waar de geesten rondwaarden, ik vertelde hem voor welke honden hij moest oppassen en waarschuwde hem welke gevaarlijke plaatsen hij moest mijden. Ik wees hem de fruitbomen waar je zonder gevaar fruit van kon stelen en hielp hem met zijn huiswerk, want dat hoorde bij mijn taak als klassenvertegenwoordiger. Hij liet mij op zijn beurt zijn riem dragen. Op een gegeven moment kwam hij me 's ochtends ophalen in het legeruniform van zijn vader, en we ruilden van kleren. Vanaf dat moment droeg ik elke dag het groene jasje met de kleine zakjes voor patronen, de veel te grote legerkistjes van zijn vader en een geweldige pet. Ik paradeerde als een idioot door de school en voelde me fantastisch. Ik imiteerde het nasale accent van een generaal en praatte met mijn hoofd hoog geheven en mijn duimen in mijn riem gehaakt. Het duurde niet lang of alle verhalen die we elkaar 's middags in de boomgaard vertelden hadden iets met de oorlog in Vietnam te maken. Het was veel makkelijker om een verhaal te bedenken als je de juiste kleren droeg. Als ik een verhaal vertelde, acteerde ik er ook bij. Mijn vrienden, ook Mr. Gesp, lachten, joelden en juichten totdat ze het in hun broek deden.

Toch was ik soms nog steeds jaloers. Hij was de enige jongen die de onzichtbare grens over durfde te steken en openlijk met de meisjes in onze klas praatte. Ze konden geen moment stilzitten als hij erbij was. Ze vonden hem fascinerend en genoten ervan als hij aandacht aan hen besteedde, maar ze waren wel verlegen. Mijn bewondering voor hem nam toe naarmate onze vriendschap hechter werd. Aandachtig volgde ik alles wat hij deed en zei. In de klas stond zijn gezicht humeurig. Hij keek je altijd recht in de ogen als hij met je praatte, hij liep met een kaarsrechte rug en zijn blik was altijd recht vooruit gericht. Zelfvertrouwen straalde van hem af. Als hij glimlachte, grijnsde hij niet van oor tot oor als een idioot, maar gunde je niet meer dan een glimp van witte tanden. Als je hem iets vroeg, fronste hij op een intelligente manier zijn wenkbrauwen. Die jongen had de juiste lichaamstaal persoonlijk uitgevonden.

Op een dag nodigde Mr. Gesp me officieel bij hem thuis uit. Ik ging met hem mee, en voor de deur van een indrukwekkend herenhuis in de buurt van het ziekenhuis bleven we staan. Zijn vader was een op jonge leeftijd uit het leger ontslagen oorlogsveteraan en werkte nu als partijsecretaris van het ziekenhuis, een oorlogsheld voor wie iedereen ontzag had. Plotseling ging de deur van het huis open, en daar stond Mr. Gesp senior. Groot en knap, een stoere kerel. Hij had een innemende glimlach, grote ogen en dikke wenkbrauwen – hij was het prototype van een echte held. Het was wel duidelijk van wie de zoon zijn knappe gezicht had geërfd.

'Kom binnen, Da.' De vader wist zelfs hoe ik heette.

'Dank u.' Ik stak mijn rechterhand uit.

Hij gaf me geen hand, glimlachte alleen maar. 'Sorry, ik heb geen handen meer om je de vijf te geven. Weet je wat je doet? Schud mijn schouder maar.' Hij leunde naar voren en wachtte totdat ik mijn hand op zijn brede schouder zou leggen.

Ik was zo geschrokken van die bungelende lege mouwen dat ik geen vin kon verroeren.

'Laat maar, pap. Ik geloof niet dat ze in Gele Steen aan schouderschudden doen.'

'Ook goed. Ik heb sowieso genoeg van al die beleefdheden. Kom, dan gaan we koek en snoep eten.'

'Pap, we zijn geen kleuters meer. Mag ik hem alles laten zien? Hij heeft nu wel lang genoeg met je gepraat.'

Vader en zoon plaagden elkaar alsof ze oude vrienden waren, terwijl ik nog steeds niet van de schrik was bekomen. Allemachtig, de ideale held had geen armen. Het maakte me verdrietig. Als een gedoemde ziel volgde ik Gesp door het huis en het ziekenhuis. Hij liet me alles zien, maar in gedachten was ik nog bij die armen. Ik kon die avond thuis geen hap door mijn keel krijgen. Mijn jaloezie was weg. Vanaf dat moment dacht ik heel anders over Gesp.

Het duurde niet lang of meneer Sun moest tot zijn spijt afscheid van ons nemen. Hij werd naar een heropvoedingskamp voor onderwijzers gestuurd. Ik gaf hem een klein opschrijfboekje cadeau. In het vervolg zouden alle kinderen les krijgen van mannen en vrouwen uit het militieleger van de commune. De centrale overheid had bepaald dat alle scholen in het land overgenomen moesten worden door arme boeren; alle onderwijzers – een klasse die uit gevaarlijke en stinkende intellectuelen bestond – zouden heropgevoed worden en moesten zich eerst revolutionaire gedachten eigen maken voordat ze de Chinese kinderen weer les konden geven.

School was niet meer hetzelfde. Onze leraar was een slaperige jongeman, een verre neef van de partijsecretaris van de commune in Gele Steen. Hij had de lagere school niet eens afgemaakt en spelde zelfs de simpelste woorden verkeerd, en hij had zo'n zwaar accent dat de taal die hij sprak bijna niet meer op Chinees leek. De eerste dag dat hij voor de klas stond beefde hij als een riet, en er vielen lange stiltes als hij iets zocht in zijn aantekeningen of probeerde te bedenken wat hij kon zeggen. 's Avonds pokerden en dronken deze boeren aan dezelfde tafels waar de echte onderwijzers vroeger huiswerk nakeken. De dieren waren de baas in de dierentuin.

Ik was teleurgesteld, en dat is zacht uitgedrukt. Ik ging buiten de school op zoek naar boeken, en wilde niets liever dan dat de boeren zouden vertrekken en de echte leraren terug zouden komen uit het kamp. Hoewel dat pas op zijn vroegst in het jaar daarna zou gebeuren, stond hun terugkeer voor mij even onomstotelijk vast als die van de lente.

3

In september 1971 kwam ik in de derde klas. Mijn vader zat niet meer in het kamp in de bergen maar in een ander heropvoedingskamp, vijftien kilometer van onze stad. Ze lieten hem van 's ochtends vroeg tot 's avonds laat greppels graven om een irrigatiesysteem uit te breiden dat uiteindelijk niet eens bleek te werken. Ondertussen werd hij onder druk gezet om meer bekentenissen te doen over mijn oom in Taiwain, dat altijd China's aartsvijand was geweest.

Soms mocht ik mijn vader opzoeken en hem eten brengen. Dan stond ik aan de rand van het veld waar werd gewerkt en zocht ik mijn vader tussen de ongeveer honderd andere mensen die 'heropgevoed' moesten worden. Vermoeide, nieuwsgierige gezichten keken me aan, een bericht werd doorgegeven, en ten slotte kwam mijn vader dan uit een van de greppels te voorschijn, zijn rug recht, hoofd hoog, en een stralende glimlach voor zijn zoon op zijn gezicht terwijl hij zijn stoffige lompen afklopte. Ik wist nooit wat ik moest zeggen en kon alleen maar kijken naar de blaren op zijn handen, terwijl hij naar iedereen informeerde en vroeg hoe het op school ging. Dan was het alweer tijd om weg te gaan; als ik treuzelde, joeg de voorman me weg met een stok.

Mijn grootvader was ernstig ziek en er werden dure medicijnen voor hem gekocht. Hij was woedend toen hij hoorde hoeveel ze hadden gekost, want hij wist dat het hele gezin van dat geld een maand lang goed had kunnen eten. Ondanks zijn slechte conditie moest hij nog steeds elke dag naar de rijstvelden om vogels te verjagen. Nadat hij een keer een uitzonderlijk slechte nacht had gehad, ging ik het kaderlid opnieuw een petitie brengen. De man verscheurde het papier voor mijn ogen.

'Die stinkende hondendrol!' gilde hij, en hij spuugde op de grond. 'Zeg maar tegen die waardeloze grootvader van je dat hij wakker moet worden. Ik heb hem het lichtste baantje gegeven en hij waardeert het niet eens. Wat wil hij nou eigenlijk, de hele dag in zijn warme bed liggen slapen en plannen beramen om wraak te nemen op ons communistische systeem? Nou, zolang ik hier de baas ben, zal dat niet gebeuren.' Hij sloeg zich op de borst. 'Hoor je me? En wat jou betreft, klein onderkruipsel, ik wil je hier niet zo vaak meer zien. Op een dag kom je zelf nog in de problemen als je je door die waardeloze familie van je als boodschappenjongen laat gebruiken.'

Boos rende ik naar huis om mijn grootvader te vertellen dat het antwoord nee was.

Mijn oudste zus, Si, had examen gedaan aan de school voor lager middelbaar onderwijs. Mijn broer Jin was een jaar voor het examen van school gegaan, en Ke en Huang mochten de lagere school niet afmaken. De Rode Garde kwam de klas binnen en vernederde de leraar. Ze maakten de kinderen en kleinkinderen van de landheren het leven zuur. Si's klasgenoten hadden grote happen uit haar haar geknipt, zodat ze eruitzag alsof ze niet goed bij haar hoofd was, en Jin was, toen hij nog wel op school zat, voortdurend gepest en geslagen door zijn klasgenoten.

Op een dag kregen we een brief van de plaatselijke autoriteiten. Er stond: 'Aangezien onze scholen overvol zijn, heeft de Communistische Partij besloten dat de kinderen van landheren, kapitalisten, rijke boeren en radicalen niet langer automatisch naar de middelbare school gaan. Het nieuwe beleid gaat onmiddellijk in en zal ten goede komen aan duizenden arme boeren.' Het korte briefje vermeldde niet welke logica aan dit decreet ten grondslag lag, maar het was overduidelijk dat wij als de vijand en een gevaar voor hun wereld werden beschouwd. Door ons een opleiding te geven, zou die bedreiging alleen maar groter worden.

Hierdoor werd ik de laatste scholier in ons gezin. Mijn moeder fluisterde me elke dag voordat ik naar school ging in dat ik dankbaar moest zijn voor deze unieke kans. Ik moest hard werken en een goede leerling zijn, anders zou ik net als mijn broers en zussen van school worden gestuurd en boer of timmerman moeten worden, zonder hoop op een betere toekomst. Ze zei dat ik moest laten zien hoe goed ik was, juist omdát ze me zo graag van school wilden sturen. Ze drukte me op het hart dat ik me netjes moest gedragen en geen kattenkwaad mocht uithalen omdat er dan een reden zou zijn om me van school te sturen.

De druk woog zwaar op mijn schouders. De gedachte dat ik mijn hele leven lang boer zou moeten zijn, elke dag in weer en wind op de velden zou moeten werken, verkilde me tot op het bot. Mijn broers en zussen waren nog heel jong, en toch moesten ze voor het krieken van de dag opstaan om in het donker rijst te snijden, voordat de brandende zon het werk ondraaglijk maakte. Ze kwamen in het maanlicht thuis na een hele dag zwoegen, met pijn en kramp in hun rug, bloedende vingers en ontelbare blaren op hun handen. Soms werden ze vernederd omdat oudere landarbeiders met meer ervaring hen op fouten betrapten. En soms waren ze kwaad omdat ze het altijd het zwaarste werk moesten doen, zoals in mangaten springen om de mest eruit te scheppen. 's Avonds huilden mijn zusjes vaak in de armen van mijn moeder. Hun jeugd was voorbij.

Ik keek met andere ogen naar mijn school. Ik vond het er nog steeds leuk, maar nu was het opeens zoveel meer. School was de sleutel naar een goede toekomst. Ik wist dat er hoop voor me was als het me lukte om op de een of andere manier mijn school af te maken. Elke ochtend ging ik vroeg naar school om vrijwillig het lokaal te vegen en het bord schoon te maken. Het lukte me nog steeds om het verplichte aantal bladzijden te lezen voordat de andere kinderen er waren, zodat ik tijd had om te spelen en klasgenoten met hun werk te helpen als dat nodig was. Toch was de nieuwe leraar totaal niet van me onder de indruk. Soms merkte ik dat hij zwijgend naar mijn rug staarde als ik in mijn eentje in de klas aan het werk was. Hij was koel en bits en leek zich alleen maar te ergeren aan het jongetje dat zich zo uitsloofde.

Deze leraar was een jonge man van een jaar of vijfentwintig. Hij had ijzige, uitpuilende ogen en dunne lippen waarmee hij woorden langzaam en nadrukkelijk uitsprak. Zijn neus was puntig en er staken lange zwarte haren uit beide neusgaten, en zijn wijkende kin versmolt met zijn lange nek. Het was een gewoonte van hem om zichzelf in het raam te bekijken en zijn haar te kammen voordat hij het lokaal binnenkwam. Zijn naam was La Shan.

La Shan nodigde na school vaak leerlingen uit in zijn slaapzaal op de campus, en dan werd er geschaakt en gepraat. Ook organiseerde hij basketbalwedstrijden, maar ik mocht nooit meedoen. Ik stond altijd van een afstand te kijken als de anderen lachend en roepend wedstrijdjes deden met onze energieke leraar. Soms vroeg ik heel zacht wat ze in zijn slaapzaal hadden gedaan, en dan vertelde mijn vrienden Jie en Ciang me dat ze spelletjes hadden gespeeld, of dat La Shan hen over politiek had verteld, over dingen als klassestrijd en wat er moest gebeuren met slechte mensen zoals landheren en Amerikaanse spionnen.

In zijn klas werd ik stiller en minder actief. Hij bleef doen alsof ik lucht was, en ik raakte steeds meer in een isolement. Toch bleef ik mijn best doen op het schoolwerk, en ik was altijd de beste bij overhoringen. Ik miste mijn vorige leraar, meester Sun, enorm.

Op de achtermuur in elk lokaal hing nog een schoolbord, waar de beste gedichten of teksten van leerlingen op werden geschreven. Het was een grote eer als jouw werk werd uitgekozen, en het jaar daarvoor had er elke week wel iets van mij op het bord gestaan. Doordat ik jarenlang les had gehad van mijn grootvader was ik de beste kalligraaf van de hele school geworden, en als er op school wedstrijden waren won ik altijd van oudere leerlingen. Maar sinds ik les had van La Shan verscheen mijn werk nooit meer op het bord. Ook mocht ik niet langer het beste gedicht met krijt op het bord schrijven, een taak die was voorbehouden aan de kinderen die het mooist konden schrijven.

Ik was niet langer het hoofd van de klas. Mijn plaats werd ingenomen door de zoon van de partijvoorzitter van de Gele Steen Commune, de meest gevreesde man van de stad. La Shan benoemde hem ook tot hoofd van de Jonge Rode Garde, een politieke organisatie voor kinderen. Ik was de enige uit mijn klas die er geen lid van was. Ik was afgunstig op de mooie rode banden om hun armen en had me wel aangemeld, maar La Shan liet me weten dat ik beter mijn best moest doen, dat hij er niet zeker van was of ik in mijn hart wel trouw was aan de communistische zaak, zoals de kinderen uit goede arbeidersgezinnen. Als er een bijeenkomst van de Jonge Rode Garde werd gehouden, moest ik de klas uit. Dan lummelde ik in mijn eentje rond op het schoolplein tot ze klaar waren.

In alle opzichten vervreemdde ik steeds meer van de meerderheid. Ik begreep het niet en lag er 's nachts wakker van, starend naar mijn klamboe. Thuis vertelde ik niemand iets van alle veranderingen; ze hadden al genoeg zorgen aan hun hoofd. Ik deed altijd alsof ik vrolijk was en vertelde mijn familieleden hoe goed het ging op school. Op een dag vertelde een neef van me mijn broer dat ik niet langer de teksten op het bord schreef. Ik verzon een smoesje, vertelde dat ik eens wat anders wilde en mijn medeleerlingen een kans wilde geven.

Omdat ik gemotiveerd was en nog steeds vertrouwen had in mijn kwaliteiten, werkte ik nog harder en bood ik aan voor en na school nog meer dingen te doen. Het voelde alsof ik telkens tegen een muur liep. Hoe harder ik mijn best deed, des te meer de leraar zich aan me ergerde. Hij bekritiseerde me zelfs in bijzijn van alle leerlingen, noemde me een uitslover die een wit voetje probeerde te halen. Ik was van streek en in de war. Wat kon ik nu nog doen om geaccepteerd te worden op de plek waar ik het eerst zo fijn had gevonden?

Mijn eerste echte aanvaring met La Shan vond op maandag plaats, toen hij het huiswerk van het weekend ophaalde. We hadden een tekst van voorzitter Mao overgeschreven, maar onderweg naar school was mijn werk kletsnat geregend en ik had het waardeloze papier met de uitgelopen inkt weggegooid en me voorgenomen het die middag over te doen. Toen La Shan ontdekte dat ik niets kon inleveren, sprak hij de hele klas toe. 'Jongens en meisjes, Da heeft zijn huiswerk niet gedaan, terwijl hij wist dat er een tekst van onze grote voorzitter Mao overgeschreven moest worden. Het is een opzettelijke belediging van onze grote leider.'

'Ik had mijn huiswerk wel gedaan, net als altijd,' protesteerde ik luidkeels, 'maar het is nat geworden in de regen.'

De hele klas keek me zwijgend aan.

La Shan liep rood aan en de spieren in zijn wang trokken. Dit was gezichtsverlies omdat ik had geprotesteerd.

'Wat heb je ermee gedaan?' wilde hij weten.

'Ik heb het onderweg naar school in een mangat gegooid omdat de inkt was uitgelopen.' De leerlingen lachten.

'Wát zei je?'

'Ik zei dat ik het in een mangat heb gegooid,' krijste ik terug. Ik wist dat ik verkeerd bezig was, maar ik kon er niet mee ophouden.

'Je hebt een tekst van voorzitter Mao in een stinkende put gegooid?' Zijn gezicht gloeide en met elk woord vloog het speeksel uit zijn mond. 'Besef je wel dat je een ernstig vergrijp hebt gepleegd?'

Het werd doodstil in de klas. Iedereen keek naar mij, in afwachting van mijn reactie. In een fractie van een seconde zag ik voor me dat hij het me heel erg moeilijk kon maken, en ik dacht aan de woorden van mijn moeder, dat ik me netjes moest gedragen omdat ik anders van school gestuurd zou worden.

Ik was duizelig, alsof iemand me met een knuppel had geslagen. Nu al had ik spijt van mijn opstandigheid en ik wilde dat ik mijn woorden terug kon nemen, maar het was al te laat, de schade was al aangericht. Ik dacht aan mijn moeder en vader en de problemen die mijn hele familie zou kunnen krijgen als de leraar dit opblies. Mijn hoofd begon te bonken.

'Het spijt me heel erg, hooggeëerde meester. Ik zal mijn huiswerk overdoen en het zo snel mogelijk inleveren.'

Zwijgend staarde hij me aan met die ijzige ogen van hem; hij keek als een wolf die net een konijn in een val heeft betrapt.

'Denk je dat je er zo makkelijk van afkomt?' Langzaam schudde hij zijn hoofd. 'Jongens en meisjes!' Zijn stem klonk als een zweepslag. 'Ik stel voor om te stemmen. Steek een hand op als jullie vinden dat Da uit het lokaal moet worden gestuurd.'

Even gebeurde er niets. Toen stak de zoon van de partijvoorzitter langzaam zijn hand op. Nog een paar handen uit het clubje van La Shan ging omhoog. Het volgende moment staken al mijn klasgenoten collectief hun handen omhoog, zelfs mijn vrienden Jie en Ciang.

Ik voelde me gevangen. Halfdood. Ik begreep niet dat zelfs mijn beste vrienden tegen me stemden.

'Alstublieft, ik wil niet weg uit de klas. Ik wil graag blijven.'

'We zullen zien. Vandaag zijn er verder geen lessen meer,' zei La Shan. Met een klap sloot hij zijn boek en hij liep het lokaal uit, gevolgd door zijn discipelen.

Helemaal verdwaasd liep ik naar huis. Niemand zei een woord tegen me. Ik deed mijn huiswerk over en leverde het meteen de volgende dag in. Ik was bang dat La Shan me van school zou trappen, maar er gebeurde niets. Ik zat in mijn eentje in een hoekje achter in het lokaal. Niemand praatte met me, zelfs mijn vrienden niet. Af en toe keek La Shan me druipend van verachting aan. Het ergste was als hij me minachtend 'die persoon in de hoek' noemde, zonder naar me te kijken. Waarom vatte hij het allemaal zo persoonlijk op, alsof ik de graven van zijn voorouders had geschonden?

Op een dag riep La Shan aan het begin van de ochtendpauze mijn naam en hij vroeg me in het lokaal te blijven terwijl de anderen met veel rumoer naar buiten liepen.

'Ik heb verklaringen over je ontvangen.' Rusteloos liep hij voor de klas heen en weer. 'Slechte verklaringen.'

Mijn hart begon te bonken. 'Wat voor verklaringen?'

'Je hebt anti-revolutionaire en anti-communistische dingen tegen je klasgenoten gezegd, ja toch?'

'Nee, dat heb ik niet gedaan.' Hij probeerde me als een contrarevolutionair af te schilderen, precies zoals ze met Yu Quang hadden gedaan, een jongen uit de vijfde die in afwachting van nader onderzoek in de gevangenis was opgesloten. Het was een gevaarlijke situatie.

'Zoiets heb ik nog nooit gedaan! Dat weet u!' zei ik, de beste verdediging die een jongen van negen kon bedenken.

'Dit zijn de verklaringen' – hij wapperde met een dikke stapel papier – 'en ik kan deze mensen vragen om zo nodig tegen je te getuigen.'

'De mensen die zulke verklaringen hebben geschreven zijn leugenaars. Ik heb nooit slechte dingen over ons land of de Communistische Partij gezegd.'

'Hou je mond! Je hebt het recht niet om jezelf te verdedigen, je krijgt alleen de kans om je fouten op te biechten en boete te doen,' blafte hij woedend. Zijn stem kreeg een dreigende klank. 'Besef je wel dat je in de nesten zit?'

'Ik heb niets op te biechten!' Mijn keel was droog geworden en mijn armen begonnen te trillen. Opnieuw dreigde ik mijn zelfbeheersing te verliezen.

'Hou je mond, zei ik! Ik geef je tot morgen de tijd om een bekentenis te schrijven over alle verraderlijke dingen die je hebt gezegd. Leg uit waarom je al die vreselijke dingen hebt gezegd en wie je ertoe heeft aangezet. Je vader, misschien, of je moeder, of je kapitalistische grootouders.'

Hij probeerde mijn hele familie erbij te betrekken. Ze zouden mijn vader in de gevangenis gooien. Ze zouden mijn grootvader het huis uit sleuren en hem doodslaan.

'Zij hebben nooit tegen me gezegd dat ik slechte dingen over de partij moest zeggen! Nooit!' riep ik. Ik moest tot elke prijs voorkomen dat mijn familie hierbij betrokken raakte. Ik was bang en begon hulpeloos te snikken. Mijn wereld was ingestort en ik had het gevoel dat niemand me kon helpen. Ik zou een jonge contrarevolutionair worden, veroordeeld en veracht door het hele land. De rest van mijn leven zou ik wegrotten in een donkere gevangeniscel. Dat was Shi He overkomen, een jongen van de middelbare school die betrapt was op het luisteren naar een anticommunistisch radioprogramma uit Taiwan, en erger nog, naar de liefdesliedjes van de uit China verbannen Teresa Deng. Hij was tot twintig jaar cel veroordeeld.

Ik weet niet meer hoelang ik die ochtend heb gehuild. Toen ik die middag in de ondergaande zon alleen naar huis liep, voelde ik het gewicht van de boeien al rond mijn enkels.

Een veroordeelde op negenjarige leeftijd! Morgen bekennen! De gedachten spookten door mijn hoofd.

Thuis vertelde ik mijn moeder wat er was gebeurd en ze begon te huilen, ze sloeg zichzelf in haar gezicht en tegen haar borst en trok de haren uit haar hoofd. Hysterisch mompelde ze onsamenhangende zinnen over haar generatie die de vloek had overgebracht op de volgende. Na een tijdje bedaarde ze, maar ze was zo slap als een angstig dier. Uiteindelijk stuurde ze Si en Jin naar het kamp van mijn vader om hem om advies te vragen. Ze moesten hem te spreken vragen met als excuus dat hun moeder weer ernstig ziek was.

Pas tegen middernacht kwamen ze hijgend van het rennen weer thuis. Ik was nog niet naar bed en zat in de kamer naar een leeg vel papier te staren. Ik had niets gegeten. Voor het eerst van mijn leven had ik totaal geen trek.

Het advies van mijn vader was heel simpel. Er viel niets te bekennen. Ga morgen terug naar school en zeg dat tegen ze, liet hij me weten. Wat konden ze nou doen? Niets, zolang je niet bekent. Alles, zodra je iets zegt. Hou je het niet vol op school, stop er dan mee. Zelfs van een afstand gaven de woorden van mijn vader ons kracht en moed, en ik kreeg weer hoop dat alles goed zou komen. Maar die nacht droomde ik van het gezicht van mijn leraar en ik rook de muffe stank van een donkere, vochtige gevangenis.

De volgende dag liep ik met lood in mijn schoenen naar school, mijn blik strak op de straatkeien gericht, en ik wilde dat ik mezelf zo klein kon maken als een mug. Toen ik het klaslokaal binnenkwam, staarden de andere kinderen me zwijgend aan. De les ging over breuken, maar er drong niets tot me door. Steeds dwaalden mijn gedachten af naar het vel papier dat ik bij me had. Wat zou de leraar zeggen? Wat zouden ze met me doen? Elk uur van de les kroop tergend langzaam voorbij. Ik wilde niets liever dan het papier inleveren en weer naar huis rennen.

Eindelijk waren de lessen afgelopen. Mijn klasgenootjes verlieten het lokaal en ik deed mijn boeken in mijn schooltas, als de dood voor wat me te wachten stond.

'Ik heb jou geen toestemming gegeven om naar huis te gaan,' zei La Shan streng, zonder op te kijken van het huiswerk dat hij aan het nakijken was.

'Ik wil u iets geven.' Ik haalde het papier uit mijn tas. 'Mag ik alstublieft naar uw bureau komen?'

'Heb je de bekentenis?' vroeg hij scherp, zijn wenkbrauwen opgetrokken.

'Ik heb lang en diep nagedacht, en alles wat ik te zeggen heb, staat hierop, hooggeëerde meester.' Ik legde de 'bekentenis' op zijn bureau en draaide me om naar de deur om weg te gaan.

'Blijf staan!'

Zijn stem klonk zo kwaad en vol afkeer dat ik ervan schrok. Ik bleef staan en wachtte met gebogen hoofd af.

'Je hebt niets bekend?' gilde hij. 'Was dit een idee van je ouders?' Hij verfrommelde het papier en smeet de bal naar mijn hoofd.

'Nee, ik heb het zelf bedacht en het is de waarheid. Ik zweer op de graven van mijn voorouders dat ik eerlijk en onschuldig ben.' Tranen biggelden over mijn wangen zonder dat ik er iets aan kon doen. Ik was zo zenuwachtig dat mijn gezicht gloeide. Wanhopig probeerde ik mijn kalmte te bewaren.

'Je bent een leugenaar, Chen Da! Ik zal je contrarevolutionaire daden melden aan het hoofd van de school. Eigenlijk wilde ik je zaak zelf afhandelen, maar je werkt niet mee, dus dan dwing je me om naar de autoriteiten te stappen.'

Zijn dreigement werkte. Mijn knieën knikten. Ik wilde me het liefst voor hem op mijn knieën laten vallen en hem smeken niets te zeggen tegen het schoolhoofd, tevens de partijsecretaris van de commune. Vandaag was ik in mijn klas een paria, maar morgen zou de hele school het weten. Dan zou het met me gedaan zijn.

'Alstublieft!' riep ik. 'Wilt u er alstublieft geen werk van maken, hooggeëerde meester Shan? Ik ben heel erg bang. Wilt u me alstublieft helpen?'

'Jou helpen? Hoe kan ik je helpen als jij mij niet helpt?' Zijn stem kreeg een zachtere klank. 'Hier, neem dit papier terug en beloof me dat je iets bruikbaars op zult schrijven. Ik geef je tot morgen de tijd.'

Ik zag dit als een vriendelijk gebaar. Dankbaar pakte ik het verkreukelde papier aan en snel liep ik naar huis. Zodra ik binnen was, haalde ik het papier te voorschijn. 'Waarom heb je het niet aan je leraar gegeven?' vroeg mijn moeder.

Ik legde uit dat hij met de hand over zijn hart had gestreken en me een tweede kans had gegeven in plaats van naar het schoolhoofd te gaan.

'Hij houdt je alweer voor de gek, die slang!' Mijn moeder begon te snikken. 'Doe wat je vader zegt en beken niets! Wil je naar de gevangenis gaan?' riep ze tegen me, in een poging mij duidelijk te maken wat er op het spel stond. Ik begreep niets van alle trucjes, de dreigementen en de politieke valkuilen. Ik was in de war, maar ik geloofde in de wijsheid van mijn ouders en nam me voor om precies te doen wat ze zeiden.

Die nacht lag ik in bed naar het plafond te staren. Ik wenste vurig dat mijn ouders arme jonge boeren waren die zich geen zorgen hoefden te maken over een fout politiek verleden en domweg kwaad konden zijn omdat hun zoon onrechtvaardig werd behandeld. Dan hadden ze naar mijn school kunnen gaan, de tanden van die slang van een leraar uit zijn mond kunnen slaan en hem, als hij op de grond lag, kunnen trappen tot hij om genade smeekte en beloofde mij nooit meer een haar te zullen krenken. Maar mijn vader ging zelf gebukt onder politieke problemen, mijn tengere moeder zou zoiets niet eens kunnen en mijn grootvader de grootgrondbezitter zou in de gevangenis worden gegooid als hij er zelfs maar aan durfde te denken.

Het was inderdaad een truc geweest. Zodra ik de volgende dag op school kwam, hield de leraar me in de gang staande en hij bracht me persoonlijk naar de kamer van het schoolhoofd.

Gedachten flitsten door mijn hoofd – ik dacht erover om weg te rennen over de velden, me schuil te houden in het bos en nooit meer terug te komen op deze ellendige plek, maar mijn wil liet me in de steek. Ze zouden me te pakken krijgen en onmiddellijk opsluiten. Afgunstig keek ik naar de leerlingen die langs ons liepen, zo zorgeloos, lachend en gekscherend. Zij begonnen gewoon aan een leuke nieuwe dag op school, terwijl ik naar een politiek verhoor werd geëscorteerd, net nog niet geboeid.

De leraar zette me af bij de directeur en vertrok. De directeur nam niet eens de moeite om naar me te kijken. Hij was bezig met het opruimen van zijn bureau, terwijl ik nerveus in een hoekje stond.

De directeur, meneer Gao, was een pad van een man. Hij had kromme benen en waggelde onder het lopen heen en weer. Zijn gezicht was nietszeggend, ondanks een snor. Hij was een jaar of vijftig en niet alleen directeur van de school, maar onlangs ook tot partijsecretaris gepromoveerd. Van oudere leerlingen had ik weleens gehoord dat hij graag de handen en schouders van meisjes betastte, en vaak liet hij jonge leraressen 's avonds laat op de slaapzaal zijn kleren strijken, terwijl hij hen op zijn politieke wijsheden vergastte. Hij was de felste tegenstander van romantische betrekkingen tussen jonge leraren omdat hij er, zo werd gezegd, niet aan moest denken dat iemand anders de jonge vrouwen aanraakte. Zijn vrouw was een zware rookster met gele tanden en lelijke rimpels in haar gezicht. Ze pasten uitstekend bij elkaar.

Hij stelde me allerlei vragen en drong erop aan dat ik een bekentenis zou doen. Ik bleef volhouden dat ik onschuldig was.

De hele week daarna moest ik elke dag terug naar meneer Gao, hetzij in de pauzes, hetzij na school. Hij bleef adviezen mompelen en dreigen om me van school te sturen. Ik zat tijdens die sessies stilletjes op een stoel, veel alerter en rustiger dan tegenover mijn leraar. Hoewel meneer Gao een hogere functie had, was ik op de een of andere manier niet bang voor hem. Zijn manier van praten leek meer op mompelen en zijn zinnen waren incoherent. Soms begon hij aan een of andere verhandeling en raakte hij de draad helemaal kwijt, zodat hij mij dan uiteindelijk stompzinnig moest vragen: 'Waar was ik gebleven?'

In het begin gaf ik hem eerlijk antwoord, maar later zei ik dat ik het ook vergeten was en dan staarde hij me aan terwijl hij op zijn hoofd krabde. De sessies leken hem stierlijk te vervelen, want hij bereikte er niets mee. Ik wilde alleen opbiechten dat ik weleens kattenkwaad uithaalde, zoals krijtjes stelen, mijn huiswerk over laten schrijven door klasgenoten, of fruit plukken van de bomen in de tuin van onze buren. Een ding werd duidelijk tijdens de eindeloze ondervragingen, namelijk zijn belangstelling voor mijn familie. Daarover stelde hij veel vragen, maar ik zorgde er wel voor dat ik geen domme dingen zei die belastend zouden kunnen zijn. Kennelijk hadden ze het op mijn vader gemunt.

'Als je niet bekent,' zei hij uiteindelijk, 'stuur ik je naar de politie.' Dit keer stond zijn gezicht heel ernstig. 'Je laat me geen keus. Het hoofd van de politie heeft laatst zelfs naar je gevraagd. Hij wil dat je op het openbare vernederingspodium verschijnt, samen met Yu Xuang, als hij voor de hele school zijn bekentenis doet.'

Dit was een schrikbeeld voor me. Yu Xuang had bekend dat hij contrarevolutionaire uitspraken had gedaan en tegenwoordig moest hij de smerige straten van Gele Steen vegen. Ook was hij al een paar keer naar hetzelfde heropvoedingskamp gestuurd waar mijn vader zat.

Voor mij zou dit het einde betekenen. Als ik naast Yu Xuang op dat podium moest staan, voor honderden leerlingen die dreigementen schreeuwden en met stenen gooiden, zou mijn toekomst voorgoed geruïneerd zijn, áls ik de bijeenkomst tenminste overleefde. Ik zou in de ogen van iedereen tot een contrarevolutionair zijn gebrandmerkt, net als Yu Xuang. Dan kon ik net zo goed dood zijn.

Somber liep ik naar huis. Ik hoopte in stilte dat er een god was die de hele wereld kon omkeren, die me een nieuwe, heldere dag vol kleuren zou kunnen sturen, maar dat was een illusie. Families werden bij een bepaalde commune geregistreerd en je kon alleen op bevel van hogerhand verhuizen. Ontsnappen was onmogelijk.

Toen de dag dat Yu Xuang in het openbaar veroordeeld zou worden naderde, zei mijn moeder zacht tegen me: 'Ga je spullen pakken. Je gaat morgen weg.'

'Waar ga ik heen?'

'Naar Wen Qui.' Hij was een verre neef die in Ding Zhuang woonde, ook een klein stadje, een kilometer of dertig ten westen van Gele Steen.

'Dan pakken ze me.'

'Nee, ze zullen je niet eens gaan zoeken. Het waren alleen maar dreigementen.'

'En mijn school dan?' De school was mijn toekomst.

'Daar verzinnen we later wel iets op. Als je een paar lessen mist, haal je de achterstand heus wel weer in.'

Ik kroop in haar armen. 'Ik ben bang.'

'Dat hoeft niet.' Ze hield me dicht tegen zich aan. 'Wen Qui heeft in het geheim al gehoord dat je komt.'

De volgende dag, toen het eerste licht aan de horizon gloorde, sloop ik via de achterdeur naar buiten, ik liep over de krakende houten brug die schommelde in de wind en begon aan mijn voettocht die een halve dag zou duren. Ik had een tas bij me met wat kleren, een klein zakje gedroogde yams voor mijn neef, en twee stukjes zoete rijstcake, een van mijn favoriete lekkernijen, die mijn moeder de vorige avond laat nog voor me had gemaakt. Zodra ik de Dong Jing was overgestoken, deed ik wat mijn moeder me had opgedragen: ik maakte me zo klein mogelijk en verdween tussen de weelderige begroeiing van de uitgestrekte rietsuikervelden om te voorkomen dat ik iemand tegenkwam. De ochtenddauw parelde nog op de scherpe bladeren waar ik mijn gezicht en armen aan openhaalde.

Aan de andere kant van het veld kwam ik op een smal onverhard kronkelpad door de bergen. Hoewel ik al een paar keer eerder over dit bergpad had gelopen, vond ik het 's ochtends vroeg angstaanjagend stil, dus zong en floot ik hardop onder het rennen, mijn tas wippend op mijn rug. Halverwege ging ik bij een meertje zitten om uit te rusten. Ik leunde tegen een oude boom en pakte mijn eerste stuk rijstcake uit. Toen ik mijn tanden in de kleverige traktatie zette, werd ik er opnieuw aan herinnerd hoe goed het leven kon zijn als je geen opgejaagde politieke vluchteling was.

Ik deed mijn schoenen uit en waadde door het ondiepe water aan de rand van het meertje, schepte met mijn handen het frisse bronwater op om ervan te drinken. Het smaakte zo zoet als de berg zelf. Alles was zo stil en vredig, en ik kon de verleiding niet weerstaan om steentjes over het water te laten zeilen en te kijken naar de rimpeling van het wateroppervlak. Ik herinnerde me de tijd dat mijn vader en ik vaak samen naar dit meer waren gegaan en wedstrijdjes hadden gedaan wie een steentje het verst over het water kon laten scheren. Een keer had ik zo hard gegooid dat ik was uitgegleden en in het zachte riet was beland; ik zou de opgewekte lach van mijn vader nooit vergeten.

Tegen lunchtijd bereikte ik het huis van de Quis. Wens zus was de vrouw van mijn oom. De familie was gedwongen om uit Gele Steen naar dit afgelegen bergdorp te verhuizen omdat de vader een rijke stoffenfabrikant was geweest. Wen vertelde me een keer dat zijn vader de kwaliteit van een stof kon beoordelen door er achter zijn rug aan te voelen. De Quis woonden in het huis van een vroegere landheer, die samen met zijn hele familie door de communisten was geëxecuteerd.

Wen was pas achtentwintig en erg leuk gezelschap. Hij speelde de *er hu,* een instrument met twee snaren dat klonk als een viool, en een bamboefluit. Hij kon prachtig zingen en schreef mooie verhalen. Het was een knappe, zorgeloze, romantische kunstenaar die veroordeeld was tot een boerenbestaan in dit dorp. Verder was hij de eerste man die ik kende die zelf zijn vrouw had gekozen, zonder tussenkomst van een koppelaar. Ik had hen gekend toen ze verliefd waren, een paar jaar geleden, en nog naast ons woonden in Gele Steen. Hij en zijn toekomstige vrouw speelden en zongen altijd in het maanlicht in de achtertuin. Zijn bruiloft was de treurigste die ik ooit had meegemaakt. De ouders van de bruid hadden haar vastgebonden aan haar bed in een poging om het huwelijk te voorkomen, want zij kwam uit een arbeidersgezin, een politiek correcte familie, en ze was beloofd aan een verre neef, een rijke zakenman in Hongkong. Wen kwam uit een politiek foute familie. Haar broers en vader hadden Wen opgewacht en afgetuigd. Maar later die avond wist de bruid te ontsnappen, en ze werden in Wens huis bij het licht van een kerosinelamp in de echt verbonden. Er waren alleen een paar naaste familieleden bij, en het bruiloftsmaal bestond uit gebakken noedels.

Wen en zijn allerliefste vrouw heetten me welkom.

'Da, beschouw dit als je eigen huis. We willen dat je het leuk hebt bij ons,' zei Wen, en hij pakte mijn rugzak aan. 'Je hoeft hier niet bang te zijn.'

'Nee,' bevestigde zijn vrouw kordaat. 'We zullen ervoor zorgen dat je niets overkomt. Je bent nog maar een kind. Wat zijn dat toch voor ellendige, harteloze mensen?' riep ze met betraande ogen uit. 'Ze zullen je niet vinden. Als ze je komen zoeken, zal ik je goed verstoppen. Mij kunnen ze niets maken. Ik kom uit een arbeidersgezin, weet je nog?' Lachend veegde ze haar tranen af. 'Bovendien is Wen de particuliere boekhouder en waarzegger van de secretaris van onze communistische partij. Hij zou nooit iets doen zonder het eerst met Wen te overleggen.'

Ze gaven me te eten en ik kreeg een stapel oude boeken die ik kon lezen. 's Avonds waren ze nog net zo romantisch als vroeger. Ze lazen elkaar gedichten voor, bekeken oude foto's en zongen liedjes, terwijl het kaarslicht danste in het briesje dat door het openstaande raam naar binnen kwam. Wens ouders, die boven hen woonden, noemden hen niet goed wijs, maar in dat eenzame, afgelegen dorp zo ver weg van huis vond ik hun liefde voor elkaar juist hartverwarmend.

Ik logeerde er een week voordat werd besloten dat ik terug kon naar huis, maar ik ging de rest van dat semester niet meer naar school. Yu Xuang was tijdens de openbare bijeenkomst tot vier jaar dwangarbeid in een jeugdgevangenis veroordeeld. Hij was van het podium gesleurd en vervolgens bewusteloos geslagen. Niemand was naar mij komen vragen. Mijn moeder vertelde me later dat ze die hele dag op haar knieën voor Boeddha had gezeten om te bidden voor mijn veiligheid.

4

Na die week als onderduiker bleef ik elke dag bang dat de leraar, het schoolhoofd of het hoofd van de politie me zou komen halen. Ik vroeg Jie en Gesp, die nog steeds af en toe met me praatten, of ze iets hadden gehoord over voorbereidingen voor een openbare bijeenkomst op school. Ze zeiden van niet.

Elke ochtend om halfnegen ging ik naar onze zolder, het hoogste punt van ons huis, en dan zat ik op de vensterbank van het grote raam en luisterde ik naar het klokgelui van de school in de verte. *Ding, dong, ding, dong…* Dan begonnen de lessen. Een magere leraar die 'de Aap' werd genoemd, hing altijd met zijn hele gewicht aan het touw, en elke keer dat de enorme klok beierde, grijnsde hij als een clown.

's Middags zat ik achter onze dichte voordeur en dopte ik de tuinbonen die mijn broer en zussen hadden geoogst. Ik werkte om mijn bestaan te rechtvaardigen. Op een goede dag kon ik wel drie grote manden doppen, met alleen tien minuten lunchpauze en een paar snelle onderbrekingen voor kleine boodschappen. Om vier uur zette ik de deur op een kier en dan gluurde ik naar mijn klasgenoten die op weg waren naar huis. Ze waren zo blij en zorgeloos. Zij voelden zich niet als een crimineel die zich moet verstoppen en veroordeeld is tot geestdodend werk. Zij gingen naar school en leerden spannende dingen over de wereld.

Ik miste de school enorm, en ik vroeg Gesp, die tegenwoordig op mijn plek zat, weleens waar ze waren in de les. Diep vanbinnen had ik er schoon genoeg van om zo'n slappeling te zijn. Als mijn vader had geweten dat ik heimwee had naar een oord waar ik als een vod was behandeld, zou hij me een aansteller hebben gevonden. Daarom probeerde ik niet naar de andere kinderen te kijken en door te gaan met het eindeloze doppen van de tuinbonen.

Op een dag was mijn vader thuis voor een kort verlof, en hij kwam naast me zitten. 'Misschien moet je een vak leren, timmerman of smid,' opperde hij. 'Die verdienen behoorlijk. Maar ze moeten zich wel het vuur uit de sloffen lopen.' Ik dacht aan het vuur in de smidse bij ons in de stad, aan de smid die alleen een korte broek droeg als hij op zijn aambeeld stond te hameren. Ik glimlachte om de woorden die mijn vader had gebruikt, maar het idee op zich sprak me niet erg aan. Het waren geen beroepen die ik zelf zou kiezen. Ik had timmerlieden gezien die levensgevaarlijke capriolen uithaalden op daken van huizen in aanbouw. Als smid verdiende je goed, maar ik zag het niet zitten om een heel leven lang met een hamer te zwaaien naast een gloeiend heet vuur.

'Kan ik geen fluitspeler worden of zo?' opperde ik.

'Dat zijn de leuke baantjes,' beaamde hij, 'maar dan moet je naar de muziekschool en ik denk niet dat ze iemand uit een familie van landheren aan willen nemen.'

Ik knikte.

Hij voelde mijn gebrek aan enthousiasme en stelde voor om de beslissing nog even uit te stellen. Dan zou ik naar een timmerwerkplaats ergens in de bergen worden gestuurd, waar jonge leerlingen niet alleen het zwaarste werk deden, maar ook de voeten van de meester wasten, zijn thee zetten en zijn kinderen voerden. Bovendien moest er een enorm bedrag aan lesgeld voor worden betaald. Na de opleiding van drie jaar moest de gediplomeerde leerling nog een jaar zonder inkomen voor de meester-timmerman blijven werken.

De maand daarna deed ik allerlei klusjes; ik wiedde onkruid in het aardappelveld, bouwde een aarden wal in onze achtertuin, ik bracht lunch en avondeten in kleine bamboemandjes naar mijn broer en zussen op de velden, en spreidde nat hooi uit om het te laten drogen voordat het 's avonds binnen werd gehaald. De vochtige sprieten waren messcherp en er kropen allemaal insecten in rond, zodat ik voortdurend overal jeuk had.

Hoewel ik gewend begon te raken aan het leven van een jonge boerenknecht, ging ik diep vanbinnen een beetje dood. Ik voelde me oud en afgewezen, een mislukkeling. De mensen met wie ik werkte waren allemaal oudere boeren die niet langer op het land konden werken. Een van hen was een tandeloze idioot die tegen me brulde als een dier, achter de ruggen van jonge vrouwen obscene gebaren maakte en lachte als een hyena als ik zijn gebaren nadeed.

Ik speelde nooit meer op straat. Ik was ouder geworden en voelde me een paria. Inmiddels wist iedereen waarom ik van school af was. Soms scholden kinderen die langs ons huis liepen me uit voor een kleine contrarevolutionair, en daagden ze me uit voor vechtpartijen. Dan stond ik achter de deur met een scherpe schep in mijn hand voor het geval ze echt tot de aanval over zouden gaan. Een paar keer werden er stenen door onze ruiten gegooid. Op een ochtend vond mijn moeder een dode vogel in onze achtertuin, zonder kop. Ik vermoedde dat de leraar zijn clubje tegen me opzette. Als mijn moeder me vroeg om een boodschap voor haar te doen, keek ik eerst of de kust veilig was, en dan holde ik naar de winkel en terug. Nog meer problemen veroorzaken was wel het laatste wat ik wilde.

Elke avond schreef ik voor het slapengaan in mijn dagboek, want ik wilde de woorden die ik had geleerd niet vergeten. Ik verzon zelf karakters voor de woorden die ik niet kende. Er gebeurde niets leuks om over te schrijven. Vaak tekende ik zonder het te merken het gezicht van La Shan, het zwijn zonder kin, en dan maakte ik een groot kogelgat in zijn voorhoofd. Op een dag wilde ik me wreken voor alles wat me was aangedaan. Misschien als ik groot was of misschien als de wereld veranderde.

Op een dag kwam een vriendelijke onderwijzer uit onze wijk, meneer Lan, bij ons langs om thee te drinken. Tussen neus en lippen door vertelde hij dat hij met de school overeen was gekomen dat ik weer lessen mocht volgen in de achtste groep van de vierde klas. 'Dat is beter dan een leven als boer,' zei hij glimlachend, 'en echte parels glanzen zelfs in het donker.'

Die woorden zal ik nooit vergeten.

Met gemengde gevoelens, blijdschap, angst, nieuwsgierigheid en argwaan, stofte ik mijn boeken af en bereidde ik me voor op de dag dat ik oog in oog zou staan met dezelfde gevreesde mensen die ik had geprobeerd te ontwijken.

Op maandagochtend ging ik het lokaal van de beruchte achtste groep binnen, en ik bleef als aan de grond genageld staan. De kinderen jouwden me uit. Het viel me meteen op dat dit lokaal vreemd was ingericht. De tafeltjes stonden in twee groepen bij elkaar; acht tafels vooraan voor de meisjes, en de tafels voor de jongens stonden helemaal achterin. De grote open ruimte in het midden van het lokaal lag bezaaid met proppen en papieren vliegtuigjes.

De leraar gebaarde met zijn sigaret in de richting van de groep jongens en zei afwezig: 'Kies zelf maar een plekje.'

'Waar dan?' vroeg ik. De groezelige gezichten van de jongens stonden dreigend.

'Kies zelf maar, zei ik toch.' De leraar, meester Chu, maakte opnieuw een vaag armgebaar.

Nerveus stak ik het niemandsland over en ik koos een stoel aan de rand van de groep, naast een lelijk dik joch.

'Wat doe jij hier, stomkop?' schreeuwde mijn kersverse buurman, en hij spreidde zijn armen om zijn territorium af te bakenen op de lessenaar die we deelden. Op de een of andere manier had ik het gevoel dat ze allemaal wisten dat ik uit groep een was getrapt, de klas met de bollebozen en de snobs.

'Wat kom jij hier doen? We zijn hier geen vuilnisvat,' riep een andere lolbroek. De hele klas barstte in lachen uit, als een stel dronkenlappen in een kroeg.

Meester Chu had een pafferig gezicht met grote wallen onder zijn ogen, die door hun gewicht zijn oogleden omlaag leken te trekken.

'Koppen dicht!' schreeuwde hij. 'Jullie verdienen niet beter, stelletje snotneuzen, en ik zeg dat jullie wel een vuilnisvat zijn.'

Gelach.

'En...' plaagden een paar jongens.

Hij nam een lange haal van zijn sigaret, slaakte een diepe zucht, en ging verder, alsof ze een toneelstukje deden. 'Nee, nee, nee! Jullie zijn erger dan dat. Jullie zijn wilde beesten die in een dierentuin thuishoren! Jullie hebben geen discipline...'

'En...' joelde de hele klas in koor.

'Geen wilskracht...'

'En...'

'Geen hersens...'

'Hè? En...'

'Geen manieren, jullie stinken...'

'En...'

'Val me niet in de rede!' Hij stampte op de grond en gooide een houten liniaal naar de tafels van de jongens. Het ding landde op de stapel papieren vliegtuigjes. 'En geen toekomst!' brulde hij tot besluit van zijn tirade. Mijn dikke buurman raapte de liniaal op en gooide hem terug naar de leraar.

'Rustig aan een beetje, meester Chu. U moet wel een beetje op uw woorden passen,' zei een rustige, zware stem achter me. Ik draaide me om en zag een oudere jongen met een groot, vierkant gezicht, een neus als een bol knoflook en een gemene jaap over zijn voorhoofd. Zijn ogen twinkelden ondeugend, en hij glimlachte schalks. 'Mijn vader zou er niet blij mee zijn als hij u zou horen zeggen dat ik geen toekomst heb. Pas maar op.'

'Begin nou niet weer over je vader. Ik ben heus niet bang voor hem.'

'O nee? Als dat zo is, waarom was u er dan niet, de laatste keer dat hij op school kwam omdat hij kwaad op u was?'

'Hij had mazzel dat ik er die dag toevallig niet was. Ik zou je vader en jou kunnen laten arresteren. Zo, sla nu allemaal bladzijde twintig op. We hebben nu wel genoeg tijd verdaan.'

Er klonk meer gelach, maar ook gekreun. Langzaam kwam de klas in beweging, als een oude goederentrein die tegen een berg op moet ploeteren. Meester Chu bleef schreeuwen en tieren, en de leerlingen bleven hem uitlachen en plagen. Het was net een circus met allemaal clowns. Zelfs de meisjes vloekten als valse ouwe wijven als de jongens het waagden om bij hen in de buurt te komen.

In de eerste les kon ik antwoord geven op 80 procent van de wiskundige vragen, en twee lessen later voelde ik me een ster. Aan het eind van de dag kwam de grote jongen met de snee op zijn voorhoofd, die 'de Koning' werd genoemd, naar me toe en hij klopte me op mijn schouder. 'Van nu af aan mag je naast me zitten en mijn huiswerk doen,' kondigde hij aan.

Ik voelde me gevleid en stemde grif toe. Ik had natuurlijk geen keus. Die jongen was een kop groter dan ik, en hij werd omringd door zijn vrienden, de een nog duivelser dan de ander. Ze vormden een soort maffia. Later hoorde ik dat hij al drie jaar in dezelfde klas zat en dat zijn vader, die hij vaak als een schild gebruikte, een hoge officier bij de marine was, de kapitein van een enorm schip dat over de Stille Oceaan kruiste en China tegen een invasie van Taiwan moest beschermen. Zelfs als hij met verlof in Gele Steen was, had hij altijd een wapen bij zich.

Die avond in bed was ik ervan overtuigd dat ik geen betere omgeving had kunnen treffen om mijn schoolcarrière te hervatten. Mijn klasgenoten wáren beesten, maar het kon ze geen zier schelen waar ik vandaan kwam. Ze respecteerden me.

Onze school was een beetje te vergelijken met een gewone stad. Er waren deftige afdelingen en louche hoekjes. Onze kant van het schoolplein was net het Wilde Westen, compleet met schurken en sjacheraars, waar de wet met harde vuisten werd geschreven en jongens zoals de Koning, die een panterachtige souplesse hadden, de dienst uitmaakten. Het was een totaal andere wereld dan de intellectuele ivoren toren van groep een. De ruiten aan onze kant waren al jarenlang kapot, onkruid had de bloemen al lang verstikt, en het leek wel of de natuur de andere kant een handje hielp door het aardoppervlak scheef te houden, zodat er als het regende een grote plas modder voor de deur van ons lokaal ontstond. Toch was ik trots dat ik erbij hoorde. Voor mij was het een nieuw begin, niet het einde. Tussen deze ruwe kinderen van eenvoudige komaf had ik de ruimte om adem te halen. Al mijn nieuwe schoolvrienden moesten helpen op het land zodra ze thuiskwamen. Het waren kinderen uit afgelegen dorpen zonder eigen scholen en vaak moesten ze wel een uur lopen om in Gele Steen te komen.

In die omgeving leerde ik voor het eerst hoe ik mensen met mijn vuisten moest slaan. Op een dag, toen ik aan mijn tafel huiswerk zat te maken, rende mijn buurman langs, Yian, het lelijke dikke joch, en hij pikte mijn rubberbal. Ik achtervolgde hem door de klas en riep dat hij mijn bal terug moest geven. Hij plaagde me door de bal in zijn kruis te stoppen. Alle jongens lachten, terwijl de meisjes vol walging de andere kant op keken. Ik sprong op hem af, maar miste. Plotseling bleef hij staan. 'Pak me dan, als je kan,' jende hij. Hij drukte zijn borst tegen me aan en zijn dikke gezicht veranderde in een gehaktbal. Het maakte me nerveus en kwaad dat hij me aanraakte, maar ik was te bang om hem te slaan. Dat had ik nog nooit gedaan. Zijn neus kwam steeds dichterbij. Hij begon me te duwen.

'Vecht met hem, anders praat ik nooit meer met je,' zei de Koning in mijn oor.

Ik sloot mijn ogen om te kalmeren en probeerde mijn angst dat ik weer van school getrapt zou worden te onderdrukken. Ik moest het doen. Ik zwaaide mijn arm haar achteren en plantte mijn vuist in zijn gezicht. Het voelde goed. Hij viel en rolde een paar meter bij me vandaan. Ik liet mijn knokkels kraken en wachtte hem ineengedoken op. Zodra hij weer op zijn benen stond, viel hij aan als een buffel. Ik dook opzij, zodat hij zijn hoofd stootte aan een tafeltje en weer op de grond viel. Ik draaide me om en gaf een trap tegen zijn achterste. De andere kinderen stonden opgewonden te juichen. Tegen die tijd voelde ik geen angst meer. Ik wilde hem alleen nog maar blijven slaan totdat het voorbij was.

Opeens stond hij op en hij stak zijn armen in de lucht. 'Jij wint. Ik geef je je bal terug.' Toen lachte hij en klopte zijn kleren af.

Ik voelde me bedrogen. Ik wilde doorgaan met vechten. Hoe kon hij een knokpartij zo achteloos afbreken, alsof hij een kopje thee neerzette? Er was geen enkele emotionele betrokkenheid.

'Jij hebt gewonnen. Ga maar weer zitten, voordat de leraar je betrapt,' zei de Koning. 'Je bent niet slecht, weet je. Ik zou dit soort vuistgevechten vaker moeten organiseren. Ik weet zeker dat je er lol in zult krijgen.' Lachend gaf hij een klap op mijn schouder, en toen drukte hij me omlaag op mijn stoel. Ik duwde zijn hand weg, propte mijn boeken in mijn tas en ging vroeg naar huis.

'Je komt er wel overheen, maagd,' zei de Koning, en de hele weg naar huis gonsde het gelach in mijn oren.

Op een dag klonk er door de hele school een mededeling uit de krakende luidsprekers. Er was een bijeenkomst op het schoolplein en er zou een nieuwe richtlijn worden voorgelezen. Toen ik samen met de andere kinderen naar buiten wilde gaan, hield meester Chu me tegen. 'Jij blijft hier. Bevel van de directeur.'

'Waarom?'

'Vanwege de inhoud van het document. Jij bent er politiek nog niet aan toe.'

'Als alle anderen ernaar mogen luisteren, waarom ik dan niet?'

'Jij bent niet zoals de anderen,' zei hij.

Weer sloeg de angst voor het isolement en verdriet me om het hart, maar ik voelde me ook beledigd en gekwetst. Wat was dit toch voor een rotschool? Wanneer hield dat gelazer nou eens op? Als ik op dat moment een bom in handen had gehad, zou ik hem naar het podium hebben gegooid om die vreselijke directeur, meester La Shan en diens hielenlikkers in duizend stukken te blazen.

Ik bleef in het lokaal, verdrietig en gedesillusioneerd. Toen de anderen terugkwamen, keken ze me vragend aan, en de rest van de dag bleven ze bij me uit de buurt. Ik bad dat mijn nieuwe vrienden me niet net als de vorige in de steek zouden laten. Maar dat deden ze gelukkig niet. De volgende dag was het hele voorval vergeten. Voor het schoolwerk bleef ik de raadsman van de Koning, en ik durf wel te beweren dat hij dankzij mijn hulp eindelijk overging naar de vierde klas. Hoewel hij de examenvragen niet zelf beantwoordde, kon zijn vader de marineofficier toch trots op hem zijn, zo niet vanwege het schoolwerk, dan toch zeker wel vanwege zijn handigheid om anderen voor zijn karretje te spannen.

Ik vond het een ramp dat groep acht aan het eind van het schooljaar werd opgeheven. Een school dichter bij de dorpen was weer opengegaan en de kinderen waren dolblij dat ze niet meer zo ver hoefden te lopen. Ik werd in groep twee geplaatst, in het lokaal naast dat van groep een, met alle hatelijke gezichten die ik voorgoed uit mijn herinnering probeerde te wissen. Elke dag rende ik zo snel mogelijk langs hun lokaal, uit angst iemand tegen de komen en weer in de problemen te raken. In de nieuwe groep werd ik al snel als de beste leerling beschouwd, en ik kreeg zelfs van sommige leraren weleens een complimentje. Maar een paar van mijn klasgenoten spanden tegen me samen, onder leiding van een achterbakse jongen die Han heette. Zijn vader en de mijne hadden ooit samen geprobeerd bijen te kweken en ruzie gekregen toen dat was mislukt. De anderen in de groep waren Quei, de zoon van een plaatselijke politicus, en Wang, wiens vader timmerman was en een vijand van een paar goede vrienden van mijn vader.

In de klas verzonnen ze malle liedjes om mijn familie te vernederen, ze wekten de oude beschuldigingen weer tot leven en probeerden andere kinderen ervan te weerhouden om vrienden met mij te worden. Na school bespioneerden ze me, en op een dag beschuldigden ze me ervan dat ik een dure balpen had gevonden en de pen niet op school had ingeleverd, zoals ik had moeten doen. Het kwam me op een ondervraging van vier uur in de kamer van de directeur te staan, en wéér ging ik daar door de hel. Ondertussen stonden zij voor het raam lachend gezichten te trekken. De volgende dag ging ik Han met een roestig strijkijzer achterna toen hij langs mijn huis kwam. Ik ramde erop los totdat een voorbijganger ons uit elkaar haalde. Han huilde en meldde het de volgende dag bij onze leraar, meester Lan. Maar ik had mijn kant van het verhaal al opgeschreven en ingeleverd en de leraar geloofde mijn versie.

Wat me pas echt kwaad maakte, was dat diezelfde kinderen eisten dat ze het huiswerk van me over mochten schrijven, terwijl ze er alles aan deden om mijn leven zo ellendig mogelijk te maken. In het begin stond ik het toe, in de hoop dat ze dan vriendschap met me zouden sluiten. In plaats daarvan deden ze het tegenovergestelde, ze rapporteerden me bij de leraar. Hij gaf me uiteraard een uitbrander, en voor straf moest ik een week lang het bord schoonmaken. Later pakte ik ze terug door ze expres verkeerde antwoorden over te laten schrijven, en dat meldde ik bij meneer Lan. Dit keer zaten ze als ratten in de val, en zo verspeelde Han zijn kans om tot de beste communistische leerling van dat jaar te worden uitgeroepen.

In die tijd ging het steeds slechter met mijn grootvader. Hij was zevenenzeventig. Bijna elke dag stonden er wel vernederende teksten over hem op het schoolbord.

Toen hij stierf, duwden we hem diezelfde dag op een kruiwagen naar de stad Putien, dertig kilometer van Gele Steen, om hem te laten cremeren. Ik droeg een wit hemd en strooide snippers papiergeld over de bruggen die we overstaken, onder het uitspreken van woorden als 'ga in vrede' tegen de denkbeeldige bewakers van de bruggen. Op een gegeven moment zag ik de gezichten van Han, Quei en Wang tussen de mensen langs de kant van de weg, glimlachend zonder enig medelijden of sympathie. Ze trokken zelfs gezichten naar me. Ik beet op mijn lip om mijn verdriet en haat te onderdrukken. Binnen in me schreeuwde een stem om wraak, en ik kreeg tranen in mijn ogen. Ik droogde mijn tranen en hielp de anderen bij het duwen van de kruiwagen met mijn grootvaders lichaam.

Na een tocht van uren over onverharde wegen bereikten we Putien, waar we vier jonge monniken betaalden om mijn grootvader de berg op te dragen naar het crematieveld. Ik knielde als een vrome kleinzoon samen met mijn familieleden voor de goedkope kist en nam snikkend afscheid van mijn grootvader terwijl een stokoude monnik de brandstapel aanstak. Vlammen laaiden hoog op tegen de ondergaande zon. Mijn dierbare grootvader was niet meer.

5

Zelfs in de winter was Gele Steen omkranst door het groen van de tarwevelden en akkers met tuinbonen. Hier en daar doken in het groene tapijt gele wilde bloemen op, als eenzame dolende zielen. Het water van de Dong Jing was kalm en peinzend, alsof het stilletjes van de komende lente droomde.

Boeren kwamen naar het marktplein om goederen te ruilen voor nieuwjaar, dat over een week zou worden gevierd. In de smalle hoofdstraat van Gele Steen liepen muilezels met eten en groente af en aan. Fietsen kraakten onder het gewicht van twee mensen, en rumoerige tractoren baanden zich moeizaam een weg tussen de drommen mensen met zakken vol eten over hun schouders.

Op een ochtend kwam meester Lan bij ons thuis met de resultaten van ons eerste landelijke examen. Ik had in alle vier de onderwerpen honderd procent gescoord. Mijn moeder en hij glimlachten onophoudelijk, en mijn zussen vochten met elkaar om mijn rapport te kunnen bekijken.

'Er zijn in de hele provincie Putien maar twee scholieren met dit resultaat,' vertelde Lan stralend, want door mijn goede cijfers was hij een van de leraren van het jaar geworden.

Voor onze buren werd ik van het ene moment op het andere een ster. Mensen keken vriendelijker naar me en ik werd hartelijker begroet. Het was zowel bevrijdend als een beetje bedwelmend. Ik glom van trots. Ik was niet langer een van de kansloze nakomelingen van de heersende klasse die eindigden als timmerman, smid, of dagloner en gebukt gingen onder de schuldgevoelens en schaamte van hun vaders. Ik straalde, ondanks alle pogingen om mijn vuur te doven.

Het overlijden van mijn grootvader stijfde me in mijn wil om te slagen, ook al had ik het tij tegen. Ik wilde het doen ter ere van deze man, die berooid, verdrietig en gebroken was gestorven.

Het beeld van zijn lichaam, waar niet meer dan veertig kilo gele huid en oude botten van was overgebleven, liggend in die houten kruiwagen als een afgedankt dood dier, zal me altijd bijblijven. Hij had zelf voor crematie gekozen omdat hij wist dat we ons geen graf konden veroorloven voor zijn uitgemergelde lichaam, dat gekleed was geweest in een nieuwe zwarte mantel van goedkope stof. De woorden van mijn vader toen hij met de as van mijn grootvader thuiskwam, zijn betraande wang tegen de urn gedrukt, weergalmden nog lang in mijn oren: 'Nu kun je eindelijk tot in de eeuwigheid drinken en gokken met je vrienden.'

Er werd besloten dat ik met mijn nicht Yan mee zou gaan naar het eiland waar ze lesgaf. Ik zou er een paar dagen blijven en dan met wat vis en garnalen voor het nieuwjaarsfeest teruggaan. Het uitstapje was bedacht om te voorkomen dat ik me zou misdragen met de buurtkinderen, maar ik sprong een gat in de lucht. Ik had het altijd heerlijk gevonden aan zee, met de blauwe golven en lange witte stranden. Zeilboten scheerden over het water. Ongekende mogelijkheden lagen verborgen in de diepten van de oceaan, extra spannend gemaakt door de verhalen die oude zeelieden vertelden.

'Kun je de hele dag lopen zonder te klagen?' vroeg Yan me, en ik knikte gretig.

Milon lag op dertig kilometer van de kust als een saffier in de blauwe oceaan. Omdat we er voor zonsondergang moesten zijn, gingen we 's ochtends al vroeg op weg. We liepen de hele dag over een kronkelend pad, langs verschillende beken, uitgestrekte velden met tuinbonen en onder ontelbare bomen door, totdat de zon begon te dalen in het westen. Allang voordat we de kust bereikten werd het land vlakker, met weidse vergezichten. Het gras werd dunner en verdween uiteindelijk helemaal. Er waren tot kilometers ver in de omtrek nergens huizen of hutten te zien, we passeerden alleen af en toe een eenzame windmolen, met wieken die monotoon kreunden en kraakten in de wind.

Naarmate we dichter bij de kust kwamen, wakkerde de wind aan, een straffe bries die de geur van zee en zout meevoerde. Ik moest mijn strohoed stevig vasthouden om te voorkomen dat de wind ermee aan de haal ging. De kuststrook glinsterde wit onder de laagstaande zon. Yan vertelde me dat het zoutvelden waren. De zoutboeren pompten zeewater naar grote stukken land langs het water, en dan bouwden ze lage muurtjes om te voorkomen dat het water terugstroomde. Als de zon al het water had verdampt, bleef het harde zout achter. Dit zeezout werd naar veel landen geëxporteerd; het zout dat we thuis gebruikten, kwam ook hier vandaan.

Ik knielde om een handvol van het glinsterende zout in mijn zak te scheppen toen Yan even niet keek, en rende weg om als eerste de zee te zien.

Opeens doemde de oceaan voor ons op, eerst als een brede strook donkerblauw water waar fonkelende sterren op dansten. Maar toen ik dichterbij kwam en het water in mijn enthousiasme wilde omhelzen, werd de zee steeds breder en dieper, totdat het kleine stukje land waar ik op stond ervoor opgeslokt leek te worden. Door de uitgestrektheid van het water voelde ik me zo klein en nietig als een grasspriet in de wind.

Toen Yan naast me bleef staan, zwaaide een tengere oude man naar ons en hij riep haar naam.

'Dat is de bootsman van de veerboot naar het eiland,' vertelde Yan. 'Hij heet Oude Berg.'

'Oude Berg?' Ik moest erom lachen.

'Grappig, hè?' Haar ogen twinkelden. 'Wacht maar tot je mijn leerlingen ziet.'

We gingen naar een krakkemikkige verlaten pier, waar maar twee kleine zeilbootjes op het water dobberden. Onze veerboot was klein, met zeilen die zo vaak opgelapt waren dat het wel lappendekens leken die wapperden in de wind. Ik was er niet erg van onder de indruk, maar het dek voelde stevig aan toen we van de loopplank sprongen. Wij waren de enige passagiers. Oude Berg werd geholpen door een magere jongen. Binnen een paar minuten waren we al op weg.

Ik hield me aan de mast vast. Af en toe sloegen de golven over het dek, maar de oude veerboot doorkliefde met strak gespannen zeilen het water. In de avondschemering was de zee even angstaanjagend als een donkere lucht zonder sterren. Yan vertelde me dat de eilandbewoners heel erg bijgelovig waren en niet wilden dat er op de boot verkeerde dingen werden gezegd, dus hield ik gedurende de hele tocht mijn mond. Af en toe keek ik even naar Oude Berg, die een vals deuntje floot en met tot spleetjes geknepen ogen in de verte tuurde.

Een halfuur later hielp Yan me van de boot en namen we afscheid van Oude Berg en zijn helper. Kleine huisjes stonden verspreid over het eiland Milon. Op de drukke kade werden we plotseling door minstens tien enthousiaste meisjes en jongens van mijn leeftijd omringd. Ze droegen onze bagage, gaven ons een hand, en ze pakten zelfs mijn hoed alsof die zo zwaar was dat ik hem zelf niet kon dragen. Ik kreeg de indruk dat alle meisjes een baby op hun rug hadden. De jongens droegen op deze warme winterdag alleen eenvoudige korte broeken. Alle kinderen waren op blote voeten.

'Dit zijn mijn leerlingen,' vertelde Yan me trots. 'Jongens,' zei ze tegen hen, 'dit is mijn neef. Hij heet Da.'

'Hal-lo Daaaaa...' zeiden ze in koor, alsof ze een lesje opzeiden in de klas. Meteen daarna begonnen ze te giechelen.

'Waarom lachen jullie?' vroeg ik.

Een meisje met grote ogen en lang haar gaf glimlachend antwoord, terwijl de rest me bleef aanstaren. 'Omdat we nog nooit zo'n naam hebben gehoord. Het is de naam van een volwassene.'

'Van een volwassene? Hoezo?' vroeg ik aan mijn nicht.

'De kinderen op dit eiland krijgen pas een echte naam als ze de huwbare leeftijd bereiken, als ze een jaar of vijftien zijn. Daarvoor worden ze naar dieren of voorwerpen genoemd. Zij heet bijvoorbeeld Biggetje, hij is Kleine Paling, de jongen die je hoed draagt is Oesterschelp, en dat mooie meisje met het lange haar is Heldere Maan.' Elk kind bloosde als zijn of haar naam werd genoemd.

'Hoe komen ze aan die namen?' vroeg ik me hardop af.

'Hun vader kiest de naam van het eerste wat hij ziet na de geboorte van de baby.'

Ik schudde mijn hoofd en dacht aan Oude Berg. Zijn onfortuinlijke vader moest vlak na de geboorte van Oude Berg de buik van zijn vrouw hebben gezien.

'Laten we gaan,' zei Yan.

Lachend droegen of sleepten de kinderen onze tassen een steile trap van ongelijke stenen op. Het waren zeker honderd treden, met hier en daar oesterschelpen eraan vast.

'Dat is de school.' Yan wees op een klein gebouw, hoog tegen de heuvel. Ik moest zo ver omhoog kijken dat ik er bijna duizelig van werd.

De zon was achter de horizon gezakt tegen de tijd dat we eindelijk het op de rotsen gebouwde schooltje bereikten. De muren waren van steen, en het dak was van grijze pannen. Hoewel de omringende zee donker en onheilspellend was, twinkelden over het hele eiland verspreid de lichtjes van huizen. Een voor een namen de schoolkinderen afscheid en ze renden weg naar hun huizen. Yan en ik waren allebei doodmoe en we gingen vroeg naar bed.

Die avond lag ik in het vreemde bed te denken aan alle spannende dingen die ik de volgende dag zou gaan doen. Door een groot dakraam kon ik de sterren zien, en ik hoorde het ruisen van de branding. Het ritme van het water klonk als een oude man die een legende vertelt tegen de achtergrond van lui brekende golven. Ik luisterde naar het verhaal en viel in een droomloze slaap.

De felle ochtendzon wekte me. Ik stond op en liep naar de aangrenzende ruimte, waar ik tot mijn verbazing een grote groep meisjes zag die zich verdrongen rond mijn nicht. Yan zat op een hoge stoel en deelde met een tevreden glimlach kleurige kammen, plastic haarspeldjes met vlinders en linten uit die ze in Gele Steen had gekocht. Ze las de namen op uit het klassenboek om te voorkomen dat ze iemand oversloeg. Alle meisjes hadden duidelijk ontzag voor haar. Op dit eiland waar veertig gezinnen woonden, was lerares Chow, zoals ze door de eilanders eerbiedig werd genoemd, een vrouw die werd geassocieerd met kennis, wijsheid, stijl en rijkdom. Waarschijnlijk kenden ze verder niemand die in het Parijs van Azië was geweest, de grote stad Shanghai, niet een of twee keer, maar elk jaar, om haar ouders te bezoeken.

De vrouwen op het eiland vroegen haar over van alles en nog wat advies, van hun kleren en huwelijk tot eten en de opvoeding van hun kinderen. Haar leerlingen zouden nooit goedkeurend knikken als lerares Chow het niet met hun keus eens leek te zijn. Ongelukkige vrouwen kwamen vaak bij haar met klachten over hun echtgenoten, en dan ging mijn nicht als een soort kantonrechter naar hun mannen om te bemiddelen.

Yan had een sterk karakter en ze was geknipt voor haar rol, maar er zat ook een keerzijde aan vast. De bekende geboortebeperking werd in het hele land van kracht. Haar enige collega, een man van vijfenveertig, werd jaloers op haar populariteit, en onder regeringsvertegenwoordigers op het vaste land verspreidde hij het gerucht dat zij verantwoordelijk was voor verschillende huwelijken tussen kinderen van vijftien. In werkelijkheid was het van oudsher de gewoonte op het eiland om al zo jong te trouwen. Op je vijftiende was je rijk, op je achttiende verrot, luidde het plaatselijke gezegde.

Vijf jaar was ze op het eiland aangesteld, en in die tijd had ze ook een bijzonder nare ervaring. De zoon van de partijsecretaris van de commune op het eiland vroeg haar via een koppelaar ten huwelijk. Hij was drie jaar jonger dan zij en een hoofd kleiner. Hoewel de ouders van de jongen het mooiste huis van het eiland bewoonden, een stenen villa met wel tien kamers, en de jongen zelf een ervaren metselaar was, zag Yan niets in hem en ze wees het aanzoek beleefd af.

De partijsecretaris reageerde woedend op haar afwijzing en kwam persoonlijk naar de school. Hij ramde met zijn vuist op Yans bureau en strooide in bedekte termen met dreigementen over haar toekomst. Yan huilde dag en nacht, moederziel alleen. Ze wist zich geen raad, en uiteindelijk ging ze op bezoek bij mijn vader, die haar een riskante oplossing aan de hand deed.

De volgende dag ging ze direct naar de partijsecretaris. 'Ik ben grootgebracht door mijn oom, een arme en hebzuchtige oude man,' vertelde ze hem. 'Hij beschouwt mij als zijn eigen dochter en behandelt me ook zo. Hij zegt dat hij mij best aan uw zoon wil uithuwelijken, maar alleen als u bereid bent dit bedrag te betalen.' Yan gaf de vader een vel papier met een lijst die mijn vader had geschreven. Ongelovig las de man de lijst, hij liet Yan gaan en heeft haar nooit meer lastiggevallen.

Later vertelden ze me dat mijn vader een lange lijst van dure voorwerpen had opgesteld. Ook werd een contante betaling van twintigduizend yuen geëist. Mijn vader had zogenaamd al het geld dat hij in Yan had geïnvesteerd opgeteld en een gedetailleerde berekening gemaakt van het inkomen dat hij de rest van zijn leven van haar verwachtte. 'Kwaad met kwaad genezen' noemde mijn vader deze strategie.

Op een ochtend verscheen er een man bij de deur van de school, de vader van een van Yans leerlingen. Hij glimlachte vriendelijk naar me en nam me mee naar de kade, waar zijn vissersboot lag. Hij was een jaar of veertig en heette Ar Piao. Zwijgend liepen we de trap af, en ik begreep niet goed waarom hij zo stil was. Hoewel hij het kennelijk leuk vond om mij het eiland te laten zien, kon hij absoluut niet uit zijn woorden komen. Als hij iets te zeggen had, werd hij zo rood als een boei. Maar hoe stiller hij was, des te meer ik te vragen had, want uit zijn verweerde, diepgebruinde huid leidde ik af dat hij veel van de zee wist. Ergens in zijn binnenste zat een verhaal verscholen, een goed verhaal. Hij gaf in monosyllaben antwoord, met een knikje of een glimlachje. De zee had duidelijk een denker van hem gemaakt, geen prater.

De oceaan was kalm en blauw en de zon niet al te fel. In deze subtropische streek merkte je nauwelijks dat het winter was. Zijn boot was nieuw, met grote zeilen en netten die langs de zijkanten hingen. Zijn zoon, die hij Aap had genoemd, zwaaide naar me en begroette me met een brede grijns toen hij me aan boord hielp. Ar Piao vertelde dat zijn boot een motor had, zodat hij zonodig ook tegen de wind in kon varen. Even later voeren we weg van de drukke kade, en met de wind in de zeilen zetten we koers naar een ander piepklein eilandje, waar we zouden gaan vissen. Ik leunde tegen de zijkant van de boot en keek naar de boeg die de golven doorkliefde.

Aap was twaalf en al bijzonder gespierd. Ik vond hem meteen aardig. Hij had het vriendelijke gezicht van een simpele ziel, net als zijn vader, maar hij keek me aan met ogen die dansten van opwinding en nieuwsgierigheid. Ik kon zien dat hij graag met me wilde praten maar niet goed wist wat zijn vader ervan zou vinden. Hij bleef steelse blikken op me werpen.

'Jeetje, wat hebben jullie een mooie boot,' zei ik tegen hem, en ik liet mijn hand bewonderend over de mast gaan.

'Vind je hem mooi?' Aap grijnsde en onthulde twee ontbrekende tanden. 'Straks zal ik je de geraamtes op het eiland laten zien.'

'Vandaag geen geraamtes,' zei zijn vader.

'Wat voor geraamtes?' zei ik, reuze benieuwd naar dit onderwerp.

'Er hebben weleens mensen op het eiland geslapen,' vertelde Aap.

'En ze zijn daar doodgegaan?' raadde ik.

Hij schudde zijn hoofd en keek heimelijk naar zijn vader, die met de zeilen bezig was. 'Dat woord mag je aan boord niet gebruiken, maar je hebt wel gelijk.'

'Misschien kunnen we er de volgende keer naar gaan kijken,' opperde ik. 'Ik vind vissen al leuk genoeg.'

'Hoe ziet jouw stad eruit?' vroeg hij. 'Staan er allemaal hoge gebouwen?'

'Ik kom niet uit de grote stad. Mijn stad is niet veel groter dan de jouwe.'

'Zijn er bioscopen?'

'Ja, en ook theaters.'

'Ik ben gek op films, maar we zien er op het eiland maar één per jaar.' Zwijgend staarde hij in de verte.

'Ben je weleens op het vaste land geweest?' vroeg ik.

Hij schudde zijn hoofd. 'Maar op een dag ga ik er wonen, in de grote stad.'

'Is dat wat je wil?'

Hij dacht even na. 'Ik zou graag huizen willen bouwen.'

'Kom dan maar eens bij mij op bezoek,' zei ik. Hij lachte. Aap was een dappere dromer en ik bewonderde zijn openhartigheid. Milon was te klein voor hem.

Een halfuur later kwamen we bij een weelderig begroeid eilandje. Er was geen spoor van menselijke beschaving te bekennen. De boot minderde vaart.

Ar Piao's grote handen rolden het net op, en daarna gooide hij het uit in het heldere water. Hij gooide het anker uit, viste een pijp uit zijn zak en begon te roken.

'Waar vissen we op?' vroeg ik.

'Makreel.' Ar Piao blies een grote rookkring.

'Leuk. Ik ben dol op makreel.'

Hij knikte, kijkend naar het net.

'En jullie?' vroeg ik.

'Wat denk je?' zei hij, zonder zijn blik los te maken van het net.

'Misschien lusten jullie wel helemaal geen makreel.'

'Hoe kan dat nou?' Een glimlachje speelde om zijn mondhoek.

'Ik ken een slager die nooit zijn eigen vlees eet.'

Hij grinnikte, met de pijp bungelend in zijn mondhoek. 'Jij bent niet op je achterhoofd gevallen, dat hadden ze al gezegd.'

'Echt waar?'

Hij knikte. 'Ik wil dat mijn zoon later net zo'n goede leerling wordt als jij. Misschien heeft hij dan een toekomst en kan hij weg van ons eiland om ergens behoorlijk werk te vinden. Mijn leven is voorbij. Al mijn hoop is nu op mijn zoons gericht.'

Ik was verbaasd dat hij opeens zoveel tegelijk zei. Hier op zee voelde hij zich in zijn element. 'Dit is toch een goed leven,' zei ik welgemeend.

'Voor een paar dagen misschien. Mijn zoon kent alleen de boot en de zee, verder niets.' Peinzend keek hij naar Aap, die verlegen naar ons glimlachte. 'Ik wil dat hij meer leert dan dat, wiskunde en natuurkunde en boekhouden.'

'Maar hij weet veel meer dingen dan wij, alleen andere dingen,' zei ik uit respect voor zijn zoon. 'En hij heeft een droom.'

'Dat is waar. Ik wilde alleen dat hij zijn droom waar kon maken, dat is alles.' Hij viel stil, kijkend naar zijn zoon.

'Pap, het is zo ver.'

Ar Piao schoot overeind, tikte de niet opgerookte tabak uit zijn pijp en begon het net in te halen. In het midden boog het net diep door, zwaar van de wriemelende makreel op de bodem. Het was een mooi gezicht. Ar Piao en Aap leegden het net in een tank aan boord en wierpen het opnieuw uit. Er moet meer dan vijftig pond vis in het net hebben gezeten. Ar Piao liet me helpen bij het losmaken van de vissen uit het net, maar ik mocht het net niet uitwerpen. Hij zei dat ik er zelf achteraan zou gaan omdat ik er geen ervaring mee had.

Tegen twaalven gingen we voor anker bij een strandje en werden er aan dek voorbereidingen getroffen voor het koken van onze lunch.

'Heb je trek in een visje?' vroeg Ar Piao.

'Nou, en of!'

'Pak er dan maar een paar.'

Ik boog me over de tank en pakte er drie. Ze kronkelden in mijn handen. 'Moeten we ze eerst schoonmaken?'

'We gebruiken geen messen aan boord.' Hij pakte de vissen van me aan, haalde ze door een emmer schoon water en gooide ze toen levend en wel in een pan kokend water. Snel deed hij het zware deksel erop en dat bleef hij een paar seconden vasthouden. 'Zo,' zei hij toen, 'nu zijn ze stil.'

'Nu zijn ze dood, bedoel je.' Alweer versprak ik me.

'Dat woord gebruiken we niet aan boord.'

'Het spijt me.'

'Het geeft niet. Kom eens hier, zoon.' Hij gebaarde naar Aap, die dichter bij hem kwam zitten. 'Kijk eens goed naar deze jongen. Ik wil dat je van hem leert en goede cijfers haalt op school, zodat je niet je hele leven lang hoeft te blijven vissen. Is dat duidelijk?' Liefhebbend trok hij aan Aaps oor en hij sloeg zijn armen om hem heen. Aap giechelde vrolijk.

Ik was een beetje verlegen geworden door al die complimentjes. Diep in mijn hart had ik er alles voor willen geven om in deze gemoedelijke omgeving te kunnen leven, en niet, zoals thuis, die dagelijkse strijd te hoeven aangaan. Al mijn vijanden op school – Han, Quei, Wang, de directeur en La Shan – leken hier zo ver weg en zo onbeduidend. Ik had wel altijd op dat eiland in zee willen blijven.

'Zo, het eten is klaar,' verklaarde Ar Piao en hij gaf me een paar eetstokjes aan. *'Chi ba.'* Tast toe.

Toen hij het deksel van de pan haalde, rook ik de heerlijke geur van gekookte vis en gember. De drie vissen zagen er sappig en gaar uit. Mijn maag knorde. 'Hoe eet je ze?'

'Jullie stadslui hebben manieren. Gelukkig doen we hier op zee niet aan dat soort fratsen.' Hij pakte een vis met zijn eetstokjes en gebruikte zijn linkerhand om de kop vast te pakken. Daarna klemde hij de stokjes stevig vast achter de kieuwen en hij haalde ze langs de graat langzaam omlaag. Twee keurige visfilets vielen gehoorzaam op zijn bord. De kop en graat werden in zee gegooid. Hij brak een stuk vis af met zijn stokjes, doopte dat in sojasaus en stak het in zijn mond. Ik volgde zijn voorbeeld. De vis smaakte hemels, zo vers en mals dat het visvlees smolt in mijn mond. Toen mijn makreel op was, likte ik net als Ar Piao en Aap mijn vingers af. Hoewel ik verzadigd was, had ik best nog zo'n vis gelust, zo lekker was het.

De dagen daarna speelde ik met Aap en zijn vrienden. Ze deden een spel dat ze Piraten noemden, en dan zaten ze elkaar op blote voeten achterna over het strand. We vertelden elkaar verhalen over de plaatsen waar we vandaan kwamen. Een paar kinderen maakten snoeren van kleurige kralen voor me, die ik mee mocht nemen naar huis. Toen ik weg moest, nam ik afscheid van Aap, zijn vrienden en het eiland. Ik wilde dat ik die kinderen mee naar huis had kunnen nemen, zodat ze altijd mijn vrienden hadden kunnen blijven.

6

'Je had je verstopt, hè?' zei mijn vijand, Han, toen hij met een boos gezicht voor ons huis heen en weer liep, terwijl ik op de veranda zat. Ik was net die ochtend teruggekomen van het eiland.

'Dat gaat je niks aan,' antwoordde ik kwaad. Ik ging staan en pakte mijn stoel. 'Ga weg van ons terrein!' Ik had met heimwee aan Aap en zijn vrienden zitten denken en Han was net een gonzende bromvlieg die mijn eten verpestte. Dreigend zwaaide ik met de stoel.

'Hou op!' Mijn moeder rende naar buiten. 'Wat is dit?'

'Dat rotjoch pest me.' Ik wees op Han, die werd geflankeerd door zijn twee kornuiten, Quei en Wang. Ze waren iets achteruitgedeinsd bij het zien van de stoel.

'Kijk eens wie we daar hebben,' zei Han op spottende toon over mijn moeder.

'Als dat mammie niet is.' Wangs lelijke dikke gezicht vertrok tot een grimas. Ze lachten alle drie.

'Ga weg!' schreeuwde ik zo hard ik kon. Mijn hart bonkte en ik merkte dat ik mijn zelfbeheersing verloor.

'Hou op!' herhaalde mijn moeder, en ze trok aan mijn jas.

De jongens pestten me vol zelfvertrouwen, want ze verwachtten niet dat ik iets terug zou doen. Ik had in het verleden nooit teruggevochten. Maar nu was het vakantie en nóg wilden ze me niet met rust laten, zelfs thuis niet. Wat moest ik doen? Ik wilde hun lelijke tronies tot moes slaan. Ik negeerde mijn moeder, tilde de stoel boven mijn hoofd en smeet hem uit alle macht naar hen toe. Ze renden geschrokken weg, maar de stoel raakte Hans rechtervoet. Hij gilde als een gebeten hond en hinkte met de staart tussen zijn poten achter zijn vrienden aan. De stoel was gebroken.

Tot mijn verbazing was mijn moeder niet eens boos op me, en ze kwam er later ook niet op terug. We verzamelden de brokstukken van de stoel en deden onze voordeur dicht. Jaren later vertelde mijn moeder me dat ze zich op dat moment had gerealiseerd dat ik een sterke jongen was die op eigen benen kon staan.

Later die avond kwamen Hans ouders naar ons huis en ze beschuldigden me er op luide toon van dat ik hun zoon had aangevallen en bijna zijn enkel had gebroken.

'Hij begon!' riep ik verbitterd uit. 'Uw zoon pest me altijd op school. Hij slaat me, hij scheldt me uit en hij zet al zijn vrienden tegen me op, maar ik moet hem wel helpen met zijn huiswerk. Vraag hem maar eens hoe vaak hij mijn huiswerk van me heeft overgeschreven.' Zijn ouders schrokken van mijn uitbarsting, want ik snikte het uit.

'Toch had je geen stoel naar hem mogen gooien,' mopperde Hans vader. 'Ik ben meubelmaker, dus ik weet hoe zwaar een stoel is.'

'Zegt u dan maar tegen uw achterbakse zoontje dat hij me niet meer in elkaar moet slaan,' zei ik kwaad. Hoewel mijn hele familie erbij was, voerde ik voornamelijk zelf het woord.

'Dat mag je niet zeggen,' protesteerde mijn moeder nu.

'Hij ís achterbaks!' riep ik. 'Jullie weten niet wat voor slechte dingen hij doet. Hij gebruikt zelfs geld om zijn vrienden mee om te kopen.'

'Geld? Wat voor geld?' vroeg zijn vader.

Ik zag hoe verbaasd hij was. 'Hij heeft veel geld. Hij koopt sigaretten en rookt met zijn vrienden.'

'Hij heeft geld en hij rookt?' zei de vader verbluft.

'Hoe komt hij aan dat geld?' vroeg de moeder. 'Weet je dat?'

'Van thuis, heb ik gehoord,' antwoordde ik nog steeds huilend.

'Die rat!' Zijn ouders vertrokken abrupt.

Ik was de winnaar van deze strijd. Het zou Han goed doen om thuis een pak slaag te krijgen, dan leerde hij eens hoe het voelde als er over je werd geklikt.

Normaal gesproken zou mijn familie me hebben berispt omdat ze het verkeerd van me vonden dat ik vocht en klikte, ze zouden me misschien wel in de hoek hebben gezet. Maar die avond deden ze dat niet. Tijdens het eten, toen de deur dicht was, werd er alleen maar gelachen en gepraat. Ze vergaven me niet alleen mijn gedrag, er hing zelfs een atmosfeer van triomf in de lucht.

Ze luisterden naar mijn verhalen over de visvangst en mijn avonturen op het eiland. Ik demonstreerde 'de juiste manier' om een makreel te eten, en ze lachten en smulden van de vis die ik mee had gebracht.

Maar die avond in bed dacht ik aan wat me deze nieuwjaarsvakantie te wachten stond. Het trio zou me niet met rust laten. Ik zou me niet kunnen vertonen op de plaatsen waar kinderen normaal gesproken bij elkaar kwamen om te spelen, en ik kon niet nog een keer de stad uit. Er zat niets anders op dan me overal doorheen te slaan. Ik kroop onder de dekens, dacht weer aan het eiland en de kinderen daar, en viel met een glimlach op mijn gezicht in slaap.

Op oudejaarsavond kregen kinderen traditiegetrouw geld in rode envelopjes, *hon baos,* wat 'rode tasjes' betekende. De brave kinderen kochten er speelgoed en snoep van, of ze gingen naar de bioscoop. De slechte kinderen gingen naar goktenten, waar ze, al dan niet door vals te spelen, genoeg geld hoopten te winnen om een goed leven van slechte gewoontes te kunnen leiden. Roken, drinken en vrouwen, daar draaide het allemaal om. Ik kreeg in totaal vijf yuen en fantaseerde over de wapens die ik zou kunnen kopen om mezelf te beschermen.

Op nieuwjaarsdag hielp ik mijn moeder 's ochtends vroeg met het voorbereiden van allerlei offers voor ons geïmproviseerde altaar voor verschillende goden. Je had Boeddha, uiteraard, maar ook zijn Keukengod, zijn Aardegod, de god van de Rijst en de god van het Water, en dan waren er al onze overleden voorouders. Je kon het wel met het bestuur van een heel land vergelijken, zei mijn moeder. Je had de plaatselijke goden, de provinciale, en de grote Boeddha helemaal bovenaan. Ze had voor hen allemaal een eigen plekje gemaakt, met verschillende soorten voedsel als offers. Er was kip en vis, en er waren garnalen, mosselen, krabben, hele biggen, rood geverfd, vette eenden, gekleurde eieren, perziken, peren en bananen, er was wijn en rijst, en er was heel veel wierook en papiergeld om te verbranden.

Met wierook in haar handen knielde mijn moeder voor het altaar om haar gebeden te zeggen. Zelf maakte ik wel vijftig of honderd voetvallen voor elke god, want ik deed altijd extra kowtows voor mijn zussen en mijn broer. Ik wist niet hoe het gekomen was dat ik dat voor de anderen deed. Ik wist alleen dat ik net iets geloviger was dan zij. Van kleins af aan was ik bang geweest voor geesten en ik geloofde in de macht van goede goden. Ik bad als een monnik en liet me zo vaak op mijn magere knieën vallen als mijn moeder gepast vond, meestal wel honderd keer want dat was haar geluksgetal.

Tegen het eind van de plechtigheid had ik weliswaar pijn in mijn rug en knieën, maar tegelijkertijd voelde ik me tevreden omdat ik alle goden voor het gehele nieuwe jaar gunstig had gestemd. Ik vertelde mijn broer en zussen dat ik ook voor hen om de gunst van de goden had gebeden en ik liet me voor mijn diensten betalen. Ze waren gelovig genoeg om me elk vijf fen te betalen.

Voor het ontbijt op nieuwjaarsdag werden lange, dunne noedels gemaakt, en die werden geserveerd in sierlijke kommetjes, bovenop versierd met reepjes gebakken ei, gemarineerd vlees, gebakken pinda's, oesters, knapperig zeewier en gesauteerde doperwtjes. Lange noedels beloofden een lang leven. Het woord oester betekende in ons dialect 'levend'. Eieren waren rond en volmaakt. Pinda's stonden voor veel nakomelingen, en als je de uitspraak van 'zeewier' net iets veranderde, klonk het als het woord dat 'voorspoed' betekende.

Ik slurpte de lange noedels naar binnen, trok een nieuw jasje aan dat mijn moeder zelf had gemaakt en rende weg om onze buren een gelukkig nieuwjaar te wensen. Ik legde mijn handen tegen elkaar, boog mijn hoofd en wenste Liang Qu een rijk jaar. Liang Qu was een oude man met zeven zonen en een neus als een bol knoflook, die tegen woekerprijzen illegaal sigaretten verkocht aan kinderen. Hij veegde zijn grote druipneus af en gooide een sigaret van donkere tabak naar me toe. 'Bedankt en een gelukkig nieuwjaar, jongen,' zei hij. 'Rook deze sigaret maar lekker op.'

'Het is toch niet zo'n beschimmelde, hè?' plaagde ik toen ik de sigaret in mijn zak stak. Hij verkocht kinderen vaak rotte producten, maar omdat ze stiekem rookten, konden ze nooit klagen. Alleen op nieuwjaarsdag kon ik ongestraft zo'n grapje maken.

Ik stak de brug over om onze huisarts te begroeten, een man met wit haar die me door zijn dikke bril aankeek en probeerde te bedenken wie ik was. 'Ik ben de jongste zoon van de familie Chen,' vertelde ik hem.

Hij knikte, wees met zijn stok op het lege plekje naast hem en bood me een kop thee aan. Ik vertelde hem beleefd dat ik net had ontbeten. Hij informeerde naar mijn grootvader. 'Hij is niet meer bij ons,' zei ik. De dokter was echt onvoorstelbaar vergeetachtig. Nog maar een halfjaar geleden had hij ons zelf verteld dat mijn grootvader niet lang meer te leven had.

'O ja, dat is waar ook. Maar de levenden moeten doorgaan, nietwaar?'

'Dat is zo, dokter. Gelukkig nieuwjaar.'

Hij knikte zwijgend en keek me na toen ik over de onverharde weg wegrende.

Volgens de traditie bracht het geluk als je op nieuwjaarsdag zoveel mogelijk mensen begroette. Voor mij was het de makkelijkste manier om bij mensen in de gunst te komen, want op die dag was iedereen in een goed humeur en bereid je ter wille te zijn.

Tegen twaalf uur had ik niet minder dan vijftig mensen begroet, zoals de brigadeleider, de leraar bij ons uit de buurt, meester Lan, de vriendelijke kleermaker die mijn moeder soms zijn naaimachine liet gebruiken, de smid die landbouwgereedschap voor ons maakte, en de slotenmaker die stotterde als hij zich opwond. Zijn zoon studeerde aan de Chinghua Universiteit in Beijing, het equivalent van het Massachusetts Institute of Technology. Hij kon die naam bijna niet uitspreken en stotterde altijd: 'Chin... Chin... Chin... Chinghua Universiteit.' Tegen de tijd dat hij het derde *hap, hap, hap* van zijn niet afgemaakte nieuwjaarswens hakkelde, was ik er allang weer vandoor.

Als ik thuiskwam voor de lunch, zat onze huiskamer altijd vol mensen die ons het beste kwamen wensen. Mijn vader hield dan hof, hij schonk zijn bezoek thee in en stak de waterpijp aan.

Vaak heb ik gedacht dat mijn vader waarschijnlijk een communistisch leider zou zijn geworden als hij niet de pech had gehad om als zoon van een landeigenaar geboren te worden. Hij was een grote man die de aandacht trok zodra hij een kamer binnenkwam. Mijn vader lachte graag en hij was enorm innemend, maar als hij kwaad was, kon hij flink tekeergaan en uithalen met een meedogenloos scherpe tong. Hij was een geboren leider, maar zijn talent was niet besteed aan een slaperig stadje als Gele Steen.

De leiders van de commune behandelden hem als een vod; gemene buren en onwetende burgerwachten spuugden in zijn richting als hij langsliep op straat. Maar dorpelingen uit de omgeving en boeren van afgelegen boerderijen kwamen nog steeds naar hem toe om hem allerlei soorten advies te vragen. Ze kwamen in groepjes van vijf of tien en behandelden mijn vader nog steeds als de zoon van een oude, voorname familie.

Hij schreef bedelbrieven voor mensen die rijke familieleden hadden in plaatsen zoals Singapore, Hongkong en Maleisië. Weerloze weduwen riepen zijn hulp in bij het opstellen van klachten over buren die stukken van hun land inpikten, of voor familieleden die hen aan hun lot overlieten. Ze betaalde mijn vader met een zak rijst of yams, maar veel adviezen gaf hij gratis, met een glimlach.

Geleidelijk breidde mijn vaders reputatie zich uit, en er kwamen elke dag wel mensen van het platteland langs als ze in de stad waren om inkopen te doen. Ze kwamen om een kom hete thee te drinken, een trekje te nemen van de waterpijp of gewoon om even uit te rusten. Als mijn vader niet in een of ander kamp zat, stroomde onze huiskamer in de loop van de ochtend altijd vol met allerlei soorten mensen. De rol van adviseur was mijn vader op het lijf geschreven en hij behartigde andermans zaken als een onbezoldigde ambtenaar. De enige regel was dat er niet op de vloer gespuugd mocht worden, want die schrobde mijn moeder elke dag.

Op deze feestdag waren alle vriendelijke, vertrouwde gezichten bijeen in onze zonovergoten huiskamer. De metselaar zat in een hoek. Zijn zoon werkte als mijnwerker in de hoge bergen van Fujian, en mijn vader schreef hem elke maand een brief omdat de metselaar zelf analfabeet was. Naast hem zat Stenen Mes, zo genoemd vanwege zijn sluwheid. Hij kwam uit een dorp en was nooit van zijn leven naar school geweest, maar op de een of andere manier leek hij alles te weten. Mijn vader was zijn idool. Stenen Mes bespeelde veel traditionele Chinese muziekinstrumenten, hij schreef verhalen, componeerde muziek en regisseerde toneelstukken, net als mijn vader, maar zijn opdrachten kreeg hij altijd via mijn vader.

Dan was er de rietsuikerman, letterlijk de koning van het suikerriet. Elke ochtend vroeg gaf hij leiding aan de suikermarkt en bepaalde hij de plaatselijke dagprijs voor het verse suikerriet. Aan het eind van de dag bracht hij ons altijd de restjes, en dan dronk hij een kop thee voordat hij weer terugging naar zijn dorp.

En dan was er een weduwe uit een dorp vijftien kilometer van Gele Steen. Ze had haar tweede zoon meegenomen om mijn vader een gelukkig nieuwjaar te wensen. Hij was met verlof bij zijn moeder van zijn marinebasis in een andere provincie. De jonge man deelde stralend van trots filtersigaretten uit, want die waren in Gele Steen niet eens te krijgen. Geestdriftig staken de mensen deze bijzondere sigaretten op.

Ik kreeg er ook een van hem, en ik snuffelde er tevreden aan voordat ik hem toen mijn vader even niet keek in mijn jaszak stak. Verder zat ik, net als andere jaren, te luisteren naar de gemoedelijke gesprekken van mijn vaders vrienden.

Omdat het nieuwjaarsdag was, had ik eigenlijk zin om iets feestelijkers te gaan doen, maar ik wist niet goed wat. Ik zag al helemaal voor me dat mijn vijanden, Han, Quei en Wang, met een sigaret in hun mond door de stad slenterden, zinnend op wraak. En ik kon vandaag niet vechten, want dat bracht ongeluk.

Mijn moeder, die een nieuw schort droeg, riep me naar de keuken. Ik glipte weg uit de woonkamer en kreeg een grote kom rijst met verrukkelijk vlees en wat vis. Ik had nog nooit zo veel lekker eten in onze keuken gezien, en ik wist dat het niet lang zou duren. Daarom vroeg ik een tweede kom rijst, en ik kreeg ook nog een paar stukjes van mijn moeders vermaarde geroosterde varkenskluif.

Na de lunch, toen mijn broer Jin weg was gegaan om te pokeren en mijn zusjes er allang giechelend met hun vriendinnen vandoor waren gegaan om te doen wat meisjes nu eenmaal doen, zei ik tegen mijn moeder dat ik naar mijn school ging, waar een basketbalwedstrijd werd gespeeld.

'Ik heb niets gehoord over een wedstrijd,' zei mijn moeder.

'Nou, het is toch echt zo. Ze kunnen elk moment beginnen,' loog ik, en ik maakte me snel uit de voeten. Op mijn hoede liep ik over het smalle pad dat tussen de tarwe- en suikerrietvelden door kronkelde en niet door de straten, waar het inmiddels krioelde van alle dorpelingen die in onze stad nieuwjaar kwamen vieren. Deze dag stond plaatselijk bekend als *Yu Chun*, de Lente-excursie. Jongens en meisjes in fleurige nieuwe kleren kwamen in groepen naar Gele Steen om te zingen, te lachen en met elkaar te flirten. De lente, met zijn bloemen en bloesems, gaf extra glans aan de wereld en maakte deze jonge mensen rusteloos. Ik benijdde hen omdat hun leven zo simpel was. Waarom moest het mijne zo ellendig gecompliceerd zijn?

Het duurde niet lang of ik was alleen. Ik was op zoek naar een geheime plek ergens tussen het hoge suikerriet, waar werd gegokt. Er werd door kinderen van mijn leeftijd over gefluisterd als er nieuws over deze mysterieuze bijeenkomsten uitlekte, en volgens de geruchten gingen de winnaars soms met legendarische bedragen naar huis. Maar niemand durfde ernaar op zoek te gaan. Er werd beweerd dat een paar oudere jongens uit onze buurt gedurende de hele nieuwjaarsvakantie niet eens meer thuis kwamen.

Als ik me niet op de normale plaatsen kon vermaken, moest ik wel uitkijken naar ander vertier; ik zou naar het spel kunnen kijken of misschien zelfs boodschappen kunnen doen voor die gasten. Ik had maar een halve yuen bij me, want op die manier zou ik niet al te veel verliezen als ze wilden dat ik meespeelde. Ik was erop voorbereid dat het niet bepaald een theekransje zou zijn.

Ik keek over mijn schouder om te zien of ik echt niet werd gevolgd en glipte toen het suikerrietveld in. De bladeren waren dik en scherp. Ik dook eronderdoor en liep met gebogen knieën naar het hart van het veld.

Na een minuut of tien hoorde ik vage, gedempte geluiden, en opeens zag ik lampen op een vrij grote open plek voor me. Het riet was gekapt en platgetrapt, en ik zag een groep van meer dan twintig jongeren. Ze zaten aan tafeltjes, stonden in groepjes bij elkaar of hurkten op de grond.

Onverwacht sprong ik tussen het riet vandaan, en iedereen verstijfde. Hun boze gezichten staarden me aan alsof ze vonden dat ik nu al te lang was gebleven. Het enige dat bewoog, was de sigarettenrook die boven hun hoofden omhoog kringelde. Het was precies hoe ik me een illegale bijeenkomst van louche types had voorgesteld.

'Wat doe jij hier, verdomme, stuk onderkruipsel? Ik dacht dat jij een braaf moederskindje was. Je hoort hier niet thuis,' blafte Mo Gong, de zoon van de schoenmaker. Zijn accent was grof, zijn toon dreigend. Hij sperde zijn neusgaten wijd open en gooide zijn peuk naar me toe. 'Lazer op.'

In de pikorde van de plaatselijke criminele elite bekleedde hij onbetwist de eerste plaats. Hij had een keer de schouder van een vijand van hem opengesneden met een mes dat bedoeld was om dikke rubberzolen van schoenen bij te snijden.

'Ja, sodemieter alsjeblieft op, anders maken we gehakt van je en voeren we je aan de honden,' brulde een van de andere leiders.

Ik bedekte mijn hoofd met mijn armen als een oorlogsmisdadiger die zich overgeeft en liep langs de rand van de open plek.

Mo Gong deed een paar stappen en gooide me op het veerkrachtige tapijt van geplet suikerriet. Hij kwam op me zitten en draaide mijn armen op mijn rug. 'Wie heeft je gestuurd?' wilde hij weten.

'Niemand. Ik wilde gewoon een keer kijken.' Mijn neus drukte tegen zijn bemodderde leren schoenen.

'Wie heeft je verteld waar we zitten?'

'Ik heb jullie zelf gevonden.'

'Leugenaar!' Hij drukte mijn gezicht harder tegen de grond. Ik rook de varkensgier waarmee de akker werd bemest.

'Wacht, Mo Gong, laat hem los,' hoorde ik een kalme stem boven me zeggen. Zo te horen was het Sen, de zoon van de plaatselijke bankier, het brein achter alle schandalen uit de recente geschiedenis van Gele Steen. Mo Gong deed wat hem werd opgedragen, maar pas nadat hij nog een schop tegen mijn achterste had gegeven.

Ik stond op en klopte het stof van mijn nieuwe jas.

Sen pakte Mo Gong beet en nam hem apart. 'Takel hem niet te erg toe, anders rapporteert hij het bij de leider van de commune en zitten wij straks in de nesten,' hoorde ik Sen fluisteren.

Toen draaide hij zich om en legde een hand op mijn schouder. 'Je mag blijven, op voorwaarde dat je morgen niet terugkomt en niemand iets over deze plek vertelt. Doe je dat wel, dan laat ik je door Mo Gong in elkaar slaan en ben je de rest van je leven kreupel,' waarschuwde hij zonder blikken of blozen.

'Ik wil alleen maar kijken.'

'Kop dicht! En ik wil dat je onder het kijken je mond houdt. Gesnopen?'

Ik was allang blij en bleef ver buiten de kring zwijgend staan kijken. Sen nam aan het hoofd van een van de tafels plaats. Het was een eenvoudig pokerspel dat twee tegen twee werd gespeeld. De inleg was een halve yuen, zodat ik dus maar één kans zou hebben als ik mee mocht doen.

Na ongeveer twee minuten speeltijd begonnen Sen en zijn partner, Mo Gong, gezichten te trekken, hun neus te snuiten en met hun vingers te kraken. Ze speelden tegen een paar jongens van buiten de stad, die niets begrepen van hun gebarentaal. Het duurde niet lang of de twee dorpelingen begonnen zwaar te verliezen, en ze wilden het spel beëindigen.

'Daar doen we hier niet aan.' Mo Gong legde zijn groezelige hand op hun geld.

'Wie zegt dat?' De dorpelingen waren iets groter dan zij. 'Jullie spelen vals. We gaan weg,' zei dezelfde jongen, en hij duwde Mo Gongs hand weg om het geld te pakken.

'We hebben van te voren afgesproken dat we doorgaan totdat een van de twee teams blut is. Volgens mij zijn jullie niet blut,' zei Sen koel. 'Ga zitten.'

'Wat is dit? Willen jullie ons soms dwingen om te blijven?' De jongens gingen met hun rug tegen elkaar staan.

Sen en Mo Gong waren inmiddels ook opgestaan. Ik zag Sen opnieuw een gezicht trekken en het volgende moment vielen hij en Mo Gong tegelijk aan. Kennelijk werd hier vaak gevochten, want de jongens aan de andere tafels keken niet op of om. 'Maak toch niet zo'n herrie!' riepen ze.

De vier rolden over de grond, als een groot worstelend kluwen. Dat ging wel vijf minuten zo door, totdat de hele stapel geld verspreid over de grond lag. Telkens wanneer Sen met zijn gezicht naar me toe rolde, knipoogde hij naar me, gebaarde hij naar het geld en ging dan verder met vechten.

Pas na een hele tijd begreep ik wat hij bedoelde. Ik keek om me heen en schopte de stapels papiergeld tussen de stengels van het vertrapte riet, zodat het tussen de bladeren verstopt zat. Toen de dorpelingen hun schoenen uittrokken, raapte ik ze op toen ze even niet keken en gooide ik ze ver weg tussen het riet.

Vermoeidheid maakte een einde aan het gevecht. De twee dorpelingen strompelden half verdoofd rond, op zoek naar hun geld en hun schoenen, zonder het een of het ander te vinden. Vloekend verlieten ze de open plek, om nooit meer terug te komen.

Zodra de jongens uit het zicht waren verdwenen, barstten Sen en Mo Gong in lachen uit. Hun gezicht zat onder de modder en de bloedende wondjes, en hun kleren waren gescheurd. Zittend op hun hurken gingen ze op zoek naar het verborgen geld.

'Hier, dit is voor jou.' Sen stopte een paar biljetten in mijn handen.

'Dat hoeft niet.'
'Dan geef je het terug.'
'Jullie spelen vals,' zei ik.
'Ga je voorouders pesten, smerige hond,' zei Sen, maar hij zei het met een grijns en trok plagend aan mijn oor. 'Hé, je deed het niet onaardig. Ik heb wel gezien dat je die schoenen tussen het riet gooide.'
'Ik ook,' beaamde Mo Gong. 'Hé, Da, neem een sigaret. Je heet toch Da?' Hij zocht in zijn zakken, maar die bleken leeg te zijn. 'Heb jij nog een peuk, Sen?'
'Jawel, maar daar is weinig van over.' Sen liet een verkreukeld pakje zien.
'Verdomme,' mompelde Mo Gong, 'ik had net zo'n trek in een sigaret na die knokpartij.'
'Anders ik wel.' Sen streek voor de lol een lucifer af.
'Ik heb nog een sigaret.' Ik haalde de filtersigaret uit mijn jaszak en liet hem zien. Er gleed een glimlach over hun smoezelige gezicht.
'Kijk eens aan. Een echte filtersigaret.' Mo Gong griste de sigaret uit mijn hand, stak hem in zijn mond en wilde zichzelf vuur geven.
'Hé! Wel delen.' Sen trok de sigaret uit Mo Gongs mond en ze begonnen elkaar achterna te zitten. Uiteindelijk brak Sen het filter van de sigaret en de sigaret zelf in twee stukken, die ze genietend oprookten.
Ik nam afscheid. Sen knikte en grijnsde schalks naar me.
Met een samenzweerderige uitdrukking op zijn clowneske gezicht keek Mo Gong me aan. 'Neem de volgende keer maar een paar filtersigaretten mee, Da.'
Onderweg naar huis liep ik in mijn eentje te glimlachen. Die jongens waren ruw, maar wel aardig. Ze waren ongekunsteld en recht-door-zee, zonder verborgen gevoelens. Het leek me wel wat om te leren roken, drinken en gokken, en om hun vriend te zijn. Ik kon me de gezichten van mijn vijanden wel voorstellen. Vergeleken bij deze jongens waren zij niet meer dan halfzachte doetjes.

7

Na mijn eerste ontmoeting met het gokduo, Sen en Mo Gong, moest ik mijn verlangen om terug te gaan de volgende dag bedwingen. Als ik te snel weer op stap ging, zouden mijn ouders achterdochtig worden en vroegtijdig een eind maken aan mijn avonturen. Ik keek naar buiten door het raam op de tweede verdieping van ons huis en probeerde een glimp op te vangen van de open plek waar werd gegokt, maar het enige wat ik kon zien was het golvende suikerriet in de koude wind.

Mijn moeder en vader wilden dat we als voorbeeldige kinderen opgroeiden, zodat de lelijke politieke moedervlek uitgewist zou worden. Ze hoopten dat de leiders op een dag wakker zouden worden en zouden zeggen: 'Hé, jullie zijn een stel fantastische kinderen. Kom, ga maar fijn naar school en later krijgen jullie allemaal een baan.' Als we mijn moeders overtuiging in twijfel trokken, haalde ze als voorbeeld het verhaal van een meisje uit een naburig dorp aan. Li Jun kwam ook uit een familie van landheren, maar zij was nog niet zo lang geleden door de commune geselecteerd voor werk in een conservenfabriek, een geweldig baantje waar andere jonge mensen een moord voor zouden doen. Achter op de tractor van de commune verliet ze de stad, nadat ze met een papieren bloem op haar platte borst een triomftocht door Gele Steen had gemaakt. Niemand kon haar tranen en de blije glimlach op haar knappe gezichtje vergeten. Zij was die ene uitzondering op de duizend waarmee de communistische leiders illustreerden hoe goed ze het met ons voor hadden. Als je gehoorzaam was, zo luidde de boodschap, kreeg je misschien wel een toekomst in de schoot geworpen.

We wisten allemaal dat het volksverlakkerij was en luisterden ernaar alsof de westenwind het ene oor in blies en het andere weer uit. We werden er doodziek van. In de hele commune werden kinderen zoals wij nog steeds in elkaar geslagen en van school getrapt. Zelfs de mensen die voor de Culturele Revolutie goede banen hadden gevonden of hadden gestudeerd, werden teruggestuurd naar hun geboorteplaats om daar heropgevoed te worden. Als ze in opstand kwamen tegen alle onwetendheid, werden ze soms zelfs gevangengezet. Zhu Eng, de zoon van een contrarevolutionair, werd door zijn medestudenten op de universiteit van Shanghai doodgeknuppeld in de bosjes. Zijn ouders kregen alleen een urn met de as van hun zoon en een politieverklaring met de mededeling dat hij zich van het leven had beroofd en daarmee het door de regering in hem geïnvesteerde geld had verkwanseld.

Mijn moeder was nog steeds even streng voor ons. Cynisme was bij ons thuis uit den boze. Zij vond dat we meer moesten doen en minder mochten krijgen. Als mensen naar je spugen, zei ze, kijk dan de andere kant op. Als ze je uitschelden, doe dan alsof je doof bent. Ik zou minstens drie dagen huisarrest krijgen als ze erachter kwam waar ik op nieuwjaarsdag was geweest.

Verveling en de behoefte aan vrienden wonnen het uiteindelijk van mijn gehoorzaamheid. De volgende dag pakte ik een paar sigaretten uit de la van mijn vader en ging ik heimelijk terug naar het suikerrietveld.

Mo Gong en Sen begroetten me koel, alsof ze onze eensgezindheid van twee dagen daarvoor alweer vergeten waren. Maar ze rookten wel mijn sigaretten en gaven mij er een van hen. Het was de eerste keer dat ik met zulke stoere jongens rookte. Mo Gong deed voor hoe ik moest inhaleren zonder dat het al te veel pijn deed. Begin met kleine trekjes, zei hij. Ik voelde de duizeligheid, verdovend en tegelijkertijd kalmerend. Voordat ik naar huis ging, spoelde ik mijn mond met handenvol water uit de rivier, en thuis hield ik mijn mond stijf dicht totdat ik knoflook, uien en veel soep had gegeten om de vieze lucht te verdoezelen.

De tweede dag mocht ik naast Sen zitten. Hij zei dat ik geluk bracht en deed me het kaartspel voor. Ik voelde me zo gevleid door zijn vertrouwen dat ik bleef knikken en deed alsof ik het spel helemaal niet kende.

De derde dag wilde Mo Gong dat ik naast hem kwam zitten, en hij liet me zelfs het bedrag van de inzet kiezen. De rest van die dag leerden ze me hun gebarentaal. Ik moest bij een andere tafel gaan staan, tegenover hun vrienden Yi en Siang, en door op mijn hoofd te krabben of in mijn neus te peuteren duidelijk maken welke kaarten hun tegenstanders hadden. Ze bleven winnen.

De vierde dag kwam ik later dan anders op het veld.

'Waar bleef jij nou, verdomme?' vroeg Sen. 'Kom naast me zitten. Ik heb al veel te veel verloren doordat jij er niet was.' Hij woelde met een hand door mijn haar, stopte me een vol pakje sigaretten toe en liet me de kaarten couperen, want dat bracht geluk. Glimlachend stak ik mijn eerste sigaret van die dag op. Het schonk voldoening om door deze schelmen gemist te worden.

Die avond ging ik nadat het viertal hun geld had verdeeld naar huis, ik pakte een paar van mijn moeders zoete rijstcakejes in en deelde die met mijn nieuwe vrienden. Ze vochten erom als hongerige honden en aten met hun smerige handen. Toen alles op was, veegden ze met de punt van hun jasje hun mond af en streken ze met hun vettige vingers door hun ongewassen haar om het te laten glimmen.

'Het maakt niet uit of je haar glanst, Sen,' grapte Mo Gong. 'Je blijft toch een misbaksel.'

'Jij bent een nog veel groter misbaksel,' vuurde Sen terug terwijl hij aan zijn haar voelde.

'Oké, oké, jullie zijn allebei misbaksels.' Siang lachte.

Ze begonnen elkaar voor de lol te stompen. Yi pakte met zijn vette handen mijn haar beet en we begonnen te worstelen. Later slenterden we naar het marktplein in de buurt van het theater en kochten we met een deel van het die dag gewonnen geld snoepgoed en meer sigaretten. We lachten, praatten en vertelden elkaar moppen. Toen vertelde ik met tegenzin dat ik naar huis moest. Bij mij thuis was iedereen allang naar bed, ook al was het nog vakantie vanwege het nieuwjaarsfeest. Ze dolden een beetje met me en Siang tilde me op zijn schouders. Daarna namen ze pas afscheid.

Die avond in bed lag ik nog heel lang wakker. Als een kleurige film passeerde alles telkens de revue, hun lachende stemmen, hun gezichten, hun manier om dingen te zeggen en het feit dat ze me als een echte vriend behandelden. Ze hadden niet één keer iets over mijn afkomst gezegd. Dat ze me een 'klein misbaksel' noemden, was eigenlijk wel logisch, want ik was drie of vier jaar jonger dan zij, ik woog tien kilo minder en was een kop kleiner. Bovendien noemden ze iedereen 'misbaksel', zelfs zichzelf. Met hen voelde ik een vrijheid om te zeggen en te doen wat ik wilde, zonder dat ik bang hoefde te zijn dat ze me aan zouden geven bij de schoolleiding. Vergeleken bij deze jongens vond ik mijn vijanden op school een stel zielige stiekemerds. Oog in oog met mijn nieuwe vrienden zouden ze zichzelf helemaal niet meer zo stoer vinden! Uiteindelijk viel ik in een diepe slaap, al verlangend naar de volgende dag.

Aan het eind van de vakantie, toen al het geld van nieuwjaar was gewonnen, verloren of uitgegeven, hielden ook de gokspelletjes op. Met zijn vijven hingen we rond op hun vaste plekken. Favoriet was de stenen brug over de Dong Jing, waar onze smalle straat de rivier kruiste. De architect was zo attent geweest om langs de brug een rij stenen bankjes te bouwen, en daar zaten we 's avonds te kletsen en naar de voorbijgangers te kijken. Mo Gong en Sen maakten vaak schuine opmerkingen tegen langslopende meisjes, en ze lachten als een stel apen wanneer de meisjes hen uitscholden voor deugnieten die in de nor thuis hoorden. Mijn vrienden leken altijd en overal lol te kunnen maken; ze vonden het zelfs leuk om zichzelf belachelijk te maken.

Het duurde niet lang of ik leerde hun karakters en de hiërarchie binnen de groep beter kennen. Sen, van vijftien, was de leider. Hij was niet alleen brutaal, hij had ook hersens. Hij was de middelste van vijf broers, allemaal met borstelige wenkbrauwen en wipneuzen, en thuis lagen ze voortdurend met elkaar overhoop. Zijn vader werkte op een bank in een stad ver weg, in de buurt van de zoutfabriek aan de kust. Hij stuurde elke maand geld naar zijn gezin en kwam om de drie maanden thuis. Zijn moeder voedde de vijf jongens als een alleenstaande ouder op. Elke dag zat ze wel een van haar lastige jongens met een stok achterna, en ze vervloekte haar voorouders omdat ze haar deze kwelduivels hadden gestuurd. Ze werkte vaak op het land, en dan moest Sens oudere broer voor het hele gezin koken. Vaak at de kok bijna al het eten zelf op, en degene die laat thuiskwam, vond de hond in de pot.

Een andere reden voor de eeuwige strijd in dat huishouden was het feit dat ze met zijn vijven in één bed sliepen, ook al was het een groot bed. Elke nacht rolde er wel iemand uit, en slapen op de koude stenen vloer was geen pretje. Sen had genoeg gekregen van het leven thuis, hij was opgehouden met school en de straat op gegaan, waar hij Mo Gong had leren kennen. Soms logeerde hij bij Mo Gong. Af en toe ging Sen naar huis om dingen te pikken, en dan zat zijn moeder hem achterna met de stok. Hij jatte dingen zoals kippen en eenden en die verkocht hij op de markt. Van het geld kocht hij een oude fiets, die hij bij Mo Gong stalde.

Soms nam hij tegen betaling passagiers achter op zijn fiets, want er was geen openbaar vervoer in onze streek. Als je van de ene plek naar de andere moest, nam je de benenwagen. Maar wat nog veel vaker voorkwam, was dat hij 's nachts samen met Mo Gong naar andere dorpen fietste om rijst te stelen uit een molen, of kippen. Als er fruit te halen viel, fietsten ze samen naar de boomgaarden. Een van de twee bleef dan op de weg staan, terwijl de ander in de boom klom om het rijpe fruit eruit te schudden. Ze beschouwden dit zelf niet als stelen; ze deden het omdat het noodzakelijk was en om te laten zien hoe dapper ze waren. Vaak daagde Mo Gong Sen uit, dan sloten ze een weddenschap en gingen ze aan de slag. Het draaide altijd om geld en om het tonen van moed.

Op een dag werd Sen in de kraag gegrepen door de politie van de commune omdat hij ervan was beschuldigd dat hij het hutje van de man die het fruit moest bewaken in brand had gestoken. Toen de politie zijn moeder in kennis kwam stellen en vroeg of ze hem op wilde halen, zei ze: 'Hij is mijn zoon niet. Jullie mogen met hem doen wat jullie willen.' Ze sloeg de deur in het gezicht van de agent dicht, en de arme man, die zich had voorgenomen om de moeder uitgebreid de les te lezen, droop verward en teleurgesteld af. Ze lieten Sen zonder hem een haar te hebben gekrenkt weer vrij.

Mo Gong, ook vijftien, had al op zijn dertiende een huzarenstukje uitgehaald door bijna iemand te vermoorden met een groot mes. Jaren later schrokken mensen nóg van de grootte van dat mes. Hij groeide op in een ondernemend gezin. Zijn vader en moeder maakten achter gesloten deuren heimelijk schoenen, en die werden op de zwarte markt verkocht. Mo Gong was al sinds zijn geboorte een onruststoker, en hij zat eigenlijk altijd in de nesten. Zijn mond zei de verkeerde dingen en zijn handen leidden een geheel eigen leven. Altijd moest hij dingen aanraken of slaan. Hoe streng zijn ouders ook waren, niets hielp. Ze hadden hem al eens aan zijn polsen opgehangen, ze hadden hem opgesloten en hem geslagen met een zweep totdat zijn hele achterste rood en opgezwollen was. Toch verviel hij altijd weer in zijn oude fouten. Hij stal geld van zijn ouders om sigaretten, drank en eten te kopen.

Op een dag kon hij geen geld vinden en verkocht hij de illegale schoenen voor een prikje langs de kant van de weg. Toen zijn vader erachter kwam, was hij zo kwaad dat hij Mo Gongs handen af dreigde te hakken. Gelukkig schoten zijn ooms met de borstelige wenkbrauwen hem te hulp.

Ook gebeurde het een keer dat hij bijna een jongen vermoordde omdat het joch Mo Gongs kleine broertje had gepest en een kikker aan diens piemeltje had vastgebonden. Toen Mo Gong het joch te pakken kreeg, sneed hij zijn schouder open tot op het bot. Later zei Mo Gong dat dit een aanslag was geweest op de mannelijkheid van alle Mo's, dat zijn broertje er wel aan dood had kunnen gaan, en dat de jongen zijn eigen bloed moest proeven om te leren wat pijn was.

Toen Mo Gongs ouders een paar dagen weg waren om in een andere provincie schoenen te verkopen, haalde hij al zijn vrienden in huis. Ze dronken de keukenwijn tot de laatste druppel op en gokten op de eettafel. Elke keer dat zijn ouders terugkwamen, gooiden ze hem op straat en zwoeren ze dat hij niet langer hun zoon was.

Sen en Mo Gong hadden zó'n slechte naam dat ze altijd de belangrijkste verdachten waren zodra er iets was gestolen of ergens brand was gesticht. Meestal hadden ze geen geloofwaardig alibi, zodat ze vaak de schuld kregen van dingen die ze helemaal niet hadden gedaan. In zo'n geval waren ze woedend op de mensen die hen erin hadden geluisd, en werden deze namen toegevoegd aan hun lange lijst vijanden. Binnen de kortste keren stond de halve stad op hun lijstje. Ze namen er altijd de tijd voor om wraak te nemen, en dat deden ze meestal in de vorm van kleine pesterijen – een verdwenen kip, vernielde planten in een moestuin. Nooit lieten ze sporen achter. Het was hun manier om te zeggen dat iemand de pot op kon, en om hun nijd over alle kwaadsprekerij af te reageren.

Siang werd eigenlijk per ongeluk hun vriend. Hij was een knappe jongen van veertien uit een rijke familie. Zijn grootvader was een oude revolutionair die het communistische leger had geholpen bij de bezetting van Putien. In die tijd ontving hij een vorstelijk salaris waar hij niets voor hoefde te doen, en met een deel van dat geld bouwde hij een enorm huis van drie verdiepingen. Siangs moeder was verpleegster in een ziekenhuis, en zijn vader werkte als kaderlid in een schoenenfabriek.

Siang verfoeide school en was gek op gokken. Op een gegeven moment had hij zo'n grote speelschuld bij Sen en Mo Gong dat ze dreigden hem zijn dure kleren uit te trekken. Hij had om genade gesmeekt en beloofd zijn schuld af te betalen door een heel jaar lang sigaretten voor hen te kopen. Ze werden pas echt goede vrienden toen Siang door zijn ouders het huis uit werd gegooid en Mo Gong hem opving. Ze sliepen een week lang in hetzelfde bed, totdat Siang genoeg geld bij elkaar had om een kaartje te kopen naar zijn oudtante in Fuzhou, die voorzitster was van de vrouwenfederatie in de provincie Fujian.

Tot slot was er Yi, een kleine jongen van vijftien, die al op zijn twaalfde meubelmaker was geworden. Hij had vissenogen en kromme benen. Zijn ouders waren jong overleden en zijn grootvader had hem op zijn tiende bij een timmerbaas in de leer gedaan. Yi vertelde ons wat hij als eerste had moeten leren: tabak snijden voor zijn meester en er volmaakte sigaretten van rollen. Zijn meester spoorde hem aan om te gaan roken, want hij zei dat roken, afgezien van plassen, het enige excuus was om tijdens de lange werkdag even te ontspannen.

Een andere les die hij al in het begin had geleerd, was om onder het werk onophoudelijk te praten, want zo vergat je niet alleen de verveling, je deed er anderen bovendien een plezier mee. Hij beschikte over een heel arsenaal aan langdradige monologen, en een ervan was het verhaal over vers gekapt hout dat hij in stukken moest hakken. Daar had hij een potje van gemaakt, en zijn meester had hem van hoofd tot voeten opgenomen en gevraagd: 'Voel je tijdens het hakken die dingen daar beneden bewegen?'

'Welke dingen?'

'Je ballen.'

Yi vertelde dat hij als door de bliksem was getroffen door die opmerking; opeens begreep hij alles. Zijn ballen. Sinds die dag lette hij tijdens het hakken altijd op zijn ballen. Als ze met elke beweging ritmisch bewogen, was het resultaat gegarandeerd goed. Hoe ongeloofwaardig het verhaal ook was, grappig was het wel. Hij vertelde dat de dochter van zijn meester steeds vaker in de werkplaats kwam, en de meester liet weleens doorschemeren dat Yi na het voltooien van zijn opleiding best mocht blijven. Dat idee had hem wel aangesproken. De strenge meester was net de vader die hij nooit had gehad, en het meisje kwam onder zijn gretige blikken als een roos tot bloei. Dag in dag uit zorgde hij ervoor dat zijn ballen ritmisch bewogen en verheugde hij zich op het zien van de fraaie billen van het heupwiegende meisje.

Toen was Yi's meester onverwacht overleden en moest Yi zijn leertijd afbreken, twee jaar te vroeg. Zijn grootvader haalde hem terug naar huis en richtte aan de achterkant een werkplaats voor hem in. Yi had sinds die dag moeten werken.

Hij rookte bittere tabak, dronk de hele dag sterke thee, en kon uren achter elkaar praten zonder er zelf genoeg van te krijgen. Hij maakte allerlei soorten meubels voor de buren. Maar hij was en bleef natuurlijk een jongen, en hij hunkerde naar de vrijheid. Sen en Mo Gong kwamen vaak langs om tabak te bietsen als ze geen geld hadden om sigaretten te kopen en de behoefte om te roken aan hen begon te vreten. In ruil daarvoor moesten ze de eenzame meubelmaker gezelschap houden tijdens zijn werk, en luisteren naar dezelfde verhalen die Yi al ontelbare keren had uitgesponnen. Toch was het helemaal geen slechte overeenkomst. Als ze op de loop waren voor hun ouders of de politie, bood Yi's bescheiden werkplaats alles wat ze nodig hadden. De werkplaats was in steegje ergens achteraf, tabaksblad hing te drogen aan het plafond, drank was altijd binnen handbereik in Yi's gereedschapskist, en eten kwam uit grootvaders keuken. Er was zelfs een oude deken om onder te slapen op het zachte zaagsel. Af en toe werd de werkplaats ook als gokhol gebruikt. Yi bracht steeds meer tijd met zijn vrienden door, zodat hij een parttime meubelmaker werd en een fulltime straatjongen. De vriendschap werd steeds hechter.

In die vakantie werd ik een onafscheidelijk lid van de bende, waarmee ons aantal op vijf kwam. Toen ik terugging naar school, hingen zij rond op het marktplein, ze vielen kooplui lastig en kochten snoep en sigaretten. Dan klommen ze over het muurtje aan de achterkant van mijn school en lieten mij met een fluitsignaal weten dat ze er waren. Zodra de bel ging, rende ik naar een afgesproken plek. Soms namen ze me in een houdgreep en dreigden ze me in de vijver te jonassen. Als we allemaal weer over het muurtje waren gesprongen, staken we een sigaret op en maakten we plannen voor de rest van de dag.

'Waar gaan we heen?' vroeg ik op een dag nadat ik hard aan mijn sigaret had getrokken.

'Naar de middenschool,' zei Siang.

'Wat is daar te doen?'

Ze glimlachten mysterieus naar Sen. Voor het eerst zag ik hem blozen, en hij giechelde nerveus.

'Hij vindt een van de meisjes leuk. We willen haar weleens zien,' vertelde Mo Gong enthousiast.

'Wie is het?' wilde ik weten.

'De dochter van meneer Huang, de gymleraar. Ze heeft een paar ogen waar je stil van wordt,' zei Sen nog steeds giechelend.

'Kijkt ze dan naar je?' vroeg ik.

'Weet je, ze kijkt altijd naar ons huis als ze langsloopt. Laatst glimlachte ze naar me,' vertelde Sen.

'En hij viel bijna flauw.' Mo Gong lachte.

'Vrouwen! Ze weten nooit wat ze willen. Ik ken een echte dame uit mijn tijd als leerling...' Yi stak alweer van wal om ons een van zijn oude verhalen te vertellen. We wisten al precies hoe het ging, want we hadden het al heel vaak gehoord. Het wonderlijke was dat hij hetzelfde verhaal telkens precies hetzelfde kon vertellen als de keer daarvoor. Hij gebruikte dezelfde woorden en liet dezelfde stiltes vallen, en zijn gezichtsuitdrukking veranderde nooit.

We schopten tegen steentjes op de grond, braken takken die in de weg zaten en zetten koers naar de school van mijn vier vrienden, waar ze nou niet bepaald uitblinkers waren geweest.

Sen was opgewonden en zenuwachtig. Hij rookte de ene sigaret na de andere. We maakten grapjes over zijn haar, dat recht overeind stond. Ik schepte een handvol water uit een vijver en sprenkelde het over zijn hoofd. Hij sloeg mijn handen weg maar haalde wel zijn vingers door zijn haar, en hij bekeek zichzelf in de vijver.

'Die gozer mag er best wel wezen,' stelde Sen vast.

We moesten onbedaarlijk om hem lachen.

We verschansten ons achter de muur rond de school en staarden van een afstand naar de slaapzaal van meester Huang. Even later zagen we een slank meisje van een jaar of zeventien, achttien naar buiten komen met een emmer water. Het was een knap ding, met prachtige ogen en glanzend zwart haar tot op haar heupen. Ze droeg een jurk met kleine bloemetjes, en deed me denken aan haar knappe vader, die ooit kampioen speerwerpen van onze provincie was geweest.

Toen ze zich vooroverboog om de emmer te legen, keek ze in onze richting, en ze aarzelde bij het zien van de vijf donkere hoofden die over de muur gluurden. Uit verlegenheid doken we weg. Langzaam draaide ze haar slanke lichaam en ze liep gracieus terug naar binnen. Wij bleven nog een hele tijd zitten, allemaal met bonzend hart, voordat we teruggingen.

'Nou, wat vinden jullie ervan?' vroeg Sen, onzeker over ons oordeel.

'Tot nu toe dacht ik altijd dat jij alleen op lelijke meiden viel,' zei ik.

Sen gaf een tik tegen mijn schouder. 'Zag je het? Volgens mij voelde ze dat ik er was, daarom bleef ze staan om te kijken.'

'Ik denk dat ze gewoon je smerige haar rook,' grapte Siang.

Onderweg naar huis praatte Sen onafgebroken, opgewonden alsof hij een injectie met adrenaline had gehad. 'Ze is echt heel mooi, en dan haar figuur! En dat zijdeachtige haar! Kon ik het maar een keer aanraken. Nou, ik zou het helemaal niet erg vinden om meester Huang de rest van mijn leven "papa" te noemen.'

'Misschien moet je teruggaan naar school, dan ben je bij haar in de buurt,' opperde ik.

'Wat een goed idee,' zei Siang.

'En dan ga je alleen naar de lessen van meester Huang,' voegde Yi eraan toe. 'Als hij je aardig gaat vinden, komt het vanzelf goed met de dochter.'

Weer werd er gelachen. Het voorval had ons allemaal een goed gevoel gegeven. De zonsondergang leek die dag extra warm.

In de tijd dat het weer zachter werd en de terugkerende ganzen luid gakkend overvlogen op weg naar de Zuid-Chinese Zee om zich aan jonge vis tegoed te doen, spraken we 's avonds af in de haven van de Dong Jing. De Dong Jing was een brede rivier. Schepen met ruw hout voeren stroomafwaarts uit de bergen, en stroomopwaarts vervoerden ze rijst, zout en stoffen uit de welvarende delta. Elke avond lagen er minstens tien schepen met platte bodems en afdaken van geweven bamboe geduldig te wachten op de terugkeer van de eigenaars, die de stad in waren om zich te bezatten voordat ze de volgende ochtend weer uitvoeren.

Op een avond stonden we in het maanlicht in de bijna verlaten haven. Yi was een expert in het losmaken van boten. Hij maakte een snelle beweging met zijn ruwe, eeltige handen, en in een wip waren de dikke knopen los. We sprongen allemaal aan boord en duwden de boot af van de kant met lange bamboestokken.

Het was zo stil en sereen. Ik zat op de voorplecht van de boot en luisterde naar het zachte kabbelen van het water. Kikkers en insecten uit de velden met graan en tuinbonen langs het water zongen op de achtergrond. Yi was stuurman en de anderen zaten met hun rug tegen elkaar om warm te blijven. Het leek wel of de maan aan de heldere hemel met ons meeging.

Op die idyllische avond vertelde ik hun mijn favoriete liefdesverhaal, 'Vroege lente in februari'.

'Er was eens een knappe student aan de universiteit. Hij heette Shi en kwam uit Shanghai, en op een dag verliet hij zijn rijke, kapitalistische familie en werd lid van de communistische partij. Hij ging lesgeven op een arme dorpsschool in een prachtige omgeving, met veel veldbloemen, boomgaarden, rivieren en onafzienbare groene velden.

Hij was bescheiden en romantisch. Elke dag las Shi zijn eigen gedichten voor aan zijn leerlingen, die allemaal aan zijn lippen hingen. Hij had een zuivere bariton, en leerde de kinderen mooie liederen. Zijn kennis was onuitputtelijk. 's Ochtends vroeg zat hij onder de bloeiende perzikbomen achter zijn schildersezel om de pracht van de lente te schilderen. 's Avonds speelde hij viool, triest en ontroerend. Soms zag men hem met een zorgelijk gezicht langs de rivier lopen, en dan verdween hij voor de rest van de dag. Niemand wist waar hij naartoe ging. Andere onderwijzers zagen hem zijn eigen eten weggeven aan arme leerlingen.

Op een dag nodigde het schoolhoofd Shi uit voor een diner bij hem thuis om de tachtigste verjaardag van zijn vader te vieren, een rijke landheer. Tijdens dat banket leerde hij Jun kennen, de jongere zus van het schoolhoofd.

Jun was een beeldschoon, verlegen meisje en ze bloosde als hij naar haar keek. Haar grote ogen waren zo donker dat het net mysterieuze poelen waren, en haar huid was zo glad als zijde.

Ze leek wel een droom in die geurige tuin toen ze elkaar die magische avond voor het eerst aankeken. Van het ene moment op het andere was de onderwijzer niet eenzaam meer.

Ze praatten en praatten in het maanlicht, alsof ze oude vrienden waren. Het meisje vertelde hem dat ze piano speelde en van Chopin hield, en hij vertelde dat hij van Mozart hield en viool speelde.

"Ik weet het," zei Jun. "En je schrijft ook gedichten."

"Hoe weet je dat?" vroeg Sun verbaasd.

"Dat is niet zo vreemd. Het hele dorp weet het."

Ze was net een lichtstraal in de wildernis, een steiger waar hij kon aanleggen. Voor Jun was Shi net de held uit de romannetjes die ze graag las. Hij was knap, edelmoedig en beschaafd, en toch was hij ook melancholiek en eenzaam, en hij drukte zijn gedachten uit in gedichten of muziek. Die avond werden ze stapelverliefd op elkaar...'

'Wacht even,' viel Mo Gong me in de rede. 'Ik moet piesen.'

'Hou je mond,' zei Sen. 'Het begint net leuk te worden. Wat gebeurde er toen?'

'Ik kan het niet langer ophouden.' Mo Gong ging aan de rand van de boot staan, maakte zijn gulp open, en een straal klaterde in het water van de rivier.

'Door je verhaal vergeten we helemaal te roken,' zei Siang. Hij toverde een nieuw pakje Vliegend Paard uit zijn zak en stak eerst een sigaret voor mij op. 'Hier. Nu kunnen we verder gaan.'

'Kom op, Mo Gong, nou ben je toch wel klaar,' zei Yi ongeduldig.

De boot had een breder gedeelte van de rivier bereikt, zes kilometer buiten Gele Steen. In de verte flikkerden de lichtjes van de stad, en het leek wel alsof wij de enige mensen waren tussen het zilver glinsterende water en de sterrenhemel.

Yi had de stok waarmee hij de boot voortbewoog neergelegd, en hij kroop naar ons toe om erbij te komen zitten. De boot bleef roerloos liggen, alsof zelfs die met ingehouden adem op de rest van het verhaal wachtte.

'Elke dag wachtte Jun voor de school op Shi,' vervolgde ik. 'Ze plukte wilde bloemen, en zodra hij naar buiten kwam, rende ze in zijn armen. Ze lachten en praatten en maakten wandelingen. 's Avonds speelde hij viool, en zij begeleidde hem op de piano. Jun viel in slaap met zijn gedichten in haar handen. Zijn muziek leek vrolijker te worden. Jun had nooit gedacht dat de liefde zo zoet en mooi kon zijn. Ze had alles voor hem willen doen. Ze zei tegen hem dat ze hem over de hele wereld wilde volgen en altijd van hem zou blijven houden. Hij huilde in haar armen als een baby.

De tijd verstreek, en soms bleef Jun tot aan het donker tevergeefs op Shi wachten. Als ze hem vroeg waarom hij niet was gekomen, werd hij stil en zei hij dat er niets aan de hand was. Toch begon Jun zich ongerust te maken, want Shi werd ook weer neerslachtiger. Soms hield hij Jun uren in zijn armen en slaakte hij de ene diepe zucht na de andere.

"Wat is er toch aan de hand?" vroeg Jun, bang dat ze haar lief kwijt zou raken.

"Niets," zei Shi. "Ik hou gewoon heel veel van je, en dat zit me dwars."

Jun was verbaasd. "Waarom zit dat je dwars?"

Shi legde haar met een lange, hartstochtelijk kus het zwijgen op, en zij smolt in het vuur van zijn liefde.'

'Hé, je hoeft niet zo op me te hangen.' Sen gaf Mo Gong een zet. Mo Gongs hoofd hing bijna op Sens schouder, en hij kwijlde.

'Wil jij ook een kus?' Sen drukte een natte klapzoen op Mo Gongs voorhoofd.

'Smeerlap,' protesteerde Mo Gong vol walging. 'Kom op, Da. Hoe gaat het verder?'

'Ja, vertel op,' drong Yi aan.

'Geef me eerst nog een sigaret,' zei ik.

'O, vergeef me, meester. Ik smeek u, ga verder,' grapte Siang, en hij stak een sigaret voor me op. 'Hadden ze seks met elkaar?'

'Wees toch niet zo'n smerige rat.' Sen kneep in zijn oor en gaf hem een zet met zijn knie.

'Nou, op een dag rende de jonge onderwijzer naar Jun toe, en hij viel huilend op zijn knieën. "Ik moet je iets vertellen... ik moet het je vertellen."

"Wat is er dan?" zei Jun, geschrokken door zijn uitbarsting.

"Ik ga met Lin Li trouwen. Het spijt me," zei Shi in tranen.

"Wat?" vroeg Jun met een klein stemmetje en knikkende knieën. "Wie is Lin Li?"

"Ze is de vrouw van een jongen die op de universiteit bij me in de klas zat. Hij is lid geworden van de communistische partij, en later door het nationalistische leger gevangengezet en ter dood veroordeeld. De afgelopen maanden ben ik een paar keer naar zijn vrouw en drie kinderen toe gegaan. Daarom was ik soms de hele dag weg."

Jun liet zich slap op een stoel vallen.

"Gaat het?" vroeg Shi, en hij viel naast haar op zijn knieën.

Ze knikte verdrietig en keek naar zijn knappe gezicht. "Ga verder."

"De vrouw is al een tijd ziek, en dat gezin is er heel slecht aan toe. Ik heb ze zoveel mogelijk eten en geld gegeven. Gisteren vertelde een kameraad me dat mijn klasgenoot in de gevangenis in het geheim is geëxecuteerd. Toen ik zijn vrouw vertelde wat er is gebeurd, werd ze helemaal gek. Ze heeft het aan haar hart en haar toestand wordt steeds slechter. Ze ijlt en blijft de naam van haar man roepen. Ik heb besloten om vanavond nog met haar te trouwen. Ik zou het niet aan kunnen zien als dat hele gezin kapotgaat. Begrijp je het?"

"Nee. Hou je van haar?"

Hij schudde zijn hoofd. "Jij bent mijn enige liefde, Jun."

Jun begon te huilen en rende het huis uit. Ze keek niet één keer om. Die avond pakte Shi zijn spullen, en hij verliet de school om met de vrouw van zijn klasgenoot te trouwen en voor diens kinderen te zorgen…'

Mijn vier vrienden waren ongewoon stil voor hun doen. Ze staarden naar het water, waar de maan in werd weerspiegeld. Niemand spoorde me aan om verder te gaan. Het was alsof ze ontzag hadden voor zo'n tragische liefde.

'En toen?' vroeg Mo Gong na een hele tijd, en hij keek me verdrietig aan.

'Eerlijk gezegd,' zei ik, 'was ik zelf zo teleurgesteld toen ik dit las, dat ik het boek weg heb gesmeten. Ik heb het verhaal nooit uitgelezen.'

'Nou, mooi is dat. Ik begrijp niets van die onderwijzer. Denk je dat Jun in de rivier is gesprongen?' vroeg Sen dromerig.

'Misschien.'

Het was al middernacht toen ik thuiskwam. Mijn moeder vroeg waar ik was geweest, en ik vertelde haar dat ik met vrienden naar de rivier was gegaan.

'Ik weet best wie die vrienden van je zijn,' zei ze, 'en je stinkt naar rook.'

'In hun hart zijn het geen slechte jongens,' verdedigde ik mijn vrienden.

'Goeie jongens of slechte jongens, ik wil niet dat je rookt. Hoor je me?'

'Maar mijn broer rookt toch ook.'

Hij is ouder en hij werkt op het land. Jij zit nog op school. Gedraag je daar dan naar.'

'Dus ik mag mijn vrienden niet meer zien?' vroeg ik.

Ze zweeg even. 'Je moet zelf je vrienden kiezen. Je bent nu een grote jongen, ik kan je niet meer elke seconde in de gaten houden. Maar wie je vrienden ook zijn, vergeet nooit wie je bent.'

Dat was mijn moeders manier om toestemming te geven. Ze had heus wel gezien dat ik was veranderd. Ik was vrolijker geworden. Maar het grootste compliment dat ze me stilzwijgend gaf, was haar vertrouwen in mij; ze vertrouwde erop dat ik sterk genoeg was om een goed mens te blijven. Ik vond haar zo wijs dat er een golf van liefde en dankbaarheid door me heen ging.

Ook op school was ik vrolijker, en ik begon meer zelfvertrouwen te krijgen. Uit het landelijke examen van het semester daarvoor was ik als beste leerling van de vierde klas naar voren gekomen, en dat was een afgang voor groep een en La Shans lievelingen. Op de gang keken de kinderen uit groep een me nog steeds vuil aan.

Op een dag, toen ik langs de zoon van de partijsecretaris kwam, zei hij tegen me: 'Je hebt niets aan cijfers. Je blijft de zoon van een landheer.' Toen lachte hij als een valse hond zijn tanden bloot.

Mijn leraar, meester Lan, nam me apart om me precies hetzelfde te vertellen. 'Ga jij je nou maar niks verbeelden door die goede cijfers.'

Het begon me al snel te dagen dat het een zonde was om goede cijfers te halen en de aandacht op mezelf te vestigen. Nu kreeg ik boven op de gebruikelijke minachting ook jaloezie te verduren. Ik kon niets goed doen. Maar het raakte me niet meer zo diep. Na afloop van de lessen zag ik mijn vrienden en vergat ik mijn hele school. Ik lag 's nachts niet langer wakker om plannen te smeden. Han, Quei en Wang waren nog even gemeen, maar voor mij waren het niet meer dan kleine ergernissen, als een paar gonzende vliegjes.

8

In het begin van de jaren zeventig werd tafeltennis een landelijke rage nadat Zhuan Zhe Don wereldkampioen was geworden. Tijdens de gymlessen gingen we niet naar buiten om atletiek te doen, maar zaten we in de klas naar het radioverslag van de wedstrijden te luisteren. Telkens wanneer een Chinese speler scoorde tegen een westerse, juichten we en sloegen we met onze vuisten op de tafels. Na afloop van de wedstrijden zongen we met zijn allen een lied: 'De oostenwind waait en trommels roffelen op het krijgstoneel. Wie is er tegenwoordig bang voor wie? We zijn niet bang voor de Russen en de Amerikaanse imperialisten. Zij zijn het die bang zijn voor ons.'

Door het succes van deze pingpongheld zwollen we op als heteluchtballonnen. Eindelijk hadden we op het internationale strijdtoneel iets gewonnen.

De school gaf een timmerman opdracht om twee pingpongtafels te maken. Een stuk steen deed dienst als derde tafel. In de pauzes verdrongen honderden kinderen zich rond de drie tafels, en er werd om beurten gespeeld. We speelden een spel met drie punten. Goede spelers konden heel lang blijven spelen, terwijl slechte spelers in een mum van tijd uitgeschakeld werden. Ik vond het zo leuk dat ik na school thuis oefende, en na verloop van tijd werd ik een van de betere spelers bij ons op school.

Op een dag wachtten Sen en Mo Gong me op bij het muurtje achter de school. 'Laten we gaan pingpongen,' stelde ik voor. 'Ik heb drie batjes met rubber.'

'Doe me een lol,' zei Sen. 'Ik kan helemaal niet spelen.'

'Dat komt omdat je twee linkerhanden hebt,' plaagde Mo Gong. 'Het klinkt leuk. Kom op.' We sprongen over het muurtje en liepen naar een tafel.

Er stond al een groep kinderen rond de tafel, onder wie mijn drie vijanden. Han speelde, en zo te zien was hij aan de winnende hand.

'Ik denk dat we dit spel beter niet over kunnen nemen,' zei ik toen ik zag dat Quei naar me keek.

'Waarom niet?' vroeg Sen.

'Omdat mijn vijanden erbij zijn,' antwoordde ik. 'Laten we gaan.'

'Wat?' zei Sen.

'Han en zijn vrienden.' Ik wees met mijn kin in hun richting.

'Ik ga echt niet weg,' zei Mo Gong. 'Ik wil die jongens graag beter leren kennen.'

'Da, we spelen hier en nergens anders,' zei Sen. 'Je gaat me toch niet vertellen dat je bang bent.'

De twee beruchte straatschoffies slenterden naar de tafel, en de menigte ging voor hen uiteen.

Mo Gong ging aan Hans kant op de tafel zitten. 'Dit partijtje is afgelopen. Pak je balletje en ga uit mijn ogen. Het wordt tijd dat echte mannen kunnen spelen, stelletje kleuters.' Mo Gong deed de stem van een oude man na en hij duwde Han bij de tafel vandaan.

Han keek me aan met ogen die vonken schoten. 'Smerige zoon van een landheer! Je zult er spijt van krijgen dat je dit tuig hebt meegenomen! Ik ga het nu meteen melden bij de meester.' Hij deed een stap opzij en keek Sen en Mo Gong woedend aan.

'Alsjemenou, jij stuk ongeluk. Wie noem je hier tuig, en wat is er mis met de zoon van een landheer?' Mo Gongs ogen begonnen rood te worden. Hij liep naar Han toe. 'Jij bent geen haar beter dan die klotevader van je. Hij staat nog steeds op mijn lijstje.' Toen duwde hij Han tegen de grond en hij gaf hem een paar schoppen.

'Laten we gaan. We rekenen een andere keer wel met hem af,' stelde Sen voor.

Ik wist dat hij gelijk had, want vanuit mijn ooghoeken zag ik het schoolhoofd op ons af komen. 'Rennen, de Pad komt eraan,' siste ik. 'Anders zwaait er wat.'

'Te laat,' zei Sen. 'Mo Gong, hou je gedeisd, en niet vloeken waar de Pad bij is, oké? Laat het maar aan mij over. Als we nu wegrennen, gedragen we ons als dieven.'

Een minuut later stond het schoolhoofd hijgend voor ons. Hij zweette zo erg dat zijn dikke brillenglazen besloegen. 'Wat doen jullie hier?' blafte hij, en hij keek van Sen naar Mo Gong.

'Niets, we komen gewoon even op bezoek,' zei Sen ernstig.

'Hé, kijk eens naar die pingpongtafel, Mo Gong. Zo'n gladde heb ik al lang niet meer gezien.' Hij streek met zijn hand over de ruwe tafel.

'Ik hoor dat je Han heb geschopt. Is dat waar, Mo Gong?'

'Helemaal niet. Waar is dat smerige kleine – '

'Hou je mond,' zei Sen. 'Luister, meneer de directeur. Ik weet dat u geen makkelijk baantje hebt. Als ons bezoek zo slecht gelegen komt, gaan we wel weer weg.'

'Wacht!' beval de Pad. 'Ik wil van Han horen wat er is gebeurd.'

Han hinkte met tranen in zijn ogen naar de Pad. 'Mo Gong heeft me op de grond geduwd en me geschopt. Ze zijn samen met Da gekomen, die zoon van een landheer.'

'Wat zeg je me nou?' vroeg de Pad, en hij wierp me een snelle blik toe die zei: Jou neem ik straks wel onder handen.

'Han is een grote leugenaar, meneer de directeur,' zei Sen. 'Een jongen zoals hij is niet te vertrouwen. Al zijn familieleden zijn leugenaars. De vorige keer dat Han iets van zijn ouders had gestolen, vertelde hij ze dat ik het had gedaan. Ik was die dag toevallig langs zijn huis gelopen.'

'Daar heb ik niets mee te maken, maar ik heb zelf gezien wat jij en je vriendje hier hebben gedaan. Ik zou je kunnen laten arresteren omdat je hier de orde verstoort. Het zal vast niet de eerste keer zijn dat je in de gevangenis belandt.' Het pafferige gezicht van de Pad was rood aangelopen. 'En maak nu dat je hier wegkomt.'

Ik zag Sens bleke gezicht vuurrood worden toen hij het woord 'gevangenis' hoorde. Hij klemde zijn kaken op elkaar en probeerde zich te beheersen. Toen hij zag dat Mo Gong aanstalten maakte om de Pad te lijf te gaan, trok hij hem snel weg.

'We gaan.' Met zijn dodelijke ogen keek Sen de Pad en Han zeker vijf seconden zonder te knipperen aan, toen draaide hij zich om.

'Da, heb jij deze jongens hier mee naartoe genomen?' vroeg de Pad aan mij. Sen en Mo Gong bleven staan.

'Ja, meneer.'

'Dat is niet waar,' protesteerde Sen. 'We hadden zelf zin om te komen. Hij heeft ons alleen de weg gewezen. Het is toch niet verboden om iemand de weg te wijzen? Ik herhaal het, meneer de directeur, met alle respect, maar ik zou die Han niet vertrouwen als ik u was. Het is een leugenaar.' Na die waarschuwing liepen ze weg, en ik volgde ze naar het muurtje.

Die avond kwamen we in Yi's werkplaats bij elkaar, en we rookten de zelfgedroogde tabaksbladeren.

'Het wordt tijd dat we een paar spaken van de nieuwe fiets van de Pad losmaken,' zei Mo Gong.

'Niet nu meteen, dat is geen goed moment. Ik heb wel zin om een wandelingetje te maken door de tuin van Hans ouders,' zei Sen. 'Laten we gaan.'

Korte tijd later bereikten we de weelderige moestuin, met een overdaad aan prei, bosuitjes en andere groente die ik in het donker niet goed kon onderscheiden. We bleven staan wachten totdat we zeker wisten dat er niemand in de buurt was, en mijn vrienden sprongen in de tuin. Ik treuzelde, want ik was bang en nerveus.

'Wat mankeert jou?' fluisterde Sen. 'Hij maakt op school een hel van je leven. Ben je dat soms vergeten?'

Het werkte. Ik voelde het bloed naar mijn hoofd stijgen, en de oude woede klauwde vanbinnen aan me als een wild dier. Ik sprong in de tuin en danste er rond als een wildeman, alsof elke plant waar ik op trapte Hans hoofd was. Al snel was alle groente vertrapt en zag de tuin eruit alsof er een tyfoon overheen was geraasd. We sloegen op de vlucht en gingen meteen terug naar Yi's werkplaats. In de keuken van zijn grootvader gingen we op zoek naar eten, en hij gaf ons wat gedroogde pinda's.

Het was Sens idee om ervoor te zorgen dat de oude baas ons zag, want dan zou hij de volgende dag zonder schuldgevoelens kunnen zeggen dat de bende bij hem thuis was geweest, niet in Hans moestuin.

De volgende ochtend stond Hans moeder gillend als een speenvarken midden op straat. Ze beschuldigde ons van de vernielingen, maar Yi's grootvader verdedigde ons met verve. Hij werkte in het ziekenhuis, was oud en gerespecteerd. Hij zwoer bij hoog en bij laag dat het de zoveelste valse beschuldiging was, dat ze de verkeerde kinderen aanviel. Dit keer had de felle verdediging van Yi's grootvader succes. Iedereen geloofde hem. Wij hielden ons gedeisd en zaten muisstil onze sigaretten te roken.

Die dag wachtte het schoolhoofd me voor de klas op. Achter hem stonden Han en zijn maten. 'Naar mijn kantoor, Da, nu meteen,' beval de Pad kwaad.

Ik was nooit bang voor hem geweest en toen ook niet. Kwaad staarde ik naar mijn vijanden, totdat ze zwijgend wegkeken. Ik volgde de Pad naar zijn kantoor.

'Waar waren we gebleven?' vroeg hij zoals gewoonlijk.

'Dat ben ik vergeten.'

Hij was bezig zijn bureau op te ruimen en keek nu een beetje verward op. 'Ik heb gehoord dat je tegenwoordig met dat geteisem optrekt.'

'Het zijn vrienden uit mijn wijk,' zei ik beslist.

'Het is geen goed gezelschap.'

'In elk geval word ik door hen niet de hele tijd uitgescholden en geslagen. Dat doen mijn klasgenoten Han, Quei en Wang wel.'

Hij zweeg even. Toen leek hij iets te willen zeggen, maar kennelijk was hij vergeten wat.

'Als ik je hier nog een keer in hun gezelschap betrap, stuur ik je van school, en dit keer voorgoed. Begrepen?'

Ik knikte. 'Maar als ze uit eigen beweging komen, kan ik er niets aan doen.'

'Dat is muggenzifterij. Pas op je tellen. Je begint te vergeten wie je bent. Denk je soms dat je van een paar goede cijfers een beter mens wordt? Dan heb je het mis.' Het was een onverwachte uitbarsting.

Toen ik terugliep naar mijn klas dacht ik aan de spaken van zijn fiets die Sen en Mo Gong eruit wilden halen. Ik kon me er echt op verheugen om hem op zijn pafferige gezicht te zien vallen.

Ik verwachtte beledigingen en scheldwoorden van Han en zijn maten toen ik de klas binnenkwam. Ze wisten dat ik op het matje was geroepen. Voor die tijd zouden ze een krijgsdans om me heen hebben gemaakt, ze zouden me als hyena's hebben uitgelachen om me belachelijk te maken. Maar vandaag bleven ze zwijgend zitten en ontweken ze mijn blik. Ik liep met mijn hoofd hoog en mijn rug kaarsrecht naar binnen. In gedachten zag ik mijn vrienden naar me glimlachen.

Op een dag hoorden we dat er een nieuwe film werd vertoond in de hoofdstad Putien, dertig kilometer van Gele Steen. Dat was een enorme afstand over heuvels en door dalen, vooral als je niet gemotoriseerd was. De jonge tractorbestuurder van onze commune was erheen geweest toen hij brandstof naar de grote stad bracht. Een kleine menigte verdrong zich om naar zijn enthousiaste verslag te kunnen luisteren. Toen hij de hoofdrolspeelster zou gaan beschrijven, viel hij stil, hij keek ons aan alsof hij ons op een teleurstelling wilde voorbereiden, en tekende met zijn handen langzaam een paar welvingen in de lucht terwijl hij zachtjes floot.

'Is ze zo mooi?' fluisterde iemand.

De man knikte. 'Het is met geen pen te beschrijven. Ga zelf maar kijken.' Wij wisten genoeg.

Sen haalde zijn oude fiets te voorschijn, spoelde hem af en stuurde een jongetje naar mijn huis om mij te komen halen, want hij had ontzag voor mijn strenge moeder.

'Je vrienden hebben een boodschapper gestuurd om je te komen halen,' zei mijn moeder. Kennelijk had het kind alles verteld. 'Wees voorzichtig in Putien. Er is daar veel verkeer.' Tot mijn verbazing en blijdschap gaf ze me een halve yuen voor het uitstapje.

Sens fiets was een museumstuk. Het gevaarte ratelde op plaatsen waar het niet hoorde te ratelen en op plaatsen waar je iets had moeten horen, bleef het stil. Wel had de fiets een lang zwart zadel. We waren met zijn vijven, dus kwam fietsen neer op een acrobatisch kunststukje. De een trapte, twee zaten schrijlings achter op, en de vierde zat schuin op het stuur, zodat degene die trapte bijna niets kon zien. De vijfde passagier rende achter de fiets aan en hielp duwen als het heuvelopwaarts ging. Om de drie kilometer wisselden we van plaats, zodat zowel degene die trapte als degene die rende kon uitrusten. Het was lachwekkend om die fiets op bijna lege banden over de onverharde, modderige weg te zien ploeteren, kreunend onder het gewicht van vier jongens.

We hadden er ruim drie uur voor nodig om Putien te bereiken. We waren nat van het zweet en zaten onder een laag zand toen we op de brug afstapten, bij de ingang van de oude stad, en we liepen de rest van de weg. Als een agent ons van die halsbrekende toeren had zien uithalen, had hij ons af laten stappen omdat we een gevaar op de weg waren. Hij had de fiets zelfs in beslag kunnen nemen, want Sen had er geen vergunning voor.

Toen we in ganzenmars door de drukke straten liepen, vertelde ik hun van die keer dat ik vijf was en mijn broer me was kwijtgeraakt. Ik had naar huis moeten liften. Toen mijn broer later huilend thuiskwam, plaste hij bijna in zijn broek toen hij me zag. Mijn vrienden gaven me een paar tikken en een schop voor mijn achterste omdat ik als jochie zo stout was geweest, en we lachten luid en blij.

Siang toverde een nieuw pakje sigaretten te voorschijn. In deze grote stad waar niemand ons kende, rookten we elk een sigaret, die we net als grote mensen uit onze mondhoek lieten bungelen.

'Schiet nou toch op,' zei ik. 'Iedereen wil die film zien. Straks zijn er geen kaartjes meer.'

'Dat geeft niet. Als de kaartjes zijn uitverkocht, kunnen we altijd nog naar onze oude vriend Een Meter Vijf,' zei Siang.

'Hij is onze grote vriend. Hij heeft echt alles wat we willen,' zei Mo Gong.

'Hé, hoe komt het dan dat ik hem niet ken?' zei ik.

'We moeten misschien sowieso naar hem toe,' klaagde Sen.

'Ik hoorde dat er gisteren onvoorstelbaar lange rijen stonden, en dat er zelfs geen staanplaatsen meer waren,' vertelde Siang.

Even later stonden we voor de grootste bioscoop van de hele provincie, onze harten bonzend van trots en opwinding. We staarden naar de hoge ijzeren hekken, de dikke pilaren, en de modieus geklede jonge mensen. De jongens hadden lang haar met vet erin, uitlopend in een puntje, en ze droegen heel strakke broeken met wijde pijpen. De meisjes droegen kleurige nylon rokken die wapperden boven hun roomwitte knieën als de bries van zee ermee speelde. Aangezien de meeste vrouwen in China net als de mannen de alledaagse blauwe broek droegen, keken we onze ogen uit.

'Mo Gong heeft het een beetje te kwaad. Volgens mij ziet hij wel iets in die blanke dijen,' zei Siang, de kosmopoliet die ver en vaak had gereisd. Met de zijkant van zijn hand sloeg hij tegen Mo Gongs hoofd.

'Je hebt volkomen gelijk, Siang. Ik zou de rest van mijn hele saaie leven lang elke centimeter van die blanke benen willen likken,' zei hij, zijn blik strak gericht op een meisje met uitzonderlijk lange benen. 'Vertel ons eens wie deze engelen zijn, Siang.'

Siang nam een lange haal van zijn sigaret en kneep zijn ogen als een oude zeeman tot spleetjes. 'Dit zijn de kinderen van Chinese families die terug zijn gekomen nadat ze uit landen zoals de Filippijnen, Maleisië en Indonesië zijn gezet. Je weet wel, toen de hele wereld anti-Chinees was. Is het niet onvoorstelbaar?

Nu wonen ze op een boerderij die de regering speciaal voor hen heeft gereserveerd. Ze hebben er zelfs hun eigen winkel. Het zijn rijke mensen, met rijke familieleden in andere landen die hun elke maand geld sturen. Een postbode in dat gebied vertelde dat hij met nieuwjaar grote canvaszakken vol geld naar de boerderij moest dragen.'

Alle vijf bewonderden we de jongens die rondreden op glimmende scooters, met meisjes achterop die hun armen om hen heen hadden geslagen. Zo te zien kon je het slechter treffen.

'En op die boerderij doen ze allemaal aan vrije seks,' merkte Siang achteloos op.

'Vrije seks?' riep Mo Gong uit.

'Wat is vrije seks?' vroeg ik.

'Jij bent nog te jong voor dat soort dingen.' Siang gaf met zijn hand een tik tegen mijn hoofd. 'Je moeder vindt het vast niet goed als wij je leren wat vrije seks is.' Ze lachten allemaal.

'Vrije seks betekent dat je er niet voor hoeft te betalen,' zei Mo Gong peinzend.

'Nietes. Vrije seks is dat je al voor je trouwen met je verloofde naar bed gaat, voordat de commune een trouwakte heeft gegeven,' zei Sen.

'Vrije seks is dat je met iemand kunt vrijen zonder dat je het risico loopt dat je de gevangenis in gaat omdat je een viezerik bent,' zei Yi na een lange stilte.

'Nee, jullie zitten er allemaal naast,' zei Siang. 'Vrije seks betekent dat je seks kunt hebben met mensen én dieren.'

Het was een erg schunnig grapje. Met zijn vieren gooiden we Siang op de grond, en we gaven hem een paar porren voordat we hem weer overeind hielpen. Zelfs toen bleef hij nog grinniken over zijn eigen grapje.

'Er zijn vast wel mensen bij die het met dieren doen,' zei Mo Gong. 'Denk je eens in, er zijn meer mannen dan vrouwen. Wat moeten ze anders?'

'Daarom doen ze het ook met verschillende mensen, niet met een vaste partner. Dat is het enige echte delen.' Yi vatte het zo goed samen dat we allemaal applaudisseerden.

'Stik! De kaartjes,' bracht Siang ons in herinnering. We stonden voor het verlaten loket. Er hing een groot bord met de tekst: 'Kaartjes voor *De dame uit zee* de komende drie dagen uitverkocht.'

'Ik zei toch dat het uitverkocht zou zijn,' zei Siang. 'Het is allemaal handjeklap met die kaartjes, weet je. Tachtig procent gaat naar de kaderleden, de ambtenaren en andere belanghebbenden, zoals de elektriciteitsmaatschappij en allerlei winkels. Iedereen wil erheen, en die film wordt maar een paar keer vertoond. Na een paar dagen gaat hij al weer naar een andere stad. Ze helpen elkaar allemaal.

Wij kunnen trouwens beter maken dat we wegkomen, voordat we last krijgen met de politie. Op dit moment zijn we gewoon een paar schoffies van buiten de stad, en we hebben niet eens kaartjes.'

We zagen een blauw uniform onze kant op komen en gingen er als een speer vandoor.

'Het is maar goed dat je al die dingen weet, Siang,' zei ik dankbaar.

'Ach, het stelt niks voor. Wacht maar tot je een keer in Fuzhou bent. Dat is pas een echte grote stad,' zei Siang.

We knikten allemaal instemmend, want we waren er geen van allen ooit geweest.

'Laten we nu meteen naar Een Meter Vijf gaan, voordat het te laat is voor de voorstelling van drie uur,' zei ik.

Sen reed op zijn eigen fiets en we renden allemaal achter hem aan, want het was verboden om iemand achterop te nemen.

Buiten adem stonden we voor een piepklein winkeltje aan het eind van een doodlopend straatje dat zo smal was dat je er niet eens met zijn tweeën naast elkaar kon lopen. Kippen renden kakelend rond en pikten tussen de keitjes.

En zo ontmoette ik de beruchte Een Meter Vijf, de grootste handelaar uit de geschiedenis van Putien. Hij deed zijn levensgrote reputatie alle eer aan. Met zijn één meter en vijf centimeter was hij een echte dwerg, en hij had een hoofd zo groot als een flinke watermeloen. Het duurde wel drie lange minuten voordat ik op kon houden hem aan te gapen, want mijn mond was letterlijk opengevallen bij het zien van dit komische mannetje. Yi moest op mijn voet gaan staan voordat ik besefte hoe stompzinnig ik stond te staren.

'Nou, wat kan ik voor de jongeheren doen?' klonk een hoge stem van achter de toonbank. De dwerg glimlachte plichtmatig, wetend dat niemand zomaar in zijn armoedige toko kwam. Er werd gezegd dat hij zelfs van nieuwsgierige toeschouwers gretige kopers kon maken.

'We willen graag kaartjes voor *De dame uit zee*,' liet Siang hem weten.

'Als ik het niet dacht. En wat is ze mooi, die dame. Ik heb de film al drie keer gezien, en ze is het waard om er een vierde keer naartoe te gaan, ha, ha, ha, misschien wel een vijfde keer. Geloof me, ik zou haar graag als vrouw willen hebben als ik niet al drie vrouwen had, ha, ha,ha.' Het kleine mannetje zat te schuddebuiken van het lachen.

'Mijn zoon heeft in hetzelfde zwembad als zij gezwommen toen de film werd opgenomen, in de buurt van zijn trainingskamp. Sonny, weet je wel, een van onze landelijke zwemkampioenen.' Hij wees op een ingelijste foto achter de toonbank van een klein joch in een druipende zwembroek met een gouden beker in zijn handen.

'Begin nou niet wéér over je zoon,' protesteerde Siang. 'Dat doe je nou elke keer dat ik hier ben. De vorige keer zei je dat hij onze premier Chow een hand heeft gegeven, en nu beweer je dat hij in hetzelfde zwembad heeft gezwommen als een beeldschone filmster.'

'Het is waar, echt waar. Hij heeft haar gezien, ik zweer het je.'

'Oké, oké. Hoeveel kosten kaartjes voor de voorstelling van drie uur?'

'Sssst… praat niet zo hard. De vorige keer dat iemand dat hier deed, moest ik mijn zoon bellen in het trainingskamp om te vragen of hij de partijsecretaris van Putien wilde bellen. Die heeft toen weer het departement van handel moeten bellen om mij vrij te krijgen. Ze arresteren je voor je het weet. Ik zweer je dat ik in mijn volgende leven niet meer in zaken ga, als ik dan tenminste wat groter ben en meer spieren heb, zoals jullie. Ik zou violist kunnen worden of zelfs professor.'

'We móeten echt kaartjes hebben,' drong Siang aan.

'Ik weet niet zeker of ik wel kaartjes heb.'

'Dan gaan we weg,' zei Sen kortaf.

'Wacht nou even, wacht even, jongeman. Waarom zo'n haast?' zei de dwerg. 'Laat me jullie geld eens zien.'

Siang viste drie biljetten van tien yuen uit zijn zak en legde die zwierig op de toonbank.

'Een jongeman met geld, wat geweldig. Toevallig heb ik precies vijf kaartjes voor je, en als je even hier komt, kan ik je ook nog een paar andere interessante dingetjes laten zien – bandjes met liefdesliedjes uit Hongkong en nog veel meer. Allemaal sexy spulletjes.'

'Hoeveel wil je voor de kaartjes?' zei Sen.

'Twee yuen per stuk, omdat jullie het zijn,' zei hij ernstig, dit keer zonder te glimlachen.

De moed zonk me in de schoenen. Dat was diefstal. De oorspronkelijke prijs was maar tien fen.

'Hoor ik stilte? Dit zijn de allerlaatste kaartjes. Zo'n mooie film willen jullie toch zeker niet missen! Wat heeft ze een mooi gezicht. Ik droom elke nacht van haar als ik naast een van mijn vrouwen in bed lig. Jonge kerels zoals jullie zouden eens moeten zien wat echte schoonheid is voordat jullie met een lelijk meisje trouwen. Straks zitten jullie nog met hetzelfde probleem als ik en moet je blijven trouwen om een betere vrouw te vinden. En raad eens? Het wordt nooit beter, alleen maar slechter. Tegenwoordig wonen ze allemaal onder één dak, en allemachtig, wat maken ze een herrie. Ik zit liever de hele dag in mijn winkel.' Hij zweeg even. 'Ja of nee?'

'Eén yuen per stuk,' zei Siang.

Ik voelde dat Sen Siang een zetje gaf, en hij wees op de klok. Het was al kwart voor drie. Over tien minuten zou het mannetje voor ons op zijn knieën liggen en ons smeken om die kaartjes van hem te kopen.

'Nee,' zei Sen. 'We wachten wel op de volgende voorstelling.'

'Luister, jongens, één yuen per stuk, doe me een lol. Ik wil echt graag dat jullie die film kunnen zien. Nou?'

'We kunnen best wachten.' Sen begon ons naar buiten te werken nu de handelaar in tijdnood raakte.

'Wacht, ga nou niet weg. Zorg nou dat een arme oude man niet op zijn knieën hoeft te vallen.' Terwijl hij dat zei, wipte hij lenig van zijn stoel en hij bleef met zijn meelijwekkende één meter vijf voor ons staan. Hij klampte zich aan onze benen vast en begon te huilen. 'Niet weggaan. Jullie krijgen die kaartjes. Zeg maar hoeveel.'

'Tien fen per stuk,' zei Mo Gong.

'Jullie ruïneren me. Twee keer zoveel en ik zal jullie allemaal opa noemen.' Hij had het nog niet gezegd of hij lag op zijn knieën en noemde ons allemaal opa om zijn onderdanigheid te tonen.

'Geef het hem, jongens.' Ik kon het niet helpen, ik had medelijden met het mannetje dat voor ons op de grond knielde en ons zijn voorouders noemde.

'Hij belazert ons, Da.' Sen keek me koel aan.

'Vijftien fen.'

'Afgesproken, opa's,' zei hij. Hij klom weer op zijn stoel nadat hij zijn betraande wangen aan onze broeken had afgeveegd.

Allemaal visten we geld uit onze zak. Hij pakte het glimlachend aan en zei: 'Kom op, doe er nog vijf fen bij omdat ik jullie op mijn knieën "opa" heb genoemd. Laat mij het wisselgeld nou gewoon houden.' Mo Gong greep de hand van de dwerg en dwong hem zijn vuist te openen, zodat hij zijn vijf fen wisselgeld kon pakken.

Tegen de tijd dat we in de bioscoop kwamen, stond het er blauw van de rook en verdrongen mensen met staanplaatsen zich op het gangpad. Kinderen hingen door de ramen naar binnen om iets te kunnen zien. Op het podium stond een breed scherm, geflankeerd door luidsprekers. Er zaten zelfs kinderen achter het scherm, met hun hoofden achterover, die van de verkeerde kant naar de film zouden kijken. Wij moesten duwen en trekken om andere mensen van onze plaatsen te krijgen, op de laatste rij tegen de muur.

In het zaaltje stonk het naar zweet en het was er zo heet als een oven, maar het was alle moeite die we ervoor hadden gedaan meer dan waard. De film had uiteraard een op de Culturele Revolutie gebaseerde boodschap. Het verhaal speelde zich af in een dorp aan de kust. Een landheer smeedde een complot tegen de plaatselijke communistische partij, die onder leiding stond van de gracieuze godin van de weelderige welvingen. Uiteindelijk delfde de landheer het onderspit, en de 'good guys' wonnen. De hele film lang kon ik Mo Gong en Sen met elke close-up van de ster horen zuchten en kreunen. Siang werd zo door het verhaal en de ster in beslag genomen dat hij zijn sigaret vergat en bijna zijn vingers brandde.

Toen we na afloop weer buiten stonden, net als iedereen kleumend van de kou, zei Sen peinzend: 'Eigenlijk is het heel verdrietig. Door haar lijken wij ontzettend lelijk.'

'Jíj bent lelijk,' antwoordde Mo Gong. 'Op een dag, jongens, trouw ik met een meisje zoals zij.' Hoofdschuddend stak hij een sigaret in zijn mond.

'Dat is een natte droom,' merkte Siang op.

'Je hoeft me niet altijd belachelijk te maken als je de kans krijgt, Siang. Ik weet best dat ik geen revolutionaire opa heb zoals jij. Jij denkt echt dat je met zo'n meisje kunt trouwen, hè?'

'Misschien wel.' Siang glimlachte schalks, gewoon om Mo Gong te plagen.

'Bekijk jij jezelf maar eens in de Dong Jing. Je hebt een lelijke neus, een grote mond en je kijkt scheel. Negen van de tien keer zie je eruit als een idioot.'

'Hé, rustig een beetje, jongens.'

'Ja, hou eens op. We horen juist vrolijk te worden van zo'n film. Waarom maken we dan verdomme ruzie?'

'Jij begon.'

'Nietes. Jíj begon.'

Onderweg naar huis, fietsend en rennend, zag ik Han. Hij zat bij zijn magere vader achter op een nieuwe Phoenix-fiets. Zijn vader haalde ons in op de hobbelige weg, en Han probeerde zijn gezicht achter een papieren waaier te verbergen. Ik zat net achter op, met mijn arm om Mo Gongs middel, terwijl ik met mijn vrije hand probeerde een sigaret op te steken voor Sen, die trapte. Ik hoopte maar dat Han het niet had gezien. Het was al vrij donker. Eigenlijk hoopte ik dat hij ons helemaal niet herkende, maar zo'n acrobatische show als de onze zag je niet zomaar over het hoofd, zeker niet op een verlaten weg. Even sloeg de oude angst weer toe, maar daarvoor in de plaats kwam de warme kameraadschap van mijn vrienden, die inmiddels een soort broers voor me waren geworden. Ik was niet van plan om mijn stemming te laten bederven, niet op de middag dat ik het mooiste schepsel van de wereld met mijn eigen ogen had gezien.

Om negen uur 's avonds waren we weer thuis, moe en uitgehongerd. Mijn moeder had een pan verrukkelijke noedels met groente gemaakt en voor me warm gehouden. Met haar toestemming nam ik de pan mee naar Yi's werkplaats, om het eten met mijn vrienden te delen. Na de aanvankelijke verbazing over dat gebaar van mijn moeder vochten mijn hongerige vrienden om de noedels in hun kommen te scheppen. Zwijgend slurpten we de lange slierten naar binnen. Toen we onze eetstokjes neerlegden, voldaan en ontspannen, hadden we allemaal het heerlijke gevoel dat we één familie waren. We vierden de gezellige avond met het laten van luide en lange boeren, en we lachten tot we er buikpijn van hadden. Hoewel we in een armoedig hutje zaten met een flakkerende kerosinelamp, voelden we ons alsof we de hele wereld in ons hart hadden gesloten.

9

'Doe je schooltas open,' beval meester Lan.

'Waarom, meester? Er zitten alleen boeken in,' protesteerde ik. Ik voelde de ogen van Han, Quei, Wang en de rest van de klas op mijn rug branden als de hete zomerzon.

'Iemand heeft je voor de school zien roken,' zei meester Lan. 'Ik denk dat er sigaretten in je tas zitten.'

Ik hield mijn tas stevig vast en wierp Han een lange, kille blik toe. Hij zat met zijn voeten op zijn lessenaar en glimlachte bij wijze van antwoord. Zijn makkers flankeerden hem en grijnsden hun ongepoetste tanden bloot.

Meester Lan griste de tas uit mijn hand. Onderin lag een ongeopend pakje Vliegend Paard. Ik had het onderweg naar school gekocht van Liang, de sigarettenverkoper, van de halve yuen die ik van mijn moeder had gekregen. Het was mijn bedoeling om ze bij een goed verhaal samen met mijn vrienden in Yi's werkplaats te roken.

'Wat is dit?' Meester Lan zwaaide met het pakje zodat de hele klas het kon zien. 'Dankzij mijn hulp ben je terug op school en ik help je goede cijfers halen, en nu wil je alles wat je hebt bereikt weggooien. Je bent een stommeling. Je hebt geen idee hoe de mensen in je omgeving over je denken. Sommige personen willen je nog steeds van school trappen. Hiermee heb je ze een goede reden gegeven, en eerlijk gezegd begin ik te begrijpen wat ze bedoelen. Dat gajes zal je weer omlaag halen, je zult dieper zinken dan ooit. Besef je dat wel? Je zult heel diep zinken.' Hij smeet de sigaretten op de grond, spuugde erop, en vertrapte ze met zijn hiel tot gruis.

Ik had de milde meneer Lan nog nooit zo uitgesproken en kwaad meegemaakt en ik was ervan geschrokken. Hij wist alles van mijn vrienden en mij. Ik voelde me verscheurd door pijn nu onze fantastische vriendschap ten overstaan van mijn klasgenoten en vijanden door het slijk werd gehaald. Ik kreeg het gevoel dat ik verdoofd was, en mijn slapen klopten, maar in plaats van de vroegere angst voelde ik dit keer kwaadheid, kwaadheid op mijn vijanden, die nog steeds alles aangrepen om me te treiteren, die maar één doel in het leven leken te hebben: mij volkomen kapotmaken.

Deze kinderen hadden geen idee van de mooie, eerlijke vriendschap die 'dat gajes' me bood, en ze zouden nooit begrijpen hoe groot onze toewijding voor elkaar was. Meester Lan ook niet. Hij wist niet dat de school jarenlang een hel voor me was geweest. Ik wilde net zo hard tegen hem tekeergaan als hij tegen mij, ik wilde het hem duidelijk maken, maar hij stond al weer achter zijn lessenaar en had zijn boek opengeslagen. De les was begonnen.

Mijn woede zakte weg totdat er niet meer dan een doffe pijn van over was. Ik probeerde tot me te laten doordringen wat meester Lan me duidelijk had willen maken. Er waren nog steeds mensen die het op mij gemunt hadden. Waarom lieten ze me niet met rust, waarom mocht ik niet zijn zoals alle andere kinderen? Wie waren het?

In een sombere stemming liep ik terug naar huis en daarna ging ik rechtstreeks naar Yi's werkplaats. Mijn vrienden hadden Yi geholpen bij het verzagen van vers hout met enorme zagen die lange en gemene tanden hadden. Hun gezichten zaten onder het zaagsel.

'We hebben een baantje voor je, meneer Zaagsel.' Sen veegde het zweet van zijn voorhoofd. 'Jij neemt mijn zaag over, dan ga ik wat tabak snijden. Je ziet er trouwens uit als een idioot.'

'Wat is er met je?' Yi legde zijn zaag neer. 'Je bent zo stil.'

'Waar zijn mijn Vliegende Paarden?' Mo Gong bewoog zijn armen als vleugels op en neer. 'Ik lust wel een sigaret.'

'Het spijt me. Mijn leraar heeft ze vertrapt,' legde ik treurig uit.

'Wat?'

'En hij heeft me voor de hele klas een ontzettende uitbrander gegeven.'

'Waarover?'

'Dat ik met jullie bevriend ben.'

'Dat we een slechte invloed hebben en dat soort onzin meer?'

Ze begrepen het, ook al knikte ik niet eens.

'Het is mijn schuld. Nu zitten jullie met de gebakken peren,' zei ik.

'Hoezo is het jouw schuld?'

'Vanwege mijn familie en wat er in de derde met me is gebeurd.'

'Wacht eens even. Is dit je het-spijt-me-en-vaarwel-toespraak?' vroeg Sen.

Het stak me dat ze dat zelfs maar durfden te denken. 'Helemaal niet. Ik ben er toch? Jullie zijn mijn broers,' zei ik streng.

'Dus we zijn geen rotte appels?' vroeg Mo Gong zacht.

'En ik ben niet de door en door slechte kleinzoon van een landheer?' vroeg ik op mijn beurt.

Ze keken elkaar aan en lachten alsof het een mop was. Siang tilde me op, plantte me op zijn schoot, en ze begonnen me allemaal te kietelen totdat we onder het zaagsel zaten.

'Hé, kijk eens wat we hier hebben,' zei Siang toen hij iets vierkants in mijn jaszak voelde. Hij stak zijn hand erin en haalde er een ongeopend pakje Vliegend Paard uit.

'Slang die je bent! Je hebt tegen je leraar gelogen,' grapte Siang.

Het maakte niet uit waar die sigaretten vandaan kwamen. Mijn vrienden vochten erom.

'Even zonder gekheid, hoe kom je eraan?' vroeg Sen.

'Op de pof gekocht van Liang.'

'Niet slecht, kleine broer' Sen sloeg zijn ene arm om mijn schouders en de andere om die van Mo Gong. 'We moeten bedenken hoe we het die rotzak van een Han betaald zetten. Ik weet zeker dat hij erachter zat.'

'Wat gaan we dan doen?' vroeg ik.

'We geven hem een hint dat hem iets te wachten staat, en dan laten we hem afwachten en peentjes zweten.'

Ik zette mijn schooltas neer, pakte een zaag en ging aan het werk. Toevallig had ik een timmermansoog.

Het incident met de sigaretten ging vreemd genoeg niet van mond tot mond. Hoewel Han en mijn andere vijanden een paar keer 'Daar hebben we de roker' riepen toen ik het lokaal binnenkwam, kregen ze niet zoals gewoonlijk de hele klas op hun hand. Op een dag kwam de kleinste jongen zelfs naar me toe. 'Da,' zei hij nerveus, 'ik had niets met dat klikken over je sigaretten te maken. Ik hoop dat jij en je vrienden me willen geloven en me met rust laten.'

Voor mij kwam dit als een volslagen verrassing. Dit jochie was altijd een echte meeloper geweest, en nu probeerde hij zich juist van mijn vijanden te distantiëren. De angst in zijn stem was haast tastbaar. Toen hij zich omdraaide en weg wilde rennen, greep ik hem beet en trok ik zijn gezicht tot vlak voor het mijne. 'Zeg maar tegen je baas dat het gajes hem en zijn vrienden nog lang niet vergeten zijn.'

Het joch kromp ineen en rende weg alsof hij een vluchtende geest was.

De dagen daarna maakten de andere kinderen extra ruimte voor me als ik tussen de schoolbanken door liep, en mijn klasgenoten staarden me zwijgend aan. Het was het soort blik dat normaal gesproken gereserveerd was voor een oudere jongen met een enge ziekte of een drankprobleem, of voor iemand die zijn vrouw mishandelde. Het was een blik die boekdelen sprak, die zei: 'Ik ben bang voor je, blijf uit mijn buurt.' Ik genoot ervan en was niet van plan om een eind te maken aan de mythe die zich rond mij had gevormd. Al snel begon ik rond te lopen met mijn jasje openhangend tot aan mijn navel. Ik zei minder, en dwong mezelf om mijn blik langzaam van het ene punt naar het andere te laten gaan. Af en toe zoog ik hoorbaar lucht in mijn longen, alsof ik last had van een hevig verlangen naar bittere tabak. Hoewel het niet de bedoeling was geweest, deed de openbare kritiek van meester Lan me eerder goed dan kwaad. Ik was nu tot de rokende kameraad van het gajes bestempeld, en vergeleken bij hen waren mijn vijanden net gevangen konijnen.

Op een dag na school kwam hetzelfde kleine joch in de gang naar me toe rennen. 'Luister, je vijanden geloofden me niet toen ik ze de boodschap overbracht. Ze hebben me naar je toe gestuurd om te vragen of je het meende.'

Ik zag mijn vijanden een meter of tien verderop naar ons staan kijken.

'Wat moet ik doen?'

'Glimlach naar ze, dat is het teken dat ik de waarheid heb verteld. Doe het alsjeblieft, anders zeggen ze dat ik heb gelogen en slaan ze me in elkaar,' smeekte hij.

Ik draaide het kind om, met zijn gezicht naar hen toe, en stak langzaam en uitdagend mijn middelvinger op. Toen glimlachte ik.

Hun meesmuilende uitdrukking verstarde.

'Zie je wel dat ik gelijk had! Dat gajes lust jullie rauw!' riep het kereltje toen hij wegrende door de gang. Maar mijn vijanden waren er al niet meer.

Ze wisten dat er wraak op handen was en ze wachtten met angst en beven af. Elke dag zagen ze me komen en gaan, en ze smiespelden met elkaar. Ik bleef in mijn hoekje en keek soms snel hun kant op, steevast met een opgestoken middelvinger. Dan wisten ze niet hoe snel ze de andere kant op moesten kijken. Ik vond het vervelend dat ik de reputatie van mijn vrienden gebruikte om mijn leven op school draaglijker te maken, maar ik genoot onwillekeurig van de psychologische spelletjes waar ik ze mee kwelde. En ik voelde totaal geen wroeging, niet na alles wat ze mij hadden aangedaan. Het waren bijna altijd hun gezichten die opdoken in mijn nachtmerries. Ik bedacht dat de echte wraak nog moest komen. Het was alleen een kwestie van tijd.

Op een avond kocht ik een zakje versgebakken tuinbonen en dat nam ik mee naar Yi's werkplaats, waar mijn vrienden waren. Zodra ik binnenkwam, merkte ik dat Sen zich vreemd gedroeg. Hij neuriede een wijsje, grijnsde van oor tot oor en bleef steeds in een stukje spiegel boven de kolenkachel kijken en met zijn handen door zijn weerbarstige haar strijken.

'Ze zijn nog warm!' Genietend proefde hij van de bonen.

'Hij heeft zijn meisje vandaag gezien.' Yi gaf me een vette knipoog, die ik beantwoordde.

'En nu kan hij zijn mond niet meer houden,' zei Siang, die ook een hap van de bonen nam.

'Vertel op, Sen! Ik wil alle details weten.' Ik was zo blij voor hem.

Sen draaide zich om, nog steeds met een bête grijns op zijn gezicht. 'Oké, vanmiddag fietste ik naar de markt.'

'Door de hoofdstraat?' vroeg ik.

'Nee, over het pad langs de rivier.'

'En?

Hij bleef stralen. 'En er was verder niemand in de buurt.'

'Het klinkt steeds beter,' zei Mo Gong met zijn mond vol bonen. 'Ga door, Sen.'

'En daar was ze, zomaar uit het niets.' Sen kneep zijn ogen tot spleetjes alsof hij haar nog steeds kon zien en liet zijn stem dalen. 'Haar tot aan haar taille, los en golvend in de wind. Ze had dezelfde bloemetjesjurk aan, die heel strak zit hier.' Hij greep naar zijn eigen borst. We glimlachten allemaal en hij maakte een geërgerd gebaar.

'Ik werd zenuwachtig toen ik dichterbij kwam, want dat pad is zo smal dat je elkaar niet kunt passeren zonder elkaar aan te raken.' Zijn grijns werd breder.

'Elkaar aanraken!' riep ik uit. 'Heb je haar aangeraakt?'

'Wacht nou even. Ik was bang dat ik mijn evenwicht zou verliezen en met fiets en al in de greppel zou vallen, dus ik ben afgestapt en aan de rand van het pad gaan staan om haar langs te laten.'

'Jij en zij en dan je fiets tussen jullie in?' vroeg ik.

'Nee, ik stond tussen haar en mijn fiets in,' corrigeerde hij me.

'Sluwe vos die je bent!' Ik gaf hem een klap op zijn schouder.

'Nou, je begrijpt wel dat mijn hart bonkte en ik had vast een hoofd als een rode lychee. Ik had het er helemaal benauwd van...'

'Dat zijn normale verschijnselen tijdens ontmoetingen met een seksuele inslag.' Yi debiteerde een cliché uit zijn tijd als timmermansleerling.

'Vertel de rest alsjeblieft extra langzaam, Sen,' drong Siang aan. Mo Gong en ik hielden op met kauwen en we wachtten met openhangende mond op wat er ging komen.

'Ze draaide zich naar me toe en haar borsten streken heel even langs mijn borst. Het was... o, hoe zal ik het zeggen... een levendig moment. Ik kan haar geur nog ruiken, ik kan haar borsten nog voelen. Voel dan, mijn hart bonkt nog steeds bij de gedachte aan haar zondige lichaam.' Sen pakte mijn hand en drukte die tegen zijn hart. Het voelde als een schoppend babyvoetje.

'Het was zo zoet en het leek heel lang te duren. Ik dacht dat ik doodging, en ik voelde me heel tevreden over mijn slechte manier van leven.' Hij sloot zijn ogen en schudde ernstig zijn hoofd. 'Nou, en toen ze verder liep en ik haar van achteren bewonderde, draaide ze haar hoofd om en glimlachte ze heel sexy naar me. Ik had het gevoel dat mijn hoofd ontplofte. Het was een hittegolf. Die ogen sneden door mijn hart. Ze wist dat ik naar haar keek en dat vond ze helemaal niet erg. Nee, helemaal niet. Aan haar glimlach wist ik dat ze het juist heel fijn vond, anders zou ze me vast wel hebben uitgescholden.'

'Dat had ze sowieso moeten doen,' grapte Mo Gong. Sen raakte hem met een tuinboon.

'Wat een gedicht!' zei ik dromerig. 'Ik kan gewoon niet geloven dat je echt haar borsten hebt aangeraakt. Ieder ander zou ter plekke van zijn stokje zijn gegaan.'

'Dat gebeurde ook bijna,' zei Sen.

'Volgens mij flirtte ze met je. Dat is een goed teken. Ze vindt je leuk,' zei Yi.

'Ik moet er echt iets aan doen, anders word ik gek,' zei Sen opgewonden. En ineens viel hij stil, plotseling totaal ontmoedigd. 'Maar ik heb geen geld, geen hersens, geen baan, geen toekomst. Ik moet natuurlijk uiteindelijk trouwen met een maagd uit de bergen die loopt als een eend en klinkt als een kerel.'

'Je bent zelf anders ook niet moeders mooiste,' plaagde Siang. 'De kans dat je haar krijgt is te vergelijken met een kikker in een diepe put die ernaar verlangt om een zwaan over te zien vliegen.'

Dit keer vond Sen het niet grappig. Hij trok wit weg toen hij naar de knappe Siang keek. 'Hou je bek. Denk je soms dat jíj een mooie jongen bent? Kijk dan maar eens in de spiegel naar die knoflookneus van je, en die dikke lippen.'

'Oké, oké. We laten onze vrienden oordelen,' daagde Siang hem uit. 'De verliezer moet drie dagen lang de sigaretten kopen, afgesproken?' Er werden altijd wel weddenschappen gesloten.

'Wat is dit? Willen jullie ons als jury voor een wedstrijd wie het lelijkst is? Ik schaam me voor jullie,' zei Mo Gong vol minachting. 'Vergeet het maar.'

'Het is niet zo aardig van je, Siang, om dat allemaal te zeggen,' merkte Yi op. 'Hij heeft een droom en hij is gelukkig als hij droomt. Het maakt niet uit met wie hij uiteindelijk trouwt, hij kan best van juffrouw Huang blijven dromen, ook al ligt hij naast een andere vrouw in bed. Een man blijft altijd dromen.' Yi klonk weer als een wijze grijsaard.

'Precies,' zei Sen. 'Net zoals jij ervan droomt om met "Miss Gele Steen" te trouwen, Siang. Denk je soms dat jij veel kans maakt? Ik heb gezien dat haar broer thuiskwam met allemaal van die grote, gespierde basketbalspelers. Zouden zij niet een veel grotere kans maken dan jij?' Siang had een oogje op zijn buurmeisje, de dochter van een tandarts die Ping heette, wat 'lotusbloesem' betekent. Pings hele familie was even mooi. Niet lang daarvoor had ze de titel 'Miss Gele Steen' geërfd van haar zus, die met een ingenieur was getrouwd.

'Laat mijn Ping er buiten,' zei Siang. 'Ik wil er verder niet meer over praten.'

'Je had er al een hele tijd geleden over op moeten houden,' zei Mo Gong.

'Waarom schrijf je haar niet?' vroeg ik aan Sen, denkend aan wat mijn oudste zus me over haar leven op de middelbare school had verteld. 'Iedereen op school heeft een kluisje, en daar kun je brieven en kaarten naar toe sturen.'

'Ha, ha, ha. Ik een brief schrijven?' Sen lachte sarcastisch om zichzelf. 'Ik kan me zelfs niet herinneren wanneer ik voor het laatst een pen heb vastgehouden. Ik kan echt geen liefdesbrief schrijven. Ik ken al die mooie woorden en spreuken niet.'

'Onze intellectueel kan je vast wel helpen.' Siang legde een hand in mijn nek en rammelde me gemoedelijk door elkaar.

'Nee, dat kan ik niet,' protesteerde ik. 'Bovendien is het jouw vriendinnetje. Ik heb geen persoonlijke gevoelens voor haar.'

'Ja, dat lijkt me een goed idee,' zei Sen enthousiast. 'Ik laat Da een lief krabbeltje schrijven. Wat een goed idee!' Glimlachend keek hij me aan. 'Toe nou, maak het me niet zo moeilijk. Ik weet dat je veel hebt gelezen en dat je heel aardig kunt schrijven. Denk maar eens aan alle mooie verhalen die je ons hebt verteld.'

'Je moet je oudere broer helpen, Da,' betoogde Yi. 'Net zo goed als ik je kapotte stoel zou repareren omdat ik meubelmaker ben.'

'Oké, ik wil best helpen,' zei ik. 'Vertel me maar wat je wilt zeggen.'

'Schrijf jij nou maar iets op, dan kijk ik wel of het bij me past.'

'Vergeet haar niet te vertellen dat Sen in de Dong Jing springt als ze zijn liefde niet beantwoordt,' zei Mo Gong.

We lachten allemaal.

De volgende middag lagen we met zijn allen op Mo Gongs bed, en mijn vrienden luisterden muisstil toen ik de brief voorlas waar ik de halve nacht op had zitten broeden.

Lieve, lieve Huang,

Ik weet niet waar ik moet beginnen of waarmee ik moet eindigen.

Ik ben een arrogante jongen en ik heb me helemaal verloren in de kalme vijver van je liefde.

Je vindt me misschien een beetje gek, maar ik word dag en nacht gekweld door het vuur van de liefde, dat elke dag feller gaat bran-

den. Ik zou de woorden die ik zelf nauwelijks uit durf te spreken het liefst in je oor willen fluisteren: dat ik je diep bemin.

Alleen de Dong Jing weet hoe ik naar je dorst, en alleen de berg Ch'ing ziet mijn opgedroogde tranen. Als jij een herderinnetje in een groene weide was, zou ik als een verlegen lammetje naast je komen zitten. Je ogen, die warmte en liefde uitstralen, leggen mijn ziel bloot. Ik kan me nergens verbergen, zodat er niets anders op zit dan op mijn knieën te bekennen dat ik van je hou, dat ik zielsveel van je hou.

Wist je maar dat ik voor jou van torenhoge rotsen zou willen springen, en dat ik naar alle uithoeken van de wereld zou reizen om je te zoeken als je aan het eindpunt van de menselijke beschaving terecht was gekomen.

Mocht je je afvragen waarom ik vind dat je mijn liefde zou moeten beantwoorden, dan wil ik eerlijk zeggen, uit de grond van mijn hart, dat ik niet meer ben dan een arme man met een rijk hart dat overloopt van liefde voor jou. Jij bent zo puur dat zelfs de grootste edelsteen nog geen flets glimlachje aan je kan ontlokken. Alleen een hart vol oprechte liefde kan jouw hart veroveren.

Mijn enige verdienste is een droom waarin alleen jij voorkomt, en een sterk lichaam. Ik beloof je dat ik goed voor je zou zorgen, en dat ik mijn twee blote handen en sterke knieën zou gebruiken om over het onherbergzame pad van het leven te kruipen, en dat ik altijd je gehoorzame slaaf zou zijn...

De jouwe,
SEN, met bergen liefde

Niemand bewoog zich. Het was alsof ze in slaap waren gevallen.

Na een paar minuten ging Mo Gong overeind zitten. 'Da,' zei hij ernstig, 'mag ik je een zoen geven? Ik heb nog nooit zoiets ontroerends gehoord. Ik krijg er helemaal kippenvel van.' Hij leunde al opzij om me beet te pakken, maar ik dook weg en hij viel bijna van het bed.

'Ik wilde dat je meer had geschreven,' verzuchtte Siang. 'Je moet voor mij ook eens zoiets pennen.'

'Volgens mij heeft Sen een stijve,' grapte Yi. 'Hij is zo stil.'

Sen bleef onverstoorbaar zwijgend liggen.

'Wat vind je ervan, Sen?' vroeg ik.

'Het is zo goed dat ze nooit zou geloven dat het van mij is,' zei Sen uiteindelijk.

'Daar weet ik wel iets op,' zei ik opgelucht. 'Je hoeft het alleen maar over te schrijven, dan gelooft ze heus wel dat het van jou is.'

'Da heeft gelijk, want dan staan er straks allemaal fouten in. Wat kan er nou overtuigender zijn?' zei Mo Gong, die wist waartoe zijn vriend in staat was met een pen.

Diezelfde avond, toen de anderen weg waren, bleef ik met Sen in Yi's werkplaats achter. Moeizaam schreef Sen de brief over bij het flakkerende kaarslicht. Ik zag de zweetdruppels parelen op zijn voorhoofd. Hij spelde veel woorden verkeerd, maar de brief bleef goed leesbaar en de fouten gaven er iets ontroerends aan.

'Hoe komt het dat jij al zo jong zo mooi kunt schrijven?' Sen legde zijn pen neer en rekte zich uit. 'Je moet wel een heel corrupte geest hebben.'

'Ik heb een paar liefdesbrieven uit boeken gebruikt en alleen de naam van de rivier en de berg veranderd.'

'Bedankt, Da. Morgen verstuur ik hem,' zei Sen.

'Ik wens je veel geluk.'

'Weet je, Da?'

'Nou?'

'Op een dag komt ze er natuurlijk achter en dan wordt ze verliefd op jou en kun jij met haar trouwen.'

'Als dat gebeurt, wil ze heus niet met me trouwen,' zei ik. 'Dan vermoordt ze me.'

De dagen daarna had Sen grote belangstelling voor de oude postbode die elke ochtend op zijn fiets door de stad reed. Hij hoorde niets. Hij begon te vermoeden dat de brief was zoekgeraakt of dat de postbode het steegje waar Yi's werkplaats was niet kon vinden, want dat adres had hij als afzender gebruikt. We werden allemaal zenuwachtig. Het leek een gezamenlijke inspanning. Toen Siang plaagde dat meester Huang misschien wel zijn billen met de brief had afgeveegd, smeten we hem op de grond en schopten we hem totdat hij in tranen was.

Uiteindelijk gingen we op een zondag op zoek naar Sens meisje. We rookten onafgebroken tot aan de middelbare school, waar ze hopelijk aan het trainen was met de rest van het basketbalteam. Wat een tafereel! Toen we over het lage muurtje gluurden, zagen we een stuk of twaalf slanke meisjes over het basketbalveld hollen en hun armen en benen strekken als de coach een fluitsignaal gaf. Het meisje Huang bevond zich ergens in het midden. Haar bewegingen waren uitzonderlijk soepel, en haar lange haar was opgestoken in een grote knot. Voor het eerst konden we haar lange, elegante hals zien.

'Nou Sen, volgens mij zijn we precies op het juiste moment gekomen. Kijk eens naar haar benen.' Mo Gong kwijlde.

'Wat ben je met haar van plan? Of wil je alleen naar haar kijken?'

'Is dat dan niet genoeg?'

'Misschien wel, in elk geval voorlopig.'

Nu boog ze zich naar voren om haar rug op te rekken, met haar billen naar ons toe. We konden onze opwinding niet verbergen. Wat was die coach een mazzelaar. De oefening werd eindeloos herhaald. Onze vijf hoofden bewogen op en neer, tegelijk met de meisjes.

'Ze is vandaag extra mooi,' zei Sen afwezig. 'Zou ze mijn brief hebben ontvangen?'

'Misschien,' antwoordde ik vaag.

'We komen er nooit achter,' zei Sen.

'We kunnen proberen haar een teken te geven door te gaan roken,' opperde Mo Gong. 'De vorige keer zag ze de rook, daarom bleef ze staan en keek ze je zo lief aan.'

'Hé, dat is helemaal geen slecht idee.'

Ik viste een pakje Vliegend Paard uit mijn zak, presenteerde iedereen een sigaret, en ik gaf ons allemaal met één lucifer vuur, zonder mijn vingers te branden.

Een dikke blauwe rookwolk steeg boven ons op.

De meisjes hadden het erg druk met hun oefeningen. Sens vlam keek geen moment naar ons om, niet één keer. We trokken nog harder aan onze sigaretten en bliezen de rook tegelijkertijd uit.

Geen reactie.

'Wat doen jullie hier?' Achter ons klonk een zware mannenstem, en we schrokken ons allemaal rot. Toen we ons omdraaiden, zagen we de knappe gymleraar Huang, die met een beetje geluk de schoonvader van onze vriend zou worden, een lange man in een wit trainingspak. Hij hield zijn rug kaarsrecht en keek ons verwijtend aan. Zwijgend gingen we op een kluitje staan, als bange muizen die hun nest kwijt waren, en vervolgens stoven we alle kanten op.

'Blijf staan! Jij daar, die lange,' riep meester Huang, wijzend op Sen. 'Kom eens terug.'

Sen bleef rennen, net als wij allemaal.

'Ik zal je heus niet bijten. Blijf staan.'

We bleven staan, onder de indruk van de autoritaire stem van de man die eens de gouden beker voor de trotse provincie Fujian had vastgehouden.

'Kom eens hier, jij, die lange,' zei hij nog een keer. 'Ik weet wie je bent.'

Dapper liep Sen terug, als een gevangene die weet dat zijn laatste uur geslagen heeft.

Toen ze tegenover elkaar stonden, bleek dat Sen een hoofd kleiner was. Ik zag dat meester Huang zijn hand in zijn zak stak en er een envelop uit haalde. Hij boog zich naar voren en fluisterde iets in Sens oor.

Sen knikte een paar keer en pakte de envelop van hem aan. Ze gaven elkaar een hand. Sen liep terug naar ons, bleker dan ik hem ooit had gezien.

Meester Huang glimlachte vluchtig naar ons, fronste zijn wenkbrauwen in de ondergaande zon en vertrok.

Wij dromden om Sen heen alsof hij een teruggekeerde oorlogsheld was, brandend van nieuwsgierigheid naar wat hem in het oor was gefluisterd.

'Wat zei hij?'

We begonnen hardop te fantaseren.

'Heeft hij je geld gegeven om weg te gaan en hebben jullie de afspraak met een handdruk bezegeld?'

'Wil hij dat je met zijn dochter trouwt?'

'Zei hij nog iets aardigs?'

Sen bleef lopen en stak een sigaret op. 'Ik heb de brief ongeopend teruggekregen,' vertelde hij. 'Hij zei dat hij me tot moes zou slaan als ik het ooit nog een keer probeerde.'

'Ben je niet kwaad?'

'Nee, want hij behandelde me in elk geval niet als een vod. Hij was een echte heer.' Sen heeft de rest van die dag geen mond meer open gedaan.

10

Halverwege het semester organiseerde een jonge leraar die Sing heette het jaarlijkse tafeltennistoernooi om spelers te selecteren die de commune op het provinciale kampioenschap zouden vertegenwoordigen. Sing was een aardige man met peper-en-zoutkleurig haar. Ik had hem altijd bewonderd om zijn vele talenten – kalligrafie, basketbal en schrijven, en hij bespeelde ook verschillende muziekinstrumenten.

Hij groette me altijd even vriendelijk als hij langs me liep, en hij was de enige leraar die weleens grapjes met me maakte. Op een middag kwam hij naar mijn klas, hij ging naast me zitten en sloeg een arm om mijn schouders. 'Zou je het leuk vinden om mee te spelen in het schooltoernooi? Ik weet dat je behoorlijk goed bent.'

'Ik weet niet of dat met mijn politieke achtergrond wel kan,' zei ik onzeker.

'Laat dat maar aan mij over. Zorg jij maar gewoon dat je meedoet.'

'Goed dan.' Mijn hart maakte een sprongetje van vreugde.

Er was maar één andere jongen die net zo goed speelde als ik. Als ik niet meedeed, zou hij op zijn sloffen kampioen worden.

Die avond leende ik het batje van mijn broer, en ik speelde drie wedstrijden in de kantine van onze school, die tijdelijk als sportruimte dienst deed. Ik speelde als een wervelwind, en binnen twee uur had ik alle andere spelers verslagen. De volgende avond, met Sen, Siang, Mo Gong en Yi die door het raam naar binnen keken, versloeg ik mijn aartsvijand, Han, en nog een andere tegenstander, en daarmee was ik kampioen van onze commune. De volgende dag werd de winnaar tijdens de ochtendpauze bekendgemaakt, en alle leerlingen van de school keken naar me. Na al die jaren had ik voor het eerst weer het gevoel dat ik erbij hoorde. Trots zwaaide ik naar iedereen, en ik boog mijn hoofd toen er werd gejuicht.

Mijn dankbaarheid jegens meester Sing was met geen pen te beschrijven.

Ik vertegenwoordigde onze lagere school als de kampioen van de commune Gele Steen, waardoor ik als eerste werd geplaatst voor het provinciale kampioenschap. Voor mij was dat kampioenschap te vergelijken met de Olympische Spelen. Ik voelde me tegelijkertijd trots en nietig.

Meester Sing schreef persoonlijk een verzoek uit mijn naam om een maand vrij te vragen van school, zodat ik samen met de andere spelers van ons team kon trainen op de middelbare school. Iedereen was jaloers op me toen ik, vergezeld door mijn vier vrienden, met mijn bagage naar de middelbare school van Gele Steen liep en me bij de balie meldde.

Mo Gong bracht mijn bagage naar het stapelbed dat me was toegewezen. Sen zei dat ze me elke dag op zouden zoeken in de pauzes van de trainingen.

Mijn moeder was er niet zo blij mee dat ik een maand niet naar school zou gaan, maar ik beloofde dat ik alles in zou halen. Ze wist dat het goed voor me was om onze commune te vertegenwoordigen. Het was een eer die maar weinig kinderen met mijn achtergrond ten deel viel.

De commune stuurde een kok naar de keuken van de school om te koken voor de vierentwintig jonge atleten. Het was een dikke kerel met een stralende glimlach. Hij kookte drie lekkere maaltijden per dag, en als we 's avonds nog trainden ook een snack. Er was altijd vlees en vis, en er waren verschillende soorten brood. Vers fruit werd met emmers tegelijk aangevoerd, en het fruitsap vloeide rijkelijk. Wat eten betreft was het een paradijs. Thuis aten we elke dag gedroogde yams en zelden vlees, dus ik at zoveel ik kon zonder al te gulzig te lijken. Het was net alsof het elke dag nieuwjaar was. Wat mij betreft had die training eindeloos kunnen duren.

Nu en dan kwam er een vertegenwoordiger van de commune langs om naar ons te kijken tijdens de trainingen. Ze gaf politieke lezingen over het belang van de wedstrijden. Als die bijeenkomsten na de lunch waren gehouden, zouden we allemaal in slaap zijn gevallen.

Sen en Mo Gong kwamen vaak langs, en ik gaf ze altijd fruit te eten of om mee te nemen voor Yi en Siang. Ze vertelden de andere toeschouwers steevast dat ik hun beste vriend was. Op een dag ontstond er een vechtpartijtje omdat een andere jongen voor het raam me uitschold voor de zoon van een landheer. Mo Gong sloeg hem in zijn gezicht, met een fikse bloedneus als gevolg.

De coach kondigde aan dat we voor het laatste deel van onze training en de reis naar Putien twee dagen vrij kregen. Tot grote blijdschap van mijn vrienden pakte ik mijn spullen en kwam ik naar huis. Ik gaf ze wat brood en gekookte eieren uit het trainingskamp, en die maakten ze in vijf seconden soldaat.

'Voordat je naar Putien gaat, willen we morgen bij Mo Gong bij elkaar komen om een eed af te leggen,' zei Sen. 'Wat vind je ervan?'

'Net als vroeger, bedoel je, toen bandieten een snee in hun vingers maakten en het bloed in hun wijn lieten lopen en het opdronken om bloedbroeders te worden?' vroeg ik opgewonden.

'Precies,' zei Sen. 'We hebben het er al over sinds je weg bent gegaan. Vind je het een goed idee, Da, om gezworen broeders te worden?'

'En dan zeggen we zoiets als dat we niet op dezelfde dag geboren zijn maar wel op hetzelfde moment willen sterven.' Mo Gong haalde iets aan uit een bekende klassieker over een stel bandieten dat zich hoog in de bergen schuilhield. Ze werden gezworen broers en vochten tegen de adel.

'Ik ben er helemaal voor,' zei ik. 'Wat moeten we doen?'

'We maken een feestmaal met drank erbij.'

'Hier, ik heb vijf yuen van de toelage die ik voor de training krijg.'

'Mooi.'

De volgende dag ging ik naar het huis van Mo Gong, een pand van twee verdiepingen dat helemaal leegstond omdat zijn ouders weer eens op pad waren om in een andere provincie schoenen te verkopen. Siang had van mijn vijf yuen twee jonge eenden gekocht op de markt en anderhalve kilo varkensvlees meegenomen van huis. Yi had groente en noedels bij zich, en Sen nam ons mee naar zijn huis, waar hij ons onder het keukenraam liet wachten terwijl hij reuzel pakte. We legden botje bij botje om drank en sigaretten te kopen.

Yi had in zijn tijd als timmermansleerling leren koken. Hij was de enige die er iets van afwist. Ik waste zoals gewoonlijk de groente en sneed op aanwijzingen van de kok de bosuitjes. Mo Gong zat in een wolk van stof en aarde de eenden achterna in de achtertuin, terwijl Siang zijn mes sleep om ze een kopje kleiner te maken.

'Da, ik wil dat jij regels opstelt waar we ons aan moeten houden,' zei Sen, die naast me op zijn hurken zat.

'Ik zal erover nadenken,' beloofde ik.

Toen het eten uiteindelijk op tafel stond, samen met de eetstokjes, lepels en borden, stonden we zelf versteld. De twee eenden, die waren gestoofd met knoflook, gember, wijn en Yi's geheime recept voor sojasaus, lagen op een grote schaal met hun magere koppen ernaast. In een grote, dampende pan zat het malse en sappige varkensvlees. Dit was een koningsmaal, en we zaten er met knorrende magen naar te kijken.

Het had meer weg van een gezellig, huiselijk maal dan van een plechtigheid van vijf zogenaamde bandieten die elkaar trouw zwoeren. Wat was de wereld veranderd sinds de tijden van koningen en dynastieën!

We zaten op volgorde van leeftijd – Sen, Mo Gong, Yi, Siang en ik – met de wijzers van de klok mee om een ronde houten tafel. Sen maakte de eerste fles open, een plaatselijk gestookte rijstwijn met een sterke geur, en schonk ons allemaal een groot glas in. Met een ernstige uitdrukking in die beruchte kille ogen van hem verklaarde hij: 'Het lot heeft ons bij elkaar gebracht. Van nu af aan zijn we broeders, geen bloedverwanten maar geestverwanten.'

'Hé, ik dacht dat we zouden zweren en zo,' zei Mo Gong.

'Dat was vroeger. We hoeven onze vingers niet open te snijden,' zei Sen. 'Maar ik heb Da wel gevraagd om regels op te stellen waar we ons aan moeten houden.'

'Wat gebeurt er als iemand zich niet aan de regels houdt?'

'Dit.' Sen sloeg met zijn vuist op tafel. 'Dan krijg je met mij te maken.'

'En als je het nou zelf bent?'

'Dan neemt de nummer twee het over en word ik op dezelfde manier gestraft. Oké, Da, wat zijn de regels?'

Ik pakte een vel papier en las op ernstige toon voor. 'Geen verraad. Geen betere vrienden dan wij. We slaan ons samen door moeilijkheden heen, we maken samen lol. Geen jaloezie. En we zijn allemaal gelijk.'

'Is iedereen het ermee eens?' Sen keek ons stuk voor stuk doordringend aan.

We knikten.

'Menen jullie het allemaal?' vroeg hij op de luide toon van een oudere broer.

Weer knikten we.

'Dit is menens. Degene die zich niet aan deze regels wil houden, moet nu weggaan,' riep hij. 'Ik duld geen verraders.'

Zijn dramatische vertoning had effect. We zaten allemaal zwijgend en peinzend rond de tafel. Voor het eerst drong het tot ons door dat het niet alleen ging om eten, drinken, roken en samen lol trappen. Nu was het meer dan dat. We waren door regels verbonden. Voor mij was het een emotioneel moment, en ik raakte vervuld van een gevoel van kracht en moed. Ik had het gevoel dat ik centimeters was gegroeid.

'En nu de glazen leeg,' zei Sen met een blik op mij. 'Kom op, Da, je kunt het best.'

'Maar ik heb nog nooit zoiets sterks gedronken,' protesteerde ik. 'Mag ik niet eerst een paar slokjes nemen?'

'Dit spul is niet sterk.' Sen goot het hele glas naar binnen. Plotseling vertrok zijn hele gezicht in een grimas, en hij werd rood tot in zijn nek. Hij sperde zijn mond zo wijd mogelijk open, bewoog zijn tong heen en weer, snakte naar adem en wapperde zichzelf lucht toe met zijn hand. Na een lange pauze, toen het effect kennelijk was gezakt, zei hij: 'Zie je wel, ik heb het gedaan.' Zijn stem klonk rasperig als schuurpapier.

We sloegen een hand voor onze mond om niet in lachen uit te barsten. Toen volgden we een voor een zijn voorbeeld, met de wijzers van de klok mee.

Ik kneep mijn neus dicht toen ik aan de beurt was, deed mijn ogen dicht en dronk het grote glas in een teug leeg. Zoals ik al had verwacht, brandde het door mijn hele lichaam. Ik kon het spoor dat de drank trok precies voelen, een stroom van heet, vloeibaar staal, roodgloeiend en pijnlijk. Het wonder van pure alcohol. Ik was op slag duizelig.

'Hoe voelt het? Hier, neem een hap soep,' zei Sen, en hij hield een lepel tegen mijn mond. Yi en Mo Gong ondersteunden me, en Siang stak een stukje eend in mijn mond tegen de vieze smaak.

'Als vuur.' Ik hoestte een paar keer, slikte de soep door en kauwde op de eend. Mijn hoofd bonsde en alles danste voor mijn ogen. Het hele huis leek om me heen te tollen.

'Broeders,' kondigde Sen aan, 'het is tijd om te eten.'

Ze sneden de eend aan. Ik ging een sigaret roken.

'Je moet nu niet roken, dat is olie op het vuur na die drank,' hoorde ik de wijze Yi zeggen. Toch stak ik mijn sigaret op. De smaak was hemels.

Gedurende de rest van het maal zat ik er half verdoofd bij en keek ik naar mijn lachende, pratende, drinkende en rokende vrienden zonder dat ik een hap door mijn keel kon krijgen. Na een tijdje gingen we allemaal slapen, ook al was het midden op de dag.

In het donker werd ik wakker, en mijn hoofd voelde alsof iemand er met een baksteen op had geslagen, het klopte met golven van pijn telkens wanneer ik het bewoog. Ik streek een lucifer af om een kaars aan te steken en zag dat mijn kersverse broers als een nest puppy's lagen te snurken, dicht tegen elkaar aan om warm te blijven. Sen kwijlde op Yi's gezicht en Siang hield een lege fles in zijn hand. Zijn benen lagen over Mo Gongs schouder. Het eten was vrijwel onaangeroerd, waaruit ik opmaakte dat zij het niet veel langer hadden volgehouden dan ik. Ik rammelde van de honger en nam aan dat ik niet de enige was, dus warmde ik alles op. Nadat ik had opgeruimd en water had opgezet voor een pot groene thee maakte ik ze wakker. Ze knipperden met hun ogen alsof het een misdaad was om ze op dat uur te wekken.

'Laten we gaan eten. Hebben jullie geen honger?'

Ze knikten, krabden op hun hoofden en gaapten.

'Maar eerst lekker warme thee om wakker te worden, broeders!' Grijnzend schonk ik de dampende thee in.

'Aaah! Die thee doet wonderen, Da,' zei Sen. 'Bedankt. Het spijt me dat je zo'n opdonder kreeg van die drank. Ik wist niet dat dat spul zo sterk was dat het in brand vloog als je er een lucifer bij hield. We waren allemaal gevloerd.'

'Mijn mond voelt nog steeds als rubber en het eten smaakt als een oude lap,' zei Siang.

We moesten lachen om onszelf. Maar lachen was op dat moment niet erg verstandig. Elke beweging verdubbelde de hoofdpijn.

'Volgens mij hadden ze vuurpoeder in die drank gedaan. Dat spul was nep, Siang.' Meer gelach. Meer pijn.

Twee dagen later reed ik met de rest van ons team achter op de tractor van onze commune door de smalle hoofdstraat van Gele

Steen, onder een wapperende rode vlag. Kinderen renden achter ons aan en iedereen bleef staan kijken. Ik zwaaide maar twee keer, een keer toen de tractor langs ons huis kwam en ik mijn ouders zag staan, en de tweede keer naar mijn broeders, die ten zuiden van de stad hoog op een heuvel zaten te roken. Toen meerderde de tractor vaart en hobbelden we over de onverharde weg naar Putien.

Het kampioenschap werd een flop voor me. Nadat ik in twee slopende dagen vier groentjes had verslagen, verloor ik in de halve finale van een jongen die twee jaar jonger was dan ik. Hij was niet eens een veel betere speler, maar hij had zijn vader, drie coaches en een team van kwetterende vriendinnen om hem water, sap en warme handdoeken aan te reiken. Zijn uniform was goed gemaakt en fel van kleur, net dat van een prof, terwijl het mijne bestond uit een oude, slecht passende trui die zelfs als ik niet transpireerde naar opgedroogd zweet stonk.

Er werd gelachen toen ik voor het eerst de bal raakte, want deze stadsmensen met hun lichte huid vonden me kennelijk een boerenkinkel, maar ik maakte het mijn tegenstander niet makkelijk. Ze juichten als hij scoorde. Het duurde niet lang of ik begon mijn concentratie te verliezen. Ik wilde dat mijn coach er in elk geval bij was om me aan te moedigen, maar hij moest bij een partij zijn die belangrijker was, de halve finale van ons team van de middelbare school. Ik verloor in de vijfde set, hoewel het voor mijn tegenstander een nipte overwinning was. Later zei mijn coach dat ik de andere jongen verpletterend verslagen zou hebben als hij erbij was geweest. Daardoor voelde ik me wel wat beter, maar ik was gewoon geen geboren kampioen. De titel ging uiteindelijk naar een jongen uit een provinciaal team, en ik sloeg hem vol bewondering gade. Zijn kracht, tempo en stijl overtuigden me ervan dat ik mijn biezen moest pakken, terug moest gaan naar die afgelegen boerse stad van ons en het nooit meer hoefde te proberen.

Mijn populariteit op school steeg niet bepaald, maar ik kon wel voelen dat mensen met andere ogen naar me begonnen te kijken. Op de dag dat ik terugkwam, kondigde meester Sing mijn 'overwinning' aan. Ik was de eerste afgevaardigde van de lagere school van onze commune die de halve finale had bereikt, iets wat ik niet had geweten. De hele school juichte, op de directeur na.

Inmiddels was mijn vader een heel behoorlijke acupuncturist geworden. Mijn grootvader had voordat hij overleed een lichte hartaanval gehad, en omdat mijn vader niet genoeg geld had voor een acupuncturist had hij stapels boeken over deze oude geneeswijze bestudeerd. Tot 's avonds laat zat hij te studeren, en soms nam hij klassieke werken over geneeskrachtige kruiden mee naar bed. Na de dood van mijn opa begon mijn vader zijn diensten aan te bieden aan goede vrienden en buren. Al snel maakte hij naam. Hij begon thuis patiënten te ontvangen en ging soms zelfs naar andere mensen toe.

Ar Duang was de vrouw van een plaatselijke koopman. Ze had een huid zo ruw als die van een schildpad en ze sprak met het sterke accent van Fuzhou. Elke ochtend klopte ze om zeven uur op onze voordeur en bracht ze ons een mand vers fruit, van alles wat haar man die dag op de markt verkocht. Haar zoon had kort daarvoor een beroerte gehad, en zijn rechterarm en -been waren verlamd. Mijn vader behandelde hem. Elke keer dat Ar Duang haar verse waar kwam brengen, ging mijn moeder met haar in discussie. We konden het niet aannemen, zei mijn moeder, maar ze verloor het altijd want Ar Duang was een door de wol geverfde, onverzettelijke vrouw met een rasperige stem die mijn vader op haar eigen manier wilde betalen. Ze draaide mijn moeder gewoon om en liet haar met de mand naar de keuken lopen, waar ze dan samen met mijn vader een kop thee dronken. Ik vond het leuk om te kijken naar de blauwe rook van haar sigaret, als die in het zonlicht omhoog kringelde naar het plafond. Ze sloeg haar benen op een manlijke manier over elkaar en vertelde mijn vader uitgebreid hoe vaak ze haar zoon wakker had moeten maken om hem te verschonen of te voeren omdat haar schoondochter het weigerde te doen.

'Mijn schoondochter heeft zich van het geld van mijn zoon volgepropt en nu verdomt ze het om de stront op te ruimen,' klaagde ze dan. 'Wat vindt u ervan, meneer Chen? Geeft u mijn zoon de komende paar dagen maar wat extra naalden, dan kunnen we zien of hij beter reageert.' Ze onderhandelde als een koopman, sloeg haar benen over elkaar of plantte juist haar beide voeten op de grond.

'Dat kan ik niet doen. Het is net als met ve-tsin. Je moet het in precies de juiste hoeveelheid gebruiken, anders bederf je alles.'

'Ve-tsin.' Dan knikte ze begrijpend.

Het gesprek was elke dag hetzelfde, al bracht ze wel elke dag ander fruit.

Een andere dagelijkse bezoeker van mijn vader was een magere, keurig geklede plattelandsvrouw die Tien heette. Ze droeg een ouderwetse blauwe blouse met knoopjes aan de zijkant. Ze kwam uit het dorp Heng Tang, waar haar bejaarde moeder nog woonde, verlamd vanaf haar middel. Mijn vader wilde dat ze telkens wanneer ze in Gele Steen was verslag kwam uitbrengen over haar moeders toestand. Een keer per week leende hij een fiets van Ar Duang, en dan moest ik hem achterop nemen en hem naar Tiens moeder brengen.

Mijn vader zei dat ik er in elk geval gratis eten mee kon verdienen, en dat gulle patiënten me misschien zelfs wel voor die zware rit wilden betalen. Vandaar dat ik elke week buiten adem in de brandend hete zon over de smalle weg naar Heng Tang fietste, een tussen persimmonbomen verborgen dorp op twintig kilometer van Gele Steen, met mijn vader achterop. Als de heuvels te steil werden, sprong hij van de bagagedrager en hielp hij me de fiets omhoog te duwen. Onderweg vertelde hij me welke drukpunten hij bij de behandeling zou gebruiken. Meestal werd ik door de familieleden van de patiënt als mijn vaders chauffeur behandeld. Ik werd dan in de zitkamer uitgenodigd en kreeg een kom rijst of noedels met vlees erop. Soms kreeg ik sigaretten en thee terwijl ik wachtte.

De families verwelkomden mijn vader altijd alsof hij een door Boeddha gezonden verlosser was, maar voor de patiënten zelf was zijn aanwezigheid een tweesnijdend zwaard. Aan de ene kant wilden ze graag beter worden, terwijl ze aan de andere kant opzagen tegen het prikken van de naalden. Soms vroeg mijn vader mij om goed op te letten hoe de patiënt reageerde. Hij bracht de naalden in en draaide ze rond om de dode zenuwen te stimuleren. Eerst gebeurde er niets, en dan keken de familieleden zuchtend en zorgelijk toe, bang dat de benen of armen nooit meer normaal zouden functioneren. En dan gebeurde het, zomaar op een dag, dat de patiënt gilde van pijn, en dan slaakte iedereen een zucht van verlichting.

Mijn vader leefde voor dat soort momenten. Dan praatte en lachte hij de hele weg naar huis onafgebroken terwijl ik trapte.

Sommige patiënten konden dankzij mijn vaders behandeling weer zelf naar de wc of zelf eten, dus was het geen wonder dat hij een steeds grotere bekendheid kreeg. Hij reed dan ook steeds vaker mee met vrachtwagens om bij patiënten in afgelegen dorpen te komen. Toch durfde mijn vader geen geld te vragen, want dan zou hij tot illegale kwakzalver zijn bestempeld. Wel brachten mensen graan, rijst, bananen, vis, garnalen en allerlei ander eten om hem voor zijn diensten te betalen. Een van zijn patiënten wist zelfs een tijdelijk baantje voor een van mijn zussen te regelen in de conservenfabriek.

Mijn vader bloeide op. Hoewel hij nog steeds naar werkkampen werd gestuurd, werd hij wel anders behandeld. In een kamp niet ver van de berg Ch'ing werkte een potige man met een lelijke moedervlek boven zijn rechteroog als opzichter, ene Mon Hai. Op een avond liet hij mijn vader bij zich komen in zijn hut. Tot mijn vaders verbazing kreeg hij zelfs een sigaret aangeboden. Hij maakte een nederige buiging. Normaal gesproken kregen de mensen die het kaderlid bij zich ontbood een reprimande, of ze werden urenlang vernederd.

'Ik wil u om een gunst vragen,' zei Mon Hai op ongewoon zachte toon, nadat hij eerst zowel de deur als het raam dicht had gedaan.

'U kunt me vragen wat u maar wilt, meneer. Ik ben hier om mijn leven te beteren.'

'Nee, nee, nee, gaat u alstublieft zitten. Ik heb u voor iets heel anders uitgenodigd... hoe zal ik het zeggen, vanwege een privéaangelegenheid.' De communist glimlachte en onthulde de gouden kronen op zijn voortanden. 'Mijn vader is vannacht niet goed geworden en hij heeft een beroerte gehad. Hij ligt nog in coma en de dokter zegt dat hij verlamd is.'

'Wat vind ik het akelig om dat te horen.'

'Weet u wat de dokter verder heeft gezegd?' Mon Hai stak een sigaret op voor mijn vader.

'Nou?'

'Dat u de enige in deze hele streek bent die hem kan genezen.'

'Nee, nee, ik ben maar een amateur. Het is gewoon een hobby, meer niet. Ik heb mijn eigen inmiddels overleden vader wel behandeld, maar ik wil mezelf beslist geen dokter noemen of zoiets. U zult echt iemand anders moeten zoeken,' mompelde hij nerveus.

'Dus u weigert?'

'Zeker niet, meneer. U begrijpt het niet,' zei mijn vader.

'Wat is dan het probleem?' drong Mon Hai aan. 'Geld? Dat is geen probleem. Mijn broer is directeur van een kunstmestfabriek en hij zwemt in het geld.'

'Het gaat niet om geld.' Beslist schudde mijn vader zijn hoofd.

'Ik weet al wat het is. U bent bang.'

Mijn vader bleef zwijgen.

'Dat is heel begrijpelijk. Ik zou ook bang zijn als ik u was, maar ik verzoek u niet bang te zijn. Probeer mij gewoon net zo te behandelen als uw andere patiënten.'

Dat was natuurlijk onmogelijk. Mijn vader had nog steeds rugpijn van een trap die Mon Hai hem in een ander kamp had gegeven omdat hij te langzaam was geweest. Het klonk alsof Mon Hais vader in kritieke toestand was, en als hem iets overkwam, zou mijn vader de schuld krijgen.

'Daar zou ik me niet prettig bij voelen, meneer.'

'Kijk me aan, dokter. Ik heb ook een hart.' Hij zette zijn woorden kracht bij door zijn hemd open te trekken. 'Ik bied u mijn excuses aan voor wat ik heb gedaan.'

'Nee, nee, dat hoeft niet.'

'Ik had u niet moeten schoppen.' Hij kreeg een glazige blik in zijn ogen. 'Het spijt me. Ik zal het goedmaken.'

Mijn vader bleef zwijgen terwijl deze beer van een man voor hem door het stof ging. 'Zelfs al zou ik naar hem willen kijken,' zei hij uiteindelijk, 'dan zou het niet eens kunnen. We mogen niet van het kampterrein af.'

'Dat valt wel te regelen.'

De volgende ochtend kreeg mijn vader opdracht om in zijn hut te blijven terwijl de andere dwangarbeiders uit hun bed rolden en op weg gingen om in de koude bergen nog meer heuvels af te graven en nog meer dalen dicht te gooien. Om negen uur werd mijn vader opgehaald door iemand op een motorfiets en naar het huis van Mon Hai gebracht, een paar kilometer verderop.

Mon Hais vader bleek een lichte beroerte te hebben gehad. Hij was pas vijfenzestig en goed gezond. Mijn vader behandelde hem gedurende twee maanden, totdat hij nog maar heel licht mank liep.

In het kamp hoefde mijn vader zijn gereedschap nauwelijks meer aan te raken. Officieel moest hij in zijn hut blijven en bekentenissen schrijven, maar in werkelijkheid las hij alleen zijn medische boeken en bracht hij elke dag een bezoek aan de patiënt. Drie keer per week mocht hij na het donker thuis komen eten. De rest van de tijd bracht hij door in de hut van het kaderlid, met een drinkende Mon Hai die zijn bewondering voor mijn vader niet onder stoelen of banken stak. Zo hoorde mijn vader dat het lekkere eten, de drank en de sigaretten die Mon Hai met hem deelde allemaal afkomstig waren van de kampbewoners, die zich met deze vorm van smeergeld van lichter werk verzekerden of straffen afkochten. Mon Hai bekende zelfs een keer in beschonken toestand dat hij weleens met de jonge vrouw van een contrarevolutionair had geslapen, een man over wie hij de supervisie had. Hij vertelde erbij dat het op haar verzoek was gebeurd, omdat ze ervoor wilde zorgen dat haar arme jonge echtgenoot in leven bleef en ooit zijn pasgeboren zoontje zou kunnen zien.

Mijn vaders vingers jeukten om die smeerlap een keer goed pijn te doen, en hij bood Mon Hai aan hem met zijn naalden te behandelen om zijn alcoholisme te genezen, maar hij weigerde.

Op een dag werd Mon Hai door twee sterke jonge kerels weggedragen van een van de velden waar hij een uur per week op inspectie ging.

'Chen, kom eens hier,' zeiden ze tegen mijn vader. 'Mon Hai is gewond.' Een steen was van de heuvel gerold, afgeketst tegen zijn heup en in een greppel beland. Mon Hai had zich ernstig bezeerd.

'Dokter, ik denk dat ik die naalden van u goed kan gebruiken,' zei Mon, die krimpend van pijn op bed lag.

'Dat denk ik ook,' antwoordde mijn vader.

In de weken daarna gaf mijn vader Mon Hai twee keer zoveel behandelingen als nodig was. Hij gebruikte langere, dikkere naalden en draaide die hardhandiger rond, met als smoesje dat Mon dan sneller zou genezen. Mon Hai trilde altijd van angst als hij toekeek terwijl mijn vader de naalden prepareerde en met alcohol ontsmette. Hij kronkelde al bij voorbaat van pijn, en als de naalden eenmaal in zijn huid zaten, was zijn hysterische en doordringende gegil tot kilometers ver in de omtrek te horen.

Voor elke behandeling smeekte Mon Hai altijd om meer, tijdens de sessies vloekte en schopte hij van pijn, en als mijn vader dan weer wegging, huilde hij van dankbaarheid. Zijn pijn verdween al snel, en daarna werd Gang Chen in het hele kamp openlijk 'de dokter' genoemd.

In het begin van dat jaar werd mijn vader ontslagen uit het werkkamp, en hij ontving een schitterend getuigschrift waarin hij werd geprezen om het afzweren van zijn anti-communistische denkbeelden. Het was met grote letters ondertekend door de inmiddels genezen Mon Hai, die door de inwoners van Gele Steen ironisch genoeg tot uitmuntend lid van de communistische partij werd gekozen. Op de muur van het hoofdkwartier van de commune werd zijn portret geschilderd, maar dat werd een week later al weer uitgewist door een winterse regenbui.

11

Zhang Tie Shan, een rekruut uit het noorden van China, schreef op zijn examenopgaven van de academie een grote nul, met de volgende woorden erbij: 'Om revolutie te maken, hoeft men de bovenstaande vragen niet te beantwoorden.'

Op slag werd hij in heel China een held, want hij belichaamde de ware geest van de Culturele Revolutie. School veranderde in een chaos. Leraren en leerlingen renden als kippen zonder kop rond, niemand deed nog iets. Iedereen droeg een rode band om de bovenarm met de woorden 'Kleine Gardist'. Leraren konden vrijwel niets aan de situatie doen, uit angst dan het stigma van stinkende intellectueel of contrarevolutionair te krijgen.

Onze vijfde klassen werden in drie categorieën verdeeld: arbeid, politiek en zelfstudie. Het speelterrein werd omgespit en in moestuintjes veranderd, zodat de kinderen onder de brandende zon konden werken, met lege maar gezonde hoofden. We moesten tuingereedschap meenemen om de planten water te geven, onkruid te wieden en te oogsten. Dat verkochten we voor een prikje aan de onderwijzers, en van het geld kochten we meer groentezaden.

Tijdens de politieke lessen lazen de onderwijzers de krant voor. Als we zelf moesten leren, veranderden de stoelen in hordes waar we overheen sprongen. We telden de minuten totdat we weer naar huis mochten.

Mijn vader las me elke dag na school de klassieken voor die we onder de varkensstal hadden begraven, en 's ochtends leerde ik spelen op een bamboefluit. Een gestudeerd man, zei mijn vader, kent gedichten, kan schaken en kalligraferen en heeft verstand van muziek. De fluit was het goedkoopste instrument, en mijn vader kocht er een voor me op de plaatselijke markt. Elke ochtend stond ik bij zonsopkomst op, ik haalde de slanke bamboefluit onder mijn kussen vandaan, sloop op mijn tenen naar de achtertuin en het trapje naar de Dong Jing af. Daar waste ik mijn gezicht met het koude water, en ik hield mijn poep op omdat ik dan krachtiger kon blazen. Elke dag verbrak ik de ochtendstilte in Gele Steen met de onschuldige volksliedjes die ik staand bij de rivier speelde. Het geluid danste over het water, stak de uitgestrekte groene velden over en eindigde in een dromerige echo als het de bergen aan de horizon bereikte. Als de buffels af en toe loeiden, wist ik dat mijn fluitspel tenminste niet geheel onopgemerkt bleef.

Op een dag kwam mijn vader thuis na een maand in een werkkamp, en hij liep meteen naar de achtertuin waar ik aan het spelen was.

'Jongen, wat kun je al mooi spelen,' zei hij verbaasd. Hij tilde me op en woelde enthousiast met zijn hand door mijn haar. 'Ik kon mijn oren nauwelijks geloven toen ik door de velden liep. Je was al op een kilometer afstand te horen.'

'Vind je het echt mooi, pap?' vroeg ik.

'Of ik het mooi vind? Ik vind het prachtig. Iets meer finesse hier en daar, en je kunt in een amateurorkest gaan spelen. Misschien kun je er later zelfs wel je beroep van maken.'

'Zou je dat willen?'

'Nou, op school leer je voorlopig niets, niet zolang die Zhangpersoon in de mode is. Het is fijn dat er iets is waar je aanleg voor hebt. Dat geeft je een streepje voor op anderen.'

Vanaf die dag oefende ik nog fanatieker – tot grote ergernis van mijn familieleden – en ik begon rond te hangen in de repetitieruimte van het toneelgezelschap van de commune. 's Avonds nodigde ik mijn vrienden uit om naar de repetities te komen kijken en luisteren. Ze verdrongen zich voor de ramen om een glimp op te vangen van de knappe jonge actrices en lachten zich krom als die leuke meisjes giechelden en elkaar met hun zangerige stemmen plaagden. Yi zat altijd onder aan de muur zwijgend te roken.

Een briljante maar wel arrogante fluitspeler uit Putien was de betaalde muzikaal directeur van het orkest. Hij was gespecialiseerd in houten blaasinstrumenten, maar kon ook hoorn spelen. Voor zijn ontbijt eiste hij ten minste vijf eieren, en die waren schaars. Voor de lunch wilde hij een halve kip. En 's avonds nam hij met minder dan een flinke hoeveelheid varkensvlees en nog eens vijf eieren geen genoegen. Hij zei dat hij al zijn energie in het bespelen van de fluit en de hoorn stak en dat hij al die proteïnes nodig had. Hongerige kinderen snuffelden weleens aan zijn hoorn, want die rook naar eieren.

Ik imiteerde zijn techniek en speelde de muziek op mijn gehoor na. Als we bij Yi waren, luisterden mijn vrienden rokend naar mijn fluit. Doe dit of dat stukje nog eens, zeiden ze dan, en probeerden onbeholpen met neuriën aan te geven wat ze bedoelden. Yi was helemaal weg van een lied dat door een bijzonder aantrekkelijke actrice van het gezelschap werd gezongen, een jonge vrouw die uit een afgelegen dorp was geselecteerd. Keer op keer wilde hij het horen, totdat hij het zelf kon neuriën.

'Je ziet wel wat in die actrice, hè, Yi?' vroeg Sen hem op een dag toen hij halverwege het liedje was.

'Doe niet zo raar,' zei Yi bedremmeld, zijn blik strak gericht op de deurpost die hij aan het schaven was.

'Daar is iets aan de hand,' fluisterde Sen in mijn oor, maar hij ging er niet op door.

Op een zondagmiddag toen we bij Yi thee dronken met een sigaret erbij, werd er op de deur geklopt. Niemand klopte ooit op de deur. Je kwam binnen of niet.

Yi deed open.

Voor de deur stond de actrice, een rode das om haar nek en mond geknoopt tegen de kou. Sprakeloos staarden we naar deze godin. Van dichtbij was ze nog betoverender. Ze was lang en had volle, stevige borsten en grote, levendige ogen.

'Vraag je me niet binnen?' zei ze.

Yi kreeg een hoofd als een boei, deed een stap opzij en maakte een diepe buiging. 'Kom binnen, alsjeblieft.'

'Hallo allemaal. Ik heb je vrienden weleens gezien. Wat leuk dat ik jullie nu leer kennen.' Ze was rustig en zelfverzekerd, en ze had een beeldig figuur. Als ze glimlachte, kreeg ze kuiltjes in haar wangen.

Wie was dit meisje? Ons hart bonsde luid. We brandden van nieuwsgierigheid.

'Jongens, mag ik jullie deze dame voorstellen,' zei Yi, die nu wat minder rood was. 'Fei is de dochter van mijn meester, de timmerbaas.'

De dochter van de meester! Geen wonder dat onze arme kleine Yi het nog steeds over haar had. Wij hadden gedacht dat het een mager, plat meisje met gele tanden was, een boerentrien. We moesten in onze arm knijpen om zeker te weten dat we niet droomden.

'We moesten maar eens gaan,' zei Siang, en hij gaf Mo Gong een por.

'Hé, jullie hoeven voor mij echt niet weg te gaan, hoor. Ik kom Yi gewoon even opzoeken. En ik wil jullie allemaal uitnodigen om over een tijdje naar een van onze voorstellingen te komen.' Ze straalde levenslust en energie uit. Ons hart deed er pijn van.

'Ik heb iets voor je, broer Yi.' Ze deed haar tas open en haalde er een paar brede, gele tabaksbladeren uit. 'Ik dacht dat jij ze wel zou kunnen gebruiken.'

'Tabak uit de tuin van de meester!' Yi's ogen flonkerden toen hij een stoel voor haar aanschoof. 'Sinds wanneer ben jij eigenlijk actrice?'

'Ik heb altijd willen acteren en zingen en dansen, maar het mocht niet van mijn vader. Je weet wel, allemaal feodaal gedoe. Nu hij er niet meer is, kan ik mijn gang gaan.'

'Ik ben blij voor je. Het spijt me dat ik bij jullie weg ben gegaan toen hij zo plotseling overleed,' zei Yi.

'Ik vond het jammer dat je weg moest.' Nu moest Fei blozen, maar ze verborg het door te glimlachen. Ze keek Yi met iets van zusterlijke liefde aan.

Allebei zwegen ze even.

'Kun je blijven eten?' vroeg Yi. 'Mijn grootvader komt straks thuis en ik weet zeker dat hij het leuk zal vinden je te zien.'

'Nee, ik moet ervandoor. Alles in deze commune gaat volgens schema. We leven met de klok. Vanavond is de generale repetitie en ik mag niet te laat komen. Maar ik beloof je dat ik nog een keer langskom, broertje.' Ze glimlachte warm naar ons en vertrok zoals ze was gekomen, met de rode das om haar hals wapperend in de wind. Yi keek haar na totdat ze aan het eind van het smalle steegje uit het zicht verdween. Voor het eerst voelde het kleine hutje leeg.

'Dat wordt op zijn minst een verloving, Yi.' Sen verbrak de stilte. 'Sigaret?' Hij gooide ons allemaal een Vliegend Paard toe.

'Doe niet zo idioot.' Yi schudde zijn hoofd.

'Wat bedoel je?' zei Mo Gong. 'Ik zou ter plekke met dat meisje trouwen. Ze is het' – hij zocht naar woorden – 'verrukkelijkste meisje dat ik ooit heb gezien.'

'Ze is niet meer hetzelfde meisje,' antwoordde Yi koel.

'Hoezo niet?' wilde Sen weten.

'Ze heeft een schitterende toekomst als actrice. Misschien komt ze wel bij het provinciale gezelschap, dan wordt ze beroeps. De zonen van partijleiders zullen aan haar voeten liggen. Ik ben maar een waardeloze meubelmaker.' Hij stak zijn handen uit en lachte. 'Voel maar. Ze zou op de vlucht slaan als ik haar aanraakte. Sterker nog, mijn handen zijn zo verdomde ruw dat ik er zelf wel voor op de vlucht zou willen slaan.'

'Maar je overleden meester heeft haar aan je beloofd, haar eigen vader,' zei ik.

'Dat was toen en dit is nu.' Yi klonk weer als een oude man. 'Ik had respect voor haar vader, dus ik zal haar nooit voor schut zetten. Het is al triest genoeg dat haar vader is overleden. Ik moet haar helpen, niet haar in de weg zitten.'

Twee weken later kwam Fei weer langs, dit keer met vijf kaartjes voor het theater van de commune. Yi droeg een mooie nieuwe jas, en vroeg ons niet al te veel grapjes te maken waar zij bij was. Als vijf stuurse volwassenen keken we naar de voorstelling, en we bespraken het stuk op een stijve, vormelijke manier. Fei veroverde alle harten. Uit de reactie van het publiek maakten we op dat ze snel een grote ster zou worden.

Na de voorstelling bleven we buiten staan wachten terwijl Yi afscheid nam van Fei. Hij bleef een hele tijd weg.

Terug in de werkplaats haalde Yi twee flessen drank te voorschijn. 'Ik heb zin om te drinken.' Het werd geen luidruchtig feestje. We dronken stilletjes, genietend van het branderige gevoel en het kloppen in onze slapen. Iedereen voelde zich goed, maar we weigerden hardop toe te geven dat ons hart door een engel was geraakt. In stilte wensten we haar succes.

Mijn belangstelling voor muziek nam toe, en ik raakte gefascineerd door de viool. De eerste keer dat ik vioolmuziek hoorde, oogstte ik in de zomerzon rijstkorrels op een van de drassige rijstvelden. De commune had aan de rand van het veld een krakende luidspreker neergezet, en daaruit klonk een eenvoudige vioolsolo. De muziek was bedoeld om de arbeiders op te vrolijken, en ik werd vanaf het eerste moment verliefd op het instrument. De klanken waren sensueel en teder, en ze streelden mijn ziel zoals geen enkel ander instrument ooit had gedaan. Met de druipende rijst in mijn handen stond ik naar de prachtige muziek te luisteren.

'Aan het werk,' klonk de bevelende stem van een vrouw achter me. Zij was het tegenovergestelde van een viool. Ik boog me weer voorover om verder te gaan, nog steeds in de ban van de melodie.

Ik wilde viool leren spelen, maar hoe? De dagen daarna zat ik op mijn kamer in mijn eentje te dagdromen. Ik overwoog een van de landelijke kranten te schrijven, een verzoek om een donatie voor een arme jongen die niet eens wist hoe een viool eruitzag. Misschien werd mijn brief wel gepubliceerd en zou iemand me een viool sturen.

'Hoe gaat het met de brief, dromer?' vroeg Sen toen hij me met mijn hoofd in mijn handen zag zitten.

'Niet goed,' zei ik.

'Waarom vraag je Yi niet of hij een viool voor je wil maken? Je hoeft alleen maar een esdoorn te vinden. Ik zal wel helpen schuren,' zei Sen bloedserieus.

'Doe niet zo raar, Sen. Ik kan geen muziekinstrument maken. Ik maak deuren en stoelen en tafels,' zei Yi. 'Het is een westers instrument. Amerikanen spelen erop.'

Dagenlang zat ik te piekeren boven een leeg vel papier. Het was moeilijker dan het schrijven van een liefdesbrief. Ik liet het idee varen.

Toen nam mijn vader het initiatief om bij zijn vrienden en patiënten te informeren of iemand soms aan een tweedehands viool kon komen. Op een dag kwam een oude man met een lange baard een zak bij ons afgeven, en hij vertelde mijn vader dat er een pindavormige houten kast in zat met een lange steel.

'Zo te horen is dat een viool. Hoe komt u eraan?' vroeg mijn vader.

'Mijn zoon kwam ermee thuis van de marine. Vroeger zat er een kist omheen, maar die gebruikt zijn broer als hoofdkussen.'

Mijn vader bedankte hem en bood aan voor de viool te betalen. De oude man wees op zijn been en schudde zijn hoofd. 'Ik moet u betalen, dokter. U hebt me genezen van mijn pijn.'

Ik was in de wolken. Het enige probleem was dat er geen snaren op zaten. Mijn vader vroeg een andere vriend van hem snaren te sturen uit Fuzhou. Ik wachtte vol ongeduld af, en ondertussen maakte ik samen met Yi een vierkante kist voor het instrument. Na een maand kwamen eindelijk de snaren, en zo werd de eerste viool in het stadje Gele Steen geboren. Buren en vrienden verbaasden zich over het merkwaardige instrument, stonden er hoofdschuddend naar te staren. Niemand wist er iets van af, laat staan hoe je erop moest spelen.

Weer bracht mijn vader uitkomst. Dit keer zocht hij contact met een jonge man die Soong heette en oorspronkelijk uit de stad Putien kwam. Hij was de zoon van een christelijke tandarts die in de gevangenis was overleden. De hele familie was vanwege hun geloof in God als contrarevolutionair gebrandmerkt en verbannen naar een klein dorp niet ver van Gele Steen.

Mijn vader had over hem gehoord tijdens een visite aan een patiënt, een buurman van Soong die zich beklaagde over de vreemde muziek die de jonge man 's avonds speelde.

Nadat mijn vader en Soong kennis hadden gemaakt, kwam hij thuis met het verhaal dat Soong graag bereid was mij vioolles te geven, als ik het ervoor over had om in de zomervakantie elke dag naar zijn huis te lopen.

Aan het eind van het schooljaar kreeg geen van de vijfdeklassers een rapport. Iedereen was over. Toch bleef het nog maar helemaal de vraag of ik naar de middelbare school zou gaan. Politiek was in, goede cijfers waren uit. Mijn lot was onbeslist, wiegde heen en weer in de wind als een grasspriet aan de oever van de Dong Jing.

Een viool, een strohoed, een korte broek, een hemd met afgeknipte mouwen en smerige blote voeten. Aldus uitgedost ging ik op weg naar mijn eerste vioolles in het dorp Heng Tang. Als ik af en toe hardliep en niet met de ganzen in de Dong Jing speelde, zou ik er een uur over doen.

Het smalle pad was zinderend heet in de zomerzon, en de gloeiend hete aarde brandde onder mijn voetzolen. Op mijn tenen liep ik door het weinige gras langs het pad naar de rivier, om mijn voeten een tijdje in het koele water te laten bungelen. Af en toe kwamen er fietsers langs, mensen die fluitend op weg waren naar de markt, hun bagagedragers volgeladen met groente. Een oude boer die met zijn voeten in het water een pijp van bamboe zat te roken zwaaide naar me. Hij wierp een handvol kleine gedroogde visjes in het water om ganzen te vangen, en er kwamen ontelbare witte vogels hongerig op af.

Op een gegeven moment kwam ik langs een verlaten tempel, overwoekerd met onkruid en wilde zonnebloemen. Ik was niet tegen mijn eigen bijgelovigheid opgewassen, bleef staan en keek om me heen. Afgezien van een hond die langs de kant van het pad aan een hoop mest snuffelde, was er in de wijde omtrek geen levende ziel te bekennen. Ik pakte een sigaret, stak die aan, nam een paar trekjes en hield hem in mijn handen alsof het wierook was. Daarna knielde ik, met mijn gezicht naar de vervallen ingang van de tempel, en met mijn ogen dicht mompelde ik snel een gebed dat ik van mijn moeder had geleerd. Ik smeekte om een succesvolle toekomst als musicus. Om de sigaret brandend te houden nam ik een paar trekjes, en vervolgens bad ik om een goede gezondheid voor mijn hele familie.

Weer keek ik angstvallig om me heen. Het zou erg gênant zijn als iemand zag dat ik ergens in de rimboe met mijn hoofd tegen de gebarsten grond tikte. Toen ik er zeker van was dat niemand me kon zien, maakte ik drie diepe buigingen voor de Boeddha in de tempel.

Heng Tang lag aan de voet van de berg Hu Gong genesteld. Op bewolkte dagen leek het dorp als een luchtspiegeling tussen de wolken te zweven. Als het regende, verdween het geheel van de kaart. In de zomer ging het schuil onder het weelderige gebladerte van de persimmonbomen, maar in de lente bloeide het dorp als een wilde tuin.

Eindelijk was ik bij de tandartspraktijk van meneer Soong, die gevestigd was in een oude tempel aan de rand van het dorp.

'Jij moet Da zijn.' Soong deed zijn masker af en begroette me hartelijk. Hij was net klaar met een huilende jongen, die door zijn moeder werd getroost.

'Meneer Soong. Hoe wist u dat ik het was?'

'De viool.' Hij glimlachte en ontblootte de witste tanden die ik ooit had gezien. Ik nam aan dat het met zijn beroep te maken had. Hij gaf me een hand en nodigde me uit in zijn spreekkamer. 'Wat een leuke houten kist is dat. Heb je die zelf gemaakt?'

'Samen met een goede vriend van me.' Ik schaamde me er een beetje voor omdat het zo'n primitief geval was.

'Hij ziet er lekker stevig uit.' Hij glimlachte, weer met die witte tanden ontbloot. Ik glimlachte terug, maar verborg de mijne; opeens had ik er spijt van dat ik ze thuis niet nog even had gepoetst. Ik keek naar hem terwijl hij zijn handen waste en zijn witte jas ophing. Hij was in de twintig en knap om te zien, met een lichte huid en vrij lang haar tot op zijn kraag. Zijn broek was strak, met wijd uitlopende pijpen, en zijn overhemd was van zijde. Op en top een stadsmens.

'Een violist op blote voeten?' zei hij glimlachend. 'Laat maar eens zien wat je bij je hebt.'

Ik haalde mijn viool uit de kist en hij trok aan de snaren, spande ze, hij stelde de kam bij en spande de strijkstok. Toen klemde hij het instrument tussen zijn nek en schouder, hij sloot zijn ogen en een zoete melodie vloeide uit mijn instrument. Razendsnel gleden zijn vingers over de snaren, op en neer, en de strijkstok danste met korte bewegingen heen en weer. Ik was diep onder de indruk van zijn spel en meteen verliefd op de muziek. Abrupt hield hij op. 'Wat een prachtige viool.' Hij legde hem neer. 'Sigaret?'

Ik schudde mijn hoofd.

'Wil je kunstenaar worden?'

Ik knikte, maar wist niet waar hij op aan stuurde.

'Neem er dan een.' Hij gooide me een pakje filtersigaretten toe en gaf me met een aansteker vuur. Ik nam een trekje en inhaleerde diep. 'Ik ben geen leraar, dus noem me alsjeblieft geen "meester" of zoiets. Ik stel voor dat we vrienden worden.' Hij keek uit zijn kleine raam naar buiten en vervolgens naar een paar kunstgebitten op zijn rommelige bureau. 'Het is hier saai. Als je tandarts wilt worden, kan ik je dat ook wel leren. Ik heb tijd genoeg, en al deze tanden moeten op maat worden gevijld.'

'Ik wil graag met de viool beginnen,' zei ik, 'maar in mijn pauze kan ik u best helpen met uw werk.'

'Dat hoeft niet, ik maakte een grapje.'

Het klikte direct tussen hem en mij.

De dagen daarna liep ik rond door zijn praktijk met de viool tussen mijn schouder en nek, en oefende ik met de strijkstok. Het was een pijnlijke houding waarvan mijn nek helemaal dik werd en mijn schouder rauw, maar hij bleef zeggen dat ik vooruit ging. Hij liet me foto's zien van bustes van Beethoven en Mozart en vertelde me verhalen over hen, verbijsterende verhalen.

Toen ik op een gegeven moment als een zoutzak voor hem stond, vroeg hij me: 'Zou je ook zo staan voor een publiek van duizenden mensen als je in een schitterende zaal een solo speelt?' Natuurlijk niet. Ik rechtte mijn rug en liet mijn hoofd nooit meer hangen.

In mijn pauzes vijlde ik samen met hem de kunstgebitten bij, en dan vertelde hij me verhalen over zijn familie. Het waren allemaal gelovige christenen, waardoor ze een kleine minderheid vormden in het overwegend boeddhistische China. Zijn vader was vroeger een beroemde tandarts, die vanwege zijn christelijke geloof tegen de communisten had gevochten en in de gevangenis was gegooid, waar hij vier jaar later was overleden. Zijn broers en zussen, allen getalenteerde musici, waren gedwongen om hun grote huis in Putien te verlaten en net als hij naar het platteland verbannen. Zijn moeder was met hem mee gekomen naar Heng Tang. Hun vroegere herenhuis werd als hoofdkwartier van de Rode Garde gebruikt. Tegenwoordig woonden ze in een lemen hut met twee kamers en een lekkend strodak. Ooit was het een stal geweest, en dat rook je nog steeds.

Soong had het vak van tandarts van zijn vader geleerd, en al op zijn achttiende kon hij patiënten behandelen. Communistische leiders dweepten met hem. Hij was persoonlijk verantwoordelijk voor alle gouden kronen in hun mond. Als werknemer van de commune werkte hij vijf dagen per week, vier uur per dag. De rest van de tijd was hij een dagdromende kunstenaar.

Zijn buren klaagden over de spookachtige westerse muziek die hij speelde op zijn viool en orgel, dat zuchtte en siste als je op de pedalen trapte. Stenen en rot fruit werden naar zijn ramen gegooid, maar dat weerhield hem niet. Hij gebruikte een tweede demper voor zijn viool en speelde gewoon door.

Ik oefende voortdurend en ging snel vooruit, en mijn vader en moeder waren enorm trots op me. Om Soong te bedanken, gaf mijn moeder me soms fruit of vlees voor hem mee, en mijn vader stuurde hem pakjes sigaretten en flessen drank, die hij op zijn beurt weer van zijn patiënten kreeg. Soong bereidde het eten dat ik meebracht en nodigde me dan uit voor de maaltijd, en dan leende hij me 's avonds zijn fiets om naar huis te gaan. Soms, als zijn moeder op bezoek was bij zijn broers, nam ik extra veel eten mee en bleef ik het hele weekend. Dan waren er geen vioollessen en werd er geen andere muziek gemaakt. Dan gingen we jagen.

In de zomer kwamen er grote zwermen vogels uit de bergen naar het dorp in de heuvels. Deze *woo yaa* waren grote vogels met zwarte en witte veren, die nestelden tussen de dadelpruimbomen. In het donker gingen we op pad. Soong had een jachtgeweer, en ik een zaklantaarn en een grote katoenen zak. Als we zo geruisloos mogelijk over het kronkelende pad liepen, bleef hij staan en vroeg hij me de lamp op een vogel vlakbij te richten. Vervolgens richtte en vuurde hij. Boem! De vogel viel dan met een plof op de grond. Ze wogen ruim een half pond elk, en al binnen twee uur moest ik hem altijd smeken op te houden omdat de zak te zwaar werd om te dragen. Als laatste onderdeel van onze nachtelijke jachtpartijen sprongen we altijd in een moestuin om de noodzakelijke ingrediënten voor een feestmaal te stelen. Eenmaal weer terug, haalde ik de drank die ik had meegebracht te voorschijn, en dan plukten we de vogels in zijn keuken, met een glas binnen handbereik.

'De koppen laten we eraan zitten, die zijn verrukkelijk met knoflook, gember en wijn,' vertelde hij me. Daar had ik geen trek in; ik wilde niets eten dat je aankeek.

Soong de tandarts werd Soong de kok. Hij trok zijn hemd uit, en de geplukte vogels, die er doordat de koppen er nog aan zaten uitzagen alsof ze nog leefden, kwamen op tafel in een grote, dampende schaal met groenten erbij. Vaak aten en praatten we totdat de zon opkwam.

'Da,' kondigde Soong tegen het eind van de zomer aan, 'ik kan je niet veel meer leren. Van nu af aan zul je het zelf moeten doen door heel veel te oefenen. Bovendien begint je school toch binnenkort weer?'

'Ik weet nog niet of ik wel naar school ga.'

'Wat bedoel je? Natuurlijk ga je naar school! Je bent nog zo jong.'

'Ik heb nog geen bericht ontvangen. Anderen wel.' Ik liet mijn hoofd hangen.

'Niet zo somber, knul, geef de moed niet op. Je kunt altijd nog tandarts worden, dat leer ik je wel. Tegenwoordig leren kinderen toch niets meer op school.' Hij glimlachte. 'Kom in het weekend sowieso maar langs, dan neem ik je mee naar Putien en stel ik je voor aan een paar van de aardigste musici van het land.'

'Dat beloof ik.'

Eindelijk ontving ik bericht dat ik, na een zorgvuldige afweging door de onderwijsraad van de commune, geen toestemming kreeg om mijn opleiding voort te zetten. Ik mocht evenmin naar scholen van andere communes.

Een reden werd niet gegeven. Dat was ook niet nodig.

Een patiënt van mijn vader vertelde ons in het geheim dat de raad een heel eenvoudige reden had. Mijn voorouders en grootouders hadden al genoeg onderwijs genoten; het was de hoogste tijd dat we zonder scholing leerden leven.

Opnieuw voelde ik me verdrietig en geïsoleerd. Iedereen van mijn lagere school ging naar de middelbare school, zelfs de slechtste leerlingen. En ik mocht niet omdat mijn vader had gestudeerd, net als mijn grootvader. Wat was dat nou voor redenering? Waarom moest ik de last van vorige generaties dragen?

Somber liep ik rond, en ik bleef vaag als vrienden vroegen in welke klas ik zat. Mijn beste vrienden stonden vierkant achter me. Yi bood aan me het vak van meubelmaker te leren, en Mo Gong zei dat zijn ouders me wel schoenen konden leren maken. Sen kwam met het plan om een paar houten bijenkorven te maken en bijen te gaan houden, dan konden we de honing verzamelen en verkopen. De middelbare school was wel het laatste waar ze zich druk om maakten. Ze vonden het veel gezelliger als ik met hen optrok en niet op school zat.

Mijn oudste zus, Si, die inmiddels een mooie, welbespraakte dame was geworden, nam me mee voor een gesprek met het schoolbestuur, in een poging om ze ondanks de beslissing van de commune over te halen mij toch aan te nemen. De onderbouw viel onder een ander gezag, en in het verleden waren beslissingen van de commune weleens teruggedraaid.

Voor dit soort gelegenheden had ik altijd alles bij me wat in mijn voordeel zou kunnen werken: een pingpongbatje, mijn fluit, viool, eindrapport en rollen kalligrafie. Vaak moest ik ter plekke op de fluit of viool voorspelen, het vaakst op de viool omdat niemand dat instrument ooit eerder had gezien. Er werd steevast geapplaudisseerd voor mijn spel, en ik voelde me net een hond die kunstjes deed, maar het antwoord luidde altijd hetzelfde: een veelbelovende kandidaat, maar het etiket 'landheer' bleek telkens een onoverkomelijk struikelblok. Ik had de volgende dag in het tafeltennisteam van de school kunnen zitten, en ze zouden het geweldig hebben gevonden om mij als de eerste violist in het schoolorkest te hebben, maar sorry. De leden van het schoolbestuur waren bevriend met de mensen van de onderwijsraad van de commune. Er was meer nodig dan een goede, veelbelovende leerling om de bergen van de bureaucratie te verzetten.

Mijn vader besprak met mijn nicht Yan de mogelijkheid om me naar haar afgelegen schooldistrict op het eiland Milon te sturen. Ze wilde het best proberen, maar op dat moment had ze problemen met het schoolbestuur, en op de lange duur zou het niet gunstig voor me zijn.

Mijn moeder bad dag en nacht, beloofde Boeddha drie kippen en vier biggetjes als de middelbare school me aannam. Zelf beloofde ik wel duizend voetvallen. Op een gegeven moment kwam er via een ongebruikelijk weg toch nog goed nieuws. Een vaste bezoeker van mijn vader, een boer die suikerriet verbouwde, vertelde terloops dat hij de vorige avond vers suikerriet van topkwaliteit bij de middelbare school had bezorgd omdat de bejaarde vader van de almachtige rector een beroerte had gehad. Hij kon alleen het sap van vers suikerriet binnenhouden. De rector was uit zijn doen en rusteloos en wist zich geen raad.

Ik was viool aan het spelen toen mijn vader mijn kamer binnen kwam stormen, iets wat hij nog nooit had gedaan als ik oefende, en hij zei: 'Jongen, ik denk dat je binnenkort naar school gaat.'

'Hoe kan dat? Wat geweldig!' Ik was zo opgewonden dat ik mijn viool bijna liet vallen.

Mijn vader vertelde het verhaal van de beroerte en voorspelde dat de rector hem uiterlijk de volgende dag zou consulteren. Zijn rotsvaste vertrouwen was altijd zijn winnende kaart. Ik geloofde hem.

Die avond tijdens het eten kwam een jonge docent van de middelbare school buiten adem bij ons aankloppen, en hij wilde mijn vader onder vier ogen spreken. Mijn vader nam hem mee naar de achterkamer. Vijf minuten later kwamen ze alweer naar buiten, en mijn vader vertelde ons dat hij direct naar de patiënt ging, want diens toestand was nog steeds kritiek.

We glimlachten heimelijk. Voordat hij de deur uitging, verontschuldigde hij zich tegenover de jonge leraar en liep hij nog even terug naar ons. Hij boog zich naar me toe om iets in mijn oor te fluisteren. 'Ik gebruik mijn naalden pas als de rector ja heeft gezegd.'

Ik knikte en voelde dat ik tranen in mijn ogen kreeg.

Hij was pas laat terug, maar wel met goed nieuws. Ik zou over een maand toegelaten worden op de middenschool, in de vierde groep van de eerste klas. Dat ik moest wachten, had te maken met het uitdrukkelijke verbod van de commune om mij toe te laten. Als alle commotie weer een beetje was weggeëbd, zouden ze me er tussendoor smokkelen. Ik bedankte mijn vader en sloop stilletjes naar de zolder, waar ik op mijn knieën ging zitten en duizend en vijf keer met mijn voorhoofd tegen de grond tikte. Die vijf extra waren bedoeld om het goed te maken als ik me had verteld.

Toen ik die avond naar bed ging, deed alles pijn, en ik lag met wijd open ogen in bed, te opgewonden om te kunnen slapen. Een insigne van de middenschool, rekenen, Engels, het schoolteam en het orkest. En geen slangen zoals Quei, Wang en Han meer.

Deze middenschool was de enige in de wijde omtrek en tien keer groter dan mijn lagere school. De mogelijkheden lonkten naar me. Eindelijk was de nachtmerrie van de lagere school voorbij.

12

'Jij bent die jongen die viool speelt, heb ik gehoord.'

'Ja. Wat wil je?' Ik keek op van mijn boeken en zag een goedgeklede jongen op me af slenteren. Zijn kleren waren allemaal even netjes, en hij droeg schoenen en sokken met een felgekleurd patroon, een zeldzaamheid in Gele Steen. Hij werd geflankeerd door een paar kleinere jongens, die breed grijnsden.

'Niets, niets, ik kom gewoon even dag zeggen.' Hij stak zijn hand uit, zodat zijn mouw omhoogschoof, en een gouden horloge glinsterde in de ochtendzon die door de ramen van ons lokaal naar binnen scheen. 'Ik ben I-Fei. Zullen we in de pauze een sigaretje roken?'

'Ik vind het best, I-Fei.'

'Je mag hem best "Mister Horloge" noemen, als je wil,' merkte een van zijn volgelingen lachend op.

I-Fei gaf de jongen met zijn elleboog een tik tegen zijn hoofd en ook een schop voor zijn achterste.

'Sorry, het spijt me,' zei de jongen en hij trok een mal gezicht naar mij.

Alweer zo een, dacht ik bij mezelf.

Tijdens het hele uur Engels drong er niets tot me door. Ik had de lessen een hele maand lang moeten missen, en ik kon geen touw aan de grammatica en uitspraak vastknopen. Steeds weer dwaalde mijn aandacht af naar de jongen die zich net aan me had voorgesteld, I-Fei. Ik vergat de hele tijd zijn naam. Het eerste kwartier van het lesuur had hij een paar keer op zijn horloge gespuugd en het zorgvuldig opgepoetst. Hij bleef het opwinden. Toen hield hij het horloge zo dat de ochtendzon in de ogen van een andere jongen werd gereflecteerd.

De leraar Engels was er niet blij mee. Hij vroeg I-Fei om te gaan staan en een paar simpele zinnen voor te lezen. Hakkelend deed I-Fei wat hem werd opgedragen, maar de Engelse taal klonk meer als een of ander Chinees dialect. De hele klas gierde van het lachen, vooral een groot meisje met een volle boezem dat achteraan zat. Ze lachte zo hard dat ze haar gezicht achter haar handen moest verbergen. I-Fei was duidelijk populair. Het lukte de leraar niet om hem voor schut te zetten; de extra aandacht leek hem juist te bevallen.

Na afloop van de les floot I-Fei naar me, hij maakte een gebaar met zijn hoofd, zei dat ik hem moest volgen en sprong vervolgens soepel uit het raam. Zijn volgelingen sprongen als twee aapjes achter hem aan. Waarom gingen ze niet gewoon door de deur, vroeg ik me af terwijl ik mijn boek dichtsloeg en in de lessenaar opborg. I-Fei stond buiten en knipoogde naar me, dus klom ik ook maar uit het raam.

Het was een echte rookpauze. Een hele rij jongens zat tegen de muur, en allemaal paften ze als schoorstenen. Kinderen zonder sigaretten zaten de leerlingen met rookwaar achterna, snakkend naar een trekje om hun behoefte aan nicotine in de korte pauze te bevredigen.

I-Fei haalde een vol pakje Vliegend Paard te voorschijn, mijn favoriete merk, en hield het me voor. 'Neem er maar een paar, Da.'

Ik keek hem aan en schudde mijn hoofd.

'Vrienden delen alles.' Hij staarde me doordringend aan.

'Helemaal waar.' Ik pakte er een paar, denkend aan mijn vrienden, die ik straks bij Yi zou zien.

Een van I-Feis volgelingen kwam erbij staan en hij griste een sigaret uit het pakje. I-Fei gaf hem een tik op zijn pols en een schop. 'Donder op, bedelaar!' riep hij.

Langzaam haalde ik een onaangebroken pakje Vliegend Paard uit mijn binnenzak. 'Laat me je gulheid beantwoorden, mijn vriend. Als je vrienden wilt zijn, rook er dan een van mij.'

I-Feis gezicht spleet in tweeën door een grijns en hij gaf een klap op mijn schouder. Hij trok een sigaret uit het pakje, en met een rode aansteker gaf hij eerst mij vuur en toen zichzelf.

Hij werd mijn beste vriend in onze klas. Zijn gewichtigdoenerij kwam voort uit de achtergrond van zijn familie. Zijn vader was de burgemeester van Han Jian, de op een na grootste stad van Putien. Zijn moeder was voorzitter van de vrouwenfederatie in een staatsfabriek waar onder andere suiker en olie werd geproduceerd. Het waren allebei gestaalde communistische kaderleden. Zijn ouders hadden het zo druk dat ze hem bij een tante hadden ondergebracht, waardoor hij een grote vis in een kleine vijver was geworden. Hij leefde van een astronomische maandelijkse toelage en kwam af en toe op een splinternieuwe fiets naar school, gewoon om indruk te maken op de meisjes. De leraren lieten hem met rust omdat zijn moeder de aanvoer van suiker en olie reguleerde; ze was synoniem met suiker en olie. Soms smeekten de slecht betaalde leraren I-Fei om voedselbonnen, want van hun schamele salaris konden ze zich producten als suiker en olie niet veroorloven.

Iemand had gezien dat de rector van de middelbare school op de eerste schooldag in zijn kantoor een sigaret rookte met I-Fei, duidelijk om de VIP-leerling welkom te heten. I-Fei bleef er grapjes over maken. Volgens hem zouden de docenten zijn nagels moeten manicuren.

Hij pikte de interessante leerlingen eruit en sloot dan vriendschap met ze. Zelfs de stoere jongens uit de bovenbouw begroetten hem als een oude makker. Hij sleepte mij overal mee naartoe en stelde me voor als zijn vriend. We waren even groot en hetzelfde gebouwd, en al snel droegen we ook hetzelfde kapsel. Ik vroeg mijn moeder zelfs of ik sokken mocht dragen, een reusachtige stap voor iemand die altijd alleen maar blote voeten gewend was geweest.

Mijn moeder bleef zeggen dat ik mijn best moest doen om goede cijfers te halen en indruk te maken op de leraren, maar het was een enorme puinhoop op mijn school. Ik was een keer na de les naar mijn leraar Engels toe gegaan om hem te vragen hoe ik de gemiste lessen kon inhalen. Hij was een jaar of vijfenzestig en een zware roker. Ik vertelde hem dat ik graag Engels wilde leren. Hij haalde een lelijke oude pijp te voorschijn, stopte er een pluk tabak in en begon te roken. Puf, puf. De tabak siste. Opeens kreeg hij een hoestaanval. Hij stikte er half in, zijn gezicht werd rood en zijn longen gierden als een kapotte blaasbalg. Ik dacht dat hij ter plekke dood neer zou vallen, maar hij bleef zich aan zijn bureau vasthouden.

'Hoe heet je?' Hij had een rasperige stem en zijn ogen staarden me aan als dode oesters.

'Chen Da,' antwoordde ik. 'Zal ik de verpleegster voor u halen?'

Hij schudde zijn hoofd. Puf, puf. 'Chronisch. Dit is niet gezond,' zei hij, kijkend naar zijn pijp.

Nee, natuurlijk is dat niet gezond, dacht ik. Die pijp wordt nog eens uw dood. Misschien is het zelfs al te laat. Ik werd me bewust van het pakje Vliegend Paard in mijn achterzak en nam me voor om op te houden met roken.

'In welke klas zit je?'

'De eerste, in groep vier,' zei ik. Hij had me pas vier keer gezien.

'Wil je de gemiste lessen inhalen?'

'Heel graag.'

'Ik heb een zieke vrouw. Ze is nog zieker dan ik.'

Dat kan geen probleem met haar longen zijn, dacht ik.

'Longkanker.'

'Wat naar, meneer.'

'Er is meer.' Puf, puf. Ik kon haast horen dat de bittere rook zijn longen met borrelende pus vergiftigde. Geen prettig geluid, die piepende ademhaling.

'Mijn zoon zit in de gevangenis.' De oesterogen keken me aan. 'Diefstal.'

'Wat vervelend.'

'En mijn dochter.'

Ik had er schoon genoeg van. Ik zou weg zijn gegaan als die oesterogen me niet zo smekend hadden aangekeken.

'Ze zit nog op de lagere school.'

'Dat lijkt me positief.'

Zijn doodse ogen werden groter. 'Ze is zestien.'

Ik was sprakeloos. Deze leraar had meer hulp nodig dan ik.

Tijdens natuurkunde slenterde I-Fei de klas uit, hij rookte een sigaret en kwam weer terug. De leraar staarde hem aan maar zei niets.

'Mag dat?' vroeg ik hem na school.

'Ze kunnen je niet tegenhouden. Als je tegen ze zou zeggen dat natuurkunde corrumpeert en een bourgeois van je maakt, kunnen ze niets zeggen. En als ze wel iets terugzeggen, kunnen ze maar beter op hun woorden letten.'

'Bedoel je dat de leerlingen de baas zijn over de leraren?'

'Zo zou je het kunnen noemen. Mijn vrienden in de bovenbouw hebben de leraar laatst het lokaal uit geschopt. Uiteindelijk moest hij zijn excuses aanbieden.'

Geen wonder dat de leraren geen belangstelling hadden voor mijn problemen.

Halverwege het trimester zat ik in het tafeltennisteam van de school en ook in het orkestje. Drie keer per week speelde ik na school tafeltennis, en de andere dagen speelde ik fluit en, zo goed en zo kwaad als het ging, viool, en ik repeteerde met het orkest voor een groots opgezet toneelstuk van zeven bedrijven.

De andere leerlingen vonden mijn viool iets verbijsterends. 'Het schouderding' werd hij genoemd. Er verdrongen zich altijd wel een paar nieuwsgierige gezichten voor de ramen van de repetitieruimte. Tegenwoordig was er een bezienswaardigheid bij, afgezien van de knappe meisjes die in het stuk speelden.

Al snel was ik geen onbekend gezicht meer tussen de tweeduizend andere leerlingen. I-Fei noemde me altijd 'de violist' als hij het over me had. Op een dag beklaagde hij zich erover dat ik geen tijd meer voor hem had en dat hij zich verveelde.

'Waarom doe je geen auditie als acteur? Je bent een knappe gozer,' zei ik tegen I-Fei.

'Ik kan niet acteren. Het is gênant.'

'Ik heb een ander idee,' zei ik. 'Ik was laatst in de bergruimte, en ik zag een accordeon die daar ligt te verstoffen. Als je een beetje op dat ding leert spelen, kun je meedoen. Ze vinden het altijd prachtig om westerse instrumenten te hebben in het orkestje. Hoe denk je dat ik erbij ben gekomen?'

Hij keek naar zijn voeten en schopte in het stof. 'Ik weet niets van muziek,' bekende hij beschaamd.

'Dan moeten we iemand zien te vinden die het je kan leren. Volgens mij kun je snel genoeg op de achtergrond meespelen.'

Het idee sprak hem duidelijk aan. 'Maar wie kan me lesgeven?'

'Ik heb een idee.'

Ik wist meneer Ma, de muziekleraar die verantwoordelijk was voor de toneeluitvoering, over te halen en haalde die middag de stoffige accordeon uit de berging. I-Fei poetste het instrument die avond op totdat het glom als een zwaard.

De volgende dag fietste hij naar school met de accordeon op de bagagedrager, en ongeduldig reed hij rondjes om de school totdat ik klaar was met de repetitie. Zodra ik naar buiten kwam, gingen we naar Heng Tang, ik achterop.

Soong vond het leuk om me te zien. Zijn moeder was weer eens weg.

'Nog een spoedcursus,' zei hij. 'Gelukkig weet ik er wel iets van af, maar ik speel het lang niet zo goed als de viool.'

Hij liet I-Fei zien hoe een en ander werkte, en het duurde niet lang of I-Feis nog onwennige vingers gingen over de rammelende knopjes.

Onderweg naar huis na de eerste les gedroeg I-Fei zich als een gokker die net flink heeft gewonnen. 'Wat is die meester Soong een aardige kerel.'

'Nou, en of.'

'Ik ga mijn best doen om snel te leren. Denk je dat er iets is waarmee ik hem kan terugbetalen?'

'Misschien kun je een vrouw voor hem vinden.'

'Olie en suiker is makkelijker. Daar is hij vast ook blij mee.' Het waren allebei schaarse producten.

'En verder?'

'Ik weet het nog niet. Ik zal erover nadenken.'

Twee weken later kwam I-Fei bij het orkest. Hij zat achter me tussen de twintig anderen, verre van zeker over de knoppen en de muziek, maar hij was handig genoeg om laat in te zetten en vroeg op te houden, zodat niemand hem erop kon betrappen dat hij de verkeerde noten speelde. Van een afstand zagen zijn bewegingen er heel overtuigend uit. Omdat ik vlak voor hem zat, hoorde ik steeds het puffende geluid van een lek in het instrument, een beetje zoals de ademhaling van de leraar Engels. Elke dag leerde ik hem voor de repetitie de partituur, en dan neuriede hij eindeloos de melodieën. Het was alsof hij zijn roeping had gevonden.

Ik was trots op hem en vond het erg gezellig dat hij meedeed. Hij vond het op zijn beurt fijn dat hij erbij hoorde.

'Heb je het gehoord?' vroeg I-Fei me op een dag toen we naar de repetitieruimte liepen. Hij was duidelijk kwaad.

'Wat?'

'Er stond daar een jongen die je uitschold. Hij noemde je de zoon van een landheer en nog veel meer.' Zijn gezicht gloeide.

'Wie was het?'

'Een magere kleine rat uit groep een. Hij heet Han of zoiets. Doe je er niets aan?' Hij plantte zijn handen in zijn zij.

'Het is mijn vroegere vijand van de lagere school.'

'En jij laat hem gewoon zijn gang gaan?'

'Ik reken later wel met hem af.'

'Niet later.' Hij staarde me aan. 'Nu.'

'Ik wil hier geen scène maken.'
'Dan doe ik het. Laten we gaan.'
'Niet nu. Je begrijpt het niet.'
'Ik begrijp het juist wel. Vroeger werd je gepest. Dat laat ik hier niet gebeuren.'
Hij marcheerde voor me uit naar een klein opstootje. 'Jij houdt je gedeisd,' zei I-Fei op gedempte toon, 'en je doet wat ik zeg.'
'Wat ga je doen?' De angst dat ik van school getrapt zou worden, spoelde over me heen.
Hij gaf geen antwoord. Ik zag dat hij recht op Han af liep, en Han hield op met lachen en draaide zich om naar I-Fei.
'Je scheldt me achter mijn rug uit, vieze smeerlap,' schreeuwde I-Fei. Hij spuugde naar Han en zwaaide met zijn vuisten.
'Ik had het niet over jou,' zei Han. 'Ik had het over hem.' Hij wees op mij.
'Dat is niet waar. Ik heb het zelf gehoord.' Hij kwam dichterbij staan en zijn ogen puilden uit. Hij begon Han te duwen, en Han duwde terug.
'Kom op, Da,' riep I-Fei naar mij. 'Die rat heeft net bekend dat hij ons allebei uitscheldt. Hoe durf je!'
Het bloed stroomde naar mijn hoofd en ik stond te trillen op mijn benen. De pijn van vroeger was terug.
'Kom op, Da!'
Opeens verdween mijn angst als sneeuw voor de zon en ik gaf Han een vuistslag tegen zijn slaap. Hij wankelde naar achteren. I-Fei trapte tegen Hans onzekere benen en dook boven op hem. Han viel op de grond. Gejuich steeg op uit de meute.
Mijn benen vlogen en ik schopte hem tegen zijn borst en in zijn kruis. Hij gilde. I-Fei hield zijn hoofd tegen de grond. Ik sprong op hem en sloeg hem totdat ik in tranen was en helemaal uitgeput. We lieten hem gaan. Han krabbelde overeind als een hond die door een auto is geraakt, en hij hinkte weg, onder de modder en het zweet en met een betraand gezicht.
'Waarom huil jij nou?' vroeg I-Fei verbaasd aan mij.
'Ik ben blij.' Ik veegde mijn wangen af. 'Bedankt.'
'Van nu af aan durft hij je niet eens meer aan te kijken.'
Die avond riep meneer Ma ons bij zich op zijn kantoor en hij gaf ons een fikse uitbrander. Ik zei dat het mijn schuld was, maar I-Fei beweerde dat hij de aanstichter was geweest. Meneer Ma zei dat we allebei uit het orkest gezet zouden zijn als de generale re-

petitie van het revolutionaire drama niet op handen was geweest. We probeerden ons lachen in te houden toen we bij hem weggingen.

Tegen nieuwjaar was de voorstelling klaar. We hadden al vijftien boekingen voor die vakantie, voornamelijk in kleine dorpen die tot de commune van Gele Steen behoorden. Ons stuk ging over een leerlinge van de middelbare school, een echte boekenwurm, die geholpen door de Rode Garde in het revolutionaire kamp terecht was gekomen. Ze werd een Rode Gardist en verbrak haar vriendschap met een contrarevolutionair die haar jonge geest met intellectuele studies probeerde te corrumperen. De gehele cast bestond uit ongeveer vijftig personen, leraren meegerekend. Het stuk was niet veel soeps, maar in een dorp waar misschien een keer per jaar een film werd vertoond, was elke vorm van vermaak reden voor een feestje, vooral als het samenviel met nieuwjaar.

Een paar dagen voor nieuwjaar werden we uitgenodigd om op te treden in Ding Zhuang, het dorp waar mijn verre neef Wen Qui woonde en waar ik me jaren daarvoor eens had schuilgehouden. Nu was het tijd voor een blije hereniging.

's Ochtends stuurde het dorp tractoren om ons op te halen. We zaten als haringen in een ton achterop en zongen de hele weg. Kleine kinderen kwamen ons enthousiast begroeten. 'De jongens en meisjes van de muziek zijn er!' riepen ze.

De leden van het orkest hadden telkens tot taak om alle gordijnen op te hangen, laag na laag, en de requisieten klaar te zetten. In Ding Zhuang speelden we op een podium op het centrale plein, in de open lucht. Op de vier hoeken werden stevige stokken van bamboe geplaatst. I-Fei en ik klommen erin en maakten de gordijnen eraan vast die anderen ons aangaven, en weer anderen sjouwden de zware requisieten het toneel op. Leraren schreeuwden naar ons omdat we voor de lol capriolen uithaalden in de lucht. Daarna hielpen we de technici met de lampen.

Dorpelingen hadden inmiddels hun eigen stoelen op het onverharde plein klaargezet om een goed plekje te bemachtigen, sommigen zelfs al de dag ervoor. Voor de kinderen was het de spannendste gebeurtenis in tijden. In het hoofdkwartier van het dorp, waar we die nacht allemaal zouden slapen, was een grote keuken ingericht om een feestmaal klaar te maken.

'Drie lekker vetgemeste varkens en ander eten in overvloed,' had het dorpshoofd trots aangekondigd. 'Jullie kunnen eten zoveel jullie willen.' Hij deelde sigaretten rond op een dienblad, ook aan de leerlingen. Meneer Ma keek ons als een afkeurende ouder aan en griste ze ons weer uit handen.

Die middag ging ik op bezoek bij mijn neef Wen Qui. Ik nam mijn viool mee.

'Welkom, welkom,' zei Wen stralend van blijdschap. 'Wat een verrassing. Ik had geen idee dat je zou komen, ik wist alleen dat je op de middelbare school zat.' Wen zag er een paar jaar ouder uit en hij had tegenwoordig een ruige snor. Zijn vrouw klopte me liefhebbend op mijn schouders.

'Ja, ik zit op de middelbare school, en ik speel viool.'

'Je bent precies je vader. Mooi zo. Speel eens wat voor ons.'

Ik speelde een simpele melodie, en ze luisterden aandachtig.

'Ik kan wel zien dat het goed met je gaat. Je maakt zelfs propaganda voor de school. Het doet me aan vroeger denken, toen je je hier moest verstoppen,' zei mijn neef weemoedig.

Zijn vrouw had tranen in haar ogen, maar ze glimlachte en hield mijn handen in de hare.

'Hoe gaat het op school?'

'Ach, tegenwoordig neemt niemand het serieus. Daarom doe ik dit ook.' Ik speelde een paar noten op mijn viool.

'Maar daar kun je je brood niet mee verdienen, tenzij je veel talent hebt.'

Ik zei niets.

'Het is natuurlijk leuk, zingen en dansen, en lekker eten – en waarschijnlijk rook je ook. Ik heb het zelf ook allemaal gedaan.' Wen Qui keek naar zijn vrouw, die hem glimlachend aankeek. 'Maar je moet wel je best doen op school en zoveel mogelijk leren.'

'Wat heb ik daar nou aan?'

'Wat je eraan hebt?' zei hij. 'Kennis! Dat kan niemand je meer afpakken. De tijden zullen veranderen, en dan heb je er spijt van.'

Ik bleef zwijgen. Ik was gekomen om met mijn favoriete echtpaar over mijn spannende leven te praten, mijn muziek en mijn vrienden. Hij had net een emmer koud water over mijn hoofd gekiept.

'Wen zegt het alleen omdat we van je houden,' voegde zijn vrouw er lief aan toe. 'Je bent een slimme jongen. Vergooi je talent niet.'

'Het is fijn om een hobby te hebben, maar werk ook hard voor school. Later zul je me dankbaar zijn.'

Die avond zag ik Wen en zijn vrouw tussen het publiek zitten. Zoals hij had gezegd, had hij het in zijn jeugd allemaal zelf meegemaakt. Ik geloofde hem, ik vertrouwde hen allebei.

Na het feestmaal van die avond maakten I-Fei en ik een wandeling over het donkere pad.

'Wat wil jij later gaan doen?' vroeg ik.

'Dat weet ik nog niet,' zei I-Fei. 'Ik kan voor mijn moeder gaan werken, met olie en suiker, net als zij. Maar mijn vader vindt dat ik chauffeur moet worden.'

'Waarom?'

'Dan verdien je het meest. Alleen slagers verdienen meer.' Ja, op de zwarte markt.

'Wil je niet studeren?'

'Ik ben niet van plan om een stinkende intellectueel te worden. Ik kom uit een revolutionaire familie. Wat wil jij later worden?'

'Violist. Ik wil solo's spelen voor een publiek van duizenden fans. Ik wil met een vliegtuig reizen, mooie pakken en dassen dragen, en ik wil dat vrouwen aan mijn voeten in katzwijm vallen.'

I-Fei lachte zich een kriek. Ik gaf een klap tegen zijn rug en hij bleef staan. Maar ik was het wel met hem eens dat het een idiote droom was.

'Daar kan ik je niet bij helpen,' zei hij, uiteindelijk weer ernstig. 'Als je leraar zou willen worden of zo, zou mijn vader je kunnen helpen bij het vinden van een baan.'

'Ik heb zijn hulp niet nodig. Ik ga heel hard studeren, dan kan ik het zelf.'

'Studeren? Ben je niet goed bij je hoofd?'

Ik knikte koppig.

Hij bood me een sigaret aan. Voor het eerst weigerde ik.

'Wat heb jij opeens?'

'Niets. Ik heb gewoon geen trek in een sigaret.'

Hij stak er zelf een op. Ik trok de sigaret uit zijn mond en vertrapte hem op de grond. Hij probeerde me te grijpen, maar ik had het al op een lopen gezet. We renden terug naar het hoofdkwartier. De hele weg terug bleef ik de glimlachende gezichten en hoopvolle ogen van Wen en zijn vrouw voor me zien.

13

Op de negende dag van de negende maand in het jaar 1976 overleed voorzitter Mao als een gewone sterveling. Bijgelovige boeren beweerden dat negen het cijfer van een keizer was, en dat de hemel had besloten hem als keizer te laten sterven. Het kan toeval zijn geweest, maar in de tien dagen na zijn dood kwam de zon in Gele Steen niet één keer achter de wolken vandaan. Er werd gezegd dat de zon rouwde om het verlies van een groot leider, maar volgens mijn vader was de lucht van slag doordat Mao niet eerder dood was gegaan. Een leider, hoe slecht hij ook was geweest, was een bijna bovenmenselijke figuur. Confucius had de mensen geleerd om de keizer onvoorwaardelijk te gehoorzamen. Mao had deze traditie voortgezet. In de dagen na zijn dood kwamen de mensen in groepjes bij elkaar, in de velden en onder de bomen, en er werd zacht en mysterieus gefluisterd alsof de hele natie een ramp te wachten stond.

Mijn vader en moeder drukten me op het hart om vooral op te passen met wat ik zei. Niemand mocht denken dat wij, de vijanden van Mao, blij waren met het nieuws. De leiders van de commune zouden ons compleet kapotmaken voordat het systeem kon veranderen. In deze periode van rouw vormden we een makkelijk doelwit voor hun toorn. Mogelijk werd de staat van beleg afgekondigd, misschien brak er zelfs wel een burgeroorlog uit, waarschuwde mijn vader.

De leiders en kaderleden van onze commune hielden lange bijeenkomsten, en er werd beweerd dat er dan door sommige mensen zo lang werd gehuild dat ze flauwvielen. Er heerste een gevoel dat de gouden dagen voorbij waren en dat niemand wist wat de toekomst brengen zou.

Iedereen in onze straat droeg een zwarte band om zijn of haar rechterarm. Dag en nacht drongen de sombere, huilerige klanken van Mao's begrafenismuziek uit tijdelijke luidsprekers tot in de stoffigste hoekjes van Gele Steen door. Nooit was het stil.

Bijgelovige boeren diepten spookverhalen op die ik nooit eerder had gehoord. Ze zeiden dat Mao een duivelse zoon van de hemel was geweest die verwoestingen had aangericht op aarde en nu gedurende negen levens gestraft zou worden. Sommige mensen beweerden zelfs dat ze 's nachts gelach hadden gehoord op plaatsen waar vroeger boeddhistische tempels hadden gestaan, tempels die door Mao's revolutionairen kort en klein waren geslagen. Voor het eerst van mijn leven hoorde ik mensen over geesten praten alsof ze bij ons bestaan hoorden en tot leven kwamen als wij sliepen. Alleen de mensen die last hadden van slapeloosheid konden de geesten zien en horen wat ze zeiden.

Maar Boeddha was niet de enige die lachte. Ik zag de onmiskenbare blijdschap in de ogen van mijn ouders. Als de kinderen naar bed waren, fluisterden en lachten ze in het donker. Op een nacht hoorde ik ze achter de dichte deur van hun slaapkamer praten over het land en de huizen die onze familie kwijt waren geraakt. Toen ze mijn aarzelende voetstappen hoorden, deed mijn vader de deur langzaam open, hij knipoogde naar me en vroeg me naar mijn eigen kamer te gaan.

In het hele land werden rouwbijeenkomsten gehouden op hetzelfde moment als Mao's begrafenis. De inwoners van Gele Steen kwamen met duizenden tegelijk bijeen op een groot plein, alleen gekleed in wit en zwart.

Het was alsof de kloof tussen de Rode families en de families van de landheren door Mao's dood nog groter was geworden. Ik kreeg van de schoolleiding te horen dat ik de plechtigheid niet mocht bijwonen; familieleden van landheren waren niet welkom. Ik voelde me vernederd, verdrietig en verward. Sinds ik op een nieuwe school zat, had ik het gevoel dat ik opging in het systeem. Nu kreeg ik te horen dat ik niet mocht rouwen om onze afschrikwekkende leider, de enige leider die ik kende. Voor mijn gevoel deed geen enkele andere leider ter zake, of Mao nou goed of slecht was geweest. Mij was geleerd dat ik hem niet mocht analyseren omdat hij wijzer was, sterker nog, er was niemand wijzer dan hij. Ik moest hem volgen en met heel mijn hart van hem houden. Als kleine jongen had ik een keer zo vaak 'Lang leve voorzitter Mao!' gescandeerd dat ik er de volgende dag hees van was. Hoewel de generatie van mijn ouders hem haatte, had ik hem op mijn eigen manier omarmd. Ik wist niet beter.

Mijn leven was versmolten geweest met de Mao-cultus, en ik vond het enorm pijnlijk dat ik nu van deze belangrijke gebeurtenis werd uitgesloten. Ik wilde afscheid van hem nemen, van de dode Voorzitter Mao, maar ik mocht zelfs geen zwarte band dragen.

Ik zat thuis terwijl de mensen door de straat naar het plein marcheerden. Mijn vader zei dat er toch geen lol aan te beleven was en dat hij er zelfs niet naartoe zou zijn gegaan als hij ervoor was betaald. Oersaai, zei hij. Die dikzak had al veel eerder dood moeten gaan. Mijn moeder snoerde hem snel te mond. Hij trok een gezicht en ging een grote pot rode thee zetten, rolde een dikke sigaret, en strekte zich met een oud medisch boek uit in zijn lekker luie schommelstoel, zijn favoriete manier om zich te ontspannen. Hij was een tevreden man.

Tien minuten voor de begrafenis kwam een patiënt van mijn vader onderweg naar de plechtigheid bij ons langs, en mijn vader schonk hem een kop thee in.

'Ik heb helemaal geen zin om zo lang op het plein te moeten staan,' zei hij. 'Veel te pijnlijk voor mijn voeten.' Somber en triest keek hij naar mij. 'Jongeman, je mag mijn zwarte band hebben, dan kun je op mijn plek gaan staan.'

Ik veerde overeind uit mijn stoel, pakte zijn band aan en rende zo snel mijn voeten me dragen konden naar het plein, dat door ernstig kijkende burgerwachten werd bewaakt. Ik voelde me net een dief toen ik met mijn hoofd omlaag het plein op glipte en bekende gezichten ontweek.

Tot mijn verbazing waren er mensen die rookten en grapjes maakten met elkaar terwijl ze wachtten op het begin van de massale herdenking. Ik waadde tussen de drommen mensen door totdat ik eindelijk de dorpelingen van mijn vaders patiënt had gevonden. Ze zaten aan de rand van het onverharde plein in het gras of deden een dutje. Er waren huilende kinderen bij en tandeloze oude mensen. Ik was diep onder de indruk van zoveel toewijding, totdat een man die naast me in het gras lag me vertelde dat zijn brigade hun deelname als een dag werk op het veld telde en dat ze per persoon werden betaald, zelfs de kinderen.

Mijn vader had gelijk gehad. De plechtigheid was lang en saai. Het levensverhaal van Mao, de lange lijst van zijn titels, grafmuziek en stilte. Er werd verteld dat het op dat moment in het hele land stil was, dat zelfs belangrijke machines waren uitgeschakeld. De treinen stonden stil. Voor mijn gevoel was het hele land stil en triest, behalve mijn vader. Ik zag voor me dat hij op zijn dampende thee blies voordat hij een slokje nam en na elk trekje van zijn sigaret de tabakskruimels uit zijn mond spuugde, zijn benen bungelend over de rand van de stoel. Ik glimlachte toen ik aan hem dacht.

Een tijd later zag ik op een dag onderweg naar huis van school een grote menigte op het marktplein. Een jonge kerel was met een grote kwast karakters op een witte muur aan het schilderen: WEG MET DE BENDE VAN VIER!

Wat was de Bende van Vier?

Ik ging dichter bij de menigte staan om beter te kunnen kijken. De man schreef vier namen op, en iedereen was even verbaasd.

JIANG QING, (VOORHEEN BEKEND ALS MEVROUW MAO), YIAO, ZHANG EN WANG.

Dat was onmogelijk. Hoe kon Mao's vrouw worden verguisd terwijl zijn beenderen nog warm waren? Mao's vrouw had het land bestuurd vanaf het moment dat Mao ziek was geworden. De regering wordt overgenomen, dacht ik geschrokken. Misschien brak er echt wel een burgeroorlog uit, zoals mijn vader had gezegd. Ik holde naar huis en vertelde mijn vader buiten adem het nieuws.

'Weet je het zeker?' vroeg hij me. 'Ze kunnen je in de gevangenis gooien als je valse geruchten verspreidt.'

Ik vertelde hem dat ik het echt niet had verzonnen. Hij riep mijn moeder en deed de deur achter zich dicht. Ik kon ze horen fluisteren, en ze lachten alweer.

Die avond werd het verbijsterende nieuws bevestigd door de fietsers, die overdag mensen tussen de steden Putien en Gele Steen vervoerden, voor dertig fen per rit. Ze vertelden dat de namen van de Bende van Vier in de straten op het wegdek werden geschreven en vervolgens doorgekruist. Er werden zelfs poppen gemaakt en verbrand. Om negen uur die avond hoorden we uit een krakende radio een bijzondere aankondiging van de centrale regering om te bevestigen dat de Bende, die had bestaan uit leidende figuren uit Mao's kabinet, was gevallen.

Kort daarna hoorden we dat de partijvoorzitter van de provincie Putien was gearresteerd en gevangen gezet, en dat een andere groep leiders de macht overnam. Twee dagen later verdwenen andere kaderleden naar de bergen. In de maanden daarna werden voormalige leiders massaal geëxecuteerd. Onder hen was ook de arrogante hoofdcommissaris van politie van Putien. Hij kreeg een kogel door het hoofd, en zijn zoon werd tot levenslang veroordeeld wegens corruptie, verkrachting en verduistering.

Op een dag liep ik van school naar huis en zag ik een grote meute voor het huis van de partijvoorzitter van de commune Gele Steen. Tussen het geroezemoes van stemmen kon je een kind horen snikken. Ik bleef staan, sprong op de kruk van een groenteverkoper en probeerde te zien wat er aan de hand was. Twee agenten smeerden lijm op de voordeur van het huis en plakten er een wit vel papier op. Ze verzegelden het huis, zoals ze dat een paar jaar daarvoor nog met de huizen van landheren en contrarevolutionairen hadden gedaan. De huilende jongen was de zoon van de partijvoorzitter, die gedwee naast een fiets met zijn spullen stond en met zijn mouw zijn ogen afveegde.

Ik vroeg een oude man wat er precies aan de hand was. Hij vertelde dat ze waren gekomen om de voorzitter te arresteren, maar dat hij die ochtend vroeg was gevlucht en zijn zoon had achtergelaten. Nu werd zijn huis verzegeld, en de jongen zou naar zijn grootvader worden gestuurd, in de bergen.

Nou, dacht ik bij mezelf, de voorzitter, die almachtige voorzitter, was inmiddels een voortvluchtige crimineel die zijn zoon in de steek had gelaten. Ik herinnerde me nog heel goed dat het joch vroeger in de gang van de school naar me had gespuugd en tegen mij had samengespannen met de leraar, La Shan, om mij van school te laten trappen. Waarschijnlijk had hij nooit gedacht dat dit hem zou kunnen overkomen. Ik dacht aan La Shan en hoopte stiekem dat hij ook opgejaagd zou worden, net als deze partijvoorzitter, wiens hielen hij altijd had gelikt.

Mijn vader was niet verbaasd over het nieuws. Hij zei dat we over niet al te lange tijd hetzelfde zouden kunnen doen als andere mensen – zoals naar school gaan en een baan zoeken. 'Knul, jij zou weleens geluk kunnen hebben,' hoorde ik hem zeggen, en ik knikte ongelovig

's Nachts droomde ik ervan om een echte kunstenaar te zijn en in een enorme concertzaal op te treden voor duizenden mensen. Overdag repeteerde ik samen met andere leerlingen een nieuwe voorstelling, ook eindeloos lang, waarmee de val van de Bende van Vier gevierd zou worden.

Dit keer liet meneer Ma, de artistiek leider, I-Fei en mij zelfs in het stuk spelen. Ik kreeg de rol van de voormalige minister van Cultuur, Yiao, en I-Fei speelde mevrouw Mao, twee leden van de Bende van Vier. We droegen allemaal maskers met een opening voor de mond. 's Ochtends gingen we naar school, en 's middags gingen we op tournee naar dorpen die soms kilometers ver weg waren, zodat we vaak pas om middernacht thuiskwamen. We werden in smalle boten over rivieren vervoerd als we in dorpen bij het water speelden, en de communes in de bergen stuurden luidruchtige tractoren om ons te halen en te brengen. Tijdens de voorstelling droeg ik vullingen op mijn buik om dik te lijken en lakschoenen die me twee maten te groot waren. Ik had maar weinig tekst. Het was I-Fei die de mensen telkens wanneer hij verscheen aan het lachen maakte. Hij droeg een lange pruik, een strakke rode jurk en hoge hakken, en hij deed een onnavolgbare imitatie van een fotomodel als hij liep, wiegend met zijn smalle heupen en slanke taille. Hij krulde zijn pink als hij een sigaret vasthield en duwde af en toe zijn borsten omhoog als de sponzen in zijn jurk te ver naar beneden waren gezakt. Hij praatte met een hoge, enigszins rasperige stem. In de coulissen knepen andere leerlingen soms in zijn billen – hij zag eruit als een beeldschone, rijpe vrouw.

Hij genoot zo van zijn rol dat hij als mevrouw Mao begon te lopen en te praten. Toen ik hem vroeg hoe het kwam dat hij zo goed een vrouw kon nadoen, vertelde hij dat hij zich als klein jongetje graag verkleedde in de kleren en schoenen van zijn moeder en dan haar manier van lopen imiteerde. Dat deed hij in de uren dat hij in zijn eentje thuis werd opgesloten, als zijn moeder de hort op was om haar revolutionaire werk als voorzitter van de vrouwenfederatie te doen.

Anderen hielpen me met mijn huiswerk en ik werd door niemand gepest. In die tijd was ik wat ik op de lagere school juist níet was geweest: populair. Toch zagen de leraren me als iemand die niet op school thuis hoorde. Ik was met alle vakken achter. Ze probeerden me niet te helpen, bemoeiden zich niet met me. Ik werd zo'n beetje vergeten. Ze beschouwden me als een hopeloos geval, dus ze vroegen nooit naar mijn huiswerk en stelden me tijdens de les nooit vragen. Ze wisten dat ik toch niets uitvoerde. Ik was altijd samen met I-Fei; we gingen eerder weg om te repeteren of kwamen juist laat terug. Een tijdlang genoot ik van dit leventje, want ik was eindelijk geworden wat ik op de lagere school altijd had willen zijn. Er lagen niet achter elke hoek vijanden op de loer die elke dag nieuwe rotgeintjes met me uithaalden. Ik werd gerespecteerd en had veel vrienden, kinderen die zelf ook populair waren. Ik was mijn eigen baas. Ik hoefde voor niemand bang te zijn, ik hoefde niet te vechten. Ik voelde me veilig en evenwichtig.

Toch begon ik al snel een leeg gevoel te krijgen. Ik had leren altijd fijn gevonden en wist wat het was om de beste van de klas te zijn. Ik wist hoe het voelde als leraren goedkeurend naar je glimlachten, en mijn ouders hadden me altijd respect voor leraren bijgebracht. Het was een leuke tijd voor me, hoewel ik toch het gevoel had dat ik iets bijzonders vergooide.

Op school bespraken leraren plannen om het vroegere systeem voor hoger onderwijs in ere te herstellen. Tijdens de Culturele Revolutie waren de universiteiten gesloten, of er werd via een corrupte selectieprocedure alleen een klein aantal studenten uit politiek correcte families toegelaten. Als docenten dit onderwerp ter sprake brachten, zeiden ze weleens dat zelfs musici andere dingen moesten leren als ze naar het conservatorium wilden, en dan keken ze veelbetekenend naar mij.

Hoe meer zij het over studeren hadden, des te vaster ik me voornam om kunstenaar te worden, juist omdat ik het op school zo slecht deed. Ik was ervan overtuigd dat een academische toekomst niet voor mij was weggelegd. Ik moest iets anders met mijn leven doen.

Op een dag in de winter rende Mo Gong naar ons huis en hij vertelde me buiten adem dat een provinciaal gezelschap audities hield voor acteurs en mensen die een muziekinstrument bespeelden. Ik was zo opgewonden dat I-Fei en ik de volgende dag op zijn fiets naar Putien reden, zodat ik me op kon geven voor de auditie. In de dagen daarna diepte mijn vader oude partituren op, klassieke stukken die twintig jaar lang verboden waren geweest. 'De muziek van de Rode Garde is voorbij,' zei hij tegen me. 'Kies een van deze stukken voor je auditie.' Hij begreep mijn gevoelens en waardeerde mijn liefde voor muziek. Hij was per slot van rekening degene die me had aangemoedigd.

Zijn vrienden hoefden maar een terloopse opmerking te maken of hij haalde me over om iets voor ze te spelen op mijn viool, 'het westerse instrument'. Mijn vader legde dan de functie van de vier snaren uit en liet horen welke verbijsterende klanken aan zo'n klein instrument ontlokt konden worden. Zelf speelde hij af en toe klassieke Chinese volksmuziek op bruiloften met zijn orkestje, en soms vroeg hij me mee – waarschijnlijk was ik de eerste die deze duizenden jaren oude melodieën op een dergelijke instrument speelde. Meestal overstemden de traditionele instrumenten, gong, trommel en fluit, het ijle geluid van mijn viool.

Soong had me gewaarschuwd voor de verleiding om alles op de viool te spelen. Hij vond het onbegrijpelijk dat ik die stomme traditionele muziek kon spelen op iets waar zo veel schitterende meesterwerken op waren gespeeld. Hij zei dat het mijn stijl zou verpesten, maar ik had niet naar hem geluisterd. Ik wilde mijn vader graag blij maken. Hij was trots op me omdat ik de enige van zijn vijf kinderen was die net als hij vroeger een instrument bespeelde. Het schiep een band tussen ons.

Nu de klassieke romantische stukken weer in de mode raakten, zoals mijn vader al had voorspeld, concentreerde ik me voor de auditie op mijn fluit, niet op de westerse viool. Drie dagen lang studeerde ik drie korte klassieke stukken in, geholpen door mijn vader. Het was zijn terrein en hij speelde meesterlijk. Hij wist met de subtiele trilling van een vinger of het doseren van de lucht de ware geest van de muziek te vangen. Nadat hij het stuk had voorgespeeld, oefende ik net zo lang totdat ik me de melodie eigen had gemaakt. Zijn stijl was sterker dan de mijne; ik speelde ruwer, minder verfijnd, minder bloemig. Zijn manier van spelen deed me denken aan vroeger, toen de keizers in hun luxueuze paleizen luisterden naar fluiten van jade en krijgers te paard met lange zwaarden ten strijde trokken. Ik wilde dat ik ook maar een tiende zo goed speelde als hij.

Op de dag van mijn auditie fietste mijn zus Si bij zonsopkomst met mij achterop naar Putien. Daar sloten we aan bij een lange rij anderen en aten we de koude, gedroogde yams die we als ontbijt hadden meegenomen. Naarmate de rij korter werd, begonnen mijn tanden steeds erger te klapperen. Elke vijf minuten moest ik naar de stinkende wc rennen om er een paar druppels uit te persen. Si zag hoe nerveus ik was, dus zei ze tegen me dat ik nog heel jong was en het altijd nog een keer kon proberen als het dit keer mislukte. Ik dacht aan mijn vrienden en I-Fei. Als zij erbij waren geweest, zouden ze een lekkere sigaret voor me hebben aangestoken, ze zouden me een schop voor mijn achterste hebben gegeven en me aan het lachen hebben gemaakt. Ik snakte naar een sigaret, maar was bang dat ik tijdens het spelen een hoestaanval zou krijgen.

Om rustiger te worden, sloot ik mijn ogen en zei ik in gedachten een paar woorden tegen alle goden voor wie ik duizenden keren had gebeden. Nu had ik er spijt van dat ik mijn broer en zussen geld had gevraagd om voetvallen voor hen te maken. Waarschijnlijk zouden de goden me vandaag een lesje leren, een lesje dat ik nooit meer zou vergeten. Ik bad dat ze me pas later voor mijn hebberigheid zouden straffen.

Toen mijn nummer werd afgeroepen, klopte mijn zus me op mijn rug en liep ik langzaam naar de zaal. Het was een klein oud theater. Het geluid van mijn voetstappen klonk hol. Voor me zaten zes van de beroemdste musici van de hele provincie.

Meester Dong, een grote vis die in een kleine stad was gestrand, was de enige die aan het conservatorium van Fuzhou had gestudeerd. Hij droeg een bril op het puntje van zijn neus en keek me met zijn lodderige ogen zonder een greintje belangstelling aan. Ding, de beroemde operazangeres uit Putien, vijlde haar nagels. Fluitist Min, de beste van de provincie, die bekend stond om zijn lange adem en uitzonderlijk grote testikels, hing als een zoutzak in zijn stoel. Drummer Jia las een oude krant, en regisseur Liao, een man met een baard, rookte een pijp en vocht vergeefs tegen de verveling.

Ik voelde me klein en waardeloos.

'Welk instrument ga je spelen?' vroeg fluitist Min. 'Toch niet weer een fluit?'

Ik hoopte dat hij een grapje maakte.

Ik knikte en kondigde de titel van mijn stuk aan. 'Een reisje naar Gu Su,' mompelde ik, nog steeds met klapperende tanden.

Honderden mensen drukten hun neuzen tegen de ramen om naar de kandidaten te kijken, en onder deze omstandigheden viel het niet mee om de sfeer van een sereen meer met wuivende wilgen in het maanlicht op te roepen, zoals mijn vader me had aangeraden om in de juiste stemming te komen. Ik speelde een romantische, melodieuze solo, een muziekstuk over een eenzame jonge man die op een prachtige nacht langs een meer loopt op zoek naar liefde.

Ik kon alleen nog maar denken aan het bezorgde gezicht van mijn zus toen ik naar binnen ging, aan de stank in die wc, de gezichten voor het raam en de muziekleraar die bijna in slaap viel. Ik sloot mijn ogen en blies de eerste noot. De fluit klonk krakend en droog, dus begon ik overnieuw. Het was een moeizame tocht tegen een steile heuvel. Ik had het gevoel dat ik helemaal geen lucht kreeg. Na een paar lange maten voelde ik het piepen van mijn longen. Mijn hart bonkte als een rat in een ijzeren kooi.

Vanuit mijn ooghoeken zag ik de opgetrokken neus van fluitist Min. Waarschijnlijk vond hij mijn spel niet om aan te horen. Ik was ervan overtuigd dat ik mijn kansen al met de eerste paar noten had verspeeld. Ik dwong mezelf om met mijn ogen dicht aan de vredige Dong Jing te denken, de plek waar ik elke ochtend had geoefend, aan de groene velden erachter en de kleuren van de berg bij zonsopkomst. Al snel begon het verlangen om te winnen zich binnen in me te roeren. Ik herinnerde me elke klankbuiging die mijn vader me de afgelopen drie dagen had geleerd. Toen de laatste noot wegstierf, opende ik mijn ogen en zag ik dat alle leden van de jury driftig aantekeningen zaten te maken.

Fluitist Min keek als eerste op en hij glimlachte naar me. 'Goed gedaan. Je begon niet best, maar verder speelde je dat stuk uitzonderlijk goed.'

Ik bloosde en wist niet wat ik moest zeggen.

'Van wie heb je les gehad?' vroeg hij.

Ik aarzelde even. 'Van mijn vader.'

'Hoe heet je vader?'

'Ar Gang.'

'Ik heb weleens van hem gehoord. Hij is toch acupuncturist?'

'Ja.'

'Kom eens hier. Ik wil even met je praten.'

Ik hoorde dat de volgende kandidaat werd opgeroepen, en een meisje kwam binnen, een ballerina die liep als een eend. Ik ging naar Mins stoel. 'Een verre neef van me is door je vader behandeld,' vertelde hij me. 'Ik heb lovende verhalen over hem gehoord. Ik wist niet dat hij ook fluit speelde. Luister, dan vertel ik je wat de bedoeling is van deze auditie. We hebben al genoeg fluitspelers. Speel je ook nog andere instrumenten?'

'Ik speel viool.'

'Daar hebben we niets aan. We gaan juist weer terug naar vroeger – je weet wel, alles wat door de Bende van Vier was verboden. Als je echt graag bij ons gezelschap wilt komen, probeer het dan als acteur.'

'Denkt u dat ik een kans maak?'

Hij leunde naar achteren en nam me van hoofd tot voeten op. 'Ik denk niet dat je hoofdrollen kunt krijgen.'

'Alleen bijrollen?'

'Ja. Je bent niet knap genoeg voor een hoofdrol. Heb je acteer-ervaring?'

'Niet echt.'

'Ga naar huis en denk eens goed over je carrière na. Dit is niet alleen voor de lol. Je moet er met je ouders over praten en alles afwegen, zodat je je er met hart en ziel op kunt toeleggen. Als je dan nog steeds bij ons wilt komen, mag je weer met me komen praten. Maar geen instrumenten. We hebben alleen goede acteurs nodig, met het juiste klassieke uiterlijk om de klassieke stukken te kunnen spelen. Duidelijk? Misschien kom ik wel een keer bij je vader langs als ik in de buurt ben. Artritis.'

Ik bedankte hem en verliet de zaal.

Mijn zus zat op me te wachten en glimlachte naar me. Ze zei dat ze trots op me was. Ik vertelde haar van mijn gesprek met de fluitist.

'Wil je acteur worden?' vroeg ze onderweg naar huis. Er stond die middag wind van zee, en ze moest hard trappen.

Ik dacht erover na. 'Dat weet ik eigenlijk niet.'

'Zou je liever violist worden en optreden voor grote zalen?'

Dat beaamde ik.

'Je hoeft geen acteur te worden als je niet wil.'

Ik zei weinig tijdens de rit naar huis. Ik zou geen kunstenaar worden, geen timmerman, en ook geen schoenmaker. En zeker geen boer. Ik was helemaal in de war. De tijd had alles voor me veranderd en het leek wel alsof ik altijd achter de feiten aan rende, als mijn eigen schaduw. Wat eens goed was geweest, was dat nu niet meer. Ik wilde dat ik wist wat de toekomst brengen zou, terwijl ik hoopte dat het verleden zich niet zou herhalen.

Die avond zei mijn vader tegen me dat ik er verstandig aan deed om hard te gaan werken voor school. Hij had net van mijn tante in Shanghai gehoord dat haar zoon zich al voorbereidde op de toelatingsexamens voor de universiteit, die tegenwoordig voor iedereen openstonden, ongeacht je leeftijd, ras of achtergrond. Alleen goede cijfers telden. Hij voegde eraan toe dat ik de enige van zijn kinderen was die nog op school zat en daardoor ook de enige die van de veranderde tijden kon profiteren.

Met een zwaar hart ging ik naar bed. Ik dacht aan de onverschillige manier waarop mijn leraren me behandelden. Ik had me als een slechte leerling gedragen. Nee, ik wás een slechte leerling. Ik lag kilometers achter op de anderen. Het was niet eerlijk. Toen ik nog op de lagere school zat en een goede leerling was, werd geprezen omdat ik altijd zulke uitstekende cijfers haalde, had je geen goede cijfers nodig. Nu ik ze wel wilde, was ik de slechtste van de klas. Had ik maar een briljante auditie gedaan, dan had ik kunstenaar kunnen worden en had ik me geen zorgen meer hoeven te maken over mijn toekomst. Dan had ik mijn familie financieel kunnen steunen, ook al was ik nog zo jong. Ik wist niet of ik nog fluit zou kunnen spelen. Misschien moest ik iets anders gaan doen. Maar wat?

De volgende dag borg ik al mijn muziek op, ik verpakte de kleine buste van Beethoven die naast mijn bed stond en stopte hem weg onder mijn bed. Ik haalde de snaren van mijn viool los en deed de kist op slot. Daarna ging ik op zoek naar de schoolboeken die ik allang niet meer mee naar school nam. Ze waren nieuw, nooit aangeraakt, en zaten onder het stof. Ik maakte ze schoon en legde ze keurig naast elkaar op het bureau bij mijn bed. Langzaam bladerde ik door het natuurkundeboek. Er stonden allemaal onbekende symbolen en formules in, merkwaardige letters en woorden waar ik geen jota van begreep. Het zag er niet naar uit dat ik dit vak onder de knie zou kunnen krijgen als ik maar hard genoeg blokte. De enige formule die ik herkende, was H_2O. Met een gevoel van wanhoop klapte ik het boek dicht. De tijd had me in de steek gelaten, of eigenlijk had ik mezelf in de steek gelaten. Een gevoel van spijt sneed als een mes door mijn ziel.

Uiteindelijk sloeg ik mijn boek voor Engels open. Op de eerste pagina had ik onze amechtig hijgende Engelse leraar getekend, compleet met zijn doodse ogen en kromme rug. Het was een grappige karikatuur en ik moest er zelfs een beetje om lachen. Ik sloeg de bladzij om en kwam bij de zesentwintig letters van het Engelse alfabet. Ik stond op, deed de deur van mijn kamer dicht zodat niemand me zou kunnen horen, en probeerde met mijn tong en lippen elke letter uit te spreken. Verder dan de F kwam ik niet. Naast de G had ik een kip getekend, want het Chinese woord voor kip benaderde de klank van de Engelse G het best. De letter H werd 'liefdesverf'. Achter de andere letters had ik ook wel symbolen en karakters gezet, maar daar had ik niet veel aan. Dit vak was ook al dood voor me. Ik sloeg het boek dicht en zat een hele tijd naar de kist met mijn viool te staren voordat ik ten slotte in slaap sukkelde.

'Wat krijgen we nou?' grapte I-Fei de volgende ochtend voor school. 'Is dat een schooltas of mankeer ik iets aan mijn ogen?'

'We moeten toch iets leren,' zei ik ernstig.

'Daar hebben we geen tijd voor, Da. Ben je soms vergeten dat we vanmiddag een belangrijke repetitie hebben? Je bent gewoon van slag door die auditie.'

'Ik weet het niet. Misschien zouden we niet meer moeten spijbelen om te repeteren.'

'En wat dan?' Hij trok een filtersigaret uit een pakje en stak hem aan. 'Neem er ook een.' Hij gooide me het hele pakje toe.

'We gaan gewoon naar de lessen, dan leren we tenminste iets. Iedereen heeft het over studeren. Mijn neef in Shanghai doet een spoedcursus als voorbereiding op het toelatingsexamen.'

'Wil jíj naar de universiteit?' Verbaasd keek hij me aan.

'Wat bedoel je daarmee?'

'Ik bedoel, wanneer heb jij voor het laatst je huiswerk gedaan?'

'Ik kan het toch inhalen.'

'Niemand kan zo'n achterstand wegwerken. We zijn met alle vakken twee jaar achter. En bovendien is onze school hartstikke slecht. De leraren zijn geen knip voor hun neus waard. Gelukkig ben ik niet van ze afhankelijk.'

'Jij kunt altijd nog chauffeur worden, bedoel je.'

'Jij toch ook. Ik kan best aan mijn vader vragen of hij je wil helpen,' zei hij glimlachend. 'Kom op, neem een sigaret.'

Ik duwde zijn hand weg.

De bel ging. We hadden het eerste uur Engels.

'Laten we naar binnen gaan, I-Fei.'

'Ga jij maar vast, ik rook eerst mijn sigaret op,' zei hij koeltjes, want hij had de pest in over mijn veranderde houding.

Ik sprong op de gebruikelijke manier naar binnen, via het raam, en landde keurig op mijn stoel. De leraar leunde tegen zijn tafel, snakkend naar adem. Zijn bril zakte omlaag naar het puntje van zijn neus en zijn kraaloogjes stonden glazig. Mijn klasgenoten zaten nog steeds luid te praten. De leraar had geen enkel gezag, en het kon hem geen zier schelen. Hij woog twee krijtjes in zijn handen. Het ene hield hij vast als een sigaret, en het andere gooide hij naar de leerling die zich het ergst misdroeg. Je kon er van op aan dat hij het puntje van je neus feilloos raakte.

'Waaraan heb ik deze eer te danken, meneer Da?' vroeg hij aan mij.

Ik maakte me zo klein mogelijk. Ik was al heel lang niet meer naar Engels geweest.

De anderen lachten.

Ik hield me muisstil.

'Als je het me van te voren had laten weten, had ik speciaal voor jou iets kunnen voorbereiden; het ABC bijvoorbeeld.' Hij lachte even hard als de anderen, zodat hij een van zijn gebruikelijke hoestaanvallen kreeg. Met een blauw aangelopen gezicht leunde hij op zijn tafel totdat hij weer adem kon halen.

Ik ging door de grond van schaamte, maar ik was ook kwaad. Stik er maar in, stomme idioot, dacht ik bij mezelf.

Buiten voor het raam trok I-Fei een gezicht naar me en hij gebaarde dat ik bij hem moest komen.

'Ja, waarom ga je niet gewoon weg? Dan kun je fijn een sigaret roken met je grote vriend.' De leraar smeet een krijtje naar I-Fei en raakte diens voorhoofd.

Weer werd er gelachen.

Ik kon voelen dat mijn gezicht eerst rood werd, toen wit. Ik besloot weg te gaan en nooit meer terug te komen. Toen ik het lokaal verliet, hoorde ik hem achter me zeggen: 'Zo, dan kunnen we nu eindelijk met de les beginnen.'

I-Fei had al een sigaret voor me opgestoken. Zodra de leraar me niet meer kon zien, nam ik een lange haal.

'Had ik het niet gezegd?' zei I-Fei. 'Ze willen ons daar niet. We kunnen net zo goed op dezelfde manier doorgaan.'

'Het is niet altijd zo geweest,' zei ik tussen twee trekjes door.

'Dat weet ik,' zei I-Fei. 'Je had toen moeten leren wat je nu weet.'

'Jij weet ook alles.'

'Je bent mijn beste vriend. Ik heb veel over je gehoord nadat we je vriend Han in elkaar hebben geslagen.'

'Ik was vroeger een goede leerling.'

'Maar je was wel een stom doetje,' zei hij.

'Dat was niet mijn schuld,' viel ik fel uit.

I-Fei veranderde van onderwerp. 'Stel nou dat je wél een goede leerling was, zou de universiteit je dan aannemen, denk je?'

'Met mijn achtergrond, bedoel je?'

Hij knikte.

'Volgens mijn tante maakt het verleden van je familie tegenwoordig niet meer uit.'

'En dat geloof je?'

'Waarom zou ik het niet geloven?'

'Omdat mijn vader zegt dat het allemaal mooie woorden zijn. Ze hanteren nog steeds verschillende maatstaven voor de toelating. Zo snel verandert deze samenleving heus niet. Waarmee ik jou en je familie niet wil beledigen.' Hij schudde zijn hoofd en gooide een steen naar een vogel in de lucht. Daarna verlieten we voor de rest van die dag de school.

Vanaf die dag sjouwde ik mijn zware schooltas, vol ongebruikte boeken, van de ene les naar de andere, zonder dat ik ook maar ergens iets van begreep. Ik vroeg andere leerlingen om hulp en deed mijn best om de achterstand in te halen, maar hoe meer ik leerde, des te beter besefte ik hoeveel ik had gemist. Ik werd steeds moedelozer. Ik schaamde me te diep om er met mijn ouders of de leraren over te praten; de meeste leraren hadden trouwens allang geen hoop meer dat het met mij ooit nog iets zou worden.

Mijn ouders constateerden dat ik vaker op mijn kamer was, 's avonds bij het licht van een kerosinelamp boven mijn schoolboeken zat, en ze hoorden me af en toe aarzelend Engelse woordjes mompelen. Vaak hoorde ik Sen en Mo Gong voor mijn raam naar me fluiten om me te roepen, maar ik probeerde sterk te zijn.

Op een avond duurde het fluiten langer dan anders, en ik wist dat ik niet langer kon wachten.

'Kolere, wat ben jij tegenwoordig een boekenwurm,' zei Mo Gong. 'Je kunt toch niet gewoon het raam dicht houden en doen alsof je ons niet hoort.'

'Wat is er aan de hand, broer?'

'Nou, Yi gaat weg.'

'Waar gaat hij naartoe?'

'Zijn grootvader gaat met pensioen, en Yi neemt zijn kantoorbaantje op de fabriek over.'

We liepen naar Yi's werkplaats, waar een tafel vol eten voor ons klaarstond. Sen, Siang en Yi begroetten me hartelijk, tilden me op en gooiden me in het zaagsel.

'Wat is het hier netjes,' zei ik tegen Yi terwijl ik het zaagsel van mijn kleren klopte. 'Ga je echt weg?'

'Ja. Ik had gehoopt dat je aangenomen zou worden bij het toneelgezelschap, dan hadden we allebei naar Putien kunnen gaan.'

'Voorlopig zul je het in je eentje moeten doen,' zei ik.

'Laten we de eerste doorbraak voor een van ons vieren,' stelde Sen voor. 'Heb de moed niet om ons ooit te vergeten, Yi.'

'Hij gaat met zo'n bleek stadsmeisje uit Putien trouwen, en zij zal zeggen dat ze hem verlaat als hij die smerige vrienden van hem blijft zien,' grapte Siang.

'Nu we het toch over trouwen hebben,' zei Sen, 'je zou een brief voor Yi moeten schrijven, Da, aan de dochter van zijn vroegere meester. Ping, weet je nog? Dan kun je haar het nieuws vertellen.'

'Misschien in het Engels,' opperde Mo Gong. 'Ik heb gehoord dat je de laatste tijd van die rare geluiden maakt.'

'Hou je waffel,' zei ik gemoedelijk.

'Doe niet zo bescheiden. We vinden het alleen maar leuk voor je als het goed met je gaat,' zei Sen. 'Ik zou het fijn vinden als je ging studeren, en we zouden allemaal apetrots op je zijn. Voor ons is het te laat. Jij bent onze enige hoop.'

'Nou, ik wil best een brief schrijven,' zei ik. 'Ik hoop alleen dat het niet weer misgaat, zoals vorige keer.'

'Een brief is niet nodig,' zei Yi. 'Kom op, laten we aan tafel gaan.'

Zijn grootvader had voor ons gekookt. Hij was blij dat de fabriek het goedvond dat zijn kleinzoon zijn baan overnam en dat Yi zou gaan doen wat hij zelf zijn hele leven had gedaan. Het was minder zwaar dan meubels maken. Hij hoefde alleen maar een keurige inventaris van het magazijn bij te houden. Vaarwel, zaagsel, adieu, zwiepende ballen!

'Hoezo niet?' wilde Sen weten.

'Ze is hier gisteren geweest,' bekende Yi.

'Wat heb je met haar gedaan?' vroeg Sen nieuwsgierig.

'Yi, hoe durf je!'

'Ze vertelde dat ze weggaat bij het toneelgezelschap van de commune. Ze gaat terug naar haar dorp om te trouwen.'

'Wat!'

'Ja, haar moeder heeft haar beloofd aan de communistische

voorzitter van haar dorp. Ze kwam ons snoep en sigaretten brengen om het te vieren.' Yi opende een doos met haar cadeaus. We aten het snoep en rookten peinzend de sigaretten.

'Zou ze met hem willen trouwen, denk je?' vroeg ik.

'Vast niet. Ik kende hem toen ik daar werkte.' Yi nam een trekje na een slok thee. 'Hij is een jaar of veertig, met allemaal putjes in zijn gezicht. Zijn vrouw heeft om onbekende redenen zelfmoord gepleegd. Ze heeft zich verhangen. Ze hadden drie kinderen. Op een gegeven moment wilde hij met een jonge lerares in het dorp naar bed. Toen ze weigerde, is ze ontslagen.'

'Zo te horen is het een crimineel.'

'Het scheelt niet veel. Hij was een plaatselijke militaire machthebber. Het zou me niets verbazen als hij de vrouw van mijn meester eerst tot seks heeft gedwongen en haar toen heeft laten beloven dat hij met de dochter mag trouwen.'

'Wat smerig.'

'Ze huilde gisteren. Ze heeft me niet alles verteld, maar ik kan het wel raden.'

'Moet je er niet iets aan doen?'

'Ik weet het niet,' zei Yi somber.

'Je kunt vast wel een of ander gerucht verspreiden waardoor de bruiloft wordt afgeblazen,' zei ik, denkend aan de manier waarop mijn vader mijn nicht Yan had geholpen om van een ongewenste aanbidder af te komen.

'Hij zou jullie een voor een kapot maken,' zei Yi. 'Hij heeft geen vijanden, want hij zorgt wel dat hij zich van hen ontdoet. In dat deel van de provincie is hij nog steeds de militaire machthebber, alleen dan een communistische. Als er niets verandert, blijft hij zo doorgaan.'

Het feestje eindigde met een worstelpartijtje in het zachte zaagsel. Ik beloofde dat ik de volgende dag met Yi mee zou gaan naar de fabriek om hem te helpen met zijn bagage. We kletsten tot middernacht over de toekomst. Lachend bespraken we mijn studie. Ze zeiden dat als ik het instrument met de vier snaren kon leren bespelen – de naam konden ze nog steeds niet goed uitspreken – het voor mij waarschijnlijk een makkie zou zijn. Het waren echte vrienden. Ze gunden elkaar het beste, waren niet jaloers. Toen ik in het donker naar huis liep, zag ik een ster schitteren boven de top van een oude den ten oosten van Gele Steen. Zo voelde ik me ook, niet meer dan een flonkering in het duister.

14

Ten westen van Gele Steen domineerde de rivier, met oude lycheebomen die hun takken in het water lieten hangen. In de zomer boomden mannen met strohoeden hun boten langzaam tussen de groene takken door. De lychees, rijp en sappig, waren rood als de wangen van een veel te zwaar opgemaakte vrouw, en door hun gewicht bogen de takken nog verder door. Alleen de cicaden verstoorden de stilte.

Als kleine jongen trok ik mijn korte broek uit en sprong ik in de rivier, en dan zwom ik onder water naar de lycheebomen aan de overkant, waar ik als een vis omhoog schoot, het rode fruit van de boom griste en me in het water liet terugvallen. De duttende oude man die de bomen bewaakte, gooide in het wilde weg stenen naar me als hij wakker schrok. Ik kon mijn adem net lang genoeg inhouden om de boten aan de overkant te bereiken, en daar kwam ik dan in mijn nakie uit het water, en met het fruit in de ene hand en mijn korte broek in de andere rende ik weg naar de velden.

In de bocht van de rivier, waar de huizen schaarser werden en de bomen talrijker, lag een wit huis van drie verdiepingen met een rood pannendak genesteld. Er stond een hoge muur omheen. Het was een eigen kleine wereld. De ingang was altijd gesloten. Van buiten kon je alleen de toppen van de papayabomen zien. Het huis was van de Weis, tweelingzussen, doopsgezinde vrouwen die nooit getrouwd waren geweest. In een stad waar Boeddha de dienst uitmaakte, was het witte huis aan de rivier het symbool van iets dat tegelijkertijd vreemd en heilig was.

Ik herinnerde me dat ik jaren geleden eens had geprobeerd een gat in de hoge muur te maken om te kunnen zien hoe dat mysterieuze terrein eruitzag. Als een geplukte haan was ik op de vlucht geslagen toen ik een kwade hond had horen grommen. Ik kreeg de zeldzame rozen die de tweeling volgens de verhalen kweekte nooit te zien, noch de verleidelijke papaya's aan de bomen. Mensen zeiden dat de twee vrouwen in de zon de bijbel lazen en onder het maanlicht hun gebeden zeiden. Ze leefden heel teruggetrokken en hadden een dienstbode die schoonmaakte en boodschappen deed. In het weekend hadden ze soms bezoek. Er werd gefluisterd dat er dan geheime plechtigheden werden gehouden. Hun vader was ooit een van de eerste Chinese doopsgezinde dominees in Putien geweest, en de tweeling was opgegroeid in een doopsgezinde kerk van Amerikaanse missionarissen. Ze leerden Engels van de Amerikanen en werden hoogleraren Engels aan de universiteit van Fuzhou. Toen de universiteiten werden gesloten, keerden ze terug naar het platteland, waar hun vader de eerste zondagsdienst in de geschiedenis van Gele Steen had gehouden. Tijdens de Culturele Revolutie waren ze kaal geschoren en gedwongen om door de straten te lopen als Amerikaanse agenten die het zaad van de westerse religie hadden meegebracht om de boeren te corrumperen. Maar toen de Culturele Revolutie eenmaal voorbij was, werden de Weis door de regering tot religieuze leiders benoemd en aangesteld als bestuur van een officiële religieuze instelling, een farce die alleen maar was bedoeld om andere landen de indruk te geven dat China een zekere mate van godsdienstvrijheid kende.

De witharige tweelingzussen genoten een speciale status onder de stadsmensen. Voor hen waren het bijna echte westerlingen. De paar mensen die bij hen thuis waren geweest, hadden een glimp opgevangen van een mysterieus leven achter die gesloten deuren.

Een oude groenteverkoper beweerde dat hij de zussen toen hij op een dag groente kwam bezorgen 'de taal van het rode haar' had horen spreken, waarschijnlijk Engels. Volgens de dienstbode gebruikten de zussen alleen messen en vorken. Daar begreep de plaatselijke bevolking niets van; het bracht ongeluk om aan tafel een mes te gebruiken. Misschien dat de andere god waar zij in geloofden hen beschermde tegen de consequenties van alle verkeerde dingen die ze deden.

De blinde waarzegger, meneer Mai, beweerde dat hij de aanwezigheid van Jezus Christus duidelijk had gevoeld aan de handpalmen van de gezusters toen ze hem een keer eten kwamen brengen in een tijd dat hij het erg moeilijk had. Ook werd er over Boeddha gepraat, dat was onvermijdelijk. De huishoudster, die slecht zag en hoorde, had elk hoekje van dat huis geveegd en alle geurtjes opgesnoven, en volgens haar was er nergens een teken van Boeddha te bekennen, geen wierook en geen altaar. Het was haar wel opgevallen dat de zussen vaak zongen. De een speelde orgel, terwijl de ander elke dag bij zonsondergang buitenlandse liederen zong. Hun onvaste, hoge stemmen dreven over de hoge muur en bleven tussen het woud van lycheebomen hangen. Mensen bleven vaak staan om te luisteren. Na verloop van tijd werd het een vaste traditie in Gele Steen dat de onbekende westerse muziek versmolt met de rust in de stad tijdens de zonsondergang. Maar op een dag hield het zingen op. Het gerucht deed de ronde dat een van de twee zussen ziek was. Een alom gerespecteerde dokter werd gezien toen hij bij hen binnen werd gelaten, en in de dagen daarna was het een komen en gaan van hun kerkelijke vrienden, die allemaal even ernstig keken. Het werd stiller in dat deel van de stad nu de zussen niet meer zongen, en boven de groene boomtoppen hing een spookachtige stilte.

Op een avond werd er zacht op de deur geklopt. Mijn vader ging opendoen. Op de stoep stond een van de tweelingzussen, de witharige professor Wei. Hij deed een stap naar achteren toen hij haar herkende.

'Mag ik alstublieft binnenkomen?' vroeg ze met een lieve, oprechte stem.

'Natuurlijk, natuurlijk.' Mijn vader deed de deur wijd open en liet haar binnen.

Ze boog en glimlachte vriendelijk naar ons. We legden onze eetstokjes weg en bogen terug. Ze was klein en tenger, diep in de zestig. Door haar rechte rug en waardige houding leek ze groter dan haar een meter vijftig. Haar witte haar was gevlochten en opgestoken in een keurig en elegant knotje.

'Wat kan ik voor u doen, professor?' informeerde mijn vader beleefd. Hij gebaarde dat wij de kamer moesten verlaten, en dat deden we zo snel mogelijk, maar we legden wel onze oren tegen de dichte deur.

'Vergeef me dat ik u op dit late uur nog kom storen. Mijn arme, dierbare zus,' vervolgde ze op gesmoorde toon, 'heeft een lichte beroerte gehad, en nu is de ene kant van haar mond verslapt. Ik heb van uw reputatie gehoord. Kunt u haar alstublieft helpen?'

'Ik voel me gevleid.' Mijn vader wreef zich vergenoegd in de handen. 'Ik wil met alle plezier zien wat ik kan doen.' Hij vond niets zo fijn als andere mensen helpen.

'Moeder,' riep hij, alsof hij wist dat we allemaal op een kluitje voor de deur stonden te luisteren, 'breng me mijn blauwe jas en een zaklantaarn. Ik moet weg.'

Snel haalde mijn moeder de jas, waar al zijn naalden in zaten. Ik bracht hem de zaklantaarn die altijd onder zijn hoofdkussen lag.

'God zegene u. U bent een vriendelijk man, zoals ik al had gehoord. Ik weet niet hoe ik u moet bedanken, dokter Chen.'

'Noemt u me liever geen "dokter", maar gewoon Ar Gang.' Mijn vader straalde. Hij had geen idee wat hij met het 'God zegene u' aan moest.

'We kunnen wel tot morgenochtend wachten. Ik wilde het mijn zus alleen laten weten. Als zij weet dat u haar wilt behandelen, kan ze vannacht tenminste rustig slapen.'

'Ik wil haar zo snel mogelijk onderzoeken,' zei mijn vader.

'O, hoe kan ik u allemaal bedanken!' Opnieuw maakte ze voor iedereen een buiging.

We bogen allemaal terug.

Toen mijn vader weg was, zei ik tegen de anderen dat hij een fout had gemaakt.

'Wat voor fout?' zei mijn moeder.

'Nou, toen professor Wei "God zegene u" zei, had papa beleefd iets terug moeten zeggen. Ik weet zeker dat ze dat had verwacht.'

'En wat had hij dan moeten zeggen?' vroeg mijn moeder.

'Boeddha zegene u!'

We lachten allemaal.

Dit geval zou een doorbraak kunnen betekenen voor mijn vader, en we waren allemaal trots op hem. Ik was ervan overtuigd dat het hem de rillingen had bezorgd dat zij hem dokter had genoemd. Dit was een belangrijk moment, een mijlpaal in mijn vaders carrière. Er zou later nog een hele tijd over worden gefluisterd.

De andere zus had inderdaad een licht beroerte gehad. Mijn vader begon al snel verbetering te zien. Na een intensieve en pijnlijke behandeling van twee weken kon ze voor het eerst weer duidelijke geluiden uitbrengen. Ze was taai en werkte goed mee.

Elke keer dat mijn vader bij hen was geweest, stelde ik hem vragen, over de papaya's, de messen en vorken en over de rozen in hun tuin. Mijn vader bevestigde dat het allemaal waar was. De papayabomen waren afkomstig uit de Filippijnse bergen; de vader van de tweeling had ze meegenomen nadat hij daar als zendeling had gewerkt. De zussen hadden hem papaya aangeboden, en hij vertelde dat het fruit verrukkelijk smaakte. En ja, ze gebruikten mes en vork, en er groeiden rozen in de weelderige tuin. Professor Wei had hem verteld dat het een Engelse tuin was en dat ze er honderden verschillende bloemen hadden geplant naast wat er al groeide.

De meeste vragen stelde ik over de Engelse taal. Spraken ze thuis Engels? Mijn vader zei dat de patiënte door haar toestand het plaatselijke, lispelende dialect moeilijk kon uitspreken, dus spraken ze inderdaad vaak Engels. Hij vertelde ook dat ze een bibliotheek hadden met boekenkasten tot aan het plafond.

De tweeling stond erop om mijn vader voor zijn diensten te betalen, maar hij wilde er niet van horen. Ze vroegen hem of er iets was wat ze bij wijze van tegenprestatie voor hem konden doen. Hij vertelde dat ze hem hadden gesmeekt om iets te bedenken, omdat ze zich anders schuldig voelden.

Op een avond vertelde ik mijn vader dat ik een idee had. 'Misschien kunnen ze me Engels leren als ze tijd vrij hebben.'

Hij keek op van een of ander medisch boek en staarde me peinzend aan. 'Wat een goed idee. Maar je niveau is misschien wel erg laag voor ze. Ze hebben lesgegeven aan de universiteit, weet je nog?'

'Misschien vinden ze het niet erg,' drong ik aan.

'Ik zou het kunnen proberen. Hoe ben je op het idee gekomen, knul?'

'Nou, ze hebben toch gezegd dat ze je op de een of andere manier willen bedanken.'

'Dat is waar, maar ik wil toch graag weten hoe je het precies hebt bedacht.' Hij legde zijn boek weg.

'Er wordt op school over de universiteit gepraat. Ik heb geen toekomst. Ik haal geen goede cijfers en ik ben een paar jaar achter. Andere vakken kan ik wel inhalen, daar werk ik hard aan, maar niemand kan me met Engels helpen.'

'En je leraar dan?'

'Die heeft me belachelijk gemaakt toen ik weer in de les verscheen. Bovendien is zijn uitspraak niet om aan te horen. Als hij iets in het Engels zegt, klinkt het net alsof hij zich in een graat verslikt. Hij hoest en wordt helemaal rood. Ik denk niet dat Engelsen zo praten.'

Mijn vader lachte. 'Luister, knul, als jij Engels wilt leren van professor Wei, zul je minstens net zo hard je best moeten doen als met de fluit,' zei hij ernstig.

Ik knikte.

Die avond voordat ik ging slapen blies ik het licht uit, en ik knielde op mijn kussen om Boeddha met een paar diepe buigingen om hulp te smeken. Voor het eerst durfde ik niet uit te komen voor wat ik wilde. Ik begroef mijn gezicht in het kussen totdat ik geen lucht meer kreeg. In gedachten vormde ik het woord 'universiteit', maar zelfs door de gedachte kreeg ik al een rood hoofd van schaamte. De universiteit was voor de paar briljante enkelingen die niet alleen uitzonderlijk intelligent waren, maar ook ijverig. Wat was ik?

Die nacht droomde ik dat ik naar een afgelegen boerderij werd gestuurd, waar ik werd gedwongen om een heuvel met stenen af te graven totdat ik erbij neerviel. Midden in de nacht werd ik wakker, nat van het koude zweet.

15

Tegen de zomervakantie kwam mijn vader op een dag thuis met het goede nieuws dat professor Wei bereid was mij Engelse les te geven, maar ze ging eerst een paar maanden naar Fuzhou, waar haar zus onder begeleiding van een aantal beroemde artsen zou revalideren. De lessen zouden beginnen als ze terugkwam.

Ik was tegelijkertijd blij en zenuwachtig. Gelukkig had ik de hele zomer om me voor te bereiden, dus misschien zou ik dan niet al te stom overkomen. Ik stelde een zwaar studieplan op, zodat er maar weinig tijd overbleef voor muziek of andere dingen.

Het kon me niet schelen dat ik slechte cijfers haalde voor mijn proefwerken. Tot verbazing van I-Fei liep ik tijdens het proefwerk Engels gewoon de klas uit. Hij had ervoor gezorgd dat er een goede leerling voor het raam stond die ons met gebarentaal met het proefwerk zou helpen; hij kreeg er slechts twee pakjes Vliegend Paard voor betaald.

'Wat mankeert jou?' I-Fei kwam op een holletje achter me aan. 'Wil je niet over?'

'Jawel.'

'Nou dan. Ik heb ervoor gezorgd dat iemand ons helpt. Hij weet alles. Hij heeft de verkreukelde doorslag van het proefwerk in de prullenbak van de leraar gevonden. We zitten goed.'

'Ik wil niet meer van anderen overschrijven. Dan leer je niets.'

'Nu krijg je een nul.'

'Volgend jaar ga ik het beter doen.'

'Hoe dan?'

'Na de zomer krijg ik les van professor Wei.'

'Je kunt zelfs het alfabet niet opzeggen, dus hoe kun je dan les krijgen van een professor? Je neemt me in de maling. Hier, rook een sigaret.' Hij gooide het hele pakje naar me toe nadat hij voor zichzelf een sigaret had opgestoken.

Ik gooide het pakje terug. 'Het gaat niet goed op school omdat ik geen spat heb uitgevoerd. Ik heb samen met jou gespijbeld. Ik heb meegedaan aan die stomme repetities en voorstellingen. Met hulp van mevrouw Wei kan ik het vast wel.'

'O, is het nu opeens allemaal mijn schuld?'

'Helemaal niet. Het is mijn eigen schuld.'

'Dat komt op hetzelfde neer, want we hebben alles samen gedaan. Ik kan maar beter niet meer met je omgaan, dan kun jij weer een goede leerling worden.' Hij raapte zijn sigaretten op en vertrok.

'Hé, idioot die je bent!' riep ik hem na. 'Kom terug.' Ik rende achter hem aan. 'Je bent nog steeds mijn beste vriend op school.'

'Je beste vriend?' Hij bleef staan en keek me aan. 'Je bent veranderd, en je bent er niet leuker op geworden. Je wil niet meer roken, je wil niet meer spijbelen. Dit moet je niet doen, dat moet je niet doen. Ik moet elke dag vroeg naar huis, en daar kan ik dan een beetje naar mijn klamboe staren. Het begint wel heel erg saai te worden in dit stadje.'

'Ik moet veranderen, het spijt me. Ik kan het me niet permitteren om een beetje te flierefluiten zoals jij. Jouw vader en moeder kunnen je een toekomst bieden, de mijne niet. Geef me eens een sigaret.'

Hij haalde er een voor me uit het pakje, en ik gaf mezelf met zijn aansteker vuur. 'Ik had eigenlijk gehoopt dat we samen konden werken, net als met de accordeon. Dat heb je ook heel snel geleerd.'

We gingen weer zitten. 'Alleen maar omdat jij me hebt geholpen.'

'Nou, dat kunnen we nu toch weer doen, alleen dit keer met schoolwerk.'

Hij blies een kring van rook en schudde zijn hoofd. 'Schoolwerk interesseert me niet. Als ik wilde leren, zou mijn vader elke dag tien leraren kunnen laten komen om me te helpen. Ze zouden zelfs mijn voeten wassen. Ik haat blokken.'

'Maar waarom?'

'Al die boeken zonder meisjes.'

'Als je eenmaal studeert, kun je aan elke vinger wel tien meisjes krijgen. Meisjes zijn dol op studenten. Mijn nicht heeft gewacht totdat ze bijna dertig was, en toen is ze getrouwd met een onderdeurtje met een gek gezicht. Waarom? Omdat hij had gestudeerd.'

'Wat ben jij toch een dromer. Normaal gesproken gaat maar één op de honderd kinderen studeren, maar nu het nieuwe systeem weer van kracht is en de universiteiten na tien jaar weer open zijn, staan alle leerlingen die de afgelopen tien jaar eindexamen hebben gedaan te trappelen om te gaan studeren. Je kans is nu misschien één op de duizend. Je kunt het schudden.' Hij gooide zijn peuk weg.

'Dus jij denkt dat het me niet lukt?'

'Nee.'

'Misschien onderschat je me,' zei ik.

'Je moet jezelf niet overschatten.'

'We zullen zien, I-Fei. Misschien heb je gelijk, maar ik ga de komende jaren heel hard mijn best doen, wat je ook zegt.'

Zwijgend liepen we door tot de tweesprong, waar we afscheid namen om elk via onze eigen weg naar huis te gaan. Voor hij dag zei, klopte ik op zijn schouder en begon ik met hem te worstelen, zoals we altijd deden als een van ons kwaad was op de ander. Dit keer had het geen effect. Hij duwde me weg en trok een lelijk gezicht voordat hij wegliep. Ik keek hem na totdat hij over het stoffige pad uit het zicht was verdwenen.

Een paar dagen later kwam I-Fei op de fiets naar mijn huis. Hij wilde maar heel even blijven, lang genoeg om me te vertellen dat hij voorgoed wegging uit Gele Steen en naar een andere middelbare school zou gaan. Of misschien begon hij binnenkort al als chauffeur. Hij deed er heel raadselachtig over en zijn ogen bleven langs me heen kijken. Ik vroeg of hij niet wat langer wilde blijven, zodat we over vroeger konden praten, maar hij zei dat het een lange reis was naar het huis van zijn moeder. Daar ging hij, zonder gevoelens van spijt. Ik was diep verdrietig. Hij was een trouwe vriend geweest en ik had veel lol met hem gehad. Zonder hem zou mijn school niet meer hetzelfde zijn.

Juni was een drukke maand voor de boeren van Gele Steen. Rijstvelden begonnen goud te kleuren. De hete zon stond er de hele dag boven, roosterde en bakte de rijst totdat de vliesjes vol zaten met miljoenen kleine witte kussentjes. Binnenkort moest er geoogst worden, maar tyfoons lagen als boze monsters op de loer langs de kust van de Stille Oceaan, slechts kilometers bij ons vandaan. Ze voerden slagregens mee, die de rijstvelden in een paar uur tijd konden vernielen. Elke dag wachtten de boeren trappelend van ongeduld op het rijpen van de rijst. Ze waren aan de genade van het temperamentvolle kustklimaat overgeleverd. Het wachten was te vergelijken met tanden uit de bek van een draak trekken. Als de weersverwachting slecht was, werkten de boeren onafgebroken om te voorkomen dat de hele rijstoogst verloren ging.

Op een dag, toen de berg Ch'ing aan het oog werd onttrokken door vele lagen wolken, als de wapperende losse haren van een vrouw, waarschuwde de commune de boeren door de luidsprekers voor een naderende tyfoon. Chaos brak uit. De brigadeleider klopte op de deuren van alle leden en spoorde de dorpelingen aan om naar de velden te gaan en de rijst te oogsten. Alle rijst, zelfs de nog groene, moest afgesneden worden, anders zou alles verloren gaan in overstromingen.

Mijn oudste zus was in Han Jian, waar ze tijdelijk in de conservenfabriek werkte – een schending van de regel van de commune dat er in de oogsttijd niet buiten de stad gewerkt mocht worden. Mijn vader vroeg of ik voor haar kon invallen, dus maakte mijn moeder me de volgende ochtend wakker toen het nog donker was. Mijn broer Jin en mijn twee zussen Huang en Ke zaten al aan de eettafel, waar ze zich te goed deden aan grote kommen rijst en de soep die mijn moeder midden in de nacht nog had gemaakt. Mijn broer, al op zijn negentiende een ervaren boer, kon wel drie grote kommen op voordat hij naar zijn werk ging. Iedereen werkte veertien uur per dag, en Jin kon er niet tegen om honger te hebben op het veld. Nadat hij een paar boeren had gelaten, stak hij een sigaret op en plantte hij een strohoed op zijn hoofd. Hij was klaar om te gaan.

Ik propte zoveel eten naar binnen als ik om vier uur 's ochtends op kon. Mijn moeder had me al gewaarschuwd dat ik 's middags pas weer iets te eten zou krijgen. Ik kon mijn ogen nauwelijks openhouden, en de vers gekookte rijst rook alsof ik nog droomde.

'Kom mee, broertje.' Nadat ook ik voldaan een boer had gelaten, gaf Jin me een sikkel en gingen we blootsvoets de donkere velden in.

Aan de horizon was de lucht wit van kleur, alsof iemand het deksel een klein eindje van de aarde had getild. Zwijgend liepen we door het onkruid en het gras, dat nog nat was van de dauw. Mijn voeten sleepten over de grond en ik vocht tegen de vermoeidheid; ik was het niet gewend om op zo'n onmogelijk uur gewekt te worden, want normaal gesproken lag ik dan nog heerlijk te dromen. Blindelings strompelde ik achter mijn broer aan, de leider van de groep, en hij floot, neuriede en rookte alsof het een dag was als alle andere.

'We zijn er. We moeten voor zonsondergang ongeveer vijf *mus,* ongeveer 0,4 hectare, rijst snijden.' Hij wees op het eindeloos grote veld, dat opdoemde in het wittige donker. 'We werken met zijn vieren in rijen. Ik neem de langste, en Ke en Huang werken elk aan een kant van de mijne. Jij, broertje, doet het rustig aan. Je mag uitpuffen als het nodig is. Probeer maar of je dat stukje aankunt.' Hij wees op een groot veld en glimlachte naar me.

'Geen probleem. Ik kan best meer doen,' zei ik.

Jin liet me zien hoe ik de rijst moest afsnijden, zo laag mogelijk, en de bosjes moest ik achter me opstapelen. Hij waarschuwde me dat ik me in het donker niet in mijn vingers moest snijden. Ik liep het natte veld op en de modder maakte een zuigend geluid. Kikkers en wilde ratten sloegen op de vlucht, en ik mepte voortdurend naar de muggen en andere insecten die de hele tijd rond mijn neus, ogen en oren gonsden. Onder mijn tenen voelde ik wormen en kleine palingen glibberen. Ik deed mijn ogen dicht en probeerde aan iets leuks te denken. Mijn viool.

Ik pakte grote bossen stengels bij elkaar en sneed als een bezetene. Mijn zussen kwamen af en toe even bij me kijken en waren tevreden over mijn werk. Al snel kwam de zon boven de horizon, en de onafzienbare velden dampten in het ochtendlicht. De rest van het land sliep nog.

De kniehoge rijstplanten met messcherpe stengels zwiepten in mijn gezicht en nek als ik me bukte. Als de pluizige stengels maar even langs mijn huid streken, lieten ze een rode kus achter. Het duurde niet lang of de zon was niet langer prettig warm maar verzengend heet. Zweet parelde op mijn voorhoofd en liep in straaltjes over mijn gezicht. Mijn huid begon te jeuken alsof ik werd aangevallen door een leger slijmerig, kruipend ongedierte dat kwaad was omdat ik met mijn sikkel hun wereld binnendrong. Ik maakte de knoopjes van mijn kletsnatte hemd open en trok het uit, en nadat ik mijn bebloede en bezwete gezicht ermee had afgeveegd, gooide ik het achter me. Ik klemde mijn kaken op elkaar om te voorkomen dat ik het uitgilde van de pijn, zo erg brandde mijn huid. Ik wilde niet dat mijn broer en zussen zouden denken dat ik een watje was. Toen ik mijn pijnlijke rug strekte, voelde ik me net onze oude, kromgetrokken buurman die niet meer wist hoe de lucht eruitzag. Nu pas zag ik dat zij al dertig meter verder waren, zich onvermoeibaar over de rijst bogen op het veld dat pas leek te eindigen waar de lucht een regenboog vormde.

Mijn zussen en broer werkten al van kleins af aan op het land. Ik had gezien dat ze meer dan vijftig kilo mest op hun schouders naar de velden torsten. Hun magere beentjes trilden onder het gewicht, maar ze durfden niet langzamer te gaan lopen uit angst voor kritiek van de leiders van de commune, die hen extra hard aanpakten. Ze hadden het allemaal volgehouden; het waren echte doorbijters. Mijn broer Jin was een keer op een roestige spijker gaan staan, en het had twee maanden geduurd voordat zijn voet eindelijk was geheeld. Huang was een keer uitgedroogd geraakt onder de bloedhete zon en flauwgevallen. En allemaal klaagden ze over voortdurende rugpijn, maar ze moesten doorwerken, want de commune accepteerde het niet dat ze zich ziek meldden. Hun voedselrantsoen zou ingehouden zijn totdat ze de verloren tijd hadden ingehaald. Allemaal waren ze groot en mager geworden, bruin als kokosnoten.

Terwijl ik naar ze stond te kijken, voelde ik ontzag en angst. Een toekomst als boer lag voor me zoals de meedogenloze velden. Ik zou eindeloos moeten zwoegen onder de felle zon, allemaal voor een schamel bestaan met rijstepap en ingelegde groente. Minstens drie maanden per jaar zou ik hongerlijden, en in die tijd zouden zelfs beschimmelde yams een traktatie zijn.

'Rust toch even uit, broertje,' hoorde ik Jin naar me roepen. Zijn stem klonk ijl op dit enorme veld. 'Je hoeft je niet te haasten.'

'Doe je hemd weer aan, anders verbrand je levend,' zei Ke, die was gaan staan om even naar me te kijken.

'Ik red me heus wel,' riep ik terug. Maar in gedachten zei ik iets heel anders: laat me alsjeblieft naar huis gaan. Ik had er nu al schoon genoeg van. Ik liet mijn sikkel vallen en trommelde met mijn vuisten op mijn rug, net als mijn vader na een zware dag hard werken. Zuchtend keek ik naar de smalle strook overgebleven rijst voor me, de trotse stengels lui wiegend in het briesje. Langzaam boog ik mijn pijnlijke rug om mijn sikkel op te rapen, dit keer met mijn ellebogen steunend op mijn knieën als een zwangere vrouw, en steel voor steel oogstte ik de planten. Ik wilde dat de zon sneller onder zou gaan, zodat we allemaal naar huis konden, maar de tartende vuurbal aan de wolkeloze hemel leek helemaal niet te bewegen. Vervolgens wenste ik dat de rijst spontaan op de grond zou vallen.

Ik dacht aan de prachtige toekomst die Mao China had beloofd, de machines en de modernisering. Waar was dat alles als ik het nodig had? Ik had de propaganda gezien, de mooie plaatjes van blije Russen die hun tarwe en rijst met glimmende combines maaiden. Alweer had mijn vader gelijk. Hij zei dat we het land nog op precies dezelfde manier bewerkten als duizenden jaren geleden, met als enige verschil dat we er tegenwoordig minder voor betaald kregen.

De gezichten van mijn vrienden doemden voor mijn geestesoog op. Ik dacht aan Yi, met zijn kromme benen. Wat bofte hij, dat hij de hele dag in een kantoor kon zitten waar hij lijsten bijhield. Hij zou daar ongetwijfeld zijn bittere thee brouwen, en hij kreeg lekker sappig vlees voor de lunch. Dan had je Siang, die waarschijnlijk zijn Vliegend Paard-sigaretten rookte op zijn hooggelegen etage, waar altijd een briesje stond, zelfs op het heetste uur van een zomerdag, als het hele universum in de witte hitte tot stilstand leek te komen. De mazzelaar. Zijn revolutionaire grootvader had het allemaal mogelijk gemaakt, en ik wenste hem in stilte een lang leven. Toen zag ik Sen voor me, achternagezeten door zijn moeder met een lange stok, terwijl hij er als een haas vandoor ging, zijn ene hand op zijn broek en in zijn andere de kom reuzel die hij net had gegapt. Mo Gong lonkte waarschijnlijk naar meisjes bij de schoenenstal van zijn vader. Hij lonkte naar alles wat bewoog. Memorabele woorden van hem waren dat er aan een meisjeslichaam altijd wel iets te zien viel, het hoefde niet altijd een knap gezichtje te zijn.

Mijn gedachten werden onderbroken doordat er opeens een grote groene kikker voor me stond. Het beest staarde me aan, terwijl zijn lange tong heen en weer bewoog. De kop leek op die van een schildpad, en de huid deed denken aan een ringslang. De uitpuilende ogen stonden vriendelijk en nieuwsgierig, rolden in de waterige oogkassen. Een kwab van witte huid hing onder de nek, en de dijen leken me vlezig genoeg voor de eettafel. We staarden elkaar zeker een minuut aan voordat ik mijn sikkel naar hem gooide. Het domme beest sprong als een wereldkampioen en landde op mijn borst. Ik kreeg de rillingen van de plakkerige huid en natte zwemvliezen, maar ik greep de kikker toch beet en knoopte hem in mijn hemd. Hij woog zeker een half pond. Ik kon de sappige billetjes al ruiken, gesauteerd met fijne sojasaus, verse knoflook en genoeg gember om de vissige smaak te verdoezelen. Ik zou de helft van het vlees aan mijn broer geven voor bij de fles drank die hij elke avond voor het slapengaan dronk. Dat was nodig om zijn botten tot rust te brengen, zei mijn moeder.

De zon hing hoog boven mijn hoofd, en mijn rug gloeide. Zelfs de modder onder mijn voeten was lauwwarm, en de trotse rijststengels begonnen te verslappen in de hitte, moe en slaperig. De dag was nog maar voor de helft voorbij, en ik was nu al uitgeput. Mijn rug deed pijn, mijn benen trilden, mijn gezicht zat onder de snijwondjes en mijn handen waren overdekt met rauwe blaren. Ik voelde me zo ellendig dat ik het rammelen van mijn maag niet eens meer voelde. Mijn keel brandde zo erg dat alleen een heel brandweerkorps het had kunnen blussen. Ik was kwaad, voelde me gekleineerd en belachelijk. Vragen om van mijn taak verlost te worden, was uitgesloten. Dat deed je niet als Chen. We waren allemaal harde werkers en solidair met elkaar. Mijn vader en moeder zouden het nooit goedvinden dat ik er halverwege de brui aan gaf. Ik hield het nog een paar meter vol, toen gingen de blaren open. De huid zag er rood en rauw uit, en het prikte alsof er naalden in waren gestoken. Ik hoorde dat mijn zus me riep.

'Broertje, kom eten.'

Ik zag mijn moeder langs de rand van het veld strompelen, met onze lunch aan een lange bamboestok. Haar gezicht zag rood onder haar strohoed. Wat was ik blij haar te zien.

'Kom, was je handen en eet, jonge boer.' Mijn moeder glimlachte toen ik me naar haar toe sleepte. De lieve glimlach op haar gezicht was de hoogste lof die ze ons kon geven. Mijn zussen en broer schaarden zich rond onze moeder, die water uit een emmer goot en natte handdoeken liet rondgaan.

'Je doet het lang niet slecht. Met jouw hulp zijn we voor het donker klaar.' Mijn broer straalde en gaf een klap op mijn rug.

Ik gilde onwillekeurig.

'Wat is er? Is je rug verbrand?' vroeg Huang.

Ik zei niets.

'Ik had toch gezegd dat je je hemd aan moest houden,' zei ze.
'Het was nat.'
Allemaal keken ze me aan.
'Laat me je handen eens zien,' zei Jin. Dat deed ik. Er liep bloed uit de open blaren. 'Jij gaat na de lunch gewoon naar huis, oké? Hè, wat naar. Wat zul je een pijn hebben.'
Mijn moeder en zus waren helemaal van de kaart. Met een natte handdoek maakte mijn moeder mijn bloedende handen schoon.
'Het spijt me, jongens. Maar ik kan mijn aandeel best afmaken.'
'Nee, ga maar naar huis en doe iets aan je handen.'
Ik schaamde me, voelde me een verrader.
'Zo ging het met mij ook toen ik begon.' Jin stak zijn handen uit. 'En kijk nu eens. Ze voelen als ijzer. Ga maar naar huis en doe goed je best op school. Misschien ga je op een dag studeren, dan hoef je dit zware werk niet meer te doen. Jij maakt nog een kans. Je zussen en ik zijn er al te oud voor.' Hij keek naar Ke en Huang.
Zwijgend liep ik achter mijn moeder aan naar huis, mijn beide handen gestrekt om vooral nergens tegenaan te komen.
'Wil je nog steeds boer worden?' vroeg mijn moeder.
Ik schudde mijn hoofd.
'Doe dan goed je best op school. Jij kunt een toekomst kiezen, je broer en zussen niet. Je hebt geluk. Als zij zulke blaren zouden hebben als jij, zouden ze toch door moeten gaan totdat de laatste stengel was geoogst. Zo is hun leven.'
De woorden van mijn moeder bleven nog heel lang hangen.
Boven de eindeloze, meedogenloze velden hing de geur van aarde en iets vaag zoetigs. Zelfs als ik nooit meer terug zou komen, zou ik die geur altijd herkennen. Vroeger maakten de schoonheid van de natuur en de modderige geur van de oogst me altijd sentimenteel. Nu had ik het gevoel dat ik naar een begraafplaats keek, vol hongerige geesten die naar mijn armen en benen graaiden. Ik wilde mijn jeugd en toekomst hier niet begraven.
Terwijl ik achter mijn moeder liep, verlangde ik ernaar om te beginnen met de lessen van professor Wei en om terug te gaan naar school. Ergens lag een toekomst die niet om schoffels en sikkels draaide. De problemen op school kon ik overwinnen.

Nooit was ik vastberadener geweest dan op dat moment. Ik mocht van geluk spreken. Zoals mijn moeder en Jin hadden gezegd, ik had nog een kans. Mijn rug en handen klopten van de pijn, maar het enige wat ik voelde was dankbaarheid jegens mijn familie en de wil om mijn school af te maken.

Nu het me niet was gelukt om Si's plaats in te nemen, bedacht mijn vader iets anders. Ik werd voor de rest van de zomer naar de conservenfabriek gestuurd om haar baantje over te nemen, zodat zij terug kon komen voor de oogst.

Opgetogen reed ik naar Han Jian op een geleende oude fiets. Ik had een zak rijst achterop, en een grotere met zoete aardappels. In een rugzakje zaten wat schone kleren. De weg was smal en liep langs de kust. Witte golven rolden als de tong van een grote slang over het strand, ritmisch strekten ze zich uit en trokken ze zich terug. Af en toe kon je zeilen zien, flonkerend in de zon. De frisse bries was zoutig. Ik genoot van de eenzame, verlaten zee.

De oude fiets ratelde over het onverharde pad, dat was geteisterd door zware regens en gebakken in de hete zon. Afdrukken van schoenen en blote voeten die zich door de modder hadden geworsteld, leken net kleine maquettes van hoge bergen en diepe dalen. Ik stopte in het Dorp met de Brug, halverwege Han Jian en Gele Steen, allebei twee uur verderop. Het was een klein en afgelegen dorp op het uiterste puntje van een baai, met uitzicht op zee.

Een stuk of tien kleine witte huisjes stonden langs een smalle keienstraat. Een paar vrouwen met manden op hun hoofd liepen langzaam langs me en keken me argwanend aan. Kinderen speelden in het stof, en een stuk of wat oude vrouwtjes zat ernaast te soezen. Ik keek om me heen, maar er was nergens een man te bekennen. Geen wonder dat dit vissersdorp 'Weduwendorp' werd genoemd. De mannen waren vaak weken of zelfs maanden op zee. Sommigen kwamen terug, van anderen werd nooit meer iets gehoord.

Ik stapte van mijn fiets en liep door het korte straatje. Ik kwam langs een herenkapper, waar uiteraard een vrouw een andere vrouw knipte. Een kat zat op een lege stoel. Ernaast was de viswinkel. Klanten waren er niet, er zat alleen een vrouw een waterpijp te roken die borrelde als een beek. Naast de deur hing een groot houten bord. VERSE KRAB, OESTERS EN SCHELPDIEREN. NIEUWE AANVOER BIJ LAAG TIJ.

De vrouw met de pijp glimlachte naar me. Rook kringelde rond haar hoofd als wolken rond een bergtop.

Het was een grappig dorp, met smalle openingen tussen de huizen, zodat je telkens een glimp opving van de zee op de achtergrond. Aan het eind van de straat schoten een paar kippen en een haan geschrokken weg voor het wiel van mijn fiets, en ze zochten kakelend een veilig heenkomen in een dode boom. De haan was het enige levende manlijke schepsel dat ik in het hele dorp had gezien. Het dorp eindigde bij een oude poort, met erachter een stenen brug over de inmiddels modderige Dong Jing. De maagd Dong Jing was ergens onderweg haar kuisheid kwijtgeraakt en van kleur veranderd nadat ze door de zee was verleid. De rivier flirtte, danste en dartelde met de krachtige golven voordat ze uiteindelijk haar hoofd boog in de sterke omhelzing van de Stille Oceaan, zonder te weten welk lot haar wachtte. De brug was een jaar of tachtig oud. In zijn jonge jaren stak mijn grootvader de Dong Jing op dit punt over met een pontje, en inde hij de pacht voor de landbouwgrond die onze familie langs deze delta had bezeten.

Bij het bruggenhoofd stonden twee rijen stenen beelden van hemelse wachters, uitgedost als krijgers met zwaarden. Ze waren wel vijf meter groot en keken zwijgend en afstandelijk uit over zee. Een van de stenen mannen was tijdens een bombardement van de Japanners in de Tweede Wereldoorlog zijn hoofd kwijtgeraakt. De man ernaast leunde tegen zijn buurman aan sinds hij op het hoogtepunt van de Culturele Revolutie door Rode Gardisten was omgegooid omdat deze beelden blinde, bijgelovige verering symboliseerden. Ze hadden alle stenen mannen in zee willen smijten, maar een springerige Rode Gardist was onder het vallende beeld vermorzeld. De anderen sloegen op de vlucht en wilden niet meer in de buurt van de reuzen komen. Stilzwijgend hadden de reuzen de Japanners en de Rode Gardisten verslagen. Dit waren onze goden van de zee en het land.

Ik zette mijn fiets tegen de voet van een stenen man, ging op zijn teen zitten en haalde een stuk rijstcake uit mijn tas. Mijn grootvader had me over deze plek verteld, de derde man van links, met zijn gezicht naar het oosten. Daar vandaan had je het beste uitzicht op een van de vierentwintig mooiste bezienswaardigheden van Putien, 'De ochtendzon op zee'. Volgens de plaatselijke folklore had de zon, in de vorm van een vuurbal, op een uitzonderlijk heldere ochtend in mei een paar sprongen op de horizon gemaakt en was toen in zee verdwenen. Op die plaats leek de zee nog steeds rood.

Geleerden waren vroeger naar alle hoeken van Putien gereisd om gedichten te schrijven over de plekken die ze het mooist vonden, en latere generaties hadden zich vaak afgevraagd of die dichters soms gek waren geweest. Mijn grootvader bekende dat hij hier vroeger elk jaar naartoe ging met zijn vrienden, en dat geen van de plekken enige overeenkomst vertoonde met de gedichten. Ze hadden zeker nooit de zon zien springen, voegde hij er grinnikend aan toe. Hij zei dat hij alleen naar dit dorp kwam om er in azijn gedoopte oesters en schelpdieren op zeewier te eten.

Uitkijkend over zee dacht ik aan die legendarische luchtspiegeling en de vele gezonken boten van de mannen uit het vissersdorp. Het melancholieke gezang van het dorp weerklonk in de roep van de zeemeeuwen. Twee rijstkoeken later – ik schatte de tijd op een uur of drie, want de zon wierp een schaduw over de schouder van de stenen man en de bries van zee was aangewakkerd – stapte ik weer op mijn fiets, en ik volgde een andere fietser met een grote stapel droog hooi achterop, die als windvanger fungeerde.

Han Jian was een stadje aan zee dat bestond uit twee lange, met elkaar verstrengelde straten. De staart van de stad lag op de heuvel, de kop hing bijna in het water. Van een afstand leken het net twee slangen die naar zee waren gekropen om eruit te drinken. Het was geen provinciehoofdstad zoals Putien, en ondanks de handelsgeest die er heerste, was de sfeer toch ontspannen. Rijke renteniers uit Hongkong en andere Aziatische landen slenterden door de straten en waaierden zich met bladeren van kokospalmen koelte toe in de zomerse hitte. De mannen droegen kleurige polyester overhemden waarvan ze de knopen niet dichtmaakten, zodat je hun slappe tepels kon zien, en in hun typische dialect wisselden ze aan weerszijden van de smalle, drukke straten verhalen uit. Sommige mensen beweerden dat ze hun accent hadden verpest door alleen maar Kantonees te spreken, maar mijn vader zei dat ze zo lang in het rijke Hongkong hadden gewoond dat ze nu praatten alsof ze zilveren muntstukken in hun mond hadden.

Ik fietste langs voetgangers, fietsers, straatventers, kinderen en vrachtwagens met groente en fruit naar de haven en begon een steeds groter gevoel van opwinding te krijgen. De hele zomer zou ik in de buurt van deze stad wonen, en ik kon doen waar ik zin in had, want hier kon mijn familie me niet in de gaten houden. Bij een kiosk kocht ik een pakje Vliegend Paard, met het plan de sigaretten later heerlijk op mijn gemak op te roken, zoals een man met een salaris.

Si begroette me bij het hek van de fabriek, aan de rand van de stad. Ik had haar twee maanden niet gezien. Ze had een kort kapsel dat haar erg goed stond.

Ik glimlachte naar haar. 'Een echt stadsmeisje.'

'Vind je het leuk?' vroeg Si.

Ik knikte en streek mijn eigen haar glad voordat ik naar de indrukwekkende fabriekspoort liep.

De hekken werden bewaakt door mannen met geweren over hun schouder. Ze controleerden Si's insigne en lieten ons door.

'Waarom hebben ze geweren?' vroeg ik.

'Iedereen steelt hier als de raven. De directeur is vroeger militair geweest.'

Een groepje jonge mensen op fietsen vloog langs ons, en ze riepen de naam van mijn zus.

'Wie zijn dat?'

'Vrienden. Ze zijn klaar met hun werk.'

We kwamen bij haar divisie, waterbeheer, waar ik door haar chef en haar beste vriend hartelijk werd begroet. De chef was een gezette man met maar één arm. Volgens de verhalen was de arm afgezaagd en in een withete oven gevallen, en had hij hulpeloos naar het verbranden van zijn eigen lichaamsdeel staan kijken. Haar beste vriend was een dikke jongen van twintig, met een behaard gezicht dat aan een wolf deed denken. Hij glimlachte naar me, en zijn ogen werden twee streepjes onder zijn borstelige wenkbrauwen. Hij kneep in mijn oor en gaf een klap op mijn rug.

'Waarom zijn ze zo aardig tegen je?' vroeg ik Si nadat we het kantoor weer hadden verlaten.

'Bolle is een vriend, trouw maar koppig. En ik had net twee sloffen Vliegend Paard voor mijn chef gekocht. Daar doet hij ongeveer een maand mee, dus dan moet jij een nieuwe slof voor hem kopen. Iedereen is hier corrupt. Omkoping is de enige manier om je baan veilig te stellen. Iedereen doet het, van de directeur tot de afdelingschef tot de teamleider.'

Ze liet me zien waar ik zou slapen, een raamloos hok achter een ketelhuis waar een smal bed stond. Er waren geen wc's en het licht in de gang deed het vaak niet, of het knipperde alleen. Het donkere, rookkleurige plafond zat onder de spinnenwebben. Er was maar weinig verbeelding voor nodig om te denken aan ratten, kakkerlakken en valse katten die achter de oude vaten en roestende machines op de loer lagen.

Si vertelde me dat er af en toe een meisje in de kamer tegenover de mijne sliep. Dat 'af en toe' was voor mij reden om de omgeving van het bouwvallige huisje beter te bekijken. Er groeide hoog gras en een woud van onkruid, het soort dat allerlei griezelige dingen verborg en een troosteloze aanblik bood. Ik kon mezelf al helemaal voor me zien op donkere nachten, weggekropen onder een dunne deken terwijl het buiten weerlichtte en donderde.

Ik was bepaald geen held in het donker, en Si wist dat. Toen ik klein was, moest mijn grootmoeder bij me blijven totdat ik sliep om de blauwe spoken zonder hoofd bij me weg te jagen. Er was geen enkel spookverhaal dat ik niet had gehoord of gelezen. Jammer genoeg geloofde ik ze allemaal. In het donker kwamen de figuren uit de verhalen weer tot leven, en kroop ik zwetend en bibberend van angst onder de dekens.

Si zei dat ze geluk had gehad dat ze dit kamertje had gevonden, want het kostte niets. En ik mocht bij Bolle logeren als ik wilde. Ze moest opschieten om de vrachtwagen te halen die van de fabriek naar Gele Steen ging om een bestelling te bezorgen. De lift had haar een pakje Vliegend Paard voor de chauffeur gekost. Toen ik haar uitzwaaide, bewonderde ik onwillekeurig haar sociale vaardigheden. Ze leek knapper nu ze niet in Gele Steen was, en volwassener. Mensen luisterden naar haar en waren op haar gesteld. Ik vond het haast onvoorstelbaar dat zij meer pakjes Vliegend Paard kocht dan ik. Alles draaide hier om Vliegend Paard. Lange leve Vliegend Paard!

De volgende dag meldde ik me in het kantoor van de afdeling waterbeheer. De chef was er niet, en Bolle zat met een paar meisjes te kaarten. Hij ging staan en nodigde me uit om mee te doen met hun pokerspel.

'Ik ben hier om te werken, Bolle,' protesteerde ik.

'Dit ís werk, boerenkinkel,' zei Bolle glimlachend. 'We zitten hier te wachten, houden de watertoren in de gaten en meten elk uur de stand van het water, weer of geen weer. Dat is het.'

'Verder niets?'

'Nee. Je moet gewoon zorgen dat je elke dag komt en je handtekening zetten. Een keer per week moet je 's nachts doorwerken en dan slaap je hier. Die avond krijg je gratis eten van de fabriek.'

'Jeetje, wat een paradijs,' zei ik.

Ze lachten allemaal.

Al snel kwam ik erachter dat er alleen maar mensen uit invloedrijke families op het kantoor werkten. Bolles vader was een oude revolutionair die in de bergen van Fujian had gevochten. Zijn moeder was de derde vrouw van zijn vader, die vaak voor zijn grootvader werd aangezien. Verder waren er twee meisjes, Ying en Ning. Ying was klein van stuk en getrouwd met een legerveteraan die nu vice-voorzitter van de partij was in Han Jiang. Ning was knap en zat elke dag bij de deur van het kantoor op de post te wachten, om met een rood hoofd te verdwijnen als er een luchtpostbrief was van haar minnaar in Hongkong.

Urenlang zaten ze over hun mannen te roddelen met een breiwerkje. Ze neurieden slaapliedjes, vals als kraaien, terwijl ik in een hoekje gek werd van verveling en uit het raam naar het verkeer op straat staarde. Zelfs als het niet mijn beurt was, bood ik vrijwillig aan om de trap van de watertoren op te rennen en de waterstand te meten.

'Ik verveel me dood,' zei Ning op een dag, en ze strekte haar slanke rug. 'Hé, ik heb gehoord dat jij fluit speelt. Is dat waar?'

'Ja, maar niet goed,' zei ik.

'Als je twintig minuten voor ons speelt, mag je de rest van de ochtend vrij nemen.'

'Krijgen jullie daar dan geen problemen mee?'

'Wat voor problemen? Omdat jij iets voor ons speelt?'

'Is er geen regel dat dat niet mag?'

'We maken hier zelf de regels. Als het iemand niet bevalt, draaien we gewoon de waterkraan dicht.'

Vanaf dat moment speelde ik elke dag op mijn fluit, meestal verzoeknummers. Dan mocht ik met Bolle naar de stad op zijn fiets en gingen we naar de film. Zelfs de chef zat onderuitgezakt op zijn stoel achter zijn lege bureau thee te drinken en met zijn vinger de maat te tikken.

Op een dag nam hij me apart om me te laten weten dat mijn zus al wel erg lang weg was, en dat hij niet dacht dat hij ons nog veel langer de hand boven het hoofd kon houden. De fabriek zou het nooit goed vinden dat er een jongen van veertien en een half werkte, en hij kon er problemen mee krijgen.

Terug in mijn hokje keek ik moedeloos op de kalender. Het was een maand geleden, tijd voor Vliegend Paard.

Ik ging naar de stad, kocht een nieuwe slof sigaretten en gaf die af bij zijn huis, met het smoesje dat hij ze op kantoor had laten liggen. Het werkte. De volgende dag nam hij me weer apart en zei dat ik mocht blijven, net zolang als Si voor onze commune moest blijven werken.

Ik was op de een of andere manier gewend geraakt aan het kamertje waar ik sliep. Elke avond liep ik over het lange, smalle en donkere pad naar het ketelhuis, en door de gang met de krakende vloer naar mijn hok. Ik nam een po mee die ik onder het bed zette. Er lag altijd een mes onder mijn hoofdkussen, en dat nam ik in mijn hand zodra ik iets hoorde. Op een nacht hoorde ik rond een uur of vier iets vallen, en de rest van die nacht lag ik als een garnaal die bang is voor een hete pan onder de dekens met het mes in mijn hand. De volgende ochtend zag ik dat er een brok steen uit het plafond op de oude ketel was gevallen. Kennelijk hadden de ratten een feestje gehad.

Tijdens al die eenzame nachten hoorde ik nooit enig geluid van mijn onzichtbare buurvrouw. Ik hoopte dat ze op een dag voor wat meer leven in de brouwerij zou zorgen. Alles was beter dan altijd alleen zijn, maar toen kwam ze op een avond eindelijk opdagen. Het motregende en er stak wind van zee op. Dikke, donkere wolken pakten zich samen aan de westelijke horizon. Ik at vroeg en ging terug naar bed met een boek over krijgsheren van vroeger. De gedachte aan een naderend onweer hield me tot na middernacht wakker. Toen ik op een gegeven moment wegzakte in een droom, hoorde ik op de gang, aan de andere kant van mijn dunne muur, luid gelach. De muur bestond uit planken waar krantenpapier op was geplakt om de kieren te dichten, dus van geluidsisolatie was geen sprake. Het hele ketelhuis trilde. Het waren een man en een vrouw. De man mompelde iets onverstaanbaars, met dikke tong, en het meisje giechelde en vloekte plagend. Onvaste voetstappen dreunden door de gang.

Snel kroop ik uit bed en ik trok een stuk plakband van een bestaand gat, mijn kijkgaatje. Ik zag de rug van een dikke man, verlicht door het vage schijnsel van een peertje van vijftien watt. Zijn ene hand lag op de borsten van het meisje, en de andere arm had hij om haar heen geslagen. Het was een beer van een kerel, terwijl het meisje juist slank en klein was. Ze stootten tegen de muur aan, en de man bleef staan wachten terwijl het meisje haar best deed om de sleutel in het slot te steken. De man maakte een snelle beweging, en het meisje gaf hem lachend een tik op zijn hand, als een moeder die haar ondeugende zoon berispt. Ze verdwenen achter de deur en het licht ging uit. Het zal haar man wel zijn, dacht ik, en ik bedankte Boeddha dat hij me tijdens dit nachtelijke onweer niet alleen liet.

Even later klonk er geluid. Ondraaglijk geluid, als water dat van een hoge berg stroomt. Ik hoorde een luide kreun van een man die wanhopig en hulpeloos klonk, en een snerpende kreet van pijn van het meisje. Een ritmisch bonken begon, en het meisje slaakte kreetjes op het ritme. Ik hoorde hijgend ademhalen, en het bed kraakte. Er viel iets van tafel op de grond. Het duurde wel vier of vijf eindeloze minuten voordat de man het uitschreeuwde. Het klonk alsof hij het meisje sloeg. Abrupt hield het op. Ik hoorde het roffelen van de regendruppels op het dak. Mijn hart bonkte en hun kreten weergalmden nog in mijn oren. Ik ging op mijn hurken bij de muur zitten, verward, zorgelijk en nieuwsgierig. Ik vroeg me af of ik met een of ander wapen naar buiten moest stormen om het meisje te helpen.

'Nu moet je weer weg,' hoorde ik het meisje zeggen.

'Nee, alsjeblieft. Ik wil nog niet weg.'

'Scheer je weg, zuiplap.'

Ik hoorde het geluid van brekend glas, en toen strompelde de man door de gang. Ik drukte mijn oog tegen het kijkgat. Hij hinkte en streek met een hand over zijn gezicht. Ik kon alleen zijn rug zien, niet zijn gezicht, en het lichte hinken. Het meisje gooide de deur met een klap dicht, en ik kon haar onregelmatige ademhaling horen.

Er was kennelijk iets aan de hand, maar ik was niet van plan om me met andermans zaken te bemoeien. Ik liet me met een plof op mijn bed vallen en probeerde te bedenken wat al dat kreunen en gillen te betekenen had gehad. Waren mijn vrienden uit Gele Steen maar bij me om het uit te leggen. De storm wakkerde aan en de muren trilden. Normaal gesproken zou ik weggekropen zijn in bed en mijn rug tegen de muur hebben gedrukt, maar die nacht hield het raadsel me zo bezig dat ik vergat om bang te zijn. Ik bleef nog heel lang wakker, wachtend tot de man terug zou komen en het meisje weer zou gillen, maar de enige geluiden waren de regen op het dak en het zachte, regelmatige snurken van het meisje.

De volgende ochtend verscheen de zon schaamteloos voor het raam, als een kindergezicht, alsof er die nacht nooit een druppel regen was gevallen. Ik keek op de wekker. Zeven uur. Ik sprong uit bed en drukte mijn neus onder het kijkgat tegen de muur, nieuwsgierig naar mijn buurvrouw. Geen enkel geluid. Ik deed mijn deur open en keek naar links en rechts in de gang. Geen sporen van een gebroken fles. Met mijn handen in mijn zakken slenterde ik fluitend mijn kamer uit, en bij de deur van het meisje ging ik langzamer lopen. Het was doodstil in haar kamer, net als voorheen. Ik zette het raam aan het eind van de gang open, en zonlicht stroomde naar binnen. Pas in dat licht zag ik de glinsterende glasscherven, scherven die er de dag daarvoor niet waren geweest. Ik had dus geen nachtmerrie gehad. Er waren een meisje, een man en een fles geweest. Toen ik beter keek, zag ik de sporen van een bezem in het stof op de grond. Ze had geprobeerd de scherven op te vegen en was waarschijnlijk al weggegaan voordat ik wakker werd.

Op mijn werk vertelde ik iedereen wat er die nacht in het ketelhuis was gebeurd. Mijn toehoorders – Ying, Ning en Bolle – lachten onbedaarlijk.

Bolle grijnsde zo breed dat zijn ogen in de plooien van zijn gezicht verdwenen. De meisjes bloosden en keken elkaar veelbetekenend aan voordat ze zich omdraaiden en samen begonnen te fluisteren.

'Wat is er?' vroeg ik aan Bolle. 'Vind je het dan geen eng verhaal?'

Hij schudde zijn hoofd, keek naar de meisjes en liep zelf ook rood aan. 'Buiten, niet hier.'

Ik volgde hem het kantoor uit.

Hij liet zich op de stenen trap naar de watertoren zakken en gebaarde dat ik naast hem moest komen zitten.

'Roken?' Hij pakte een Vliegend Paard voor zichzelf en een voor mij. We staken onze sigaretten met dezelfde lucifer aan.

'Wat is er nou? Wat valt er te lachen?' zei ik.

'Dat kan ik toch niet vertellen als er meisjes bij zijn.'
'Waarom niet? Kom, vertel het nou.'
Hij trok een paar keer lang en hard aan zijn sigaret. 'Weet je wat een man en een vrouw doen als ze 's nachts met elkaar alleen zijn?'
Ik snapte er niets van. Ik nam een trekje en schudde mijn hoofd.
'Je gaat me toch niet vertellen dat je nooit een stier op een koe hebt zien bonken, met zo'n lange lul die erin en eruit gaat?'
Ik kon voelen dat mijn mond openviel nu het me begon te dagen. 'Maar ze gilde!'
Hij knikte. 'Dat doen ze soms. Van genot.'
Diep in mijn binnenste voelde ik iets rommelen. 'Waarom deden ze net als koeien?' Ik vond het een verbijsterende ontdekking. Ik had dat wat koeien doen van het begin tot het eind door mensen horen doen. Dat was niet zo netjes van mijn buurvrouw. Het jongetje in de kamer naast haar was bijna binnen komen stormen met een mes om haar te verdedigen. Enerzijds schaamde ik me dood, anderzijds voelde ik me merkwaardig opgewonden.
Bolle glimlachte van opluchting nu ik het eindelijk begreep.
'Gaat dat altijd met een fles?'
'Dat weet ik niet, hoor.'
'Het meisje noemde hem een zuiplap.'
'Zo te horen vonden ze het hartstikke lekker.'
'Wat bedoel je?'
'Drank en vrouwen, dat gaat hand in hand, als een banaan met honing erover.' Likkebaardend keek hij me aan. Bolle klonk als een expert op dit gebied. Ik vroeg me af waarom we er niet al veel eerder over hadden gepraat.
'Heb jij het weleens gedaan?'
Een grijns spleet zijn mollige gezicht in tweeën. 'Dat zou ik wel denken.'
'O ja? Met wie dan?'
Hij schudde zijn hoofd en staarde naar zijn sigaret.'
'Wil je het me niet vertellen?'
'Het was een hele tijd geleden, en je bent nog jong, ik wil je niet op slechte gedachten brengen.'
Ik smeekte en smeekte.
'Het is slecht voor je, en bovendien heb je al genoeg gehoord

van je buurvrouw. Zorg de volgende keer dat je een verrekijker hebt, of maak een gat in haar muur zodat je kunt kijken.'

'Hou op. Dat zou ik nooit doen.'

'Zeg, heb je het gezicht van die man eigenlijk gezien?'

'Nee, maar ik weet wel dat hij mank liep.'

'Liep hij mank?'

'Ja, hoezo?'

'Doe eens voor hoe hij liep.'

Ik ging staan en liep een eindje met mijn rechtervoet slepend over de grond, als een bezem waarmee je de vloer veegt.

'Was hij dik of dun?'

'Een dikke buik, die van boven en van onder smal toe liep. Net een olijf.'

'Groot?'

'Ja.'

'En dronken?'

'Hij praatte met munten in zijn mond, lispelend.'

'Het kan niet waar zijn.'

'Wat niet?'

'Niets.'

'Niets? Ik geef antwoord op al jouw vragen en jij beantwoordt de mijne niet? Je wordt bedankt!'

Hij schudde alleen zijn hoofd.

De rest van die dag kon ik de twee vrouwen op het kantoortje niet aankijken. Ik deed alsof ik de krant las, verborg mijn hoofd erachter. Een paar keer keken ze me met een veelzeggend glimlachje aan. Ik keek weg zodra we oogcontact maakten.

In de kantine van de fabriek bleef ik zo ver mogelijk uit de buurt van het tafeltje waaraan de twee meisjes zaten te lunchen met de andere fabrieksmeisjes, ik begroef mijn gezicht in mijn etenskom en schrokte de rijst naar binnen. Toen ik wegging, hoorde ik gelach achter mijn rug. Kennelijk lachten ze me uit, want ik herkende Nings stem. Ze vertelde iedereen over mijn naïviteit. Ik sloeg op de vlucht als een veroordeelde crimineel.

Die avond ging ik met een vreemd gevoel terug naar mijn ketelhuis. Heel lang staarde ik naar de deur van het meisje. Ik probeerde me voor te stellen hoe ze eruitzag en wenste dat ik meer over haar wist. Even overwoog ik een gat in haar muur te maken. Tussen mij en het raadsel stond alleen een dun muurtje in de weg. Wat voor soort zigeunerleven leidde ze? Was ze mooi of niet? Was ze getrouwd of vrijgezel? Was de man haar minnaar of haar echtgenoot?

Ik zou de antwoorden nooit weten. Er was niemand die ze me kon geven. Ik prikte nog een paar gaten in mijn deur en wachtte geduldig op de volgende keer dat ze zich zou laten zien. Haar deur werd het altaar van mijn verbeelding, en zodra ik een beweging hoorde, zou ik mijn oog tegen het kijkgaatje hebben geplakt.

Op een middag waren we aan het pokeren in ons kantoortje toen we mensen hoorden roepen en schreeuwen, alsof ze naar een balspel keken. We legden onze kaarten neer en gingen naar buiten om te zien wat er aan de hand was.

'Verrek, het is die klootzak weer.'

Ik zag dat onze eenarmige afdelingschef rond de watertoren achterna werd gezeten door een grote man met een rood gezicht. Hij krijste en schuimbekte als iemand die dronken is en zwaaide met een fles. En hij liep mank.

'Wie is dat?' vroeg ik snel.

'De lijfwacht van de partijvoorzitter op deze fabriek.'

'Waarom zit hij onze chef achterna?'

'Hij is dronken. Waarschijnlijk hebben ze samen zitten zuipen.'

'Waarom houdt niemand hem tegen?'

'Hij valt iedereen aan die hem ook maar een strobreed in de weg legt. Die man is een beest. Hij is voor niemand op de fabriek bang.'

'Waar komt hij vandaan?'

'De partijvoorzitter zat bij het leger en hij heeft die lijfwacht meegenomen. Hij drinkt van de vroege ochtend tot de late avond. Blijf maar een heel eind bij hem uit de buurt,' adviseerde Bolle me.

Onze arme chef werd nog steeds achternagezeten, en de lijfwacht begon er genoeg van te krijgen. Hij ging langzamer lopen en hinkte langs ons, zodat ik zijn tonronde buik, moddervette achterwerk en kleine hoofd goed kon zien. Op dat moment keerde hij ons zijn brede rug toe, en de beelden van de man in mijn ketelhuis met zijn hand op de borsten van het meisje stonden me opeens weer levendig voor ogen. Bijna had ik een kreet geslaakt, en ik sloeg mijn hand voor mijn mond. Het was dezelfde man. Geen twijfel mogelijk. Ik had hem door de gang zien hinken, en die slepende voet was echt geen komedie. Hoe kon een meisje, wat voor meisje dan ook, naar bed gaan met zo'n smeerlap? Ik walgde bij de gedachte. Zijn ogen, rood en vuil als modderig water, stonden doods. Wit speeksel liep uit zijn slappe mond. Wat een vod van een kerel. Ik kon me hem niet voorstellen, naakt boven op het slanke lichaam van mijn mysterieuze buurvrouw. Die enorme buik moest wel zeventig pond wegen en zijn tepels waren zo dik dat het wel tieten van een zwanger zwijn leken. Zeker vier mensen hadden hun buik rond kunnen eten aan dat vette achterwerk van hem.

Eindelijk was de achtervolging voorbij. De lijfwacht zakte midden op de weg in elkaar, zoals vele achtervolgingen in het verleden waarschijnlijk al waren geëindigd. Hij lag met zijn gezicht plat op de grond en de berg van zijn lichaam leek wel een dode buffel. Vliegen gonsden om hem heen, likten het kleverige zweet uit de plooien van zijn nek. Niemand wilde hem met een vinger aanraken. Onze chef maakte zich buiten adem uit de voeten, nadat hij zijn tong had uitgestoken naar de bewusteloze vleesberg en naar ons had gezwaaid.

Tien minuten later pakte een oude elektricien een waterslang en richtte de straal op de lijfwacht. Hij was meteen wakker en schudde zijn hoofd als een hond die net uit het water komt. Hij hees zich overeind, ging staan en hinkte weg langs de muur, een spoor van natte voetstappen achterlatend.

'Ga weg hier voordat je wordt overreden, stinkende smeerlap!' riep de oude elektricien hem na. Omdat hij het bedrijf had opgericht en zelf een revolutionair was, was hij de enige op de hele fabriek die zo tegen hem durfde te praten.

De lijfwacht verdween hinkend in de schaduw van de fabrieksschoorstenen, een schoen armer. Alle toeschouwers gingen terug naar hun werk, en de elektricien rolde de slang weer op. Alles was weer normaal.

Die avond op mijn kamer dacht ik nog steeds na over mijn trieste ontdekking. Ik staarde naar de deur en had medelijden met mijn buurvrouw. Ze was verkracht, maar ze had het wel lekker gevonden. Ik was er zelf getuige van geweest. Geen ooggetuige maar een oorgetuige. Voor mij werd ze een heldin. Ik had wel bloemen voor haar deur willen leggen omdat ik haar zo zielig vond.

Mijn kamer in het ketelhuis was nooit meer hetzelfde. Als het donker werd, konden er altijd dramatische en mysterieuze dingen gebeuren, maar ze bleven uit en ik heb het meisje nooit meer teruggezien.

16

De conservenfabriek in Han Jian produceerde tachtig procent van alle ingeblikte champignons op de schappen van de supermarkten in de Verenigde Staten en de rest van de corrupte westerse wereld. Het was een melkkoe. Het kapitaal aan Amerikaanse dollars dat bij de fabriek binnenstroomde, had meneer Tui, de directeur, een paar jaar geleden tot het belangrijkste lid van de communistische partij in Fujian gemaakt toen deze onbeduidende manager de touwtjes van de paddestoelenindustrie in handen kreeg.

Meneer Tui was tevens partijsecretaris van de conservenfabriek, en hij reed rond in een Russische auto uit de jaren vijftig, met donkere ramen. Zijn lijfwacht rende elke ochtend achter de auto aan, bezig zijn overhemd aan te trekken, nadat zijn kwade baas zonder hem was vertrokken omdat de onverbeterlijke zatlap nog bij moest komen van de braspartij van de avond daarvoor. Meneer Tui woonde met zijn gezin in een groot nieuw huis dat de fabriek had laten bouwen, maar het stond wel op zijn naam. Hij nam een kok uit het noorden in dienst, die alles met peper bereidde, zoals de gewoonte was in Shangdong, de provincie waar hij vandaan kwam. De drank vloeide rijkelijk in dat huishouden, en elk maal was een banket. De partijleiders bespraken dringende politieke kwesties onder het genot van pekingeenden, geroosterd speenvarken, Franse cognac en filtersigaretten uit Hongkong. Op de achtergrond klonk onafgebroken muziek, eveneens uit Hongkong, liefdesliedjes die moesten helpen bij het oplossen van de netelige problemen.

Het officiële maandsalaris van de baas was ongeveer honderdvijftig yuen, het equivalent van twintig Amerikaanse dollars, maar zijn ware inkomen verdiende hij op de ouderwetse manier, door een flink percentage af te romen van de individuele paddestoelenkwekers. Voor elke ton verse paddestoelen die aan de fabriek werd verkocht, kreeg hij tien procent van de kwekers, mogelijk gemaakt doordat de fabriek hun een exorbitant hoge prijs betaalde. Tevreden kwekers aanbaden hem als een god, een hitsige god die seksuele gunsten eiste. De kwekers leverden meisjes op verzoek, want anders konden ze hun paddestoelen aan de straatstenen niet kwijt en konden ze honderden kilo's verrotte waar weggooien. Een paar kwade boeren hadden zijn gedrag bij de autoriteiten gemeld, maar het kwam erop neer dat hij zelf de plaatselijke autoriteit was, en de meeste rapporten eindigden op meneer Tuis eettafel. De lastige boeren gingen gegarandeerd binnen korte tijd failliet. Een paar boerderijen waren zelfs platgebrand.

In drukke periodes lagen er bergen verse paddestoelen in cementen kuipen. De hele fabriek rook naar een champignonsoepkeuken. Alle kleren die ik naar de fabriek droeg, tot en met mijn ondergoed, vertelden wat voor werk ik deed. De meeste werknemers volgden het goede communistische voorbeeld van hun baas en hadden hun eigen manieren om van de fabriek te stelen en zo hun inkomen aan te vullen. Voor een veel gebruikte truc werd de hulp van familieleden ingeroepen. Familieleden werden uitgenodigd voor een bezoek, en onder de mantel van de duisternis slopen ze naar de kuipen waar de verse paddestoelen werden opgeslagen. Er werden zakken mee gevuld, die werden door een zijdeur naar buiten gesmokkeld, en dan werden de champignons de volgende dag, voordat ze geel konden worden, door de familieleden terugverkocht aan de fabriek. Een broer van onze eenarmige chef woonde gewoon in de fabriek, terwijl hij een niet-bestaande en toch zeer winstgevende champignonkwekerij runde. De chauffeurs van de vrachtwagens brachten altijd een deel van hun lading naar hun eigen huizen, om de paddestoelen dan nog een keer aan de fabriek te verkopen.

Het was daar in die fabriek één grote blije familie. De werknemers, ongeveer vierhonderd in totaal, hadden woningen van de fabriek en hoefden helemaal niet te werken. De fabriek nam tijdelijke krachten aan, zoals mijn zus en mij, wel duizenden, terwijl zij thuis zaten te pokeren of de plaatselijke markten afstruinden. Sommige afdelingshoofden en teamleiders gebruikten die tijdelijke arbeidskrachten als kok of kindermeisje, terwijl anderen de jonge meisjes die ook wel graag een graantje mee wilden pikken in dit paddestoelenparadijs tot seks dwongen.

De gewone werknemers vlogen elke ochtend op hun fiets de fabriek uit om op de markt de verse vis te kopen die zo van de boten kwam, terwijl de tijdelijke arbeiders de pech hadden om naar binnen te sloffen en aan de ochtenddienst te beginnen. Al snel draaide de hele fabriek op tijdelijke krachten, en kwamen de mensen in vaste dienst alleen nog langs om hun loon te halen.

Tot mijn verbazing hoorde ik op een dag dat er op de afdeling waterbeheer nog vijf tijdelijke krachten werkten die nooit kwamen opdagen, en dat de chef er alleen af en toe was met het oog op de kwekerij van zijn broer. Een van de tijdelijke krachten die we nooit te zien kregen, scheen thuis te werken bij de chef, waar ze wiskunde gaf aan zijn zoon.

Op een dag vroeg ik de chef gekscherend of ik zijn zoon geen fluitles kon geven. Dat hoefde niet, zei hij, want zijn zoon had al vioolles. Ach, ik had ook een poging gedaan om een paar centen bij te verdienen.

Een van mijn grootste zorgen, dag in dag uit, was eten. De gedroogde yams en de rijst die ik van huis had meegenomen, begonnen op te raken. Per maaltijd mat ik de portie rijst zorgvuldig af voordat ik de rijst stoomde in de kantine van de fabriek. De porties werden steeds kleiner, en ik had de hele dag honger. Ik meed mijn collega's in de kantine omdat ik niet wilde dat zij zouden weten dat ik goedkope yams at terwijl zij zich te goed konden doen aan verrukkelijke witte rijst waar ik van watertandde.

Ik had nog een reden om me afzijdig te houden van de rest. Ik had champignons klaargemaakt op mijn kamer, drie keer per dag. Op een gegeven moment was ik er zo ziek van geworden dat ik van de geur van paddestoelen al misselijk werd. Toch zag ik in de fabriek alleen maar paddestoelen. Ik rook paddestoelen, praatte over paddestoelen. Elke dag glipte ik met een klein zakje paddestoelen onder mijn hemd de zwaarbewaakte poort door naar buiten. Ik bakte ze, kookte ze, sauteerde ze, frituurde ze, stoomde ze, totdat ik geen andere mogelijkheden meer wist. Ik maakte ze klaar met zout, met suiker, met azijn en met wijn. Nadat ik ze dertig dagen lang drie keer per dag had gegeten, smaakten ze allemaal hetzelfde. Met het geld dat ik uitspaarde door paddestoelen te eten, kocht ik rijst op de markt. De rijst was zo lekker dat ik soms wel een hele kilo stoomde, en dan trok ik me terug in een verlaten hoekje waar niemand me kon zien en schrokte ik al die rijst naar binnen, zonder iets erbij. De anderen zouden hebben gedacht dat ik een uitgehongerde Ethiopiër was, met mijn grote hoofd, dunne nek, ribben die je kon tellen en een buik als een meloen. Als mijn collega's hadden geweten hoe ik mezelf in leven hield, zouden ze vast een collecte voor me hebben gehouden.

Bolle was de enige die iets van mijn eetpatroon afwist. Hij stelde voor om in onze vrije tijd te gaan vissen, dan had ik tenminste iets te eten. We vingen karper en geelvis in het riviertje op anderhalve kilometer van de fabriek. Vanaf dat moment at ik elke dag vis met paddestoelen. Ik liet er specerijen en pepers op los, zoals in Hunan de gewoonte was, maar de tranen sprongen me in de ogen en de peper brandde door mijn maagslijmvlies. De simpele Kantonese stijl beviel me beter, gestoomde vis met wat gember, knoflook en zout. Mijn adem stonk naar vis, dus at ik extra knoflook om de geur te verdoezelen, maar dat maakte het juist nog erger. Mensen staarden me aan en gingen met een grote boog om me heen. Gelukkig hoefde ik niet veel langer in Han Jian te blijven, anders zou ik ongetwijfeld zijn gaan jagen in de heuvels om een keer iets anders te eten te hebben.

Op een dag vertelde ik Bolle dat ik wegging omdat mijn school weer begon. Hij vroeg of ik bij hem langs wilde komen voordat ik naar huis ging.

Si kwam me op een vroege ochtend aflossen. Ze was zó bruin geworden dat haar tanden licht leken te geven als ze glimlachte; een witte halvemaan in een donkere lucht.

'Ik ben blij dat je mijn baantje niet bent kwijtgeraakt.'

Ik glimlachte en vertelde dat ik vis voor haar had klaargemaakt en dat er nog genoeg rijst over was. Ze was heel trots op me. Voordat ik haar fiets overnam en aan de tocht naar huis begon, vertelde ik haar op gedempte toon van het meisje en haar nachtelijke bezoeker. Meer vertelde ik niet. Ik liet haar een flink stuk hout zien dat ik een keer langs de kant van de weg had gevonden, waarmee ze de dunne deur 's nachts vast kon zetten, en ik raadde haar aan om net als ik met een mes onder haar hoofdkussen te slapen.

Si keek me vreemd aan en bedankte me, maar waarschijnlijk dacht ze dat ik door mijn eenzame nachten een tik van de molen had opgelopen. Ik voelde me een grote broer en wilde mijn onschuldige zusje niet graag achterlaten op die vreselijke en gevaarlijke plek. Langzaam stapte ik op mijn fiets, en ik zette koers naar Bolles huis om dag te zeggen.

Bolle stond bij de deur op me te wachten, met twee grote zakken aan zijn voeten. 'Die laden we op je fiets,' kondigde hij aan.

'Wat zit erin?'

'Dit heeft de chauffeur vannacht gebracht, een vriend van me. Lekker vers. Neem ze mee naar huis naar je familie en doe ze de groeten van me.'

Ik zette de fiets neer en maakte een van de zakken open. Er zaten rode lychees in, dik en vers, die roken naar de boomgaard in Gele Steen. Elke zak moet zeker vijfentwintig kilo zwaar zijn geweest. 'Dat kan ik niet maken.'

'Natuurlijk wel. Je hebt op de fabriek gewerkt, dus je hebt er recht op.' Hij lachte. 'Iedereen steelt in deze stad.'

'Ik wil niet dat bewakers van de fabriek me achterna komen.'

'Wees maar niet bang. We zijn hier niet op het fabrieksterrein, en bovendien kun je ze overal vandaan hebben. Ik kan ze niet allemaal zelf opeten, dan zouden ze gaan rotten.' Hij stroopte zijn mouwen op en hielp me.

Toen ik mijn magere armen spreidde om broederlijk afscheid van hem te nemen, kreeg ik mijn handen niet tegen elkaar op zijn rug. Bolle zou altijd bol blijven. Hij had een verwarde uitdrukking op zijn gezicht, een beetje verloren en verdrietig. Ik drong erop aan dat hij me snel zou komen opzoeken.

De hele weg naar huis had ik wind tegen, maar ik durfde niet uit te rusten vanwege de gestolen waar op mijn bagagedrager.

Mijn moeder en vader, zussen en broer waren blij me weer te zien en in de wolken met de lychees. Mijn moeder was een beetje argwanend, maar mijn vader zei dat we twee dingen konden doen: we aten ze op of we gooiden ze weg. We gingen aan tafel en smulden van het fruit.

Ik bracht vijf kilo lychees naar mijn vier vrienden, die me zó onstuimig omhelsden dat ik geen lucht meer kreeg.

We aten en kletsten. Mo Gong droomde van een nieuwe romance. Ik vertelde hen van mijn nachtelijke avontuur, en mijn vrienden waren er stil van. Net als ik wisten ze niet of ze het opwindend moesten vinden of juist een afknapper. Ze wilden weten wie het meisje was, maar dat kon ik ze niet vertellen.

Yi, die een paar dagen vrij had van zijn werk, vertelde ons het nieuwste hoofdstuk van zijn eigen uitzichtloze verliefdheid op de dochter van zijn meester. Ze had geweigerd om thuis te komen en met de partijvoorzitter te trouwen, en was er in plaats daarvan met een acteur uit het gezelschap van de commune vandoor gegaan. Hij was jong en knap, en zijn vader was naar Hongkong gevlucht en had tegenwoordig een hotel in Kowloon. Het jonge stel liet een groot huis aan een meer bouwen. Wat waren we allemaal blij dat deze engel was weggevlogen uit haar kooi en nu in vrijheid op haar eigen vleugels rond kon zweven.

'Ze was kennelijk niet voor jou bestemd, Yi.'

Glimlachend schudde hij zijn hoofd terwijl hij een shagje rolde, dik en rond zoals gewoonlijk.

Het was rustig in Gele Steen, ook zoals gewoonlijk. Ik vond het fijn om weer thuis te zijn, maar in het begin voelde ik een soort leegte omdat ik een drukke stad als Han Jian had verlaten. Het duurde niet lang of al die jonge en levendige gezichten vormden een herinnering die bij een andere tijd en een andere plek hoorde. Die mensen waren gelukkiger in een meer gecompliceerde wereld. Ik miste hen, maar aan de andere kant hoefde ik niet meer elke avond doodsbang naar mijn kamer te sluipen. Ik had mijn stapelbed op zolder terug.

Voordat ik die avond naar bed ging, staarde ik een hele tijd naar mijn Engelse boek en vroeg ik me af wanneer professor Wei met haar lessen zou beginnen. Mijn hart begon sneller te kloppen als ik aan de universiteit dacht, aan de dag dat ik groot zou zijn en het rustige, slaperige stadje Gele Steen, dat niet eens elektriciteit had, misschien zou verlaten om samen met andere jonge mensen te gaan studeren.

Eind augustus dobberden de lotusbloemen lui op de Dong Jing. De wolken leken heel ver weg, en op de velden, kaal en bruin na de oogst, bogen buffels hun gehoornde koppen om met hun eeltige schouders de zware ploegen te trekken en de aarde gereed te maken voor de nieuwe aanplant. Ze loeiden, een geluid dat volgens de boeren betekende dat het de volgende dag zou gaan regenen. Hun soortgenoten op andere velden namen de roep over, en al snel loeide de hele buffelpopulatie, als vossen in de hoge bergen in het westen bij volle maan. De naderende herfst maakte me een beetje melancholiek, alsof mijn hart al wist dat de koude winter voor de deur stond. Het loeien van de buffels was voor mij het droefgeestige lied van de herfst in Gele Steen. Vaak zat ik bij de rivier naar de buffels in de verte te staren en liet ik me door hun lied meevoeren naar de herinneringen aan de zomer. Dan voelde ik me altijd een beetje eenzaam en neerslachtig.

Op een ochtend maakte mijn moeder me wakker. Ze zei dat ik een schoon hemd aan moest trekken, want professor Wei kon die dag met de lessen beginnen. Ik sprong uit bed als een jonge vis die door ondiep water dartelt in de zon. Ik waste mijn gezicht met zeep, poetste drie keer mijn tanden met extra veel tandpasta, en ik kamde mijn haar in keurige baantjes, met rechts een scheiding. Met behulp van het stuk spiegel op mijn kamer controleerde ik zelfs of mijn oren wel schoon waren en er geen haren uit mijn neus staken. Mijn broer en zussen lachten toen ik de eetkamer binnenkwam, maar ik vertelde ze dat ik in de grote stad Han Jian manieren had geleerd. Fatsoenlijke mensen droegen nette kleren en waren beleefd.

Voorzichtig at ik mijn ontbijt om te voorkomen dat ik pap morste op mijn schone hemd. Ik poetste nog een keer mijn tanden voor het geval er ingemaakte bladgroente tussen mijn tanden was blijven steken en deed plastic sandalen aan, de netste schoenen die er bij mijn weten ooit door de straten van Gele Steen hadden gelopen.

Met mijn Engelse boek in mijn schooltas liep ik door het verlaten steegje in plaats van door de hoofdstraat, uit angst dat ik geplaagd zou worden door mijn vrienden, die meestal rondhingen bij de brug en alle voorbijgangers uitlachten. Als zij me hadden gezien, zouden ze mijn haar door de war hebben gemaakt en me sigaretten hebben laten roken totdat ik stonk als een schoorsteen.

Toen ik de westelijke kant van de stad naderde, begon ik nerveus te worden. Ik zou te hard praten, of misschien was mijn accent wel te boers. Zelfs mijn tenen zagen er opeens mal uit, zoals ze uit die sandalen staken. Er stond een briesje, dus mijn haar zag er ongetwijfeld uit als een vogelnest. Voorzichtig voelde ik eraan met mijn vingers. Ik vreesde het ergste en ging bij de rivier op mijn hurken zitten om mezelf in het kabbelende water te kunnen bekijken. Een paar lokken piekten overeind. Ik plakte ze vast met water, en sperde mijn mond wijd open om te controleren of er nergens etensresten tussen mijn tanden zaten. Toen rende ik verder totdat ik voor de indrukwekkende deur van het huis van de Weis stond. Pas toen ik niet meer hijgde klopte ik voorzichtig aan.

Ik hoorde het grommen van een hond. Het beest snuffelde aan de deur en raakte helemaal opgewonden door de onbekende geur aan de andere kant. Voor mijn gevoel zei hij: 'Welkom in het huis van de familie Wei, en jou lust ik rauw voor mijn lunch.' Ik deinsde achteruit, deed het bijna in mijn broek.

De reputatie van deze hond was legendarisch; volgens de verhalen lag hij achter de muur op de loer, klaar om alles wat bewoog met zijn scherpe gele tanden te verscheuren. Dieven bleven niet bij het huis vandaan vanwege de twee oude dametjes die dag en nacht gebeden zeiden, maar omdat dat monster er de wacht hield. Overdag joeg hij op vogels in de tuin, in het donker rende hij achter katten aan die op hun beurt ratten achternazaten. Die hond was de heer des huizes.

'Ssst... gedraag je,' zei een zachte vrouwenstem achter de deur. De hond gromde nog een keer en blafte knorrig. Ik deed nog een stap naar achteren. Als die hond ongehoorzaam was en zich níet gedroeg, zou hij me opvreten.

'Stoute hond. Ga naar je hok.' Dit keer klonk de stem strenger. Konden ze dat beest niet gewoon opsluiten? Het was per slot van rekening een kannibaal. Ik hoorde hem schuifelen en weglopen, duidelijk met tegenzin. Ongetwijfeld bleef hij naar de deur kijken, ongetwijfeld had hij nog steeds visioenen van mij als lunchhapje. Het is jij of ik, scheen hij te denken.

De deur ging open en een witharige mevrouw Wei glimlachte naar me. Ze was net een witte lelie in volle bloei.

'Kom binnen, alsjeblieft,' zei ze in het Engels.

Koortsachtig probeerde ik het juiste antwoord te bedenken. Ik kende 'Ga zitten, alsjeblieft', want dat zei mijn leraar op sarcastische toon als ik weer eens geen antwoord kon geven op een van zijn vragen en stompzinnig op mijn hoofd stond te krabben. Professor Wei verwachtte iets van me, maar ik wist niet wat. Ik wist niet of ik een stap naar voren of een stap naar achteren moest doen, of ik moest knikken of nee moest schudden, totdat ze met haar hand gebaarde dat ik binnen moest komen.

'Dank u, dank u,' zei ik, de enige twee andere Engelse woorden die ik kon combineren. Snel keek ik naar links en rechts, op zoek naar het beruchte beest, dat waarschijnlijk aan een steen zijn tanden scherpte en watertandend aan mijn magere achterste dacht.

'Het is niet "tank you" maar "thank you", met het puntje van je tong achter je tanden,' zei ze toen ik achter haar aan de tuin in liep.

Het was de eerste keer dat ik mijn grote mond open had gedaan en meteen sloeg ik al een flater. Wat een veelbelovend begin! Ze had me net zo goed meteen weer op straat kunnen zetten, want ik hoorde aan de andere kant van die muur thuis.

Maar ze glimlachte naar me, met kuiltjes in haar gerimpelde wangen, net een klein meisje dat als een oud vrouwtje was geschminkt. 'Wat zit je haar netjes. Tegenwoordig kammen kinderen het bijna nooit meer.'

Ik bloosde als een doofstomme die een klap in zijn gezicht krijgt. Dit keer verstond ik haar wel, want ze was op Chinees overgeschakeld.

Als de rivier er niet was geweest, zou mijn haar eruit hebben gezien als een moestuin waar uien beginnen op te komen. Was ik even blij. Een eerste indruk is altijd belangrijk. Ik vroeg me af wat ze gezegd zou hebben als mijn haar niet zo netjes gekamd was geweest. In haar ogen was er dan vast niets positief over me te zeggen geweest. Ze deed dit alleen omdat ze vond dat zij en haar zus bij mijn vader in het krijt stonden. Het zou me niet hebben verbaasd als ze na de eerste les tegen me gezegd zou hebben dat ik minstens net zo stom was als die hond van haar. Misschien nog wel stommer, want waarschijnlijk hoorde die hond zo vaak Engels spreken als hij lag te dutten in zijn hondenhok dat hij die vreemde taal beter verstond dan ik.

Over een smal pad met veelkleurige kiezels liepen we door de tuin. Er groeiden fraaie bomen en wilde bloemen, en een prieel was helemaal met rode bloesem begroeid. In het laagste deel vormde water een natuurlijke vijver met jonge lotusplanten erin. Hoewel de tuin groot en weelderig was, kreeg je toch een gevoel van netheid en discipline, wat overeenstemde met de uitstraling van professor Wei zelf.

Ze nam me mee naar het witte huis. Ik liep achter haar en keek naar de beheerste bewegingen van deze kleine vrouw. In stilte bewonderde ik alle kennis in dat witte hoofd van haar. Ze was een wandelend Engels woordenboek.

Leer me wat u weet, bad ik. Breng mij uw kennis bij. Maak iets van niets.

De rode plavuizen op de vloer zagen eruit alsof ze twee keer per dag werden geveegd en gedweild, 365 dagen per jaar, en dat al minstens honderd jaar lang. Het antieke meubilair in de zitkamer glom en glansde in het zonlicht. De kamer was smaakvol ingericht, eenvoudig en netjes. Voor de drempel bleef ik staan, starend naar de zolen van mijn sandalen en denkend aan het zandpad waarover ik naar dit huis was gelopen. Zand of geen zand, ik zou niet op die sandalen naar binnen gaan. Maar als ik ze uitdeed, zouden mijn blote voeten er lelijk en boers uitzien en plavuizen aanraken die alleen bleke tenen zonder eelt hadden gekend. Ik zou overal vieze, zweterige afdrukken achterlaten. De schoonmaakster zou me vermoorden.

'Ga maar naar binnen, maak je geen zorgen over de vloer. Ga daar maar zitten.' Ze wees op een uitnodigende bank.

Gelukkig sprak ze Chinees, want anders zou ik waarschijnlijk hebben gedacht dat ze me opdroeg om mijn sandalen uit te trekken en op mijn knieën door de kamer te kruipen om te voorkomen dat ik de vloer vuil maakte. Op mijn tenen liep ik naar de bank, zo lichtvoetig mogelijk. Ik ging zitten en was verbaasd hoe diep ik wegzakte. De zachte, fluwelen kussens omsloten mijn achterste zoals geen enkele stoel ooit had gedaan. Ik had het gevoel dat ik zo veel zitcomfort helemaal niet verdiende.

Mevrouw Wei schoof een stoel naast de bank. Ik rechtte mijn rug alsof ik een marionet was en zij aan de touwtjes had getrokken. Ze legde haar hand op de mijne om te voorkomen dat ik overeind zou springen.

'Ik was zo blij toen je lieve vader me vertelde dat je Engelse les van me wilde hebben. Wat een goed idee!' Ze bewoog haar zilverkleurige hoofd en haar ogen kregen een zachte glans. Toen kreeg haar stem een iets andere klank. 'De kinderen van tegenwoordig doen alleen nog maar slechte dingen, zoals roken, gokken en vechten, of erger nog, ze praten over meisjes als ze nog heel jong zijn.'

Ongemakkelijk schoof ik heen en weer, en ik voelde het pakje Vliegend Paard in mijn achterzak. Ik snakte naar een sigaret en zou er een opsteken zodra ik hier weg was.

'Ik weet zeker dat jij niet zo'n soort jongen bent.' Scherp keek ze me aan en ze klopte op mijn knie alsof ze me feliciteerde. Ik zei niets terug, knikte alleen nerveus.

'Zo, dan moet je me nu maar eens laten zien hoe ver je bent met Engels, dan kan ik een programma voor je opstellen.' Ze sloeg haar benen over elkaar en verstrengelde haar handen op haar knie, afwachtend en aandachtig.

Dit was het moment van de waarheid, en ik ging al bij voorbaat door de grond. Klunzig viste ik mijn nooit gebruikte Engelse boek uit mijn schooltas. Ik had er spijt van dat ik de tweede pagina er niet had uitgescheurd, die met de karikatuur van mijn leraar Engels.

'Lees het alfabet eens op.'

Dat was een logisch begin.

Aarzelend ging ik van start, maar mijn uitspraak was zo slecht dat ik steeds onzekerder werd. Bij de G had ik al een rood hoofd, ik begon te zweten bij de H, trilde bij de I en was duizelig bij de J. De Engelse klanken leken mijn luchtpijp te blokkeren, en mijn lippen werden droog. Ik verslikte me haast in die vreemde tongbrekers.

Ze onderbrak me net op tijd. 'Dat valt niet mee, hè?'

Ik knikte bevestigend, rood van schaamte.

'Ik wil niet dat je de letters volgens je eigen fantasie uitspreekt. Sommige van die klanken heb je zelf verzonnen, nietwaar? Kom, zeg mij maar na.' Met haar ogen half gesloten sprak ze elke letter langzaam uit. 'A, B, C, D, E.' Ze zweeg even en keek me aan. 'Bij jou klinkt de E als een A. Probeer het nog eens.'

Haar stem klonk me als muziek in de oren. Wat zou mijn leven anders zijn geweest als mijn leraar met zijn goudvissenogen ook maar een tiende van haar finesse had gehad.

Ik deed de bewegingen van haar mond precies na. Ze liet me de E eindeloos herhalen en luisterde ingespannen, haar hoofd een beetje schuin. Uiteindelijk knikte ze, maar niet van harte. We gingen verder.

De Z duurde zeker drie minuten. Hoe lang ik mijn nek ook maakte, het lukte me niet. Geduldig zat ze naar me te kijken, haar wenkbrauwen een beetje gefronst, als een dokter die probeert te bedenken welk medicijn hij zal voorschrijven. Ik voelde me waardeloos en stom.

'Dat was genoeg voor vandaag,' verklaarde ze.

Voor mij was het duidelijk. Ik was een mislukkeling en ze wilde me niet terug. Vanwege mijn smerige voeten en onwetendheid, nam ik aan. Ze zou een of ander smoesje verzinnen om mijn gevoelens te sparen, maar als ik weg was, zou ze in het Engels bij zichzelf zeggen: *Wat een vreselijk joch! Hij weet niets en is zo stom dat je hem bovendien niets bij kunt brengen. Een echte boer*. Ik was op het ergste voorbereid.

'Je bent een heel erg slimme jongen, dat is me al na onze eerste les duidelijk.' Ze legde haar kleine handen, die nog steeds mooi waren, onder haar elegante kin. 'Ik heb goede hoop voor je. Kon je maar elke dag komen.' Met glinsterende ogen keek ze me aan. Ze vroeg me om terug te komen, ik kon mijn oren niet geloven. Hoop vulde me alsof ik een leeggelopen ballon was. Ik had het gevoel dat ik kon vliegen.

'Tot ziens, Da.'

Wanhopig zocht ik naar woorden, tevergeefs, zodat ik uiteindelijk een paar keer een buiging maakte.

Ik pakte mijn tas en liep achteruit naar de deur, waar mijn goede oude vriend naar me stond te staren. Hij haalde snuivend adem door zijn donkere, natte neus. Je mag van geluk spreken dat je zo lang mocht blijven en nog leeft, leek hij te zeggen. Minachtend keek hij me aan. Hij had mijn vreselijke uitspraak gehoord en dat had zijn eetlust bedorven. Deze verdediger van verfijning kon me nu wel vermoorden omdat ik zo'n mooie taal mishandelde.

Zijn oren kwamen overeind en zijn ogen werden spleetjes. *Mislukkeling, kom hier nooit meer terug.*

'Wees een brave hond,' zei mevrouw Wei vriendelijk. 'Terug naar je hok.'

Het monster wierp over zijn schouder nog een hatelijke blik op mij voordat hij met zijn harige staart slap omlaag naar zijn hok sjokte. Wat een beest! Zou ik elke keer dat ik hier kwam met die brombeer te maken krijgen? Zou hij me op een gegeven moment met rust laten? Of zou hij juist een keer zijn tanden in me zetten?

Behoedzaam liep ik langs het monster, ik vloog door de deur naar buiten en slaakte een diepe zucht terwijl ik het pakje Vliegend Paard uit mijn zak viste. Ik keek over mijn schouder, bang dat mevrouw Wei vanuit een raam op de bovenverdieping getuige zou zijn van nog een doodzonde. Ik had wel willen wachten, maar mijn stembanden schreeuwden van het verlangen naar rook, en ik voelde me licht in het hoofd van opwinding omdat ik deze mijlpaal in mijn leven had overleefd. Als ik niet een beetje kalmeerde, zou ik nog in de koele rivier springen. Ik had gemengde gevoelens van blijdschap en verdriet. Dit was een nieuw begin van mijn saaie en uitzichtloze leven, maar het zou een lange weg heuvelopwaarts worden. Die heuvel was de Everest en ik begon van ergens beneden de zeespiegel.

17

I-Fei was van school af, en ik ging niet langer naar de repetities. Mijn klasgenoten staarden me aan alsof ik een dinosaurus was. De meesten hadden een hekel aan me omdat ze me arrogant en opschepperig vonden, en ik furore had gemaakt op het toneel. Op de lagere school zouden ze een kliek hebben gevormd en me in elkaar hebben geslagen, maar de tijden waren veranderd. Ik was de grote jongen en zat achteraan, kwaad en dom, een gevallen ster van gisteren, zo vijandig dat iedereen me ontweek. Ze negeerden me. De rest van de school deed alsof ik niet bestond. Ik bekeek de anderen minachtend en zwijgend. Een paar kleinere jongens in mijn klas maakten er nog weleens opmerkingen over dat ik verkering had met het mooiste meisje van ons toneelgezelschap. Ze knipoogden naar me als ze haar langs onze klas zagen lopen. Ik zei niets en liet ze in het ongewisse om het laatste restje respect dat ik genoot niet ook nog kwijt te raken.

Dia was een van de jongens die toenadering zocht omdat hij zag welke leegte I-Fei had achtergelaten. Het was een magere jongen die eerder sprong dan liep. Hij had de oren van een aap, en zijn haar zag er altijd uit als een rommelig grasveld dat al eeuwen niet meer was gemaaid. Hij woonde in een klein dorp vijftien kilometer ten westen van Gele Steen en liep elke ochtend bij het krieken van de dag naar school, om 's avonds pas tegen achten weer thuis te komen. Jongens zoals hij stonden op onze school bekend als 'lopers', om ze te onderscheiden van de kinderen die in de slaapzaal van de school sliepen. Hij was de enige die nog dikkere en langere sigaretten rolde dan Yi. En hij gebruikte er oude kranten voor. Soms was zijn krantenpapier op en rende hij door de hele school, wanhopig op zoek naar een stukje papier.

Deze kleine, magere jongen sjouwde de hele dag met een enorme schooltas. De twee koude maaltijden die hij van huis moest meenemen, namen de meeste plek in, en verder had hij schoolboeken, een zak stinkende, zelfgeweekte tabak en een lelijke houten pijp bij zich. Zijn nicotineverslaving was legendarisch. Ik kende niemand die zoveel rookte als hij; hij rookte niet alleen voor en na het eten, hij pauzeerde zelfs halverwege de maaltijd om zo'n dikke, lange sigaar weg te werken.

Hoe meer ik met Dia samen was, des te meer het roken me tegen ging staan. Hij was een goed voorbeeld van wat er met rokers gebeurt. Al op zijn vijftiende had hij een chronische hoest, en hij spuugde kleverige groene klodders uit als een rochelende man van negentig. Zijn longen piepten in zijn benige borst, en zijn ribbenkast was net een wasbord. Hij had donkerverkleurde tanden en zijn huid was bleek en levenloos. Zijn ogen glinsterden alleen als het vlammetje van de lucifers waarmee hij zijn stinkstokken aanstak erin werd weerspiegeld.

'Hoe hou je het vol om zoveel te roken?' vroeg ik hem op een dag toen we beter bevriend waren geraakt.

'Dat moet jij zeggen.' Dia keek me verbaasd aan. 'Wat is er mis met mij?'

'Je gaat nog dood aan die smerige tabak en die oude kranten van je.'

'Ik ga nog lang niet dood, Da. Mijn grootvader rolde zijn eerste sigaret toen hij vier was, en hij is nog zo gezond als een vis. Hij heeft mijn vader op zijn vijfde leren roken, en híj ademt ook nog steeds. Ik ben pas op mijn zevende begonnen. De Dia's zijn levende legendes. Niet stuk te krijgen.'

'Ja, maar jullie rochelen wel.'

'Dat is niet grappig.'

'Ik weet het. Morgen zal ik wat sigarettenpapier van mijn vader voor je meenemen, dan hoef je tenminste geen oude kranten meer te gebruiken.'

'Ik peins er niet over om die witte troep te roken, dat smaakt naar niks. De inkt op het papier geeft je juist een extra kick.'

'Van kogels kun je hetzelfde zeggen.'

Op een dag verstopte ik zijn tabak onder een dikke laag dorre bladeren om te zien of hij zonder die sigaretten van hem kon. Nee dus. Dia schopte als een dier dat gek is geworden in de bladeren voordat hij me aanviel en tegen mijn borst stompte totdat ik hem zijn tabak teruggaf. Hij móest roken. Uiteindelijk had ik medelijden met hem toen hij gehurkt achter een boomstam de rook in zijn longen zoog alsof zijn leven ervan afhing. Hij had zelfs tranen in zijn ogen.

'Doe dat nooit meer.'

'Ik wilde je alleen maar helpen. Het spijt me.'

Elke ochtend kwam hij mij thuis ophalen na zijn wandeling van vijftien kilometer. Ik gaf hem altijd een kop hete thee. Hij glipte naar buiten om in onze achtertuin een sigaret te roken, en kwam dan verkwikt terug. Daarna liepen we samen naar school. 's Middags deden we samen nog iets leuks voordat hij aan de lange tocht naar huis begon. In het weekend bood ik hem mijn stapelbed aan, zodat hij kon blijven logeren. Hij sloeg deze uitnodigingen heldhaftig af, maar uiteindelijk weigerde hij nooit. Als hij bleef slapen, kletsten we tot diep in de nacht over ons leven en de toekomst. Hij was geen veeleisende gast; het enige wat hij nodig had, was een stoel om als een kat naar het zolderraam te kunnen klimmen, zodat hij kijkend naar de sterren in de openlucht kon roken.

De proefwerken halverwege het trimester stonden eerder voor de deur dan me lief was. Het was de eerste keer dat ik me er druk om maakte. Jarenlang was mijn school een lachertje geweest en nam niemand het onderwijs serieus. Nu was dat onvoorstelbaar. De bollebozen riepen enthousiast dat ze hard zouden werken om goede cijfers te halen. De slechte leerlingen legden hun hoofd op hun lessenaar en trommelden er met hun vingers op, een en al ergernis over elk woord dat de goede leerlingen zeiden.

De leraren gaven gretig antwoord op de vragen die de uitblinkers stelden, en er kon soms zelfs een glimlachje af voor de knappe meisjes in de klas. Maar toen ik mijn vinger opstak en vroeg over welk boek het proefwerk Engels zou gaan, barstte de hele klas in lachen uit. Wat een giller! De goede leerlingen smiespelden met elkaar en lachten.

De leraar genoot ervan als ik werd vernederd, en achterovergeleund op zijn stoel gooide hij zijn krijtje van de ene hand naar de andere. 'Wat denk je?' vroeg hij.

Een nieuw lachsalvo.

'Ik weet het niet.'

'Sinds wanneer heb jij belangstelling voor proefwerken? Hoor je op dit moment niet bij een repetitie te zijn?' Hij keek op zijn horloge en lachte schamper. 'Nou, dan zal ik het je maar vertellen. Het proefwerk gaat over boek vier. Heb je dat boek eigenlijk wel?'

Het lachen ging door.

Ik voelde dat Dia naar me keek. Hij was de enige die medelijden met me had. De anderen dachten waarschijnlijk dat ik een dronkenlap was, net wakker werd en knipperde tegen de felle zon. In hun ogen was ik het slachtoffer van de veranderde tijden, menselijk afval, zo diep gezonken dat ik reddeloos verloren was. Mijn talenten, fluit en viool spelen, waren achterhaalde talenten. Eén procent van alle middelbare scholieren kon gaan studeren, en wie door de hoepel kon springen en het geluk had om tot die 'happy few' te behoren, was de held van de dag. Ik stonk naar gisteren, muf en oudbakken. De meesten verkneukelden zich nu ze mij op mijn gezicht zagen gaan, en ze hoopten ongetwijfeld dat ik ook meteen een paar botten zou breken.

Ik voelde de aanwezigheid van I-Fei, mijn held van de vorige dag, buiten het raam, zwaaiend met een brandende sigaret. Even kwam ik in de verleiding om uit het raam te springen, een sigaret te roken en te vergeten dat er zoiets als school bestond, proefwerken en deze hatelijke mensen. Waarom konden mensen niet wat meer op dieren lijken? Dieren lachten elkaar niet uit, ze trapten elkaar niet in de grond. Vogeltjes zongen elke dag hetzelfde wijsje op dezelfde tak, en mieren torsten eten op hun rug en gaven dat door aan de volgende, ongeacht hun geslacht, hun uiterlijk, hun achtergrond of hun populariteit.

De proefwerken boden geen verrassingen. Ik staarde vijf minuten naar de opgaven, krabbelde iets op mijn papier en leverde het in. De helft van de vragen van het wiskundeproefwerk kon ik makkelijk beantwoorden, de rest leek wel een vreemde taal. Het proefwerk natuurkunde maakte ik maar voor een derde. Gokken was het moeilijkst bij geschiedenis en aardrijkskunde, en het beetje Engels dat ik van de professor had opgestoken – een geheim – was niet meer dan een krasje op een piramide. Chinees was het enige vak waar ik in uitblonk, dankzij mijn grootvader met wie ik de klassieken had bestudeerd.

Aan het eind van de proefwerkweek had ik het gevoel dat ik naar de Olympische Spelen was gegaan en uiteindelijk alleen de vloer had aangeveegd toen iedereen al weer weg was. Ik was verdrietig en kwaad en ik wist me geen raad met mijn leven. Wat moest ik doen?

Ik dacht aan de buffels die de zware ploeg door de uitgestrekte velden trokken. De landbouw, had Voorzitter Mao eens gezegd, was van cruciaal belang voor ons land. Als ik zo doorging op school, zou het ook voor kameraad Chen Da van cruciaal belang worden – en blijven.

18

Dia en ik vonden een nieuw plekje achter de muur rond de school, waar we afspraken en met elkaar kletsten terwijl hij zijn longen vergiftigde met die donkere tabak van hem. Hij vertelde me het geheim van de Dia-tabak. Al sinds zijn grootvader nog jong was, verbouwden ze op een stukje land ter grootte van een basketbalveld tabak met brede bladeren. De volle, bittere smaak werd toegeschreven aan Dia's gewoonte om de planten elke ochtend water te geven met de inhoud van de pispotten die de drie manlijke Dia's 's nachts hadden gebruikt. De dikke, stinkende pis was goede mest voor de jonge planten en het voegde net dat extra smaakje toe dat bij andere tabak ontbrak. Vandaar dat Dia's tabak werkte als een dubbelloopsgeweer, krachtig en effectief. Het was de enige tabak die tegen hun nicotineverslaving opgewassen was, geen geringe prestatie.

Op een middag was ik eerder op ons plekje dan gewoonlijk. De groene parasol van een guaveboom zorgde voor schaduw. Ik deed een dutje op wat oude kranten en legde mijn Engelse boek over mijn gezicht. Na de vier lessen van die ochtend had ik totaal geen puf meer. Ik trok me niets aan van de gonzende vliegen, en het kon me niet schelen als er mieren over mijn blote zweetvoeten wandelden. Zo slap als een vaatdoek lag ik op de kille rode aarde.

Die ochtend had zowel de leraar Engels als de leraar wiskunde me aangestaard. Zoals te verwachten viel, klonken hun stemmen sarcastisch en smalend. Wat me zo kwaad maakte, was het feit dat ze niet eens blij waren om me terug te zien nadat ik zo vaak had gespijbeld, en dat ze bovendien expres opmerkingen maakten om mij voor de hele klas in mijn hemd te zetten.

De jonge leraar wiskunde gaf het nooit op voordat alle meisjes in een deuk lagen van het lachen. Het was een dikke kerel met slaperige ogen en dikke, slappe lippen. Als hij naar de grote meisjes achter in de klas keek, glommen zijn ogen van wellust. Tijdens de les liep hij door de klas en wreef hij de meisjes over hun rug om een of ander wiskundig vraagstuk te verduidelijken. Hij raakte hun schouders aan en hield soms hun hand net iets te lang vast, knijpend in die zachte jonge huid.

Dia hield een soort logboek van deze handtastelijkheden bij. Op een dag, zei hij, zou hij ermee naar de autoriteiten gaan, zodat de dikke leraar gevangen zou worden gezet omdat hij de zuiverheid van die mooie, lieve meisjes bezoedelde. Dia was behoorlijk rancuneus, loyaal tegenover zijn vrienden, een etterbak voor zijn vijanden. De dikke leraar had een paar keer een vervelende opmerking tegen hem gemaakt, dus had Dia hem de oorlog verklaard. Deze wiskundeleraar zei altijd dat we gerust naar zijn slaapzaal mochten komen als we hulp nodig hadden. Dia was een keer gegaan, maar de leraar had de deur niet eens open gedaan toen hij door het kijkgaatje had gezien wie er was. Verscholen in de bosjes voor de slaapzaal was Dia op de uitkijk blijven liggen. Nog geen vijf minuten later zag hij dat de dikzak een paar meisjes binnenliet.

Terwijl ik daar lag te dromen en te snurken, kriebelde er iets rond mijn neus en mond. Mijn hele gezicht vertrok ervan. Ik blies. Het bleef kriebelen. Ik deed één oog open en zag Dia, die glimlachend met een korenaar over mijn gezicht streek. Ik greep hem beet en stortte me boven op hem. Hij wist te ontkomen en klom op mijn rug, en we begonnen te worstelen. Ons plekje lag op een helling, en we rolden omlaag totdat we in een zacht bed van tarwe tot stilstand kwamen. Lachend krabbelden we overeind. We klopten elkaars kleren af en klommen weer omhoog naar ons plekje.

'Neem een sigaret.' Dia ging zitten en rolde een dikke voor me.

'Nee, bedankt. Niet na dat verhaal over die pis.'

'Je hebt echt een sigaret nodig voor wat ik je ga vertellen.'

Dat klonk niet best. Ik keek hem aan en hij sloeg zijn ogen neer. Ik pakte de sigaret van hem aan en hij gaf me vuur. Meteen voelde ik het sterke effect. De pis deed wonderen. Ik spuugde als een visser. 'Wat is er?'

'De cijfers van de proefwerken zijn bekend.' Hij zei het op effen, doodse toon.

'Hoe zijn de jouwe?' In stilte smeekte ik de goede Boeddha om genade. Zorg dat ik ermee voor de dag kan komen, dan doe ik vanavond nog duizend voetvallen voor je, beloofde ik hem.

'Nou, de mijne zijn slecht.'

'En?'

'De jouwe zijn om te huilen.'

Voetvallen waren niet meer nodig. Ik had een dieptepunt bereikt, en ik verdiende het. Ik zoog de bittere rook naar binnen. Voor het eerst voelde het goed om te inhaleren. De tinteling steeg me naar mijn hoofd, kalmerend en prettig verdovend. Slap leunde ik tegen de muur, als een geplet stuk tahoe. Ik had werkelijk geen greintje kracht meer in mijn lichaam.

Ik was een mislukkeling, had mezelf en mijn familie te schande gemaakt. Ik zou mijn achternaam moeten veranderen en nooit meer terug naar huis moeten gaan. Misschien moest ik ook maar gaan zwerven, net als Mo Gong en Siang. Ik verachtte mezelf vanwege dit fiasco.

'Er is meer.' Dia wierp me een steelse blik toe.

'Wat bedoel je?'

'Iemand heeft de cijfers van je proefwerken op de muur voor onze klas geplakt. De hele school weet het.'

'Dat moet de rector hebben gedaan. De klootzak!' Ik knarsetandde en sloeg met mijn vuist op de grond. Nu was ik de risee van de hele school. Al mijn vijanden, oude en nieuwe, zouden zich verkneukelen over mijn val. Ik was niet alleen de zoon van een landheer, ik was bovendien stom en lui. Verstandige mensen konden wel het eerste vergeten, maar niet het laatste. Ik was een smet op onze stamboom. Mijn eerbiedwaardige overgrootvader stond bovenaan, en ik was het losse, roestige schroefje onderaan dat de reputatie van de hele familie door het slijk haalde. Dia schudde aan mijn schouder om te controleren of ik nog leefde en gaf me nog zo'n dikke sigaar van hem. Mijn handen trilden van kwaadheid over deze vernedering; de enige remedie daartegen was wat mijn vriend me aanbood.

Ik lag daar met de streling van de middagzon op mijn gezicht. De schoolbel ging, en het leek wel de roep van een geest. Ik kon de zelfgenoegzame lachjes van mijn onhebbelijke klasgenoten al voor me zien. Ik gebaarde dat Dia zonder mij naar school moest gaan en bleef zelf roerloos liggen, wanhopig verlangend naar de zonsondergang, zodat de duisternis mijn beschaamde gezicht zou versluieren.

Dia liet zijn tabakszak achter en beloofde terug te komen. Ik knikte alleen terwijl hij achteruit bij me vandaan liep. Mijn hoop om te kunnen gaan studeren was vervlogen. Ik was een ademend lijk. Ik had geen gevoel van waardigheid, schaamte of respect meer, ik had alleen nog maar spijt, karrenvrachten. Ik had mijn leven in ledigheid geleefd en daar moest ik nu eeuwig voor boeten.

Toen het eindelijk donker werd, raapte ik mijn boeken bij elkaar en liep ik over het smalle zandpad naar huis, niet door de straat. Onderweg kwam ik boeren tegen, hun modderige ploeg op de schouder, die na een lange dag werk achter hun buffels aan naar huis liepen. Het paadje tussen de graanvelden was te smal voor de buffels en mij, zodat ik door de natte velden moest waden om ze langs te laten. Ik moest dat een paar keer doen, maar een zwijgend dier was altijd beter dan tientallen scheldende jongens en meisjes die het leuk vonden als het slecht met iemand ging. Ik maakte met plezier plaats voor de buffels.

Door de achterdeur glipte ik stilletjes ons huis binnen. Mijn moeder was niet verbaasd of boos dat ik zo laat was en helemaal onder de modder zat. Terwijl ze een kom rijst voor me opschepte, nam ze me zwijgend op. Ze wisten het. Dia moest het ze hebben verteld.

Ik ging op het trapje naar de rivier zitten om mijn voeten te wassen en voelde er kleine vissen aan knabbelen toen ik ze in het warme water liet bungelen. Ik probeerde een manier te verzinnen om het onderwerp proefwerken te omzeilen. Tevergeefs.

Jin en mijn zussen zouden er geen enkel begrip voor hebben dat de enige middelbare scholier in een familie van vermoeide jonge landarbeiders met slechte cijfers thuiskwam. Zij werkten zich in het zweet op de velden, zodat een laag eelt hun handen bedekte en hun jonge ruggen gebogen raakten, en ze voelden zich oud zonder ooit jong te zijn geweest. Ik had mijn tijd verdaan met roken en rondlummelen, en de geweldige kans die me was geboden vergooid. Het was een zonde die zij zich niet konden veroorloven.

Met mijn hoofd gebogen en mijn ogen neergeslagen schuifelde ik onze eetkamer binnen. Iedereen hield op met praten.

Stilte.

Ik verdiende het. Ik ging op mijn stoel zitten, staarde naar de punten van mijn eetstokjes en at heel zorgvuldig, zodat niemand zich eraan kon ergeren dat ze tegen de rand van mijn kom tikten. Ik hoorde dat ik smakte. Met elke seconde werd de stilte zwaarder.

Mijn vader schepte een lepel tuinbonen in mijn kom. Dat was een goed teken. Hiermee had het hoofd van de familie gesproken. Heimelijk keek ik hem aan. Hij keek terug.

'Je hebt een record gebroken, heb ik gehoord.'

Ik zei niets.

'Het wordt tijd dat je er iets aan doet. Je broer wil graag studeren, maar de commune weigert hem vrij te geven, zodat hij zich niet op het toelatingsexamen kan voorbereiden. En zelfs als ze het wel goed zouden vinden, hebben we een probleem omdat we eigenlijk niet zonder zijn voedselrantsoen kunnen.'

Hij wees op de rijst die koud werd in mijn kom. Ik staarde ernaar en voelde mijn maag samentrekken van schuldgevoelens en verdriet. Ik wilde dat ik dood was. Als ik de oudste was geweest, had ik op de velden staan ploeteren. Elke dag zag ik hoe hard mijn broer en mijn zussen moesten werken. Ze waren rond de twintig, en ze hadden geen nieuwe kleren, geen vrienden en geen geld, alleen een lichaam dat overal pijn deed, zoals alleen oudere mensen het behoorden te kennen. Maar het ergste was dat ze waarschijnlijk gedwongen zouden zijn om hun hele leven landarbeider te blijven, dat ze alleen met een andere landarbeider zouden kunnen trouwen en kinderen zouden krijgen die op hun beurt landarbeiders moesten zijn, en zo door tot in het oneindige. Ze zouden nooit iets van hun leven kunnen maken. Het was een vorm van moderne slavernij, waar maar heel weinig tegenover stond. En wat had ik bereikt? Een beschamende vertoning.

'Je hebt anderhalf jaar de tijd om er nog iets van te maken. Lukt het niet, dan ligt het landbouwgereedschap voor je klaar in de varkensstal.'

Het klonk als een voorwaardelijke veroordeling. Geen verbetering, en ik zou tot levenslang op een communistische boerderij worden veroordeeld. Ik keek op nadat ik het vonnis had aangehoord en voelde een zware last van mijn schouders vallen. De anderen keken me kritisch en verwijtend aan, maar ik las in hun uitdrukking ook een bemoedigende ondertoon en zelfs hoop – het hele spectrum. Ik hield zoveel van hen allemaal.

Voordat ik die avond naar bed ging, vroeg ik mijn moeder of

ze me van nu af aan elke ochtend om vijf uur wilde wekken. Ik beloofde haar dat ik die waardevolle uren voor het ontbijt, als mijn hoofd nog helder was, zou gebruiken om een begin te maken met die ongeopende schoolboeken van me. Ze knikte peinzend, niet geheel overtuigd van mijn goede bedoelingen.

Ik ging naar mijn kamer en knielde zeker tien minuten voor het geïmproviseerde Boeddha-altaar, zonder te weten wat ik precies van hem moest vragen. Ik was zo'n hopeloos geval. Schuldgevoel vrat aan mijn ziel omdat ik al die kostbare tijd had verdaan. Ik bonkte met mijn hoofd tegen de vloer en beloofde plechtig dat ik van nu af aan hard zou werken. Uiteindelijk was ik er helemaal duizelig van, en ik ging slapen met een brede glimlach op mijn gezicht. Ik was ervan overtuigd dat Boeddha, mijn glimlachende, mollige spirituele licht, me dit keer had gehoord. Ik had hard genoeg op zijn deur geklopt.

Bij het krieken van de dag hoorde ik een zacht klopje op mijn deur en zag ik dat mijn moeder haar neus naar binnen stak.

Ik bewoog mijn vingers om haar te laten weten dat ik wakker was. Ze deed de deur weer dicht en ging naar de keuken om voor het hele gezin ontbijt te maken. Het was nog donker en kil in mijn kamer, en de ochtendwind van zee blies door de kieren van het raam naar binnen. Een klein stemmetje zong diep vanbinnen het vreselijke sta-op-lied, terwijl mijn lichaam lekker slaperig onder de warme gewatteerde deken lag. Dit was het uur van de dag dat de zoetste dromen komen. De vogels begonnen net te zingen, aarzelend nog, niet te luid, omdat ook zij net wakker waren, en de insecten op de omringende velden beëindigden hun nachtelijke jazzconcert. Moe en een beetje sloom gonsden een paar harde werkers nog mee met de kwakende kikkers. Hun stemmetjes werden steeds ijler naarmate het licht zich over de aarde verspreidde. Ik kon ze horen gapen.

Slaap overmande me en dromen sloegen me knock-out. Ik maakte mezelf zo klein mogelijk, zodat de cocon van mijn deken voelde als een fluwelen nestje waarin mijn dromenschip zachtjes deinde op de golven van de slaap. Lang leve luie herfstochtenden. Laat de zon maar altijd warm zijn en de lucht eeuwig koel. En laat iemand alsjeblieft gehakt maken van de leider van de commune, die slaand op zijn gong door de straat liep om zijn leden aan te sporen op de velden aan het werk te gaan.

Klop, klop.

Mijn moeder was terug. Ze kende haar zoon en vertrouwde me niet met een hoofdkussen. Dit keer stak ze haar hele hoofd naar binnen en tikte ze met haar vinger op de houten muur, een ernstige waarschuwing. Ik bewoog mijn ledematen een voor een, sleepte mezelf als een roestige oude machine uit bed. Mijn slaperige gewrichten kraakten en piepten. Ik trok de sandalen aan die klaarstonden aan de voet van mijn bed. Mijn tenen krulden en wriemelden in de koude schoenen. Een goed teken. Door de kou werden mijn voeten wakker. Ik trok een hemd aan en stommelde naar de achtertuin en het trapje naar de rivier. Gehurkt spatte ik het ijzige water van de Dong Jing in mijn gezicht. Het was een schok voor mijn hele systeem. Nu was ik echt wakker.

Ik liep het trapje weer op, pakte mijn schooltas en legde al mijn boeken klaar op de tafel in de achtertuin. Omdat ik nog maar achttien maanden de tijd had voordat ik eindexamen moest doen, kon ik maar beter elk moment dat ik wakker was gebruiken om te studeren. Ik moest vier jaar werk in anderhalf jaar zien te persen. Voorlopig was mijn leven voorbij. Geen vrienden, geen bioscoop, geen urenlang geouwehoer. Ik kon niet langer passief in de klas zitten en van een incompetente leraar verwachten dat hij me voerde. Ik moest een frontale aanval op mijn schoolboeken lanceren, ermee opstaan en ermee naar bed gaan.

Maar met welk boek zou ik dan beginnen? Ik zat er met gefronste wenkbrauwen naar te kijken. Ik had een schema nodig, een plan, anders zou ik het nooit redden. Niet meer dan een op de honderd leerlingen kon gaan studeren. Maar ik was nog niet zo moedeloos dat ik bereid was om de boeken en mijn leven vaarwel te zeggen en de rijstvelden in te gaan.

Een wijs man heeft ooit gezegd dat het verschil tussen studeren en niet studeren te vergelijken is met het verschil tussen leren schoenen dragen en blootsvoets door het leven gaan. Voor mij was het eerder leven en dood.

In alle boeken die ik had gelezen, waren studenten lang en knap, ze droegen westerse pakken, stropdassen en brillen, en hun geoliede haar was in een keurige scheiding gekamd. Alle meisjes droomden van hen, want zij betekenden iets in de samenleving. Als ze uit een rijke familie kwamen, waren het rebellen die ervandoor gingen met het mooiste en warmbloedigste dienstmeisje van het huishouden. Kwamen ze uit een arme familie, dan trouwden ze uiteindelijk met een rijk meisje, maar het bleven rebellen. Dat hoorde zo.

Meisjes en geld, en geen plicht om mest te kruien of velden te ploegen. Ze bewogen gewoon hun vingers, en dan vloeiden er de meest romantische gedichten uit, woorden die mensen ontroerden. Ze waren de intelligente en bevoorrechte winnaars. Alle anderen waren al bij hun geboorte voorbestemd voor modder en mest, ze werkten op dezelfde velden als de koeien en de buffels.

Een koude wind blies over de velden. Ik rilde bij de gedachte dat ik om dit uur op zou moeten staan, en met opgerolde broekspijpen over de kille velden moest waden om onkruid te wieden tussen het graan. Veel mensen hadden van generatie op generatie zo moeten leven. Ik ging nog liever dood. Snel sloeg ik mijn Engelse boek open, en ik stortte me op het eerste dat ik zag.

Een groot officieel aanplakbiljet over de nieuwe toelatingsprocedure voor het hoger onderwijs werd prominent op de muur van het hoofdkwartier van de commune geplakt. Honderden jonge mensen kwamen van heinde en verre om er urenlang naar te staren, zonder helemaal te kunnen geloven wat daar zwart op wit stond. Sommigen schreven de tekst over om die aan anderen te laten lezen, alsof ze hun geheugen wantrouwden. Er heerste verwarring onder de mensen in Gele Steen.

Voorzitter Mao was nog maar een paar maanden geleden springlevend geweest, vertroeteld op zijn ziekbed door zijn jonge verpleegsters, die het als een heroïsche, patriottistische daad zagen om het hem in alle opzichten naar de zin te maken. Scholen waren slecht en de revolutie was goed. Jonge mensen waren eraan gewend geraakt. Het beviel ze wel. Ze sloegen de leraren in elkaar, brandden de scholen plat, marcheerden de klaslokalen uit, en dronken en rookten wanneer ze er zin in hadden. Er waren geen proefwerken, geen cijfers, geen goede leerlingen, geen slechte leerlingen. Ze waren allemaal slecht, en daarom allemaal goed. Alles was in orde omdat Mao het zei.

Nu stond alles weer op zijn kop. De bekendmaking liet alles in het ongewisse. Er werd geen onderscheid gemaakt tussen kinderen uit politiek correcte en politiek incorrecte gezinnen. Iedereen kon meedoen aan het toelatingsexamen en alleen prestaties telden.

Op een dag nam de teamleider van de commune mijn broer apart en hij vroeg hem wat hij van het nieuwe beleid vond. Jin zei dat het nieuwe beleid vast niet op hem van toepassing was, dat durfde hij niet eens te denken. De teamleider, een communistisch partijlid, sloeg mijn broer op zijn knie en complimenteerde hem met zijn gezonde verstand. Als Jin geloofde wat er op dat aanplakbiljet stond, was hij veel te naïef. Landheren bleven landheren, er was geen toekomst voor ze. Toen het partijlid weg was, stak Jin zijn beide middelvingers naar hem op.

Binnen een paar dagen deden geruchten de ronde dat sommige kaderleden van de commune gezamenlijk een open brief aan de regering van de provincie Fujian hadden gestuurd om hun verontwaardiging over het nieuwe beleid kenbaar te maken. De gemoederen liepen hoog op over zoveel ongelijkheid; het lot van het communistische land stond op het spel. Ze waren bezorgd over de revolutie, zeiden ze, niet over zichzelf. Ook vonden ze dat de revolutionaire zaak gesaboteerd zou worden door kinderen uit Zwarte families onderwijs te geven.

Een maand later gaf het hoofd van de educatieve dienst van Fujian antwoord, en die brief werd in de *Fujian Courant* gepubliceerd. Het was een bevestiging van het nieuwe beleid. De Rode families voelden zich in de steek gelaten en verraden, en ze waren tot alles bereid om de Zwarte families van de examens uit te sluiten.

Mijn neef Tan, de zoon van mijn moeders broer, had de grote stap gezet en zich opgegeven voor de eerste examens. Hij hing zijn gereedschap op, verscheen niet meer op de velden en stofte zijn oude schoolboeken af. Hij trok zich terug op de zolder van zijn ouderlijk huis, met alleen een wekker als gezelschap. Hij sliep niet meer dan drie uur per nacht en leefde van de karige maaltijden die zijn moeder hem af en toe kwam brengen. In tien dagen tijd viel hij twee kilo af, en er groeide een lange baard op zijn smalle kin.

Toen ging het mis. De teamleider was des duivels toen hij hoorde waarom mijn neef niet meer op het werk verscheen. Hij rende naar Tans huis en vloekte en schold totdat het hele dorp was gealarmeerd en er zich een hele meute rond het huis had gevormd. Hij smeet een steen door het raam en dwong Tan naar buiten te komen. Tan had de zon niet meer gezien sinds hij zijn kluizenaarsbestaan op de zolder was begonnen, en hij knipperde met zijn ogen terwijl de meute schreeuwde alsof ze op klaarlichte dag een rat de straat zagen oversteken. De teamleider schold hem uit voor de zoon van een landheer en maakte hem voor gek uit. Hij vernederde hem en dwong hem weer aan het werk te gaan, terwijl het een klus was die heel goed tot de volgende lente had kunnen wachten. Tan was in tranen en zwoer dat hij de man mores zou leren als hij ooit op de universiteit toegelaten zou worden. De teamleider dreigde het voedselrantsoen voor de hele familie in te houden als Tan nog een keer zonder toestemming wegbleef van zijn werk. In de paar dagen daarna moest hij allemaal saaie en onnodige klussen doen, terwijl de rest van de landarbeiders uit zijn team thuis zaten te niksen. Er was nauwelijks werk in dit seizoen. Tan moest zijn boeken in zijn zakken verbergen en kon er alleen tijdens langdurige plaspauzes in lezen.

Het hoofd van de educatieve dienst van Putien kreeg lucht van dit verhaal. Hij stuurde de teamleider een brief om hem te kalmeren, en mijn neef kreeg eindelijk vrijaf. Wel hield de teamleider Tans voedselrantsoen in, ondanks het bevel van zijn meerdere. Hij zwoer dat hij de revolutie zou nekken voordat de revolutie hem nekte – een echte revolutionaire martelaar.

Opeens had iedereen het over studeren. Mensen stonden in kluitjes bij elkaar en wisselden roddels over de beste kandidaten uit. De brug waar mijn vrienden altijd zaten om over meisjes te praten en te gokken, was nu een forum om te speculeren over een of ander wiskundefenomeen of de geluksvogel met een talenknobbel. Oorlogsverhalen over sommige legendarische leraren op onze middelbare school begonnen in Gele Steen de ronde te doen.

Om te beginnen had je de leraar wiskunde, Du, met zijn bossige wenkbrauwen en een moedervlek die even lelijk en opvallend was als een donkere wolk op een zonnige dag. Voor de Culturele Revolutie organiseerde Du altijd op de dag voor het landelijke examen een spoedbijeenkomst voor alle kandidaten, en dan klapte hij een draagbaar schoolbord open met alle uitgewerkte antwoorden op de gecompliceerde wiskundevraagstukken die volgens hem aan bod zouden komen. Gedurende tien minuten hield hij een gewichtige verhandeling. De bijeenkomst was afgelopen als hij een sigaret opstak. Nerveuze leerlingen noteerden haastig elk detail en leerden de hele handel uit hun hoofd. Du scoorde gemiddeld acht op de tien. Minder goede leerlingen barstten soms in tranen uit als ze de sommen op het echte examen zagen verschijnen.

Verder had je de leraar geschiedenis, meneer Wa, die ook al niet moeders mooiste was. Hij vertoonde een angstaanjagende overeenkomst met iemand uit het Pleistoceen, minus de dikke lichaamsbeharing. Om ons een idee te geven hoe de Peking Man eruit had gezien, hoefde hij alleen zijn rug maar een beetje te krommen, langzaam voor de klas heen en weer te lopen en zijn lange armen te laten bungelen. Zijn hoofd bestond uit twee delen: het voorhoofd en de kin. Zijn ogen glinsterden fel onder de steile klif van een voorhoofd, en hij had een kleine, platgedrukte neus boven een paar tanden die zo groot waren dat hij zijn mond nauwelijks dicht kon krijgen. Hij stotterde en bespatte iedereen in zijn buurt met speeksel. Zijn stemgeluid was brullend, zoals dat van de Peking Man geweest moest zijn, alsof de evolutie aan hem voorbij was gegaan.

En dan waren er de superleerlingen, die al voor de Culturele Revolutie naar de middelbare school waren geweest en in alle vakken een gedegen basis hadden. Dat waren onder andere mijn neef Tan en een buurjongen die Li heette. Kandidaten oefenden met oude examenvragen, en zij slaagden moeiteloos. In de ogen van jonkies zoals ik waren het helden.

Toen het eerste landelijke examen voor de deur stond, hielden de gesprekken over legendes op. Iedereen deed er het zwijgen toe, terwijl de kandidaten zenuwachtig op de zware dag wachtten.

Op de eerste dag van het examen liepen lijkbleke kandidaten zwijgend naar de scholen. Meneer Du organiseerde een bijeenkomst, net als de Peking Man. Deze bijeenkomsten waren voor iedereen toegankelijk. Duizenden kandidaten verdrongen zich op het sportterrein van de middelbare school en hoorden de twee legendes door krakende luidsprekers aan het werk. Er hing een eerbiedige atmosfeer, alsof het een religieuze plechtigheid was, en de harten waren al even vroom.

Om negen uur 's ochtends klapte ik mijn boeken dicht en voegde ik me bij de rest van de menigte, om te kijken naar de geüniformeerde provinciale politie die op motoren met zijspan de stad binnen kwam rijden met de opgaven. Het was stil in de straat, terwijl de politiemannen luid toeterend door de dichte mensenmassa reden. Uren later zouden enkele van die mensen winnaars zijn, en de meeste anderen verliezers. Ik hield mijn hoofd tussen mijn handen en glipte terug naar mijn kamer. Mijn knieën knikten bij de gedachte aan de arme stakkers die de opgaven opensloegen en niets meer wisten. Ik kon een van hen zijn. Zo was het in elk geval tijdens de laatste proefwerken gegaan. Wanhopig begroef ik mijn hoofd in de boeken, daarna staarde ik uit het raam.

Ik begon aanstalten te maken om naar mijn vijftiende les bij professor Wei te gaan. Zoals altijd kamde ik mijn haar en waste ik mezelf grondig voordat ik van huis ging. Je kon het niet helpen als je geen hersens had, maar het was onvergeeflijk om geen manieren te hebben. Bovendien was ik bang dat de hond me aan zou vallen als ik er anders uitzag dan de eerste keer. Hij hoefde me niet aardig te vinden. Het enige wat ik van hem vroeg, was dat hij aan me gewend raakte, maar daarvan was geen sprake. Elke keer dat mijn vieze voeten voor hem langs schuifelden, moest hij op zijn tong bijten.

Mevrouw Wei opende de deur met dezelfde glimlach als alle veertien keer daarvoor. De hond schonk me de gebruikelijke valse blik, slaperig, verveeld en gemeen. Daar heb je die mislukkeling weer. Als ik me anders gedroeg, bijvoorbeeld iets sneller liep of in mijn vingers knipte, fronste hij als een oude man en gromde hij. Erger me niet, stuk ongeluk, leek hij te zeggen. Hij gaf de toon aan.

Maar dit keer zei mevrouw Wei niet haar zangerige 'goedemiddag' in het Engels zoals ze altijd had gedaan. Ze liep iets sneller voor me uit door de tuin, en zei geen woord over mijn haar. Ik voelde dat er iets mis was, maar wat? Ik had zorgvuldig mijn voeten geveegd voordat ik de zitkamer binnenging. Het tapijt glansde in de middagzon, net als anders. De bank waar ik met mijn magere billen op zat, voelde nog steeds fluwelig.

Met haar rug kaarsrecht zat mevrouw Wei voor me, een ijzige blik in haar ogen, haar mond grimmig. Ze was duidelijk van streek. 'Iemand die ik ken heeft je op school zien roken. Is dat waar?' viel ze met de deur in huis. 'Ik ben er heel erg van geschrokken.'

Datzelfde gold voor mij. Wie was die iemand? Ik rookte al heel lang, maar dat had ik liever voor haar geheimgehouden. Ik wilde haar geen verdriet doen. Wat er buiten de muur rond haar serene bestaan gebeurde, zou deze lieve, zachtaardige vrouw ongetwijfeld tegen de borst stuiten. Ze zou flauwvallen, niet één keer maar telkens weer, als ze de waslijst van mijn zonden te zien zou krijgen. Jammer genoeg had iemand een van mijn geheimen verklapt. Waarschijnlijk had ze gehuild en de hele nacht gebeden tot haar god. De verleiding om te liegen was groot. Ik had het gevoel dat ze goed van vertrouwen was, maar de gedachte aan haar westerse god, Jezus Christus, die onzichtbaar boven ons zweefde, weerhield me. Ik kon háár wel om de tuin leiden, maar niet haar god. Stel je voor, nog een zonde erbij.

'Mijn vriend op school zet me er weleens toe aan,' zei ik slapjes. Een halve leugen was beter dan een hele. 'Voor de lol.' Maar zoiets als 'lol' bestond helemaal niet als het op nicotine aankwam. Je was verslaafd of niet. Ik hoopte dat ze dat niet wist.

'Het is slecht om te roken, een vloek voor de mensheid. Het brak mijn hart toen ik hoorde dat je rookt. God heeft je gezondheid gegeven zodat je je nuttig kunt maken. Gooi nou niet je eigen glazen in,' preekte ze. Ze was rustiger nu ik had bekend en ze glimlachte zelfs weer. Ze geloofde me op mijn woord. Wat een opluchting! Ik ontspande me en leunde achterover, klaar om met de les te beginnen, toen ze onverwacht mijn schooltas naar zich toe wilde grissen. 'Laat me je tas eens zien. Ik denk dat je sigaretten bij je hebt.'

Ik hield mijn tas stevig vast, verbaasd dat ze zo snel was. 'Ik zweer dat ik alleen voor de lol rook.'

'Voor de lol! Kom nou toch. Je tanden zijn onherkenbaar verkleurd. Denk je dat ik naïef ben? Dan heb je het mis. Volgens mij ben je hopeloos verslaafd. Kijk maar!' Ze stak haar hand in mijn tas en viste er een pakje Vliegend Paard uit. Ze trilde van woede en leek te walgen van de sigaretten in haar handen.

Ik werd tegelijkertijd roze, rood en bleek. Wat een felheid! Ik had haar flink onderschat. Ik trilde van schaamte.

'Aha! Het oude dametje is niet achterlijk.' Ze glimlachte. 'Luister, ga jij deze giftige sigaretten eens voor me weggooien, en was je handen met zeep. Dan beginnen we met de les.' Als een klein meisje danste ze door de kamer om haar eigen handen te gaan wassen.

Ik deed wat ze van me had gevraagd, als een marionet, nog steeds verdoofd.

Toen ik terugkwam, zat ze weer op haar gewone plekje, heel rustig, alsof er niets was gebeurd.

De les verliep net als anders, maar ik vond het moeilijk om me te concentreren. Ik bleef maar nadenken over de onverwachte kant van mevrouw Wei. Ik moest nog een hoop leren.

19

Ik vorderde maar langzaam. Wiskunde, natuurkunde en scheikunde waren erg zwaar. Ik was een paar jaar achter, en de formules waren er voor mijn gevoel alleen maar langer op geworden. De leraar behandelde matrixen en calculus, terwijl ik nog met geometrische vergelijkingen worstelde. Ik spijbelde nooit meer. De leraar en de goede leerlingen deden alsof ik niet bestond. Als ik mijn vinger opstak, viel er altijd een ongemakkelijke stilte in het lokaal. Alweer een stomme vraag. Mijn wiskundeleraar rolde altijd met zijn ogen en liet me met grote tegenzin mijn vraag stellen. Dan vroeg hij zijn protégé, het Hoofd, om antwoord te geven.

'Het Hoofd' was onze bijnaam voor de klassenvertegenwoordiger, een jongen met een heel hoog, glimmend voorhoofd. Hij was ook voorzitter van de Jonge Communisten. Hij was het soort jongen dat overdreven toespraken afstak tijdens openbare bijeenkomsten en leuzen riep tijdens de parade op de nationale feestdag. Zijn voeten wezen naar buiten als die van een eend, en hij hield zijn nek altijd heel stijf. Met dédain keek hij naar de andere leerlingen, en hij werd als de grootste snob van onze hele school beschouwd. Hij vormde een kliek met andere even snobistische hoogvliegers en werd door de leraren op handen gedragen, totdat hij tijdens de les werd betrapt op het schrijven van een liefdesbrief. Nu was hij opeens een versierder en een aansteller.

Als het Hoofd klaar was, applaudisseerde de leraar langzaam, knikte en glimlachte hij. Alweer een indrukwekkend optreden van zijn jonge talent. De leraar zelf was kil en afstandelijk. Hij vermeed het om met me te praten, alsof ik te min voor hem was. Een keer was al erg genoeg, maar keer op keer? Al snel verloor ik mijn belangstelling voor zijn lessen en begonnen mijn gedachten gevaarlijk af te dwalen. Ik probeerde te bedenken hoe je zo'n slecht mens het beste zou kunnen martelen. Het leek me geen slecht idee om hem en zijn protégé spiernaakt vast te binden aan de dikke pijnboom bij de ingang van de school en ze net zo lang in de kille zeewind te laten staan totdat ze om genade smeekten. Ik haatte hen en ik haatte mezelf.

Mijn vader stelde voor dat ik samen zou gaan werken met buurkinderen die net met school begonnen. Op die manier zou ik de achterstand makkelijker inhalen.

Jon was een klein kereltje uit de brugklas en een kei in wiskunde. Ik ging naar zijn huis en een paar avonden deden we samen sommen, totdat ik er geen zin meer in had. Zijn ouders maakten in de kamer naast de onze ruzie. De vader was een oude brompot die over alles klaagde. Zijn opvliegende moeder kon vloeken als een zeeman. En dat deed ze, elke avond weer. Je zou denken dat ze elkaar op een gegeven moment dood zouden slaan, maar dat was niet zo. Ze legden het bij en begonnen dan de volgende avond weer van voren af aan. Ik kreeg hoofdpijn van hun verbale volleybal en de landbouwgereedschappen die soms door de kamer vlogen. Ik vond het welletjes.

Ik sleepte mijn schoolboeken mee naar een andere buurjongen, Gan, die zelf lesgaf op een lagere school. Hij was bereid om me met de exacte vakken te helpen. De eerste paar avonden ging alles goed. Ik had aanleg voor wiskunde, en met een helpende hand kwam ik een heel eind. Ik begon er zelfs plezier in te krijgen, totdat zijn jongere zus, een lang en mager meisje dat een paar jaar jonger was dan ik, bij ons kwam zitten. Mijn droom over rust ging in rook op. Ze kwam tegenover me zitten met haar boeken, speelde met haar haren en bewonderde zichzelf in een spiegeltje, waarbij ze murmelde als een baby. Toen begon ze zich te vervelen. Ik begroef mijn hoofd in de boeken en deed alsof ik niets in de gaten had. Soms betrapte ik haar erop dat ze naar me zat te staren. Als we oogcontact maakten, beet ze op haar lip en rende ze de kamer uit. De avond daarna was een circus. Ze had een paar luidruchtige vriendinnen uitgenodigd. Ze beten in elkaars oor en kregen de slappe lach. Al die kwetterende monden! Voortdurend keken ze naar mij en Gan. Het ene moment wilde ze een potlood lenen, dan weer een vel papier. Gan was een geduldige man en hij hield veel van zijn zus. Heel begrijpelijk, hij woonde met haar in hetzelfde huis. Ondertussen bleef hij mij helpen. Het had niets met hem te maken. Ik kreeg het gevoel dat hij alle gedoe zou missen als zij niet in de kamer zou zijn.

Mijn vorige plek was dan misschien het Midden-Oosten geweest, maar dit was geen Zwitserland. Inwendig brulde ik een SOS. Nog diezelfde avond liet ik Gan weten dat ik niet meer terug zou komen.

De volgende dag ging ik naar ons berghok, een ruimte met spinnenwebben en honderden onzichtbare, dodelijke kruipende beestjes. Met een zaklamp in mijn hand strompelde ik tussen de kapotte meubels door. Het was mijn grot; hier waren schatten te vinden. Wat ik zocht, was een oude lamp van mijn grootvader. Het was een enorm gevaarte met versierselen van koper dat hij cadeau had gekregen van een vriend met wie hij altijd gokte, om vals spelen in het donker te voorkomen. Het ding was naar het berghok verbannen vanwege zijn enorme eetlust; er ging op een avond een hele fles olie doorheen en de rook maakte de witte klamboes zwart.

Ik bewoog de lichtbundel door het hok en zag mijn oude vriend in een hoek staan, glimmend als een baken op zee. Toen ik me behoedzaam een weg baande naar de hoek, raakte mijn grote teen een rond voorwerp dat over de grond rolde en kletterend tegen de muur tot stilstand kwam. Ik richtte mijn lamp erop, en zag een sierlijke oude kruik, gevormd als een platte pompoen. Het was mijn grootvaders drankkruik, die altijd op zijn schoot of naast zijn hoofdkussen stond. Hij dronk er genietend uit als er drank in zat, en floot erin als de bodem in zicht kwam. Het was zijn andere kind, het kind dat niet door mijn grootmoeder op de wereld was gezet. Ze was er evenmin blij mee.

Met de beide erfstukken van mijn grootvader onder mijn armen verliet ik het hok, zonder al te veel spinnenwebben aan te raken.

'Wat ga je daarmee doen?' vroeg mijn moeder, die bij de deur op me had gewacht.

'Nou, ik heb besloten om 's avonds in mijn eentje te gaan leren op mijn kamer, dus heb ik een lamp en een theepot nodig.' Zo verdedigde ik mijn schatten.

Als het mijn school betrof, mocht alles. Mijn moeder protesteerde dan ook niet. Ze wist hoe ik problemen aanpakte. Als ik lang genoeg om iets heen had gedanst, schonk ik het op een gegeven moment al mijn aandacht. Mijn moeder was een kleine godin die de grote god naar ons gezin had gestuurd. Ze kende mijn ondeugden en probeerde me altijd te vergeven, voor zover dat in haar macht lag.

Ik zette mijn schatten een paar uur te week in de rivier en boende ze toen stevig met het wilde gras dat op de oever groeide. De lamp glinsterde in de middagzon, maar de kruik bleef naar sterkedrank ruiken. Mijn grootvader had me verteld dat de kruik door een beroemde pottenbakker uit de bergen van Fujian was gemaakt. Hij gebruikte er de plaatselijke klei voor, en na verloop van tijd raakte elke cel van de kruik doortrokken van alcohol. Daarna kon je de kruik steeds weer met water vullen, maar zou er altijd drank uit blijven komen. Ik hoopte dat nog niet elke cel verzadigd was, want anders zou ik de hele avond duizelig zijn en in de smalle tuit fluiten, en zou studeren voor altijd een droom blijven.

Die avond deed ik na het eten mijn deur officieel op slot, ik stak mijn grote lamp aan en vulde de kruk met donkere, dampende thee. Ik zorgde dat de po in de buurt was, want die zou ik vaker nodig hebben dan anders. Ik was klaar voor de start.

Maar toen ik mijn natuurkundeboek pakte, dacht ik aan scheikunde. Toen ik door het scheikundeboek bladerde, schreeuwde het wiskundeboek om aandacht. Ik vocht tegen de verleiding om me te storten op het groene boek voor Engels, inmiddels mijn favoriete vak, en onder op de stapel kreunden en steunden de stiefkinderen: geschiedenis, aardrijkskunde en filosofie. Ik was alleen goed in Chinese geschiedenis. Na het laatste proefwerk was ik officieel de beste van de klas. Ik goochelde met de boeken alsof het onderdelen waren op een lopende band, maar schoof ze uiteindelijk van me weg om met mijn hoofd in mijn handen te blijven zitten.

Vier jaren werk, en nog maar een jaar te gaan tot het grootste examen van mijn leven. Geen ideale situatie. Waarschijnlijk kon ik de helft van de stof redelijk leren, maar niet alles. Griezelverhalen over de moeilijkheidsgraad van de opgaven spookten door mijn hoofd. Je moest echt zorgen dat je de stof goed kende. Op examens kreeg je altijd de moeilijkste vragen over elk vak. De overheid zorgde ervoor dat dertig procent van de deelnemers flauwviel bij het zien van de vragen. Nog eens veertig procent werd misselijk van zijn of haar onwetendheid. De resterende negenentwintig procent beklom de berg, maar slechts één procent bereikte met bloedende handen daadwerkelijk de top. Het was gelijkheid. Het was zelfs democratisch, vergeleken met het vroegere systeem. Het was honderd keer beter dan communistische slavernij.

Ten slotte pakte ik mijn Engelse boek. Ik ging behoorlijk vooruit, was me verteld. Het boek behandelde de gebruikelijke onderdelen, zoals woordenschat en grammatica, en er stonden oefeningen en gesprekjes in, onzinnige dialogen, maar ze zetten me wel aan het denken. Zo vroeg ik me bijvoorbeeld af waarom Engelsen elkaar begroetten met woorden als 'goedemorgen', 'goedemiddag' en 'goedenavond'. Als ik door Gele Steen zou lopen en mensen op die manier zou begroeten, zouden ze denken dat ik gek was. Ik zou zelfs een klap in mijn gezicht of verbanning uit de stad riskeren. Bij ons vroegen mensen elkaar: 'Heb je al ontbeten (geluncht/gedineerd)?' Niets was immers 'goed' aan een dag als je niets in je maag had.

Dan was er 'dankjewel' voor en 'dankjewel' na. Als mevrouw Wei me bedankte omdat ik niet rookte, kreeg ik kippenvel. Was dat hetzelfde als iemand niet bedanken omdat hij iets wel deed?

In mijn eigen dialect bestond er eigenlijk geen woord voor 'dankjewel'. Wij zeiden *bua* om waardering en dankbaarheid uit te drukken. *Bua* was het woord voor een plat bamboemandje. Vroeger deed je wat eten in zo'n mandje, knielde je met je handen boven je hoofd voor de plaatselijke hoogste ambtenaar, en dan bood je hem het mandje aan om dankbaarheid te tonen voor de goede manier waarop de stad werd bestuurd. Zo ging het woord *bua* dankjewel betekenen. Als je heel erg dankbaar was, zei je het heel nadrukkelijk.

Bij wijze van experiment beloofde ik Dia een keer dat ik hem een kleine *bua* zou geven als hij die stinkende sigaret van hem niet in mijn kamer rookte. Hij staarde me aan alsof ik niet goed bij mijn hoofd was en stak zijn zeppelin toch op.

Ik vond het allemaal even spannend. Vaak dacht ik aan de mensen die echt elke dag Engels spraken. Wat een beheerste manier van praten! Ik stelde me voor dat alle Engelse heren vriendelijk en besnord waren, hoge hoeden droegen, en zich nooit zonder een zakhorloge en een wandelstok vertoonden. Op hun gebogen armen steunden dames in lange japonnen, met wespentailles, geel haar en blauwe ogen. Ze liepen niet, ze flaneerden, de zoom van hun lange jurk slepend over de grond, terwijl de wandelstok van de heren ritmisch op de grond tikte. Clark Gable en Vivien Leigh. Londen. New York. Ik wist niet dat het de tijd van de hippies was, van gangsters, drugs en rock-'n-roll, dat Gable al lang dood was en dat Leigh in een rolstoel zat, gerimpeld tot en met haar tenen.

De brandende vraag die ik niet aan mijn professor durfde te stellen, was hoe Engelsen vloekten. Of vloekten ze niet? Wat was ik naïef! Later heb ik pas ontdekt dat je een hele encyclopedie kunt vullen met alle Engelse vloekwoorden.

Ik werd gewekt door mijn moeders klopje op de deur. Het was vijf uur 's ochtends. Ik lag in bed, en mijn Engelse boek lag nog op mijn bureau. De lamp had de hele fles olie opgebruikt. De theepot was leeg. Ik kon me niet herinneren dat ik mijn kleren had uitgetrokken of de lamp had uitgeblazen.

'Hoe ben ik vannacht in bed gekomen?' vroeg ik mijn moeder, die haar hoofd om de hoek van de deur had gestoken.

'Papa zag om twee uur dat je lamp nog brandde. Je was met je hoofd op je boek in slaap gevallen.'

En ik had het zelf niet eens gemerkt!

'Ik wil niet dat je nog van die lange dagen maakt. Dit gaat ten koste van je gezondheid.'

'Maar mama, ik moet zo lang mogelijk werken om alles in te halen.'

'Op deze manier haal je niets in. Zorg dat je gezond blijft en een strak schema opstelt.'

De gedachte alleen al bezorgde me hoofdpijn. Ik kroop diep weg onder de warme deken en bleef nog een kwartiertje liggen voordat ik mijn benen uit bed zwaaide en naar de rivier ging om ijskoud water in mijn gezicht te scheppen.

Op een middag was ik onderweg naar mevrouw Wei toen het begon te regenen. De druppels tikten zo luid op het dichte gebladerte boven het pad dat het wel kogels uit een machinegeweer leken. Het bespaarde me de moeite om me over de rivier te buigen en mijn haar nat te maken. Nu hoefde ik het alleen maar te kammen met mijn vingers. Aan de westelijke horizon zag ik dikke wolkenmassa's. Er was onweer op komst.

Slippend en glijdend liep ik over het natte pad, en ik was blij toen ik eindelijk voor professor Weis deur stond. Ze had hem opengezet, en toen ik haar stem hoorde, zag ik haar voor het raam op de tweede verdieping staan. Ze zwaaide naar me en ik glimlachte terug.

Zoals te verwachten was, stond de hond me in de regen op te wachten. Hij begroette me met zijn valse blik en plantte zijn achterpoten stevig op de grond, alsof hij van plan was om me aan te vallen. Hij gromde zacht, een slap dreigement waar ik aan gewend was geraakt, en versperde me de weg. Die dag las ik een andere uitdrukking in zijn ogen, een uitgekookte blik. Ik keek omhoog, maar mevrouw Wei was er niet meer. Het ging tussen mij en de hond, en hij was sterker. Had ik maar een geweer. Het plekje tussen zijn ogen zag er reuze verleidelijk uit.

Hij leek mijn gedachten te ruiken en schudde uitdagend zijn kop. Druppels spetterden op me. Ik schudde mijn eigen hoofd. Niet half zoveel water. Dat doortrapte beest vond het leuk om te zien hoe nat ik was. Hij wilde me zien rillen en niezen, en dan smekend om genade op mijn knieën, zodat hij alleen nog maar naar me toe hoefde te lopen om zijn tanden in me te zetten. Eten in de regen was beter dan helemaal niet eten.

Opeens kliefde er een bliksemschicht door de lucht, vrijwel onmiddellijk gevolgd door een oorverdovende donderklap. Ik viel op mijn knieën van schrik, sloot mijn ogen en stak mijn vingers in mijn oren, wachtend op de aanval van zowel de hond als de donder, maar er gebeurde niets. De donder stierf weg totdat er alleen nog een soort geknetter van restte, net voetzoekers, en verdween uiteindelijk helemaal. Ik opende mijn ogen en zag dat de hond met zijn staart tussen de poten naar zijn hok kroop. Op slag was ik al mijn respect voor hem kwijt, en ik kon mezelf wel voor mijn kop slaan dat ik me zo door hem had laten intimideren.

Mevrouw Wei begroette me met een handdoek toen ik voor het eerst als een echte man naar de deur slenterde, waardig en zonder angst. Ik voelde hoe verslagen de hond keek nu hij door een donderklap het onderspit had moeten delven. Ik had het pleit gewonnen. Dankbaar pakte ik de handdoek aan en ik droogde mijn haar. Mevrouw Wei leende me een T-shirt en ik voelde me weer prettig. Maar niets voelde zo prettig als de zoetheid van de overwinning. Voor die hond zou ik nooit meer bang zijn. Buiten die muren was de mens immers de baas.

'Wat zie jij er vandaag vrolijk uit,' merkte mevrouw Wei verbaasd op.

'Dank u. Ik ben ook blij dat ik hier ben,' zei ik in het Engels.

'Weet je het dan al?' vroeg ze in het Chinees.

'Wat bedoelt u?'

'Nou, ik heb van een vriend in Putien gehoord dat je Engels als hoofdvak kunt kiezen voor je toelatingsexamen, en dan mag je de exacte vakken laten vallen.'

'Echt waar?' Ik kneep in mijn dij, sprong bijna uit mijn stoel. Ik probeerde me een leven zonder wiskunde, natuurkunde en scheikunde voor te stellen. Het leek me een huwelijksreis. Ik had wel een aria willen zingen van blijdschap. 'Maar waarom is dat eigenlijk?'

'Nou, de universiteiten zitten te springen om studenten Engels. Je zou het zelfs bij een universiteit in bijvoorbeeld Beijing kunnen proberen.'

Beijing! Daar gingen alleen de uitblinkers naar toe. Ja, mevrouw, wat dan ook!

'Denkt u echt dat ik daar goed genoeg voor ben?'

'Wel als je er hard voor werkt. Je bent enorm vooruitgegaan.'

'Vindt u?'

'En ik zal kennis in je stampen tot je vol bent.'

Ga gerust uw gang. Ik had me nooit leger gevoeld.

'Alsjeblieft.' Ze pakte een tas vol boeken en papieren. 'Dit zijn de oefeningen en de woordenschat die je moet beheersen om voor het examen te slagen.' Ze klopte op de stapel als een verzekeringsman die het over een appeltje voor de dorst heeft.

Ik snelde naar haar toe en raakte met een trillende hand de stapel aan. Dit zou mijn redding zijn.

Het begon al laat te worden. Het regende nog steeds en de lucht bleef donker. Mijn hart bonsde van opwinding. Ik popelde om naar huis te rennen en mijn familie het geweldige nieuws te vertellen.

'Heb je soms zin om te blijven eten?' vroeg mevrouw Wei. Haar zus was toen niet thuis.

Ik kreeg een visioen van mijn maag, die eruitzag als de gebarsten Sahara onder een brandende Afrikaanse zon. Snel zette ik dat beeld van me af. 'Dank u voor de uitnodiging, maar ik eet altijd pas laat.'

Wat probeerde ik haar nou wijs te maken? Ik kon op elk moment van de dag eten, overal, alles.

'Je ziet er hongerig uit.' Ze kon heel openhartig zijn als het in haar kraam te pas kwam.

Maar honger is honger. Waarschijnlijk kon je het inderdaad zien, of aan mijn magere buik, of aan de blik in mijn ogen. Of misschien was het mijn bleke gezicht. Toch zou het zeer onfatsoenlijk van me zijn om te blijven eten. Ik zou degene moeten zijn die eten meebracht voor mijn leraar, niet andersom. Mijn moeder zou me hebzuchtig vinden. Ze had ons altijd geleerd dat je nooit naar andermans eten mag hunkeren, hoe arm je ook bent. Bovendien stond mijn reputatie als heer op het spel. Ik was bang dat ik zo'n honger had dat ik me niet zou kunnen beheersen en haar portie ook zou opeten. En stel nou dat ik moest boeren! Ik zag al helemaal voor me dat ik een hele kom rijst naar binnen zou schrokken in het recordtempo van een olympische schaatser, terwijl zij, het konijntje, aan een worteltje knabbelde. We zouden ons allebei om onze eigen redenen generen.

'Nee, dank u. Mijn ouders wachten op me.'

'Ik weet wat je denkt, maar het is heus niet beschamend. Wij christenen noemen het delen. Ik heb vaak vrienden uit de kerk op bezoek, godzijdank.' Ze boog haar hoofd uit eerbied voor haar god, zelfs onder het praten.

Aan het weer te oordelen, zou ik nog een hele tijd moeten blijven. Het zou nog onbeleefder zijn om te blijven en dan toe te kijken terwijl zij at. 'Dank u. Een klein hapje dan.'

Vrolijk klapte het elegante dametje in haar handen. 'Mooi zo.'

Even later kwam de huishoudster melden dat het eten klaar was, en we liepen naar de eetkamer. Vanuit deze kamer keek je uit op de tuin, en zelfs in de regen lachten sommige bloemen ons nog toe. De ruit dempte het geluid van de regendruppels en het water dat als een waterval van het dak klaterde. Het was een eenvoudige kamer met smaakvolle rotan meubels. Aan de muur hing een afbeelding van een blanke man met vriendelijke ogen, lang haar en een witte mantel. Dat moest Jezus Christus zijn. Er tegenover hing een veel kleinere afbeelding van Voorzitter Mao, met zijn boeddha-gezicht. Het was wel duidelijk wie hier de baas was en wie de koorknaap.

'Nieuwe religieuze vrijheid,' legde ze uit toen ik om me heen keek. 'Zolang ik Mao's foto aan de muur heb hangen, maakt niemand bezwaar tegen een Christus, zeggen ze.' De dagen dat religie verboden was, waren voorbij. Professor Wei was een groot voorstander van meer vrijheid.

Het eten bestond uit gesauteerde groente uit hun eigen moestuin, een zachtjes gaar gesudderde kip en een grote pan rijst. De huishoudster had het eten al op tafel gezet, en het rook verrukkelijk. Mijn maag knorde hoorbaar, en ik moest mijn buikspieren spannen om er een eind aan te maken.

'Een jongen zoals jij eet vast wel drie kommen rijst.' Ze wees op het monster van een kom. Ze zat er niet ver naast. Als ik mijn gang kon gaan, zou ik haar niet teleurstellen.

De gastvrouw pakte de opscheplepel en schepte de dampende rijst in mijn kom. Ze glimlachte naar me en maakte mijn portie wel zo hoog als de berg Ch'ing, terwijl ze zelf niet meer dan twee bescheiden schepjes nam. Ik voelde me net een bergbeklimmer met een vracht tassen en tenten, klaar om naar de top te klimmen.

'Zullen we eerst bidden?' Ze deed haar ogen dicht en boog haar hoofd. Ik deed haar na, maar deed mijn ogen niet helemaal dicht. Ik zag dat haar lippen snel bewogen, maar ze mompelde, zodat ik er niets van verstond. Haar heilige man keek me aan en ik sloot direct mijn ogen.

'Nu hebben we God bedankt voor ons dagelijks maal. Tast toe. Ik ben benieuwd of het waar is dat jonge mensen zoveel eten.' Ze had een ondeugende twinkeling in haar ogen. Ik voelde me net een haan voor een hanengevecht.

Ik deed wat ze had gezegd en tastte toe. De berg begon te slinken. Zij at haar rijst korrel voor korrel en schepte mij nog eens op. Ze vertelde me over de religieuze bijeenkomsten die ze bij haar thuis hield, en dat ze het zo fijn vond om jonge mensen over de vloer te hebben. Op zondag werd er altijd gekookt voor een weeshuis; haar huis was een heiligdom.

Toen ik bezig was aan mijn derde kom, kwam de ondergaande zon onder een dikke wolk vandaan. Mevrouw Wei schepte de laatste restjes in mijn kom. Ik had nog nooit iemand gezien die er zo van genoot om iemand anders te zien eten.

'Je bent een gezonde jongeman met een flinke eetlust. Ik ben blij dat alles op is. Morgen hoef ik geen kliekjes te eten.'

Ik bedankte haar uitvoerig voor het heerlijke eten. Als een liefhebbende oma leunde mevrouw Wei tegen de deurpost om me uit te zwaaien. Pas toen ik uit het zicht was, liet ik een grote boer. Als de wind de bladeren niet had laten ritselen, had ze het misschien wel gehoord.

Het nieuws dat ik de exacte vakken mocht laten vallen, baarde mijn ouders zorgen. Was het niet prematuur om nu al niet meer naar de lessen te gaan? Het kwam maar al te vaak voor dat de overheid een bepaald beleid weer veranderde. China was een land dat de grondwet zo vaak had gewijzigd dat iedereen de tel kwijt was. Mijn ouders voerden een verhitte discussie. Ik vond het nodig om een paar sleutelwoorden te laten vallen.

'Met dit beleid kan ik misschien Engels gaan studeren aan een universiteit in Beijing.'

Dat sloeg in als een bom. Ze waren sprakeloos. Eerst keken ze me weifelend aan, maar nadat mijn vader er even over had nagedacht, knikte hij goedkeurend. 'Dat klinkt goed.' Hij was de man die van mij de eerste violist in Gele Steen had gemaakt, zij het een slechte, en hij was bereid om mij voor Engels te laten kiezen en me naar Beijing te laten gaan. Hij zou alle mijlpalen in mijn leven onder het genot van een kop thee eindeloos met zijn vrienden bespreken.

Mijn vader was een dromer. Mijn moeder was meer praktisch ingesteld; zij was het die me elke ochtend om vijf uur wekte en de klamboe uitschudde, zij zorgde dat ik tijdens het leren niet in slaap viel of wegdroomde.

'Is dat niet een beetje te deftig en exotisch voor ons?' vroeg mijn moeder. Nou en of. Modder, mest en grond afgraven lag meer voor de hand, maar ik wilde anders zijn.

Mijn vader schudde zijn hoofd. Hij was me altijd al een stap voor en in dit geval overtuigder dan ik. 'Hoezo?' zei hij. 'Misschien wordt hij later wel een Engelssprekende diplomaat die China vertegenwoordigt bij de Verenigde Naties.'

Dit was natuurlijk wel erg ambitieus, maar hij wist dat ik op hem leek. Er lag zoveel vertrouwen en zekerheid in zijn stem dat het me bang maakte.

'Weet je zeker dat je graag Engels wilt studeren in Beijing?' vroeg hij aan me, ook al wist hij het antwoord al.

Dat klonk als muziek in de oren van een boerenjongen die was gedwarsboomd door politiek gekrakeel, een jongen die levenslang zwoegen in de modder als vooruitzicht had, ver beneden de internationale armoedegrens. Maakte mijn vader soms een grapje? Het was mijn grote droom, het was het waard om voor te sterven.

Ik knikte nerveus, want ik vond het een enorme eer dat hij die vraag aan me stelde. Het was alsof iemand aan me vroeg: Zou je over een groot rijk willen heersen?

Het antwoord was natuurlijk bevestigend, ook al vond ik het een beetje eng. Ja, laat me maar zien waar de troon staat.

20

Op de dag dat de uitslagen van de examens bekend zouden worden, trok mijn neef Tan zich opnieuw terug op de zolder. De spanning was zo groot dat hij al dagen niet had gegeten, en hij was al sinds hij het examen had gedaan licht depressief. Hij had alcohol geprobeerd. Dat hielp niet. Toen had hij eindeloos geslapen, terwijl de teamleider lachend voor zijn raam stond en hem voor gek uitschold. We waren allemaal bezorgd. Toen kwam Tan op een dag plotseling het huis uit, en hij stortte zich op het werk in de velden. Hij repte met geen woord over het examen en hield zijn mond stijf dicht als iemand over studeren begon. Als boze doofstomme ging hij helemaal op in zijn eigen wereld. Hij was afgevallen en zag eruit als veertig, ook al was hij nog maar net dertig.

Zijn uitstekende resultaten gingen als een schokgolf door Gele Steen. Tan huilde toen de uitslag onder de deur van de zolder door werd geschoven. Eerst weigerde hij de envelop open te maken. Toen hij dat uiteindelijk wel deed, slaakte hij een oorverdovende kreet en danste hij de trap af naar zijn blije familieleden. Hij was zo iemand die in de wieg is gelegd voor het studentenleven. Een echte boekenwurm met een dikke bril die alles las, zelfs de microscopisch klein gedrukte gebruiksaanwijzing op zakken kunstmest. In zijn vrije tijd schreef hij gedichten en verhalen. Hij was dromerig en romantisch. Inmiddels had hij allang getrouwd moeten zijn, maar hij had verschillende aanzoeken van lelijke boerenmeisjes afgeslagen. Zijn beeld van een vrouw bestond alleen in boeken. Aangezien hij uit een familie van landheren kwam en daarom geen enkel toekomstperspectief had, mocht hij eigenlijk al blij zij dat er nog iemand was die hem wilde. Hij zat er totaal niet mee. Hij had genoeg aan zichzelf. Waarom zou hij trouwen? Wacht maar tot je je het kunt permitteren, zei hij altijd, tot grote frustratie van mijn oom, die vond dat hij tegen die tijd door kleinkinderen omringd had moeten zijn.

Twee dagen na het bekend worden van de uitslag kreeg neef Tan opnieuw last van een depressie. Hij zei dat zijn goede resultaten de teleurstelling alleen maar groter zouden maken. Volgens hem waren de cijfers een smoesje en telde uiteindelijk toch alleen je politieke achtergrond. Een val van die duizelingwekkende hoogte zou zijn ziel verpletteren. Opnieuw waren er geruchten dat kandidaten uit foute families pas als allerlaatsten toegelaten zouden worden. Wanneer alle beschikbare plaatsen waren verdeeld, zouden zij met lege handen achterblijven – ook dit was een manier om met Zwarte families af te rekenen. Tan trok zich terug op zolder en staarde de hele dag uit het raam.

Aan het eind van de zomer werd Tan de eerste student in Gele Steen na de Culturele Revolutie. Het werd economie aan de Amoy Universiteit. Er kwam een brief waarin zijn toelating werd bevestigd, en de hele stad stond perplex. De Amoy Universiteit, op het schitterende subtropische eiland Amoy, was de beste van Fujian. Daar werden de kaderleden van de provincie opgeleid. Het was een club van intellectuelen. Tan zou zich daar als een vis in het water voelen.

Dit keer was de hele familie in tranen. Eindelijk was er een eind gekomen aan het jarenlange lijden. De zon was opgekomen en die nacht zouden de sterren schitteren. Tan was in de zevende hemel en deelde sigaretten uit alsof hij ging trouwen. Ik keek naar zijn enigszins gekromde rug en vermoeide ogen. Het zou me niet verbaasd hebben als sommige professoren jonger waren dan hij. Misschien zou hij ooit hoogleraar worden en met een van zijn studentes trouwen. Ik was zo blij voor hem.

Vanaf dat moment zag zijn toekomst er heel anders uit. In de drie dagen daarna kreeg Tan huwelijksaanzoeken van de drie meest begerenswaardige meisjes in de stad. Ze kwamen uit goede families en waren zo sterk dat ze de velden als ossen konden ploegen. Hun ouders waren zelfs bereid om af te zien van het bedrag dat er gewoonlijk voor een huwelijk werd betaald. Een van de vaders beloofde twee koeien als onderdeel van de bruidsschat. Ga ervoor, grapten wij. Tan lachte iedereen uit en ging niet op de aanzoeken in. Hij was onze hoop. We vierden zijn afscheid met een groot feestmaal. Hij moedigde mijn broer aan om het erop te wagen en waarschuwde mij dat ik me op mijn schoolwerk moest concentreren, een studieprogramma moest opstellen en door moest zetten.

Die avond zat ik op mijn kamer naar de hoge stapel schoolboeken te staren, en ik reserveerde een bepaalde tijd voor elk vak. Om elke dag aan alle vakken toe te komen, dag in dag uit, moest ik om vijf uur opstaan en met niet meer dan korte pauzes voor de lunch en het avondeten tot halfelf 's avonds doorgaan. Geen verzetjes, geen lol met vrienden, niet dagdromen, alleen keihard blokken. Het was een uitdaging, en ik was er zo opgewonden over dat ik niet kon slapen. Ik probeerde me voor te stellen hoe een collegezaal eruit zou zien, met strenge hoogleraren en stadsmeisjes met lange benen en sexy rokjes. De sterren flonkerden aan een heldere hemel en de maan scheen door mijn raam naar binnen. Mijn besluit stond vast. Ik wilde per se naar de universiteit. Ik wilde weg uit dit stinkende gat. Als Tan het kon, kon ik het ook.

Beijing. Het woord viel in stukjes uiteen, die allemaal schitterden als sterren toen ik in slaap viel.

Opeens had school een doel: de universiteit. Tegenwoordig oogstten bejaarde leraren zoals meneer Du en Peking Man bewonderende blikken als ze door de straat van Gele Steen liepen en werden ze hartelijk begroet. Nog maar een paar jaar daarvoor hadden ze door diezelfde straat gelopen met een hoed op hun hoofd en een groot bord om hun nek met hun naam erop in vlekkerige rode inkt. Hun hoofden waren kaalgeschoren en hun handen vastgebonden op hun rug. Kinderen hadden stenen naar hen gegooid en volwassenen hadden hen in het gezicht gespuugd. Het waren stinkende intellectuelen, en er was geen plaats voor hen geweest in de samenleving.

Meneer Du's vroegere vrouw, die een paar jaar eerder bij hem weg was gegaan, had nu spijt als haren op haar hoofd. Maar Du wilde haar niet terug. Hij trouwde met een jonge lerares die zich door zijn fenomenale wiskundige kennis had laten betoveren. Genialiteit en jeugdige schoonheid, dat konden de mensen in Gele Steen wel waarderen. Er werden serieuze discussies gevoerd over de kans dat hij eerder dood zou gaan of juist langer zou leven nu hij een nieuwe vrouw had die veel energie kostte. De conclusies liepen uiteen. Uiteindelijk was hij de superleraar die twee belangrijke vragen op het landelijke examen wiskunde correct had voorspeld. Hij verdiende het om van zijn nieuwe huwelijk te genieten.

Peking Man had geen problemen met zijn Peking Vrouw, maar ook hij had een mazzeltje: hij werd vereerd met het lidmaatschap van de Communistische Partij. Hij noemde zichzelf een door de partij opgegraven fossiel. Het lidmaatschap was geen onverdeeld genoegen, dus wist hij niet of hij het moest accepteren. Als cynische historicus had hij zijn twijfels over de partij, maar hij wist ook dat het niet verstandig zou zijn om een dergelijk aanbod af te slaan. De Culturele Revolutie kon elk moment weer van stal worden gehaald, en dan zou hij, Peking Man, degene zijn die het lidmaatschap had geweigerd en de partij had afgewezen; misschien was het zelfs wel landverraad. Dan zou hij het land moeten ontvluchten, anders zouden ze hem misschien opsluiten in een kooi, zoals de echte Peking Man was overkomen. Er werd gezegd dat hij in tranen was toen hij plechtig als lid werd ingezworen. Veel mensen vermoedden dat het tranen van pijn en verdriet waren, niet van vreugde. Arme man.

Wat mijn hoestende leraar Engels met zijn goudvisogen betreft, hij ging met pensioen toen zijn vrouw bedlegerig en incontinent werd. Voor de school was zijn vertrek geen groot verlies. Daar kon ik zelf over meepraten.

De examens van het herfstsemester doemden voor ons op. Hardwerkende leerlingen verschansten zich achter gesloten deuren en zaten tot diep in de nacht te blokken. De leerlingen die op school sliepen, gingen met hun boeken onder de arm op zoek naar een rustig plekje waar ze konden werken.

Slechte leerlingen zoals mijn vriend Dia doolden rond als verloren zielen die op zoek waren naar de betekenis van het leven. Hoewel hij nog steeds zijn dikke sjekkies rookte, was Dia tegenwoordig voldoende gemotiveerd om over studeren en het goede leven erna te praten, maar niet genoeg om zijn magere schouders eronder te zetten. Hij was sarcastisch over mijn inspanningen en verbitterd jegens alle leerlingen die niet met hem bevriend waren. Nog steeds kwam hij elke dag naar mijn huis. Dan zaten we op het stoepje aan de achterkant, luisterde hij als ik Engels voorlas, of hij zat stilletjes te roken als ik andere vakken deed. Ik probeerde hem erbij te betrekken, maar het was een stuk makkelijker om hem zo ver te krijgen dat hij een dikke voor me rolde.

'Wat wil je met je leven doen?' vroeg ik hem.

Hij leunde gapend achterover. 'Geen idee.'

'Waarom werken we niet samen?'

'Dat kan ik niet. Ik ben er niet geschikt voor. Ik kom hier nooit weg.' Er was verdriet, al weigerde hij dat te erkennen. Hij ontweek mijn blik. 'Kolere, een paar jaar geleden zei zelfs mijn ouwe heer tegen me dat boeken slecht waren en vroeg hij me om er bladzijden uit te scheuren waar hij sigaretten van kon rollen. Hij vond dat ik timmerman moest worden, of smid, of wat dan ook. De leraren waren onverschillig. Die klootzak van een Mao zei dat niemand zich iets van leraren aan hoefde te trekken, dat de scholen platgebrand moesten worden, weg ermee. Studeren was slecht en al die onzin meer. Nu zijn ze opeens van gedachten veranderd, en alle mensen die naar dat stomme geouwehoer hebben geluisterd, zijn nu in de aap gelogeerd.'

Hulpeloos staarde hij voor zich uit, maar toen leek hij het van zich af te zetten en begon hij een revolutionair lied te neuriën, 'Onze hoop ligt in de groene velden'. Een dikke sigaret bungelde tussen zijn lippen en hij neuriede een beetje vals. Hij voelde zich bedrogen en gekwetst, en vertegenwoordigde zonder het te weten de verbitterde klasse die de Culturele Revolutie had gesteund en het abrupte einde ervan had betreurd. De verandering was te groot, en te plotseling gekomen.

De school kondigde aan dat de leraren aan de hand van de resultaten van de examens zouden bepalen op welk hoofdvak hun leerlingen zich moesten concentreren. Ik verliet de lekkende ruimtes van mijn schip, de exacte vakken, en stuurde het goede deel langs de mistige kust.

Het viel natuurlijk op dat ik de lessen in de exacte vakken niet meer volgde, maar de leraren zeiden er niets van. Ze zagen het als een teken dat ik mijn hoofd liet hangen. Dia ging nog wel naar die lessen, want hij had nog geen hoofdvak gekozen. Elke dag kwam hij melden wat zijn leraren hadden gezegd. Exacte vakken hadden de toekomst, alfa's konden studeren wel op hun buik schrijven, want er waren veel minder studieplaatsen. De bèta's vormden een soort cultus. Leerlingen kwamen opgewonden en met rode hoofden uit de lessen. Ze dachten dat ze de wereld konden veroveren met het weinige dat ze wisten. Ze hadden een hoge dunk van zichzelf, en wij, de alfa's, waren de mislukkelingen die niet mee konden komen. Ik haatte ze allemaal, vooral het Hoofd, die nu het genie van zijn eindexamenklas was. Slechts een klein percentage liep over naar het alfakamp. Dia volgde me zonder veel overtuiging.

Ik was juist blij met dit fenomeen. Minder kandidaten betekende minder competitie. Ik had navraag gedaan. De meeste bètastudenten zouden uiteindelijk aan de slag gaan als laboratoriummedewerkers, landbouwonderzoekers, ingenieurs, of erger nog, als geologen die in China's onherbergzame woestijnen naar olie boorden. Letterenstudenten hadden daarentegen een toekomst als bestuurders van universiteiten of regeringsinstellingen. Dat idee sprak me wel aan, en als ik mijn studie Engels met goede cijfers afrondde, zou ik misschien ooit zelfs schitteren als internationaal diplomaat, en champagne, sigaren, limousines, hotels en mooie exotische vrouwen als vanzelfsprekend gaan beschouwen. Het was een duizelingwekkende droom.

Twee weken lang ging ik niet naar mevrouw Wei en nam ik van alle vakken de behandelde stof door. Ik stond om vijf uur 's ochtends op en sleepte mijn pijnlijke lichaam om elf uur 's avonds naar bed. Alle leraren gaven samenvattingen van de stof. Ik ging niet naar die lessen, maar zonderde me af op een rustig plekje in een graanveld buiten de schoolmuur, waar ik in mijn eentje zat te blokken.

Mijn lunch bestond uit gedroogde yams, en in mijn pauzes spreidde ik een deken uit op het zachte gras en deed ik samen met Dia een dutje in de warme zon. De schoolmuur beschermde ons tegen de wind van zee, en het rijpende graan zong en danste om ons heen. Dia pikte de hele deken in. Wanneer ik dan een halfuur later wakker werd, lag hij nog steeds te snurken. Ik sloeg mijn boeken weer open en stortte me op de hoofdstukken die ik nog niet had gehad.

Ik hield van de uitgestrekte graanvelden, die goud begonnen te kleuren nu het nieuwe jaar naderde. Er ging rust van uit. Ik zat als een monnik in kleermakerszit op de grond, met mijn boeken om me heen. Sommige hoofdstukken in mijn geschiedenisboek waren zo mooi dat ik ze hardop voorlas. Het ging over andere tijden, andere mensen. Er was zoveel dat ik niet wist van mijn eigen land en mijn eigen volk. Aardrijkskunde had een eigen charme. Mijn fantasie kreeg er vleugels door. Op die bladzijden kwam de wereld tot leven. De Amazone, de Nijl, de Himalaya en de dertien koloniën van Amerika. De rode bladeren in New England. Ik zat op een piepklein plekje in Gele Steen, maar de wereld was binnen in me.

Al die nieuwe kennis maakte me blij. Ik las en las totdat de zon achter de horizon wegzakte en het daglicht plaatsmaakte voor de grijze duisternis. Ik wekte mijn trouwe vriend, die me de hele middag had genegeerd. Hij wreef in zijn ogen en volgde me naar mijn huis als iemand die drie dagen niet had geslapen. Hij beklaagde zich erover dat ik hem niet eerder wakker had gemaakt, want nu had hij een hele middag verloren.

Ik deed alsof ik kwaad was, draaide me om en greep zijn dunne nek beet om hem tegen de grond te pinnen. Hij pakte een handvol aarde en gooide die naar me. Ik liet hem los en hij sprong boven op me en begon me te kietelen. Om hem een lol te doen, speelde ik het spel mee. Hij was een dierbare vriend die een zetje nodig had. Ik voelde me schuldig dat ik geen tijd had om samen leuke dingen te doen. Toen smeet ik hem op de grond, tilde hem op en dreigde hem in de Dong Jing te gooien. Hij bad en smeekte, ik zette hem neer, en we lachten de hele weg terug naar huis. Er was nooit veel voor nodig om mijn beste vriend op te vrolijken.

De examens duurden drie volle dagen. Voor elk examen slenterde ik met lege handen het klaslokaal binnen, en ik ging nooit naast iemand zitten. Ik wilde dat de leraren zouden weten dat deze bekeerde leerling niet spiekte. Mijn boodschap was luid en duidelijk; de leraren keken me argwanend aan. Ik beantwoordde alle vragen en schreef snel en zo netjes mogelijk. Een nette presentatie scheelde een derde van je cijfer, had mijn vader gewaarschuwd. Ik deed mijn uiterste best. Dit was een cruciaal moment: ik liet weten dat ik van plan was om een gooi te doen naar het toelatingsexamen voor de universiteit, en als iemand daar problemen mee had, kon me dat geen zier schelen. Ik wist wat het was om diep te zinken, om te kruipen op mijn knieën. Nu strompelde ik voort. Binnenkort zou ik rennen. Ik wilde de wereld laten weten dat ik niet van plan was om over me te laten lopen.

Al voordat de tijd om was, leverde ik mijn werk in. De leraren bleven rustig, temperden hun nieuwsgierigheid, deden alsof ze niet naar me keken. Bij het verlaten van het lokaal kon ik voelen dat ze mijn werk naar zich toe gristen om de antwoorden te bekijken. Ik wist dat ze verbijsterd hun hoofd zouden schudden. Het was niet alleen verbeelding van me, want mijn trouwe Dia kwam me altijd vertellen wat er was gebeurd wanneer ik de klas uit was.

'De leraar pakte je werk en deed dit.' Hij rolde met zijn grote ogen en liet zijn mond komisch openvallen. 'Volgens mij doe je het heel goed.'

'Ik hoop het.'

'Ik weet het zeker, makker.' Dia rende voor me uit, versperde me de weg en stak twee duimen omhoog. 'Ik ben zo verdomde trots op je. Je bent wel verwaand, maar van mij mag je.'

De resultaten waren belangrijk, want zeven maanden later volgde het toelatingsexamen voor de universiteit. Als je dit had verpest, kon je net zo goed meteen naar huis gaan, de zeis slijpen en je aanmelden als landarbeider, net op tijd voor de oogst in de lente.

De huilende wind zou je welkom heten terwijl je blote voeten in de ijskoude modder wegzakten. Ik was nog niet vergeten hoe het was om met een botte schoffel in de harde, koude grond te haken. Na de oogst van graan en tuinbonen moesten de velden zacht worden gemaakt, zodat er op tijd rijst kon worden geplant. De koude wind was zo snijdend dat ik mijn ogen niet eens open kon houden, en ik herinnerde me als de dag van gisteren de bloedende barsten in mijn gezicht en handen. Mijn voeten waren in de natte voren weggezakt, en de kou van het water kroop als een aanval van spelden en naalden omhoog in mijn benen. Niemand in Gele Steen droeg ooit schoenen op de velden. Zomer of winter, je ging op blote voeten. De boeren waren trots op hun grote voeten met een dikke laag eelt. Ze hadden van generatie op generatie zo gewerkt. Waarom zouden ze het nu opeens anders gaan doen?

Ik voelde meer dan bewondering voor hen. Het waren helden waar ik bang voor was. Na drie dagen op het koude veld zwoer ik dat ik nog liever monnik zou worden in het eerste het beste klooster, met niets beters te doen dan dromen van nonnen, dan dat ik als een blote diepvrieskip de velden van dat achterlijke Gele Steen moest bewerken.

Nauwgezet maakte ik alle examens, en ik stond paf van de resultaten.

De cijferlijsten werden openbaar gemaakt op een muur van de school, en ik bleek in alle alfavakken bovenaan te staan. Ik had geen enkel examen zo goed gemaakt als Engels. Met een score van eenennegentig procent stond ik bovenaan, samen met een jongen die we de Engelse Ster noemden en een hoofd als een appel had. Hij heette Cing en was al sinds de eerste een rivaal van me.

In stilte bedankte ik mevrouw Wei, mijn geheime wapen.

Dia bazuinde het nieuws van mijn overwinning overal rond. Hij hing rond in de buurt van de muur met cijferlijsten, lurkend aan een dikke sigaret, en moedigde elke voorbijganger aan om de uitslagen te bekijken, vooral de mijne. Toen het Hoofd langsliep, liet Dia hem zien wat ik had gepresteerd. De snobistische bètaleerling lachte spottend en vertelde Dia dat er in de geschiedenis van onze nederige middelbare school nog nooit iemand was geweest die van een studie Engels had durven dromen. Engels was een studie voor bevoorrechte stadsjongens, niet voor naar mest stinkende boeren zoals wij. Het was een verheven studie voor deftige mensen; Engels had met de mysterieuze westerse cultuur en het kapitalisme te maken, met Amerika. Het Hoofd wist precies waar je iemand moest raken. Dia spuugde aan zijn voeten, vloekte als een zeeman en kwam met hangend hoofd naar me toe.

'Is het waar dat er nog nooit iemand van onze school Engels heeft gestudeerd?'

'Ja,' zei ik. 'Hoezo?'

'Ik wil trots op je kunnen zijn. Ik was zo blij voor je, en nu heeft het Hoofd al mijn hoop de grond in geboord. Nu ben ik helemaal van de kaart.'

'Luister, is er op deze nederige school ooit eerder iemand geweest die viool speelde?'

Hij knipperde met zijn ogen en dacht met zijn hoofd schuin even na voordat hij het heftig schudde. Een brede grijns gleed over zijn gezicht. 'Da's waar, jij bent de eerste.' Hij rechtte zijn schouders en omhelsde me onstuimig.

'Je kunt het, man,' riep Dia opgewonden. 'Doe het voor mij en die stomme school. Als jij eenmaal op de trein naar Beijing zit, pak ik een geweer en schiet ik de glimmende kop van het Hoofd eraf, die klootzak.'

'Laten we samen voor het examen werken. Misschien, heel misschien, maak jij ook een kans,' drong ik aan.

'Vergeet het maar. Jij bent het echte genie. Een paar maanden geleden moest ik je de antwoorden nog voorzeggen. Toen wist je niets. Nu heb je hard gewerkt en goede cijfers gehaald. Ik weet dat dit niet het grote examen was, maar je hebt laten zien dat je het kunt. Ik heb het niet, en jij moet aan jezelf denken. Ik wil alles voor je doen, je boeken dragen, je sigaretten rollen, water halen, wat dan ook. Ik zou zelfs met je willen trouwen als je een meisje was en mij leuk vond. Laat me alleen niet in de steek, neem me een beetje op sleeptouw. Ik verveel me te pletter sinds jij zo hard werkt.'

'Het spijt me. Je mag zo vaak bij ons logeren als je wil,' bood ik aan. 'Je weet dat mijn moeder dol op je is, en de anderen ook. Een extra portie eten kunnen we altijd missen.'

Hij knikte, bijna in tranen. Ik rolde een dikke sigaret voor hem en hij was weer helemaal gelukkig.

Meneer Ka, mijn nieuwe leraar Engels, was een jonge man met een donkere huid en fijne krulletjes. Hij riep me bij zich op zijn kamer. 'Gefeliciteerd,' zei hij. 'Eindelijk ben je wakker geworden.' Hij schudde zijn hoofd naar achteren omdat hij last had van zijn krullen. 'Ik had van sommige mensen gemengde verhalen over je gehoord,' vervolgde hij, 'maar het kan me niet meer schelen wat er over je wordt gezegd. Ik zie dat je je best doet, en je kunt het.'

Hij had geen betere opening kunnen bedenken. Ik vond hem meteen aardig. Het voelde alsof hij mijn bondgenoot was.

'Er is werk aan de winkel als we je willen krijgen waar je naar toe wilt.' Hij gebruikte graag abstracte termen. 'Ik zal je geven wat ik heb en je helpen met wat je nodig hebt. Snap je wat ik bedoel?'

Ik had geen idee wat hij bedoelde en knikte vaag.

'Om te beginnen moet je lid zien te worden van de Bond van Jonge Communisten. Ik heb je gegevens bekeken, en je verleden is om te huilen. Op de lagere school ben je zelfs geen Kleine Rode Gardist geweest.'

Ik had er helemaal geen behoefte aan om herinneringen aan die ellendige tijd op te halen.

'Iemand heeft het je verdomd moeilijk gemaakt. Dat had nooit mogen gebeuren.' Hij kneep zijn ogen tot spleetjes en keek naar buiten.

Hij had volkomen gelijk, dat had nooit mogen gebeuren. Het was misdadig geweest. Ik was de enige van de hele school die geen Kleine Rode Gardist was geweest, alleen maar omdat ik uit een Zwarte familie kwam en zelf van contrarevolutionaire neigingen werd verdacht. Ik had er nog steeds nachtmerries over.

'Het wordt tijd dat iemand het voor je opneemt. Ik zal ervoor zorgen dat je voor het eindexamen lid kunt worden. Dat vergroot je kans om toegelaten te worden op een eersteklas universiteit, zoals die waar ik heb gestudeerd. Je zou toch niet willen dat zoiets onbenulligs je straks in de weg zit?'

'Nee, meneer. En dank u wel, meneer.'

'Niets te danken. Ik heb dit gesprek ook met Cing gevoerd. Van hem verwacht ik ook veel. Jullie zijn dit jaar mijn enige hoop. Ik zal me persoonlijk met jullie vorderingen bezighouden. We zullen er samen het beste van proberen te maken.'

Dit gesprek deed me denken aan de peptalk van mijn tafeltenniscoach. Het betekende eigenlijk niets, maar het gaf je wel een goed gevoel. Een soort volkslied in woorden.

Wat meneer Ka deed, werd door de leraren 'vissen' genoemd; door erop te wijzen dat bepaalde leerlingen dankzij hun hulp op prestigieuze universiteiten waren aangenomen, probeerden zij hun status te vergroten, promotie te maken of een salarisverhoging te krijgen. De leraren op onze school strooiden met de namen van leerlingen die nu studeerden, pronkten met de rol die zij in dit succesverhaal hadden gespeeld. Ze doorspekten al hun gesprekken met deze namen, tijdens de les, na het eten, bij de thee, zelfs in bed met hun echtgenotes. Ze meenden dat deze studenten alles aan hen te danken hadden en liepen ermee te koop.

Voor meneer Ka stond er meer op het spel. Hij was nieuw en moest zich nog waarmaken. Wat een uitdaging. Niemand van onze school was op een goede universiteit Engels gaan studeren. Hij was de juiste man op het juiste moment voor de juiste persoon.

Een paar dagen later hing er een rood aanplakbiljet op de muur in onze school. Bijna niemand lette erop. Er stond op dat mij achteraf de eervolle titel Kleine Rode Gardist werd toegekend, en dat ik was toegelaten als lid van de Bond van Jonge Communisten. Heel even voelde ik me net Peking Man, enerzijds gestreeld, anderzijds verontwaardigd dat het zo'n hol begrip was. Het communisme was een handelsartikel met een prijskaartje geworden, en de prijs ervan kelderde telkens als iemand het van de hand deed. Het zou niet lang meer duren of het lidmaatschap zou voor iedereen te koop zijn, voor een stuiver bij een koud drankje.

Ik ging naar meneer Ka's kamer om hem te bedanken. Hij sloeg me op mijn schouders en kneep met zijn sterke handen in de mijne.

'Gefeliciteerd, jonge kameraad. Jij bent de toekomst van het communisme.' Hij bedierf de ernstige woorden door te knipogen en me een Vliegend Paard-sigaret aan te bieden, een wel heel erg oncommunistisch gebaar. 'Dat moeten we vieren.' Hij hield een lucifer bij mijn sigaret voordat ik kon weigeren. We rookten zwijgend, starend uit het raam.

Merouw Wei was sprakeloos toen ik haar mijn cijfer vertelde. Met haar handen onder haar kin en haar zilverkleurige hoofd een tikje schuin keek ze me aan. Ze was in de wolken. Haar blijdschap voor mij was oprecht. God zegene haar.

Het schoolbestuur deelde alle eindexamenklassen opnieuw in. De ruim vijfhonderd leerlingen werden in zes bètaklassen en twee alfaklassen ondergebracht. In B-1, bèta één, zaten de beste leerlingen, onder wie het Hoofd en de andere verwaande kwasten. De beste leraren van de school stonden voor die klas, en de rest van de bètaklassen werd aan hun lot overgelaten. Leerlingen demonstreerden tegen de school, gooiden stenen naar de leerlingen uit B-1 en sommige snobs werden zelfs vanwege hun arrogantie in elkaar geslagen. Wat er ook gebeurde, het onderscheid bleef.

A-1, alfa één, kreeg ook de beste leraren, onder andere de eerbiedwaardige Peking Man en verschillende andere knappe koppen. Veel was het niet, maar meer kon de school niet bieden. Cing met zijn appelhoofd zat rechts achter in de klas, ik links. Die arme Dia werd in A-2 ingedeeld, en hij beweerde dat hij de meeste ochtenden gewoon zat te slapen zonder dat de leraren er iets aan deden. Het kon ze niet schelen. Leerlingen rookten in de klas en legden hun voeten op de lessenaars. Leraren zochten een warm plekje in de zon om een boek te lezen.

A-2 was het Siberië van onze middelbare school. De leerlingen in die klas vochten hun dagelijkse intellectuele geschillen met hun vuisten uit. De rector had eens voor de grap laten vallen dat extreem geweld met handboeien en ketenen bestraft zou moeten worden. Dia werd als een goede leerling gezien en hij werd een leider. Zijn nieuwe rol beviel hem wel, maar in mijn bijzijn keek hij zijn volgelingen met de nek aan. Ik vond dat hij ten goede was veranderd. Hij was een goede leerling in een slechte klas, en hij begon zich verantwoordelijker te gedragen. Ik was blij voor hem. Ik probeerde onze Engelse leraar, de ritselaar, over te halen om Dia naar onze klas te laten overplaatsen, maar hij vond dat Dia eerst betere resultaten moest zien te halen. Ik hield hem het verhaal over Peking Man als kluif voor, maar hij was niet gek. Hij moest gewoon onder ogen zien dat hij misschien op een doodlopende weg was gestrand.

Neef Tan kwam in de voorjaarsvakantie een paar dagen thuis. Zijn haar was langer en zijn schoenen zouden glimmen als hij de moeite had genomen om ze te poetsen. Zijn ingevallen wangen waren voller, en in zijn jaszak zat een hele batterij pennen netjes in het gelid. Omringd door mijn hele familie zat hij in onze woonkamer. Hij sloeg zijn benen over elkaar en liet zijn rechtervoet lui op en neer wippen, doorspekte zijn zinnen met studentenjargon. Hij was op en top een man zonder zorgen.

'Je krijgt daar goed vlees, op de AU.' Dat stond voor de Amoy Universiteit.

'Zelfs voor het ontbijt?' vroeg ik.

Hij knikte. 'Ingelegd vlees.'

Wat een luxe. Ik had nog nooit zoiets gehoord, maar ik geloofde hem wel.

'Maar ik eet geen ingelegd vlees voor mijn ontbijt, dat is niet goed voor mijn gezondheid.' Hij schudde licht zijn hoofd, een gebaar dat we eerder moesten voelen dan zien. Dit was een vijftien keer subtieler hoofdschudden dan we van de boeren in Gele Steen gewend waren.

Het water liep me in de mond bij de gedachte aan een schaal dampend vlees. Mijn verheven idealen over de universiteit maakten plaats voor zeer banale verlangens. Mijn hele lichaam hunkerde naar vlees. Gesudderd, geroosterd, gebakken, gebraden, gerookt of ingelegd in het zuur. Wat maakte het uit? Vlees smaakte altijd lekker, wat je er ook mee deed.

'We zijn een hele maand met MT bezig geweest,' zei hij achteloos.

Wij keken elkaar allemaal vragend aan. MT? Wat was dat? Malse Tartaar?

'Militaire Training voor alle studenten van de AU,' legde Tan uit. 'Kijk eens naar mijn handen.' Hij strekte zijn armen, zodat we allemaal naar zijn handen konden kijken. 'Hard van het eelt. Dat komt doordat je de hele tijd met een geweer loopt.'

Dat eelt op zijn handen was echt niet van de AU of de MT, dacht ik bij mezelf. Dat was het VB, het Verrekte Boerenwerk.

'Ik heb gehoord dat je Engels wil gaan studeren,' zei hij tegen mij, pulkend aan het eelt op zijn hand.

'Ja. Wat vind je ervan?' Mijn moeder had gezegd dat ik hem om advies moest vragen, dus was ik nu een en al oor.

'Wat zal ik zeggen?' Hij sloeg zijn benen andersom over elkaar en leunde naar achteren. 'Er zitten een paar studenten Engels bij mij op de AU, rijkeluiskinderen uit Fuzhou en Amoy. Je weet wel, van die kinderen met dure kleren en horloges, nieuwe fietsen en bergen zakgeld. Ze zijn artistiek en romantisch.'

Zijn ogen vernauwden zich alsof hij een luchtspiegeling zag, vlakbij en toch buiten zijn bereik. 'Er is een heel mooi meisje bij, altijd in een spijkerbroek en zo, en zij spreekt beter Engels dan sommige docenten. Ze komt uit HK, weet je.' Hongkong. 'Ik zou dat Engels maar uit mijn hoofd zetten, als ik jou was. Je hebt alles tegen. Zij hebben buitenlandse bandrecorders, compleet met bandjes in het Amerikaans. Heb je weleens een bandrecorder gezien?' Hij schudde zelf al zijn hoofd. 'Nee, natuurlijk niet.'

Ik kon nog steeds niet geloven dat het mogelijk was om vast te leggen wat een menselijke stem had gezegd. Het was zoiets als water proberen te redden nadat het is gemorst.

'Die lui hebben allemaal een perfect accent. Ze hebben er aanleg voor. Je moet artistiek en muzikaal zijn. Ik geloof niet dat iemand op jouw school je dat kan leren. En zelfs al konden ze het wel, dan zouden we er nog over struikelen met onze dikke lippen en slome tongen. Als ik jou was, zou ik iets anders proberen. De landbouwhogeschool, misschien.'

Ik zag dat mijn vader genoeg begon te krijgen van deze nieuwe verstedelijkte man. Hij rolde een dikke sigaret en bood hem mijn neef aan. Ik wist dat mijn vader het expres deed, want op de AU werden vast en zeker geen dikke zelfgerolde shagjes gerookt. Tan weigerde, haalde een pakje Wind uit zijn zak en bood mijn vader en broer een sigaret aan.

'Wat zijn dat?' vroeg mijn vader.

'Bij ons rookt iedereen dit merk, zelfs de voorzitter van mijn faculteit.'

Mijn vader schudde als een boer uit Gele Steen zijn hoofd, heel heftig en nadrukkelijk. 'Dat is niets voor mij. Veel te licht, daar ga je alleen maar van niezen.' Hij brak de sigaret door midden en liet de helften op de grond vallen. 'Heb je zin om te blijven lunchen?' Dat was zijn manier om afscheid te nemen. Mijn moeder fronste waarschuwend haar wenkbrauwen.

'Nee, bedankt. Ik moet naar Putien, daar heb ik afgesproken met vrienden van de AU. Zo gaat dat.'

We wisten precies wat hij bedoelde. Het drukke sociale leven van een belangrijk man die zich in hoge kringen beweegt. Bij ons kreeg hij zeker geen vlees voor de lunch. Met zijn vingers kamde hij zijn tamelijk lange haar, en we keken hem na toen hij met een kaarsrechte rug wegliep door de hoofdstraat van Gele Steen, hier en daar met een minzaam handgebaar iemand groette, alsof hij een zegevierende Napoleon was.

Ik trok me terug op mijn kamer toen hij weg was, en het duurde wel twee uur voordat ik nieuwe moed bij elkaar had geschraapt nadat hij mijn hoop zo achteloos had neergesabeld. Maar ook al was hij nog zo'n snob geworden, ik vond het toch fijner om hem zo te zien dan opgesloten op zijn zolderkamer. Hij had nu de vrijheid om met zijn pretenties te koketteren. Vrijheid, daar draaide het om. Die gedachte sterkte me in mijn voornemen; ik wilde misschien niet worden zoals hij, maar ik wilde wel in zijn schoenen staan.

'Wil je nog steeds Engels studeren?' vroeg mijn vader me later.

'Ja, nu al helemaal.'

'Hoezo?'

'Omdat ik denk dat het daar op de AU een stelletje playboys en klaplopers zijn. Ik ben niet bang voor stadsmensen. Dat zijn doetjes, ik ben sterk. Zij hebben alles al zonder te studeren. Ik niet. Ik ga keihard werken en ik zal al die verwaande, verwende types het nakijken geven. Of denk je dat ik het niet kan?'

Mijn vader glimlachte en knikte vol vertrouwen. Hij blies een perfecte kring van rook uit. Ik ving hem met mijn wijsvinger en sneed hem doormidden.

21

Duizendklappers vulden de smalle straat van Gele Steen met dichte rook. Het was Chinees nieuwjaar. Het werk op het land werd stilgelegd en de halve stad was flink aan het gokken. De welgestelden rookten Vliegend Paard en zetten contant geld in; de gierigaards behielpen zich met graankorrels of dieren als inzet en als je echt helemaal aan de grond zat, rookte je dikke, zelfgerolde sigaretten en kon zelfs je eigen vrouw worden vergokt. Het begrip timesharing in de meest elementaire vorm. Het verhaal ging dat een dorpeling uit een dorp twintig kilometer ten westen van Gele Steen tijdens één gokspel zijn vrouw twaalf keer had verloren. Toen het haar ter ore kwam, joeg ze hem hun huis uit en liet ze hem door de commune arresteren; ze wees de verbintenis met zo'n schaamteloze verliezer resoluut van de hand.

De sterke geur van brandend kruit drong door het raam naar binnen, en het geluid van de rotjes, vergelijkbaar met het slaan op holle bamboestokken, wekte me bij het krieken van de dag. Bijgelovige mensen dachten dat de knallen duivels en demonen op de vlucht joegen. Geen enkele feestelijke nieuwjaarsdag kon beginnen zonder vroeg op de ochtend geesten weg te jagen.

Ik staarde naar de laatste sterren die nog twinkelden in het oosten. Het liefst zou ik diep onder mijn warme gewatteerde deken wegkruipen en blijven slapen totdat de zon glimlachend mijn kamer in keek, en heerlijk dromen van de lange noedels met sappig vlees, oesters en knapperige eitjes waarvan ik wist dat ze op me stonden te wachten op de ontbijttafel. Ik dommelde weer in, maar werd van een nieuwe duizendklapper wakker.

'Wakker worden, ik ben klaar.' Het was mijn moeder bij de deur. Haar stem klonk vriendelijk maar wel beslist. Inmiddels was ik haar vaste partner geworden bij het jaarlijkse kowtow-ritueel. Ik vroeg me af hoe ze het vroeger had klaargespeeld, voordat ik haar misdienaar was geworden. Wat was er toch gebeurd met mijn drie sterke zussen en mijn broer? Ze moest sinds middernacht in de weer zijn geweest om het eten voor de offergaves klaar te maken en dat voor elk van haar twaalf goden aantrekkelijk neer te zetten. We waren de avond daarvoor pas om twaalf uur 's nachts klaar met eten. Het betekende dat mijn moeder de hele nacht niet naar bed was geweest en misschien alleen af en toe tussendoor een dutje had gedaan.

'Nog een halfuurtje,' riep ik van onder mijn deken.

Even was het stil, maar toen zei ze: 'Ik wil dit jaar extra vroeg beginnen, voor het geluk van jou en je broer.'

Om de een of andere reden geloofde mijn moeder dat hoe vroeger je 's ochtends voor de goden knielde om hen te bedanken, des te meer geluk het bracht. Dit zou een belangrijk jaar voor ons worden. Het was haar manier om ervoor te zorgen dat Jin en ik het net zo ver zouden schoppen als Tan. Al sinds de dag dat Tan ons had verteld over zijn studentenleven en het vele vlees dat hij at, had mijn moeder met hints gestrooid. Haar favoriete was: 'Als je zo dol bent op vlees, moet je ook gaan studeren, net als neef Tan.' Ze was heel slim, mijn moeder, en haar kleine toespelingen hadden precies het juiste effect. Alleen zij zag dat het hooggestemde ideaal 'studeren' tot het simpele woordje 'vlees' gereduceerd kon worden. Ze liet het altijd vallen als ik honger had en mijn hoofd om de hoek van de keukendeur stak op zoek naar iets te eten; dan gingen er golven door mijn rammelende maag en werd mijn honger alleen maar erger. Als ik genoeg had van mijn schoolwerk, likte ik mijn lippen en dacht ik aan de verrukkelijke smaak van vlees in mijn mond. Dan boog ik me met een zucht weer over mijn boeken, net als de koeien van Gele Steen die dachten aan het geurige hooi dat hen wachtte als het ploegen er voor die dag weer op zat.

Het woord 'geluk' dreef me uit bed. Ik zou niet aan mijn moeders wijsheid durven twijfelen. Bovendien keken al die goede goden waarschijnlijk toe. Ik trok de nette kleren aan die keurig opgevouwen klaar lagen op mijn bank en liep heel stilletjes de trap af om de anderen niet wakker te maken. Ik spatte koud water in mijn gezicht, boende het grondig en poetste mijn tanden extra goed, met tandpasta uit een nieuwe tube. Mijn moeder wilde me zelfs niet in de buurt van haar heiligdommen laten als ik niet schoon was.

Het was tijd voor de voetvallen voor hen die mijn miserabele lot in hun onzichtbare handen hielden. Ik strekte mijn benen en rug als voorbereiding op de kwelling die me te wachten stond en masseerde mijn voorhoofd en beide slapen met mijn duimen. Straks zou ik hoofdpijn hebben, mijn knieën zouden pijn doen en mijn rug zou gebroken voelen, maar toch was ik bereid het te doen. Ik had misschien niet genoeg hersens om de deur van de universiteit open te breken, maar in elk geval wel een hard voorhoofd om de weg erheen met kowtows te plaveien. Als er twaalf goden achter me stonden, kon niets of niemand me tegenhouden.

Zoals gewoonlijk begonnen we met de god van de Aarde. Mijn moeder sprak op haar knieën woorden van dank, gevolgd door goede wensen voor het nieuwe jaar. Het woord 'studeren' dook op in haar snelle, zangerige murmelen. Eindeloos had ze de gebeden herhaald, elke ochtend en elke avond, en ze floepten haar mond in en uit als noedels met olie. Ze smeekte om voorspoed voor het hele gezin, om gezondheid en geluk. En dan waren er de speciale verzoeken. Van te voren had ze al de volgorde van belangrijkheid bepaald, zodat ze zich niet zou vergissen, niet zou aarzelen. Hierin was zij de expert. Zij was de stem van de familie Chen. De goden moesten haar inmiddels moeiteloos herkennen.

Ik keek naar haar nederige, devote gezicht. Haar ogen waren gesloten om maximale spiritualiteit te bereiken. Er ging zowel vreugde als rust van haar gebaren uit nu ze zich tot haar onheilspellende goden richtte. Op dat moment was mijn moeder net een klein meisje dat om snoep bedelt. Ik had haar nooit echt in dit licht gezien. Ten slotte opende ze haar ogen en glimlachte stralend, alsof ze had gekregen waar ze om had gebeden. Ze gebaarde naar mij.

Nu was het mijn beurt.

Ik pakte de brandende wierook van haar aan, vouwde mijn handen, haalde diep adem en liet me op mijn knieën zakken. Er was een dik kussen voor me op de grond gelegd, en in stilte begon ik de duizenden kowtows te tellen die ik de goden had beloofd in ruil voor allerlei onbeduidende gunsten in het leven. Het moment om hen terug te betalen was aangebroken. Ik begon met volledige voetvallen: knielen, met mijn voorhoofd de grond raken, opstaan, dan weer knielen. Tegen de tijd dat ik dat honderden keren had gedaan, bleef ik op een gegeven moment geknield zitten. Mijn hoofd raakte lang niet zo hard de grond als passend was. Ik sloot een stilzwijgend pact met de god voor wie ik knielde: omdat ik er zo veel zou doen, moest ik wel een beetje met de procedure smokkelen. Na verloop van tijd was er van mijn kowtow niet meer over dan het op en neer bewegen van mijn hoofd, en uiteindelijk snuffelde ik alleen nog maar zo'n beetje aan de grond, met kleine rukjes van mijn hoofd, terwijl het zweet in mijn ogen prikte.

Mijn vader had een andere tactiek voorgesteld. Als je een god duizend voetvallen beloofde, zei hij, kon je best volstaan met honderd extra grote en tegen de god zeggen dat elke kowtow voor tien telde. Ik wist dat hij het had gezegd in een poging om mijn suïcidale overgave te beteugelen. Natuurlijk kwam ik weleens in de verleiding, maar dan dacht ik aan investering en opbrengst: wat je erin stopte, was wat je terugkreeg. Als ik op een goede universiteit in Beijing mikte, kon ik die dikke kop van mij maar beter flink tegen de grond drukken. Niet afdingen. Geen slap gelul. Nadat ik voor twaalf goden voetvallen had gemaakt, sleepte ik mijn uitgeputte lichaam naar onze zitkamer, waar ik me op een stoel liet vallen. Tegen die tijd waren mijn zussen en broer ook op, en ik stak een pijnlijke arm uit op de leuning van mijn stoel, zodat zij me konden betalen voor de honderden keren dat ik uit hun naam had geknield terwijl zij nog lekker lagen te slapen. Ze glimlachten naar me, en ik bleef met mijn vingers wriemelen om aan te geven dat ik een grotere bijdrage wilde. Ik voelde me net een bokser, beurs en rauw, terug van een gevecht voor mijn broer en zussen. Het was elke fen die ze me gaven waard, en meer.

Nadat ik de noedels had gegeten die traditioneel als eerste maaltijd van het nieuwe jaar werden geserveerd, en nadat ik van mijn met kowtows verdiende geld vijf pakjes Vliegend Paard had gekocht bij zwarthandelaar Liang, ging ik op weg naar Yi's werkplaats.

De anderen waren er al. Ze woelden door mijn haar en knepen in mijn oren en neus om het me betaald te zetten dat ik het vaak te druk had om hen te zien. Ik hield van die jongens. Ze waren altijd hetzelfde: nors, oprecht, en goedhartig op hun eigen charmante manier. Als ze jaloers waren of zich verwaarloosd voelden, scholden ze me uit en gaven een tik tegen mijn hoofd, en dan was hun ergernis voorbij. Net als de Dong Jing, tot de rand toe gevuld met zuiver regenwater, liep hun hart over van hartelijkheid.

'Kolere zeg! Wat zie jij er bleek en slap uit. Wat is er met jou aan de hand, studentje?' Mo Gong stak de welkomsttoespraak af. Sen, Yi en Siang graaiden in mijn jaszakken, verdeelden de sigaretten en staken lachend hun eerste Vliegend Paard van dat jaar op.

'Ik heb ze voor jullie gekocht om goed te maken dat ik jullie zo in de steek heb gelaten.'

'Hou je waffel en neem er zelf een.' Sen gooide me een pakje Vleugel toe, filtersigaretten. Ik stak er een op. Het was fijn om terug te zijn.

In de werkplaats was weinig veranderd. Het gereedschap hing nog aan de ruwe aarden muren. Er waren sporen van zaagsel. In een donker hoekje, waar de zon niet bij kon, hingen nog tabaksbladeren te drogen. En het rook er nog steeds naar een schoolslaapzaal, alleen nu met een vleugje schimmel erbij. De werkplaats was niet meer gebruikt sinds Yi in de grote stad was gaan werken, en de deur was pas weer opengegaan nu Yi in Gele Steen op bezoek was. Mo Gong, Sen en Siang waren overal en nergens geweest. Oude gewoontes leer je niet zomaar af. Gokken, stelen, fietsen op de oude fiets – het waren nog steeds paria's.

Sen klopte op mijn schouder en kwam naast me zitten op het houten bankje waar Yi vroeger altijd op zat te werken. 'Broer, je hebt een hele hoop lol gemist door met je neus in de boeken te gaan zitten.'

'Wat hebben jullie dan gedaan?' vroeg ik.

'Kijk maar.' Mo Gong legde een hele stapel geld op het bankje en knikte. Kennelijk moest ik er iets uit opmaken. Ik had nog nooit zo veel geld bij elkaar gezien. De slager bracht aan het eind van de dag altijd een dik pak bankbiljetten naar de bank, maar deze stapel was bijna twee keer zo dik.

'Hoe komen jullie eraan? Gestolen?' Ik kon mijn ogen gewoon niet geloven.

Ze namen me met zijn vieren nogmaals te grazen en knepen nog een keer in mijn oren en neus. Ik wist me uit die kluwen te bevrijden voordat ze me bont en blauw knepen. Ze glimlachten als de Boeddha, zwijgend en mysterieus.

'We zijn tien dagen in Yi's stad geweest, en daar hebben we het gewonnen,' legde Sen uit.

'Hoe dan?'

'Nou, we hebben een hutje in de buurt van Yi's fabriek gehuurd, en daar hebben we twee tafels neergezet om te gokken. De helft van Yi's collega's kwam langs, gewoon voor de lol. Wat zijn die stadslui rijk! We hebben ze helemaal kaal geplukt. Yi deed alsof hij er niet bij hoorde, en wij drieën deden de twee tafels. We zijn weggegaan voordat we door de mand vielen, en nu zijn we weer hier. Negenhonderddertig yuen!'

Ik trilde. Zo'n groot bedrag, dat was bijna misdadig. Ik wist dat mijn rijke neef Yan tweeëndertig yuen per maand verdiende. Mijn vrienden hadden in niet meer dan een paar dagen tijd evenveel verdiend als hij in tweeëneenhalf jaar. Dat was stelen op zijn best.

'Je gelooft me niet, hè?' zei Sen lachend.

'Het is zoveel! Daar kunnen we wel een huis met acht slaapkamers van bouwen.'

De vier knikten. Waarschijnlijk glimlachten ze onafgebroken sinds ze zo rijk waren geworden. En waarom ook niet? Wie zou er niet grijnzen? Als het mijn geld was geweest, zou ik er om de seconde aan ruiken, de hele dag glimlachen en het 's nachts onder mijn kussen leggen om erover te dromen.

'Maar we gaan geen huizen bouwen. Hier.' Sen pelde een centimeter van de stapel en gaf dat geld aan mij. 'Luister, dit is ons geld. Laten we het verstandig gebruiken en iedereen al hun geld afhandig maken. Straks hebben we tienduizenden yuen.' Sen rekende zich al rijk. Kennelijk dacht hij aan de suikerrietvelden waar we elkaar hadden leren kennen.

'Wat bedoel je, ons geld?'

'Het geld is van ons, dus net zo goed van jou. Je bent nog steeds onze broer. We gebruiken het geld als beginkapitaal bij het gokken, dan zijn we binnen de kortste keren allemaal rijk en kunnen we een paar vrouwen aanschaffen,' zei Mo Gong met twinkelende ogen, en hij knipoogde tot besluit van zijn zin. Eerst het geld, dan een vrouw. Mo Gong was volmaakt eerlijk over zijn prioriteiten.

Ik was ontroerd dat ze hun geld met me wilden delen. Nog steeds gaf onze broederschap me een warm gevoel vanbinnen. We hadden elkaar trouw gezworen en voelden ons daardoor verbonden, maar op de een of andere manier veranderde het geld dat. Ik voelde me ongemakkelijk. Voor mijn gevoel hoorden vriendschap en genegenheid de reden te zijn om samen te blijven, niet geld. Niemand had ooit iets over geld gezegd. Het was een spirituele band, geen financiële.

Op de een of andere manier waren ze veranderd. Dit waren geen jongens meer. Inmiddels hadden ze allemaal een baard. Hun stemmen waren zwaarder en heser. Het waren volwassenen met de verlangens en ideeën van volwassenen.

Ze hadden de grote stad gezien en daar met de grote jongens gegokt. Nu was er die grote stapel geld. Wat zou er nu gebeuren? Misschien zat de politie hen al op de hielen.

'Weet je zeker dat dit geld niet stinkt?' vroeg ik met een streng gezicht.

'Kom hier, lekkere schat van me.' Mo Gong greep mijn nek beet en plantte een natte klapzoen op mijn voorhoofd. 'Maak jij je nou maar geen zorgen. Geld stinkt nooit.' Hij pakte de stapel geld en drukte daar ook een kus op. 'We zijn rijk. Kom op, we gaan naar het veld. Die stumpers zitten te wachten tot wij ze hun geld afhandig komen maken.'

'Dit keer zijn we de grote jongens,' zei Sen. 'Van nu af aan zijn alleen grote handen welkom, met stuivers bemoeien we ons niet meer. Kom op, Da, ga gezellig mee, al is het maar voor een dag of twee. Daarna kun je weer aan de studie.'

De verleiding was heel erg groot. Het was nieuwjaarsdag. Niemand kon er bezwaar tegen hebben dat ik een dagje vrij nam van mijn schoolwerk. Deze dag was bedoeld om feest te vieren. Ik verdiende het. Vier paar ogen keek me verwachtingsvol aan.

Ik beet op mijn lip. 'Ik moet echt elke avond leren, anders haal ik dat examen niet, ik zweer het jullie. Ik wil heel graag mee en iedereen verslaan, of zelfs alleen gekheid maken, maar ik kan echt niet met jullie mee.' Het was een pact dat ik met mijn familie en Boeddha had gesloten.

De teleurstelling droop van hun gezicht.

Sen was de redelijkste van het hele spul. 'Nou, we zijn tegenwoordig allemaal volwassen. Als jij zegt dat het moet, dan moet het. Laten we dan vanavond in elk geval samen wat drinken.'

'Ik kom langs met genoeg eten voor ons allemaal. Gaan jullie maar geld verdienen, dan vieren we het vanavond.'

'Ga jij maar snel terug naar die boeken van je, anders kun je van mij een dreun op je kop krijgen,' dreigde Mo Gong gemoedelijk. Hij zou een geweldige ordehandhaver zijn geweest.

Yi en Siang gaven allebei een schop tegen mijn achterwerk toen ik de deur uit ging.

Onderweg naar huis dacht ik na over mijn vrienden en het geld. Vroeger was alles simpeler. Er was geen universiteit geweest om van te dromen, en mijn vrienden waren gewoon tamelijk onschuldige kwajongens die de hoofdstraat van Gele Steen onveilig maakten. In die tijd waren ze al tevreden met een trekje van een sigaret, en op een goede mop konden ze dagen teren. De tabak was zoet geweest en drank een verzetje. Nu zei ik nee op hun aanbod om er samen een spannende middag van te maken, en zou ik boven mijn saaie boeken hangen terwijl zij de inwoners van Gele Steen zoveel mogelijk geld uit de zak klopten. Die gedachte bleef diep in mijn hart steken. Met een zucht ging ik ons huis weer binnen en ik sjokte naar mijn kamer, waar mijn boeken geduldig op me lagen te wachten. Ik deed mijn ogen dicht voordat ik het eerste boek opensloeg en aan het eerste programmaonderdeel van die dag begon. Ik voelde me vredig vanbinnen. De opwinding van het nieuwe jaar bleef buiten, in de straat van Gele Steen.

Ik zou Engels als hoofdvak gaan doen, dus daar stelde ik me helemaal op in. Op de muren van mijn kamer hing ik Engelse woorden en uitdrukkingen, en ik maakte kaartjes met het Engelse woord aan de ene kant en het Chinese aan de andere. Waar ik ook naartoe ging, altijd had ik een stapel van die kaartjes op zak. Voortdurend liep ik woorden te mompelen om ze uit mijn hoofd te leren. Op die manier dompelde ik mezelf onder in de wereld van het Engels. Ik deed dit als ik boodschappen deed, als ik liep, als ik at, als ik een grote boodschap deed op de wc.

Op een dag bleef ik staan voor een pindastalletje om warme gebakken pinda's met bruine suiker te kopen, waar ik dol op was. Ik leunde over de stal van de oude man en wees op het allerkleinste zakje, het enige dat ik me kon permitteren, terwijl ik ondertussen nog een Engels woord van een van mijn kaartjes mompelde. De bezwete oude man stond me niet-begrijpend aan te kijken en vroeg wat ik bedoelde. Ik zei dat ik een zakje pinda's wilde. Was dat nou zo moeilijk te begrijpen? Hij zei dat ik iets heel raars had gezegd, en ik legde uit dat hij er gewoon niet op moest letten, dat het een Engels woord was geweest. Hij gaf me mijn pinda's en zei dat ik niet goed snik was. Het gebeurde ook een keer dat ik door onze zitkamer liep, die vol zat met patiënten van mijn vader, terwijl ik afwezig een moeilijke Engelse uitdrukking oefende. Later nam een bezorgde patiënte mijn moeder apart, en ze vroeg in alle ernst of ik wel helemaal lekker was in mijn bovenkamer, waarbij ze op haar eigen hoofd wees. 'Niet altijd,' antwoordde mijn moeder.

Die nieuwjaarsdag dacht ik aan iets waar mijn vader altijd op hamerde, namelijk dat je altijd eerst een oude les moest herhalen voordat je aan iets nieuws begon. Was dit niet hét moment om alle woordkaartjes van het afgelopen jaar nog eens door te nemen? Ik haalde mijn hele kamer overhoop, want de kaartjes lagen overal verspreid: onder het hoofdkussen, op de vensterbank, in luciferdozen. Het waren er honderden.

Ik legde ze op mijn bureau, met de Chinese karakters boven, en groef diep in mijn geheugen naar de Engelse woorden die erbij hoorden. Tot mijn blijdschap en opluchting bleken mijn jonge grijze cellen nog soepel en gewillig, zoals het hoorde. Een tijd lang was ik bang geweest dat ik mijn hersenen met alle sterkedrank en het vele roken voortijdig in een fossiel had veranderd. Maar nee, mijn verstand was een springlevende en bubbelende massa. Ik kon me maanden nadat ik ze voor het eerst had gezien 99 procent van de lange, moeilijke Engelse woorden herinneren. Ik liet me op mijn knieën vallen en maakte een diepe kowtow voor mijn vele goden, waarbij ik zo hard met mijn hoofd tegen de vloer bonkte dat er volgens mij tientallen woorden verloren gingen. Tegen het middaguur was ik klaar met herhalen en ging ik naar mijn moeder, die zat te dutten op haar keukenkruk. Het was de gewoonte dat mensen op nieuwjaarsdag eerst de goden bedankten voor hun goede daden, en dan bedankten mensen andere mensen die ze dankbaar waren. Dit was een dag om mijn engelachtige professor Wei mijn dankbaarheid te betuigen.

Ik maakte mijn moeder wakker door haar schouder aan te raken. Ze glimlachte beschaamd. 'Was ik in slaap gevallen?'

'Nee, hoor.'

'Wel waar.' Ze wreef over haar wangen en schudde haar hoofd. 'Laten we naar de achtertuin gaan.'

Volgens de normen en waarden van mijn moeder was slapen een grote zonde. Haar hele leven draaide om werken en nog eens werken. De enige keer dat ze niet voor dag en dauw opstond, was als ze rollend en kermend van de pijn aan haar maagzweer in bed bleef liggen. Dat gebeurde twee keer per jaar, als het weer omsloeg, en dan stond de hele familie somber rond haar bed.

Ik volgde mijn moeder naar buiten, waar we werden begroet door hongerige kippen die op een lekker lunchhapje hoopten.

Ze wees op de grootste haan. 'Neem die maar.'

Het beest bestudeerde me en maakte een intelligent klinkend geluidje. Ik had hem Leider gedoopt toen hij nog heel jong was, omdat hij zich toen al onderscheidde van de rest. Alleen het beste was goed genoeg voor professor Wei.

Ik floot hem en hij kwam op zijn stakerige poten vol vertrouwen op me af. Leider was mijn kameraad en held. In de zomer van het jaar daarvoor had ik hem tegen de hanen van de buren laten vechten om de eer van al onze kippen hoog te houden. Hij had niet alleen al zijn tegenstanders verslagen, na zijn overwinning dekte hij bovendien alle aantrekkelijke kippen. Ik had aanspraak kunnen maken op alle eieren die erna waren gelegd. Alle mensen die hem in actie hadden gezien, raakten niet over hem uitgepraat. Maar Leider had er wel een zekere prijs voor moeten betalen: er ontbrak een grote hap uit zijn rode kam, waardoor hij er extra stoer en knap uitzag. Inmiddels hoefde hij allang niet meer om vrouwtjes te vechten; ze kwamen uit eigen beweging naar hem toe.

Maar vandaag zou ik de Grote Versierder cadeau doen aan mijn dierbare lerares. Daar zou hij een volkomen ander leven krijgen. Geen oorlogen met andere hanen meer, en veel ruimte om rond te lopen tussen bloemen, planten en fruitbomen. Wie weet, misschien werd hij wel artistiek en zou hij gaan zingen zoals sommige van de vrouwtjes die hij had gedekt. De hond zou zijn enige vijand zijn, maar dat varkentje zou Leider ongetwijfeld wel even wassen. Hij kon hoger springen en harder rennen dan de hond, dus hij hoefde zich nergens zorgen om te maken. En met een beetje geluk zou hij met zijn scherpe snavel de hond zijn ogen uitpikken. Was die gedachte nou geen mooi begin van het nieuwe jaar? Dan zou ik nooit meer bang hoeven zijn voor dat valse, snuffelende beest. Een blinde hond was zo ongeveer een dode hond. Ik nam me voor om een goed woordje te doen voor mijn haan, zodat hij niet al de volgende dag op de eettafel zou prijken.

Toen Leider zijn kop onder mijn hand schoof, aaide ik hem zacht, en vervolgens pakte ik zijn vleugels beet en bond ze vast. Ondertussen had mijn moeder een dikke kip gepakt en ook haar vleugels opgebonden. Ik stopte het paar in een bamboemand met kleine raampjes, deed er twee flessen plaatselijk gedestilleerd van de allerbeste kwaliteit bij en ging op weg.

In onze streek werden levende kippen als het best denkbare cadeau beschouwd. Er werd drank bij gedaan om het vlees mee weg te spoelen. Als een man een meisje ten huwelijk vroeg, moest hij als hij haar ouders om haar hand ging vragen twee kippen meenemen die met rood lint aan elkaar waren gebonden.

Ik maakte een lange en diepe buiging voor professor Wei en wenste haar in het Engels een gelukkig nieuwjaar. Mijn kip en haan gingen zo tekeer dat ik twee keer een schop tegen de mand moest geven om ze stil te krijgen.

Professor Wei beantwoordde mijn begroeting met haar zachte stem en vroeg: 'Wat doen die kippen hier?'

'Ik hoopte dat u ze wat Engels en goede manieren zou willen leren.'

'De hond zal wel voor de goede manieren zorgen,' zei ze glimlachend, 'en dan zien we wel of het wat wordt met Engels. Dit had je echt niet hoeven doen.'

'Mijn moeder en vader zeggen dat u een goede leerling van me hebt gemaakt. We zijn u allemaal dankbaar.'

'Je hebt het zelf gedaan, Da,' zei ze. 'Je hebt het in je, en natuurlijk heeft God je gezegend.'

Ik knikte instemmend, al wist ik niet welke god ze bedoelde, een van de plaatselijke of haar eigen. Maar we vonden het allebei een geruststellende gedachte dat er daar boven iemand was die over ons waakte. Het was reden om te glimlachen op die prachtige eerste dag van het nieuwe jaar.

Terwijl we stonden te praten, kwam de hond aan lopen. Hij had een smalende blik in zijn ogen en stak zijn zwarte, snuffelende neus in een van de gaten van de mand om als een douanebeambte de inhoud te inspecteren. Op stijve poten, met zijn oren gespitst en staart hoog in de lucht, drukte hij zijn snuit zo ver mogelijk naar binnen. Hij nam er de tijd voor om duidelijk te maken dat hij op dit terrein de alleenheerser was. Plotseling jankte hij van pijn en sprong hij naar achteren. Hij dook in elkaar en staarde achterdochtig naar de mand. Op het puntje van zijn neus welde een druppel bloed op, die steeds groter werd, totdat er een straaltje langs zijn snuit omlaag druppelde. Hij jankte en veegde met zijn poot over zijn neus. Onderdrukte woede streed om voorrang met angst voor de onbekende dieren in de bamboemand, die hem hadden verwond.

Goed zo! In stilte juichte ik om Leiders eerste overwinning, zelfs al voordat hij een poot op zijn nieuwe land had gezet. Zet 'em op, maat. Mik de volgende keer op zijn ogen, dan is dit verrukkelijke paradijsje voorgoed van jou en kun je een heel gezin van Leiders stichten, allemaal met zo'n sexy rode kam en van die prachtige veren waar je zo graag mee loopt te pronken als je vriendinnetjes in de buurt zijn. Het was het waard om voor te vechten.

'Die haan staat zijn mannetje,' zei mevrouw Wei nieuwsgierig. Niemand had die hond ooit op zijn knieën gekregen. 'Hij lijkt me heel geschikt om de vogels weg te jagen.'

'O, daar is hij heel goed in,' zei ik vol vertrouwen. 'Er zit ook een hen bij. Ik dacht dat ze hier een leuk gezinnetje konden beginnen.' Ik grijnsde spottend naar die stomme hond, die nog steeds op zijn achterpoten zat.

'Ik weet zeker dat ze het hier fijn zullen hebben, en ik beloof je dat ik ze niet als voedsel zal gebruiken, als je snapt wat ik bedoel.'

Ik was in de wolken met haar belofte. Ik maakte de touwtjes los waarmee hun vleugels waren opgebonden, en ze renden vrolijk weg, zonder de hond ook maar een blik waardig te keuren.

'U mag met ze doen wat u wilt. Dat hoeft u me niet te beloven,' zei ik.

'Nu ik ze zie lopen, weet ik al helemaal zeker dat ik ze als huisdieren wil houden. Kijk eens naar die veren.' Ze doelde op Leider, die overal waar hij kwam een blikvanger was. 'Wat is er met zijn kam gebeurd?'

'Vermist geraakt in de Tweede Wereldoorlog.'

Ze lachte. 'Blijf even op me wachten. Ik wil dat je iets meeneemt voor je vader.' Ze verdween in het witte huis en kwam terug met twee wriemelende en kwakende eenden met vastgebonden vleugels.

'Ik kan ze niet aannemen. Mijn vader zou het niet goed vinden.'

'Doe niet zo mal. Jouw vader heeft mijn zus genezen. Ik had ze vandaag naar jullie toe willen laten brengen, maar nu ben je toch hier, dus neem ze alsjeblieft voor me mee.'

Ik nam de eenden in mijn bamboemand mee naar huis. Het liefst zou ik dezelfde belofte hebben gedaan als mevrouw Wei, maar ik wist dat ze al de volgende dag in pekingeend of geroosterde eend konden veranderen. Elk stukje van deze vette vogels zou een belangrijke rol spelen aan onze eettafel. Mijn vader vond de lever het lekkerst. Ik de sappige dijen. Mijn zussen waren dol op het vette vel. Mijn broer Jin kreeg altijd de vleugels, en mijn moeder vond het heerlijk om de botjes af te kluiven. En eendensoep kon je ons op elk moment van de dag voorzetten.

Fluitend liep ik terug naar huis langs de rustig stromende Dong Jin, met de kwakende eenden in mijn mand.

Thuis glimlachten mijn moeder en vader hulpeloos bij het zien van de eenden.

'Je had ze niet aan mogen nemen,' protesteerde mijn moeder.

'Maar professor Wei wilde papa bedanken voor het behandelen van haar zus.'

'De volgende keer ren je maar gewoon weg,' zei mijn vader, maar zo te horen was hij wel in zijn nopjes. 'Ik laat ze een dag of wat op het erf rondlopen.'

Ik deed wat hij van me vroeg en maakte de eenden los.

'Maar laat de rode strikken aan hun vleugels zitten,' voegde hij eraan toe.

Ik keek hem aan en probeerde een glimlach te verbergen.

Mijn vader had een ego zo groot als de berg Chi'ing. Hij wilde dat je aan de eenden kon zien dat ze hem cadeau waren gedaan, zoals je het prijskaartje aan een duur geschenk laat zitten, zodat nieuwsgierige buren en vrienden vragen zouden stellen en mijn vader zich gedwongen zou zien om te vertellen van wie hij de luidruchtige vogels had gekregen. De vragenstellers zouden zo onder de indruk zijn dat ze nog wel twee dagen over de gulle geefsters zouden blijven praten, zodat de dokter van de gezusters Wei extra lang bewonderd zou worden.

'Ga eerst je handen wassen en kom dan bij me in de zitkamer,' zei mijn vader, nog steeds grijnzend van oor tot oor.

'Goed.' Ik boende mijn handen, die naar eendenpoten roken, en rende naar de zitkamer.

Mijn vader had een grote pot sterke thee gezet. Hij had het zich gemakkelijk gemaakt op een oude rieten stoel, met zijn voeten op een krukje. De mensen die gelukwensen voor het nieuwe jaar hadden gebracht, waren weer naar huis. We hadden rust en tijd voor onszelf. Mijn broer zat in een hoek en stak een sigaret op, terwijl mijn vader eerst voor hem een kop dampende thee inschonk en toen voor mij.

'Het is de eerste dag van het nieuwe jaar en we hebben een nieuw besluit genomen over je broer. Hij gaat een tijdje vrij nemen en zich op het toelatingsexamen voorbereiden. Wat vind je ervan?' Mijn vader zei het alsof hij er alle vertrouwen in had. Als hij eenmaal een beslissing had genomen, was de klus voor zijn gevoel al voor tachtig procent geklaard. Hij geloofde in ons en meende dat wij daardoor over een oceaan konden zwemmen en bergen konden verzetten. Er was geen hindernis die niet overwonnen kon worden, geen doel dat niet bereikt kon worden.

Ik keek naar mijn broer, die zwijgend zat te roken, en toen naar mijn vader. 'Papa, waarom hoor ik dat nu pas? Ik zal ruimte voor hem maken in mijn kamer; ik weet dat ik veel van hem kan leren.'

Verheugd over mijn reactie stroopte mijn vader zijn mouwen op. 'Ik zal je vertellen hoe ik het in gedachten heb. Jij bent nog fris, Da. Jij moet je broer helpen. Stel een schema op en ga dan samen aan de slag.'

Ik was verbaasd. Jin, de oudste van ons vieren, zat al op school toen ik nog in een luier over het erf kroop en met de kippen om eten vocht. Nu moest ik hem helpen. Mijn hart begon sneller te kloppen van trots. Door een tijdje hard te werken en een beetje doorzettingsvermogen te tonen, had ik het respect van mijn vader verworven.

'Ik vind het een geweldig plan,' zei ik tegen mijn broer. 'Ik heb alle boeken.'

'Ik weet niet of ik wel kan studeren, ik heb al zo lang geen boek meer in handen gehad.' Jin klonk pessimistisch. Hij was altijd in veel opzichten mijn tegenpool geweest. Altijd was hij rustig en wijs, en hij was nooit degene die in het middelpunt wilde staan. Als hij een belangrijke beslissing moest nemen, moesten we hem altijd een zetje geven en aanmoedigen. Ik hoopte op de overwinning, terwijl hij bang was dat hij zou falen.

'Je kunt het,' zei mijn vader tegen Jin. 'In de onderbouw van de middelbare school was je met wiskunde de beste van de klas. Je hebt nu zeven maanden de tijd om de andere vakken bij te spijkeren. Maak je nou maar geen zorgen, jongen, ik voel dat dit een voorspoedig jaar zal worden.' Hij keek naar de twee kwakende eenden, die nu al links en rechts hadden gepoept op het erf.

Het was bijgeloof. Dingen kwamen in tweetallen.

Mijn vader was een amateurwaarzegger. Er waren allerlei trucjes om de toekomst te voorspellen. Zijn specialiteit was het beoordelen van gelaatstrekken. Het eerste waar hij elke ochtend iets over zei tegen mijn moeder, was de kleur van zijn gezicht.

Met de spiegel in zijn hand zei hij dan bijvoorbeeld: 'Blozend. Ik vraag me af wat voor goede dingen ons vandaag zullen overkomen.'

Mijn moeder bleef altijd nuchter en keek hem dan vorsend aan. 'Ik zie niets blozends.'

'Hier.' Dan kneep mijn vader in zijn wangen om ze kleur te geven. 'Zie je wel?'

Uiteindelijk moest mijn moeder het wel beamen, want anders bleef hij de hele ochtend in de spiegel kijken.

'Heeft het weer met de kleur te maken?' vroeg ik.

'Ja, de kleur is goed en mijn rechteroog trilt als een gek.' Hij wees op zijn gezicht. 'Dit is de kans van je leven, jongen. Ik had nooit gedacht dat jullie nog eens de gelegenheid zouden krijgen om over studeren te dromen. Mao is naar het westen vertrokken, en dat opent voor jullie nieuwe deuren. Het heeft de mannen in onze familie nooit aan talent ontbroken, alleen aan mogelijkheden.'

Hij draaide zich opzij naar mijn broer en stak een nieuwe sigaret voor hem op. 'Jin, jij hebt het voordeel dat je wat ouder en wijzer bent. Da, jij hebt de energie. Werk samen zoals broers horen te doen, haal de achterstanden in, en dit keer zullen jullie allebei winnen. Jullie hoeven alleen maar hard te werken. Jin, als tiener kon je werken als een volwassene om dit gezin te onderhouden, dus dan kan er geen enkele opleiding onder de zon zijn, geen enkele, die zo moeilijk is dat jij er niet voor toegelaten zult worden. We staan vierkant achter je. En jij, Da, je hebt geen enkele reden om met minder dan de allerbeste universiteit genoegen te nemen. Beijing. Shanghai. Als je je zinnen erop zet, moet het lukken. Kijk eens naar je zussen. Zij mochten zelfs de lagere school niet afmaken.' Met fonkelende ogen sloot mijn vader zijn toespraakje af.

Het gesprek was niet langer een babbeltje tussen vader en zoon, nee, dit was het bevel van een admiraal. De vijand stond voor de deur. Neem ze te grazen, zoons.

Jin drukte zwijgend zijn sigaret uit en keek naar mij. 'Maak me morgen wakker zodra je opstaat. Geef me een beetje een indruk van wat er allemaal moet gebeuren, dan kunnen we erover praten. Je mag me op mijn donder geven als je vindt dat ik niet hard genoeg werk, broertje. Samen zal het ons lukken.'

'Nou, en of.'

Mijn vader schonk onze kopjes nog eens vol en hij dronk het zijne symbolisch in een teug leeg. Hij had genoeg gezegd. Nu waren wij aan de beurt.

'Proost.' Ik toastte op mijn broer en stond op om weg te gaan. Toen ik de deur opendeed, stond ik oog in oog met mijn moeder – waarschijnlijk had ze het hele gesprek woord voor woord gevolgd.

Ik liep de trap op naar mijn kamer en ging naar mijn bureau, dat vol lag met stapels boeken. Met in mijn hart het gevoel dat ik aan een heilige missie begon ging ik zitten. Voor dit gesprek, voordat mijn vader me een hart onder de riem had gestoken, was studeren gewoon het romantische ideaal van een jonge jongen geweest. Nu was het een realiteit vol emoties. Als ik faalde, zou ik schande brengen over mijn hele familie, zo ver terug tot mijn allereerste voorouder, waarvan het graf al tot stof was vergaan. Als ik slaagde, zou het schip van mijn familie weer kunnen zeilen. Het ging om trots, vernedering, wraak, waardigheid, en het van blaam zuiveren van onze familienaam.

Huiverend bedacht ik hoe vaak mijn moeder achteloos toespelingen had gemaakt op de goede dingen die de familie van mijn neef Tan waren overkomen sinds hij was gaan studeren. Meer huwelijksaanzoeken, een betere behandeling door hun buren, en zijn vader had naast zijn schoenen gelopen van trots toen hij de campus van de AU bezocht.

Ik wist dat mijn moeder graag wilde dat zij die dingen mee zou maken; ze wilde dat mijn broer Jin degene was die alle aanzoeken kreeg en dat zij de moeder was die alle meisjes door een vergrootglas op de korrel nam, en tactvolle, goed onderbouwde afwijzingen uitdeelde, terwijl ze zich ondertussen in stilte verkneukelde over hun teleurstelling, vooral als het families betrof die zich in het verleden te goed voor haar hadden gevoeld. Ze was niet gemeen of wreed, maar door een hard leven ga je dingen nu eenmaal anders zien.

Ik stelde twee lijstjes op. Het ene was een geheugensteuntje voor mijn broer van alle dingen die hij moest inhalen. Het andere was voor mezelf, met alles wat ik wel en niet moest doen, een soort van goede voornemens voor het nieuwe jaar. Tot na het Grote Moment mocht ik niet naar de film, ik mocht niet spelen en niet sporten, en vrije tijd zat er niet in. Die avond zou ik voor het laatst uitgaan met mijn vrienden.

Vlak onder mijn raam werd een populier liedje ernstig verminkt door een fluiter. Deze nachtegaal was Siang, die door de bende als boodschapper was aangewezen.

Ik sloeg mijn boek dicht en ging naar de keuken om de mand met eten te halen die mijn moeder voor mijn vrienden had klaargemaakt. Toen ik haar om eten had gevraagd, had ik haar verzekerd dat het mijn laatste avond uit zou zijn en dat ik vanaf dat moment mijn deur op slot zou houden en mijn hoofd in de boeken zou begraven.

'Dat fluiten van die jongen gaat je door merg en been,' zei mijn moeder. 'Waarom komen ze niet gewoon binnen?'

'Omdat ze bang voor je zijn.'

'Hoezo?'

'Omdat je een goed mens bent,' antwoordde ik.

'Wat mal.'

'Nou, mijn vrienden zijn niet bang voor slechte mensen, daar hebben ze de hele dag mee te maken en daar vechten ze ook mee. Maar als ze een goed mens ontmoeten, zoals jij, weten ze zich geen raad. Dan worden ze verlegen en blijven ze het liefst in de schaduw.'

Hoofdschuddend veegde mijn moeder haar handen af aan haar schort.

Toen ik de deur van Yi's werkplaats openduwde, sprong er niemand op me af om me te vloeren of in mijn nek te knijpen. Het was er heel stil. Vier hangende hoofden, met een grote rookwolk er boven.

'Hé, broers, hier is eten. Waarom zijn jullie zo achterlijk stil?'

'We zijn de helft van ons geld kwijt,' zei Sen zacht. Zijn wenkbrauwen waren gefronst en vormden een dikke, bossige streep.

'Hoe dan?' vroeg ik geschrokken. Vijfhonderd yuen, verdwenen als sneeuw voor de zon. 'Dat kan toch niet. Jullie zijn de meest doortrapte kaartspelers ten noorden van de evenaar en ten oosten van de westerse wereld.'

Ik trok aan Mo Gongs dikke haardos. Zijn hoofd bewoog alsof er geen bot in zijn nek zat maar rubber. Nog maar een paar uur geleden voelde hij zich de koning te rijk, nu was hij een leeggelopen ballon.

'In het begin ging het gesmeerd, we velden mensen als een tyfoon. Het geld stroomde binnen. Toen heeft iemand naar ons staan gluren vanuit het veld en ons aangegeven bij de commune. Ze hebben een bataljon gestuurd en onze zakken leeggehaald. Gelukkig konden we ontsnappen tussen het suikerriet, anders hadden we nu in de nor van de commune gezeten.'

'Maar de politie heeft wel onze namen,' zei Siang. 'Het is een kwestie van uren voordat ze hier zijn.'

'Wat? Wie heeft jullie aangegeven?' vroeg ik.

'Iemand uit een ander dorp. Vroeg of laat rekenen we wel een keer met hem af.'

'Laten we eerst eten,' stelde ik voor. 'Dan gaan jullie ervandoor.'

'Ik denk niet dat we genoeg tijd hebben om te eten. Maar we hebben wel geld nodig, we zijn blut,' zei Sen.

'Wat is er dan met de andere helft van het geld gebeurd?' informeerde ik.

'Dat ligt in het veld. We hebben het begraven. We gaan het later wel ophalen. Dit is niet het moment,' antwoordde Sen.

'Hier.' Ik stak een hand in mijn zak en diepte er ongeveer tien yuen uit op. 'Het is niet veel, maar op dit moment heb ik niet meer.'

'Dat is een hoop geld,' zei Yi.

'Het geeft niet. Ik kan het toch nergens aan uitgeven.' Ik drukte Sen het geld in handen, en hij pakte het schoorvoetend aan.

'Bedankt, Da, je bent een echte vriend. We lenen het,' zei hij met hangend hoofd.

'Het is niets, en het is niet genoeg voor jullie allemaal. Als jullie even wachten, ga ik naar huis om meer te halen.' Ik hoopte dat ik geld kon lenen van mijn broer.

'Nee, nee, we gaan nu weg,' protesteerde Sen.

'Moet dat echt?'

De vier hoofden knikten tegelijk.

'Luister, als we nu weggaan, zijn we over een paar uur in Putien. We kunnen bij Yi logeren, en dan beginnen we daar een nieuw leven. Als we hier blijven, eindigen we in de bajes.'

'Eet nou toch wat, anders rammelen jullie straks van de honger.' Ik maakte de mand open, en de geur van gebakken vis, geroosterd varkensvlees, noedels en mijn moeders speciale rijstkoeken verspreidde zich door de kamer. 'Gebruik jullie handen. Eet.'

De heerlijke geuren opende hun ogen, en vier paar handen graaide naar de sappigste hapjes. Het duurde niet lang of Mo Gong likte de schaal van het vlees af, en Siang liet boeren. Sen veegde zijn vettige handen af aan zijn haar, een oude gewoonte van hem, en Yi plukte stukjes tussen zijn tanden vandaan. Een volmaakt laatste avondmaal.

Alle vier grepen ze me met hun vette handen beet voordat ze weggingen. 'Werk hard, studentje,' fluisterde Sen in mijn oor. 'Zorg dat we trots op je kunnen zijn.'

Ik voelde me zelf net een voortvluchtige toen ik met de lege mand naar huis liep. Mijn vrienden waren in het donker verdwenen. Het enige wat ik nog hoorde, was het rammelen van de oude fiets.

22

Op de eerste schooldag na de nieuwjaarsvakantie droeg Dia een gloednieuw, legergroen Mao-jasje. Er ontbrak al een knoop van een van de zakken. Hij stond bij ons voor de deur en keek even wezenloos als een bruidegom.

'Hallo, gelukkig nieuwjaar! En hoe heb je een meisje in hemelsnaam zo ver gekregen dat ze met je wilde trouwen?' Ik veinsde een strenge uitdrukking en sloeg mijn armen over elkaar.

Dia wreef over zijn rood aangelopen gezicht. 'Dit ding?' Met zijn handen streek hij de kreukels in het jasje glad. 'Mijn moeder heeft het gemaakt voor mijn oudere broer, maar die stommeling heeft het in kokend water gewassen en het is twee maten gekrompen. Nu mag ik het aan. Ik heb er een knoop afgehaald, anders zie ik er zo opgedirkt uit.'

Ik bestudeerde hem even om zijn onzekerheid te rekken. 'Je ziet er echt níet uit, maar ik hou toch van je, makker. Waarom ben je niet een keer langsgekomen?'

'Ik had het te druk. Ik moest van mijn moeder mee naar de tempel en om geluk bij het toelatingsexamen bidden. Weet je wat ik tegen haar heb gezegd?'

'Nou? Iets grappigs?'

'Ik vond van wel. Om mij op een universiteit te krijgen, een goede, zou Boeddha zelf het examen voor me moeten doen. Dat heb ik tegen haar gezegd.'

Ik dacht aan de duizenden kowtows waarmee ik om Boeddha's genade had gesmeekt, en kwam een beetje in de verleiding om Dia een schop voor zijn hol te geven omdat hij mijn goede oude Boeddha beledigde.

Hij sloeg me op mijn schouder. 'Vind je het niet grappig?' brulde hij. 'Mijn vader vond het een geweldige bak. Waarschijnlijk vertelt hij het op dit moment aan iedereen die het maar horen wil, met zijn pijp in zijn mond. O ja, en ik heb meegedaan aan een rookwedstrijd.'

'Heb je gewonnen?'

'Of ik heb gewonnen?'

'Sorry. Heb je de anderen verpletterend verslagen?'

'Ik heb helemaal niet gewonnen.' Zijn stem droop van afschuw over mijn stomme vergissing.

'Nogmaals sorry. Wie heeft er dan wel gewonnen?'

'Wie denk je? Mijn grootvader natuurlijk!'

'Je grootvader?'

'Het was echt geweldig,' zei Dia, die nu lekker op dreef begon te komen. 'Mijn opa liep dat zaaltje binnen, waar het helemaal blauw stond van de rook, en hij bleek de oudste van iedereen te zijn. Hij is een beetje onvast ter been, weet je wel, dus ging ik naast hem zitten om hem zo'n beetje te ondersteunen. Al die jonge, agressieve kerels lachten hem uit omdat hij zo beefde, maar al snel vielen ze de een na de ander af. Uitgerookt! Ha, ha, ha. Ze konden het niet aan. Mijn grootvader rookte zijn pijp als een schoorsteen. Hij had pretlichtjes in zijn ogen, en ik bleef hem sterkedrank inschenken tegen de dorst. Uiteindelijk won hij de eerste prijs, een jaar lang gratis lucifers.'

'Wat een verhaal, Dia. Je zou hem elk jaar mee moeten nemen naar de Olympische Spelen voor rokers. Ik durf te wedden dat hij die jonge kerels zelfs als hij blind in een rolstoel zit nog verslaat.' Ik schudde mijn hoofd, hing mijn tas over mijn schouder, en daar gingen we, op weg naar school.

'Nou, mijn vader maakt zich eigenlijk zorgen. Hij zegt dat zo'n olympische wedstrijd nog eens zijn dood wordt, als mijn opa zo blijft roken.'

'Dat lijkt me sterk. Volgens mij halen de mannen in jouw familie alleen maar hijgend adem, maar ze teren nooit weg.'

'Je slaat de spijker op z'n kop.' Trots sloeg Die zich op zijn eigen borst. 'Nu je het zegt, als hij het loodje legt, zou dat het zoveelste record zijn om aan onze indrukwekkende lijst toe te voegen. Rokend doodgaan. Zou dat niet iets zijn om op je grafzerk te laten zetten?'

'Hou toch op, jij.'

We kozen een smal pad tussen twee groene graanvelden, nog nat van de smeltende rijp. De ochtendzon glinsterde door de mist heen. De bomen, de weg en de uitgestrekte velden leken net een impressionistisch schilderij.

'Ik schaam me dood dat ik naast je loop, weet je dat,' zei Dia opeens.
'Hoezo?'
'Ik heb gehoord dat jij je kamer niet uit bent geweest, dat je zo hard hebt zitten blokken dat je met je kop tegen de muur bonkte, en dat je zelfs op nieuwjaarsdag geen vrij hebt genomen. Waar of niet waar, stuk verdriet?'
'Allemaal geruchten. Ik heb me deze vakantie als een beest gedragen.'
'Niet waar. Ik heb een betrouwbare bron.'
'Daar zou ik maar niet op vertrouwen,' plaagde ik hem.
'Wacht.' Dia kwam voor me staan. 'Ik heb iets gehoord waar je misschien in bent geïnteresseerd.'
'Wat dan?'
'Over je vrienden.'
'Wat is er met ze?'
'Heb je niets gehoord?'
'Nee, ik heb niets meer van ze gehoord sinds ze op nieuwjaarsdag uit de stad zijn gevlucht.'
'Neem me niet in de maling.' Dia hield me staande op het smalle pad. Zijn kleine oogjes leken in zijn oogkassen te bungelen en stonden heel ernstig.
'Ik zweer het bij Boeddha,' zei ik. 'Vertel me wat je hebt gehoord.'
'Oké, ik geef je een aanwijzing. Geld.'
'Geld? Over wat voor geld heb je het?' De schrik sloeg me om het hart. Zelfs Dia wist van hun kapitaal.
'Weet je er echt niets van? Oké, volgens het gerucht heeft Siang iets van duizend yuen gestolen van de schoenenfabriek waar zijn vader directeur is. Daarom is hij ondergedoken met zijn vrienden.'
Dit nieuws raakte me als een vuistslag. Siang, een dief? Ondergedoken? Ik herinnerde me de glunderende gezichten van mijn vrienden op nieuwjaarsdag. Wat waren ze blij geweest. Die duizend yuen moest gewoon geld zijn dat ze eerlijk hadden gewonnen. Siang zou nooit stelen. Mijn aangenomen broers zouden niet liegen over de herkomst van hun kapitaal, niet tegen mij. Dat was niet in hun ogen te lezen geweest. Ze waren niet bang geweest. Ze waren door hun moed en brutaliteit aan dat geld gekomen, doordat ze risico's durfden te nemen bij het gokken.

'Je gelooft me niet, hè?' zei Dia.

'Nee, ik geloof je niet. Zij hebben me een ander verhaal verteld.'

'Wat? Dus je wist het wel?'

Ik besefte dat ik mijn mond voorbij had gepraat. 'Vergeet het alsjeblieft, Dia. We hebben dit gesprek niet gehad, oké?'

'Hé, wind je niet zo op. Ik ben je beste vriend. Je kunt me vertrouwen. De commune heeft een onderzoek ingesteld, en ze kunnen niet bewijzen dat Siang het geld dat hij had echt heeft gestolen.'

Goeie genade, ik had bijna de waarheid verklapt. Gelukkig had ik het alleen aan Dia verteld, iemand die ik mijn donkerste geheimen kon toevertrouwen. 'Wat heb je nog meer gehoord?'

'Dat hij het geld heeft gestolen om ermee te gokken, maar er gaat ook een gerucht dat die duizend yuen van de schoenenfabriek misschien wel door de boekhouder of een andere werknemer achterover is gedrukt. Iemand die wist dat Siang een hoop geld had en hem erin heeft geluisd. Geen kunst. Jij weet ook dat hij vaak bij de schoenenfabriek rondhangt en dikke maatjes is met de boekhouder.'

De moed zonk me in de schoenen. Dit was een complot om Siang en zijn vrienden in de val te laten lopen en kapot te maken, en misschien mij ook wel.

'Wordt er gezegd dat ik erbij betrokken zou zijn?'

'Nee, iedereen weet dat jij tegenwoordig het braafste jongetje van de klas bent en dat je op school een onderscheiding van de Bond van Jonge Communisten hebt gekregen. Je begint naam te maken als een van de beste kandidaten voor het examen.'

'Hoe weten ze in dat kleine dorp van jou zoveel over wat er hier gebeurt?'

'Mijn buurman, die kale. Ik heb je over hem verteld, weet je nog? Hij is het hoofd van de militie van de commune. Gisteravond was hij dronken, en hij zat op te scheppen tegen mijn vader. Vandaar dat ik al die details weet. Hij leidt het onderzoek.'

'Wat is hij van plan?'

'Rustig nou maar,' zei hij tegen me. 'Jij hoeft je nergens zorgen over te maken.'

Ik had me nog nooit zo opgelucht gevoeld. In stilte bedankte ik Boeddha omdat ik op nieuwjaarsdag niet met ze mee was gegaan naar de velden om te gokken. Ik had zelf net zo goed in de nesten kunnen zitten. Boeddha had over me gewaakt.

Een donkere schaduw schoof voor mijn stemming. Mijn vrienden zaten in de problemen. Eigenlijk moest ik er iets aan doen, maar ik had geen idee wat. Ik geloofde hun verhaal dat ze naar Putien waren gegaan en Yi's collega's geld uit de zak hadden geklopt onvoorwaardelijk. Ze hadden hun kapitaaltje met gokken verdiend en werden ten onrechte van diefstal verdacht. Zo moeilijk was dat niet. Sociaal gezien waren ze paria's. Waarschijnlijk had iemand lucht gekregen van hun geld, zelf de hand in de kassa van de schoenenfabriek gestoken, en hun de schuld gegeven om zichzelf vrij te pleiten. Iedereen zou onmiddellijk geloven dat Siang het had gedaan. Het was vakantie, een tijd dat er veel werd gegokt, en hij was toevallig net terug in de stad op de dag dat het geld werd gestolen. Waarschijnlijk had hij zijn vader opgezocht op de fabriek, en had iemand hem gezien en gehoord over het geld dat hij in Putien had gewonnen. Bingo. Alles klopte als een bus!

'Wordt wakker en steek op.' Dia wekte me uit mijn sombere gedachten en gaf me een zelfgerolde sigaret, een extra dikke, precies wat ik nodig had om te kalmeren. Ik pakte de reddingslijn aan en zoog een mondvol donkerblauwe rook in mijn longen. De nicotine maakte me een beetje duizelig.

'Ik moet er iets aan doen,' mompelde ik.

'Helemaal niet. Je moet je geen problemen op de hals halen.'

'Wat moet ik dan wel doen?'

'Ga op die magere billen van je zitten en steek je hoofd in de boeken. En bedenk dat je van niets weet.' Dia staarde me met waarschuwende ogen aan.

Tegelijk met de bittere rook slikte ik mijn angst in. 'Ik weet niets,' herhaalde ik een paar keer. Het gaf me een veilig gevoel.

Dia was een gewiekste, gedesillusioneerde, luie jongen. Maar hij was trouw tot op het bot. Naar mijn maatstaven maakte die ene deugd al zijn zonden goed. Hij was een held en een vriend voor me, maar hij ergerde me ook mateloos. Ik greep zijn haar beet en woelde er met mijn hand doorheen. Hij deed hetzelfde bij mij, toen renden we om het hardst de steile trap van de school op.

Ik hoorde Dia's longen gieren met elke stap die hij deed. Een paar keer moest hij blijven staan om op adem te komen. Ik keek hem medelijdend aan. Het was de trots van een echte Dia-man, roken en hijgen en lang leven. Wat stom om daarin te geloven. Waarschijnlijk zou hij jong doodgaan.

In de school liep het Hoofd met zijn neus in de lucht langs ons. Hij droeg een nieuw jasje, en een nieuwe muts op zijn grote kanis. Hij liep heel snel en negeerde ons alsof we een paar smerige insecten waren die hij het liefst dood zou trappen.

'Wat is dat toch een irritante kwast,' zei ik tegen Dia.

'Zeg dat wel. Let op.' Dia schraapte zijn keel en riep: 'Hé, Hoofd, er zit vogelschijt op je nieuwe muts.'

Het Hoofd bleef staan, maar zonder zich om te draaien. Hij had de stem natuurlijk herkend. Na een korte aarzeling trok hij de muts van zijn hoofd om snel de bovenkant te bekijken.

'Oeps, geintje.' Dia lachte.

'Smerige rat.' Het Hoofd was kwaad. Hij rolde zijn mouwen op en liep naar Dia toe, maar die vertrok geen spier.

Ik wurmde me tussen hen in. 'Er is geen reden om ruzie te maken. Dia wilde gewoon je nieuwe muts zien, meer niet. Het was een grapje. Kun je niet tegen een grapje, grote jongen?'

'Ik kan wel tegen een grapje, maar niet van uitschot zoals jullie,' zei het Hoofd tandenknarsend.

'Pas een beetje op je woorden.' Ik had dat joch het liefst door elkaar gerammeld. Vanuit mijn ooghoeken zag ik Dia een hand in zijn tas steken, kennelijk van plan om de jongen die zichzelf tot de topintellectueel van onze school had uitgeroepen er eens flink van langs te geven. Snel legde ik mijn hand op zijn arm.

'Waarom verdoen jullie je tijd hier op school? Jullie horen op het land thuis. Er is hier geen toekomst voor jullie.'

'Wie zegt dat? Jij?' Ik kwam dichter bij hem staan.

'Iedereen zegt het. Heb je het niet gehoord? Alfa is gewoon een afvalbak voor imbecielen zoals jullie. Denk maar niet dat je met een paar goede cijfers op de universiteit komt. Vergeet het maar.'

Ik ziedde zo langzamerhand van woede. Je kon mijn uiterlijk belachelijk maken, mijn karakter, je kon mijn eer door het slijk halen, maar niemand mocht mijn droom aan flarden scheuren. Ik trok mijn rechterarm naar achteren, klaar om mijn vuist tegen zijn keel te rammen. Dit keer weerhield Dia mij.

'Hé, Hoofd, ik moet je iets vertellen. Deze jongen' – Dia wees op mij – 'gaat Engels studeren aan een van de beste universiteiten van Beijing, terwijl jij met je techniek als een lullig ingenieurtje zult eindigen in een ijzig koude uithoek van dit land en de rest van je zielige leven hout mag zagen in de sneeuw. En je zult je zó eenzaam voelen dat je van pure ellende het liefst een schaap zou neuken, terwijl deze jongen vertaler wordt voor het ministerie van Buitenlandse Zaken en door de mooie westerse wereld mag reizen. Word wakker, jongen, en denk eens na.'

Bij het horen van Dia's felle toespraak zakte mijn woede weg.

'Dat had je gedroomd.' Het Hoofd zette zijn muts weer op en trots beende hij weg.

Wij keken elkaar aan en lachten. Het was een van de redenen dat we zo op elkaar gesteld waren. We werkten goed samen, onvoorbereid.

'Waar haalde je al die onzin nou vandaan?' vroeg ik aan Dia.

'Ik denk gewoon dat het zo zal gaan, man. Stel me nou niet teleur. Zet alles op alles en laat zien hoeveel onze vriendschap waard is. Ik verwacht veel van je en niets van dat stuk ongeluk. Ik snap het niet. Hoe kan iemand met zo'n groot hoofd nou zo stom zijn? Het beste wat hij kan doen, is volgens mij dat hij zijn hoofd aan een of andere geleerde geeft, die het kan bestuderen om te zien wat er mis mee is. Dat zou zijn grootste bijdrage aan de wetenschap zijn.'

Alweer lagen we in een deuk van het lachen.

'Weet je, soms sta ik perplex als ik jou hoor praten en redeneren. Volgens mij kun je best goede cijfers halen als je maar hard genoeg werkt, samen met mij. Je bent gewoon te lui en te negatief.'

'Bedankt voor het compliment, makker. Daarom vind ik je nou zo tof, omdat je positief over me denkt terwijl iedereen altijd op me afgeeft alsof ik een hond ben, of zoiets.'

'Geen dank. Denk maar eens na over wat ik heb gezegd, oké?'

'Oké.'

We gingen onze lokalen binnen nadat we in de eerste pauze hadden afgesproken. Op de eerste schooldag waren goede vrienden net familie voor elkaar.

Het lokaal was halfvol toen ik binnen kwam. Er waren een paar dingen veranderd. De gebroken ruiten waren vervangen en de muren waren geschilderd met grove witte verf. Er stond in grote letters een leus over hard studeren op de muur, een uitspraak van de overleden Voorzitter Mao. Leerlingen zaten met hun hoofden in de boeken. Een enkeling hield een hand met een brandende sigaret naar buiten uit het raam. Er hing een ernstige sfeer, die er vroeger niet was geweest. Iemand zat zelfs hardop een Engelse les te lezen. Nog maar een jaar geleden zouden zijn tanden uit zijn mond zijn geslagen als hij dat had gedaan. Ik zat op mijn vroegere plekje, in de hoek op de achterste rij, niet langer om uit het raam te kunnen springen als ik er zin in had, maar omdat het een eiland was. Ik voelde me er veilig, ik kon alles en iedereen overzien, zonder zelf op te vallen.

Het was wel ironisch dat we in ons streven naar intellectuele topprestaties door een leus van Mao werden aangemoedigd. Als Mao had geweten wat zijn Kleine Rode Gardisten aan het doen waren, zou hij in zijn ijskoude doodskist hebben gehuild als een eenzame wolf en zich zijn door sigarettenrook verteerde longen uit het lijf hebben geschreeuwd. Mao, de dictator, was de vriend van de duivels. Hij wilde voortdurende wanorde in China, zodat hij eeuwig kon blijven heersen. Zijn filosofie was simpel: vrede en vrije tijd kweekten onrust en wrok jegens leiders, terwijl een crisissfeer zijn eigen leiderschap versterkte. Daarom had Mao al sinds de communisten in 1949 de macht overnamen voortdurend rookgordijnen opgetrokken. De ene politieke beweging was op de andere gevolgd. En verspreid over zijn lange pad lagen de beenderen van miljoenen kwade geesten. Hij had geen zier gegeven om de jonge generatie, die hij de scholen uit had gejaagd om op de modderige velden van het platteland door arme boeren heropgevoed te worden. Hij wilde iedereen gewoon dom houden, zodat niemand zou beseffen wat voor een kwade genius hij eigenlijk was.

Jonge mensen vonden het allang mooi. Omdat de grote leider hen niet op school wilde, pakten ze hun spullen en verhuisden ze met miljoenen tegelijk naar het platteland, terwijl ze de liederen van de Rode Garde zongen en met hun Rode Boekjes zwaaiden. Maar al snel kwamen ze tot de ontdekking dat ze van de boeren alleen zwaar werk en verouderde landbouwtechnieken uit het stenen tijdperk konden leren. Daarom begonnen ze op de boeren te schelden, ze stalen hun dochters en weigerden op het land te werken. Jonge mensen deden de hele dag niets anders dan roken, drinken, gokken en verliefd worden. Er was verder ook niets te doen. Het afgelegen platteland was een val. Ze zwierven rond door de heuvels, maar het was te laat om terug te verhuizen naar de steden waar ze vandaan waren gekomen. In China bestond namelijk een systeem om de bevolking te controleren; iemand kon makkelijk zijn registratie opgeven en naar het platteland verhuizen, maar niet omgekeerd. Ze huilden, en sommigen pleegden zelfmoord. Nu begrepen ze wat hun leider Mao had bedoeld met het vinden van je wortels op het platteland. Hij had het letterlijk bedoeld. Ga daar maar met iemand trouwen, fok een heel nest ongeletterde boeren, kom nooit meer terug naar de stad en val me nooit meer lastig.

Elke ochtend luidde de oude klokkenluider precies om acht uur de bronzen klok die onder een naaldboom hing. Het geluid weergalmde tot in de wijde omtrek. In de gang van de school drukte Peking Man zijn sigaret uit en hij schuifelde ons lokaal binnen. Hij glimlachte als een gorilla bij het zien van de nieuwe spreuk op de muur. Even probeerde hij zijn lachen nog in te houden, maar het lukte hem niet om zijn dunne lippen over zijn grote tanden te houden.

'Wie heeft dat opgeschreven?' vroeg Peking Man. 'Is dat een grap of zo?'

Het bleef heel stil in de klas.

'Toen Mao zei dat je hard moest studeren, bedoelde hij volgens mij niet de stof waar wij nu mee bezig zijn,' stotterde hij. 'Geloof me, hij bedoelde zijn eigen Rode Boekje, maar ik denk niet dat er ook maar een universiteit is die je op grond daarvan toelaat.'

De hele klas brulde van het lachen. Alleen Peking Man kon de eerste les van het nieuwe jaar op die manier beginnen. Wat hij zei was moedig, want Mao's geest waarde nog steeds door het land, maar Peking Man was kwaad en kende geen angst. Nog niet zo lang geleden was hij geslagen en naar werkkampen gestuurd.

Hij knipte in zijn vingers en het werd weer stil in de klas. 'Laat me jullie een verhaal vertellen over het leren van geschiedenis.'

We waren een en al oor.

'Toen ik studeerde, deelde ik een kamer met een student medicijnen. Elke avond voor het slapengaan, stak hij zijn hand in een houten kist onder zijn bed en mompelde hij dingen. Dag in, dag uit. Uiteindelijk kon ik mijn nieuwsgierigheid niet langer bedwingen en vroeg ik hem wat hij deed. Weten jullie wat hij zei? In die kist zat een hele verzameling menselijke beenderen. Hij wilde ze blindelings kunnen herkennen omdat hij een goede dokter wilde worden.

Wat zijn de beenderen van geschiedenis?' Hij pauzeerde en

keek ons aan. 'Sinds die dag heb ik hetzelfde gedaan met historische feiten: jaartallen en namen van dynastieën, alle belangrijke kleine dingetjes uit de geschiedenis. Onder mijn bed, naast mijn stinkende schoenen, bewaarde ik kaartjes, hele stapels. Voordat we het licht uitdeden, was hij in de weer met zijn botten, en ik met mijn kaartjes. Het ging geweldig. We zijn allebei cum laude afgestudeerd.'

Peking Man verlangde niet van ons dat wij hetzelfde zouden doen; hij inspireerde en motiveerde ons gewoon om in zijn voetsporen te treden. Voor ons was hij de volmaakte leraar. Zijn harige borst, lange armen, karakteristieke kop en die berg van een kaak van hem getuigden allemaal van een man die het verleden goed kende.

'Ik heb gehoord,' vervolgde hij, 'dat jullie examen willen doen in de alfavakken. We hebben niet veel tijd meer. Jullie moeten duizenden jaren geschiedenis leren en repeteren. Ik ben er om jullie de weg te wijzen, maar jullie moeten het roeien doen. Hebben jullie nog speciale verzoeken voordat ik begin?'

'Hoeveel vragen had u goed geraden bij het vorige eindexamen geschiedenis?' vroeg een jongen.

Hij haalde me de woorden uit de mond.

'Ik had ze allemaal geraden, want ik had ze zelf uitgelegd.'

'Nee, ik bedoel vlak voor het examen, tijdens de laatste les om de leerlingen klaar te stomen,' hield hij vol.

'O, dat. Drie van de vijf open vragen. Ik heb mijn eindexamenklas twee dagen voor het examen de antwoorden precies opgegeven. Dat beschouwde ik als mijn gift aan hen. Wie slim was, ging naar huis en leerde ze uit zijn hoofd, en die leerlingen kwamen na het examen dan ook breed grijnzend naar buiten.'

Ook dit was zo klaar als een klontje. Mijn woorden zijn goud waard, dus knoop ze in je oren. Peking Man had de mentaliteit van een god, en wij aanbaden hem op onze knieën.

'Maar,' waarschuwde hij, 'ik kan niet garanderen dat ik de antwoorden van te voren raad. Soms heb ik het goed, soms ook niet. Jullie moeten straks thuis deze dikke pil van buiten leren.' Hij zwaaide met het handboek alsof het een bijbel was. 'Maak je de stof eigen, zorg dat het een deel van jezelf wordt. Elke woord dat hier in staat, elk feit, is een bouwsteen voor jullie droom om te gaan studeren. Jullie horen op de universiteit thuis.' Zijn blik bleef even op mij rusten, en ik werd helemaal warm vanbinnen.

'Let op, de komende paar maanden moeten jullie slapen, eten, lopen en praten met dit handboek. En de leerlingen die een achterstand hebben, kunnen er maar beter ook over dromen.'

In de pauze vertelde ik Dia het hele verhaal, en hij hing aan mijn lippen. Dit was precies het soort peptalk dat hem aansprak. Hij sprong op en neer in die stille gang en vervloekte de leraar die hem bij A-2 had ingedeeld, het Siberië van de intellectuele ontwikkeling. Tijdens het begin van de eerste les had hij moeten vechten om een goed plekje te bemachtigen, en daarna had hij afwisselend geslapen en zijn neus dichtgeknepen omdat de jongen voor hem de hele ochtend stinkende winden had gelaten.

'Hé, rustig een beetje. Het is zoals Peking Man zegt, je moet gewoon zelf keihard werken. Hij kan ons alleen begeleiden.'

'Jij weet niet hoe moeilijk het is om tussen die stomme ezels te zitten. Ik word al misselijk als ik eraan denk.'

Dia's houding verbaasde me. Hij was veranderd. Hij zag zichzelf niet langer als een hopeloos geval, zoals vroeger. Ik bespeurde hoop in hem.

'Weet je wat? Laten we samen huiswerk maken en kijken of dat goed gaat.'

'Hoe dan?'

'Nou, ik heb een plan.' Ik fluisterde het in zijn oor, en hij glimlachte.

Die avond zei ik na het eten tegen mijn moeder dat ik tot 's avonds laat huiswerk ging maken op school. Ik vroeg om een huissleutel en kreeg een zak vol eten voor Dia, die zijn ouders had laten weten dat hij bij mij zou blijven logeren.

De hele school zat natuurlijk op slot, dus sprongen we over een laag muurtje. Ineengedoken slopen we snel naar ons lokaal. De nachtwaker was een man van middelbare leeftijd die nog steeds probeerde zijn vrouw zwanger te maken. Hij was al jaren getrouwd en had nog steeds geen kinderen. Een monnik uit de berg Ch'ing had een geheim recept. Hij had gezegd dat de nachtwaker elke avond voordat hij gemeenschap had met zijn vrouw een glas sterkedrank moest drinken. De man had echter een aversie tegen alcohol. Hij werd helemaal gek van de smaak van drank, maar zijn vrouw, in alle opzichten een forse matrone, zou hem naar het scheen vastpinnen met haar dikke arm om de drank door zijn onwillige keel te gieten. De man was een paar keer van zijn stokje gegaan, maar dat kon de vrouw niet schelen.

Het ging om het effect van de drank op haar geremde echtgenoot. Mensen hadden haar in het holst van de nacht weleens slaapliedjes horen zingen.

Dit gedwongen drankgelag vond iedere avond plaats. Door hun raam kon je het silhouet zien van een kleine man die tegenover een glas drank zat, met een vrouw zo groot als een berg naast hem. Volgens de geruchten had die man nachtmerries als het donker werd.

Dia bleef voor het raam van de nachtwaker staan. Hij was nieuwsgierig naar wat er daar gebeurde, maar daar was het niet het juiste moment voor. Ik gaf hem een schop voor zijn magere achterste en als een paar dieven schoven we het raam van ons lokaal omhoog.

Ik was van plan om elke avond samen met Dia geschiedenis te doen. Het spaarde olie uit van de grote lamp bij mij thuis, en Dia kon zijn smerige sigaretten roken, waar mijn moeder een ontzettende hekel aan had. We zouden werken bij kaarslicht.

Dia pakte de kaarsen waar ik hem geld voor had gegeven. Het waren er vier, en ze verspreidden een mysterieus licht, zacht en rustgevend. Hij wreef in zijn ogen en mompelde dat hij niet goed kon lezen bij het licht van die kleine kaarsjes. Ik gaf hem een oorvijg en vertelde hem dat er ooit eens een geleerde was geweest die zo arm was dat hij een gat maakte in zijn muur om een beetje licht van zijn buurman te lenen. In de winter zat hij in het donker naast een berg sneeuw en las hij in het zilverachtige licht van het ijzige oppervlak.

'Oké, oké, genoeg van dat historische gezwam. Ik heb trek in een sigaret.'

Weer gaf ik hem een tik, en ik sloeg mijn geschiedenisboek open terwijl hij zichzelf vuur gaf met een kaars.

Die winter had ik in de vakantie veel aan geschiedenis gedaan. Ik had onder andere oude Chinese geschiedenis bestudeerd, de geschiedenis van de wereld, en de achterlijke geschiedenis van de Communistische Partij. Al deze onderdelen stonden bij elkaar in een dikke pil van wel duizend bladzijden. In het begin was ik stomverbaasd geweest over het aantal dynastieën dat China had gekend. De namen van al die keizers en hun opvolgers stapelden zich op als de eindeloze golven van de Dong Jing. Geleidelijk ontwikkelde ik een methode om alles te onthouden. Ik maakte een stamboom met losse kaartjes, met daarop de grappige namen die ik ze gaf, zoals de namen van mijn honden, kippen en eenden. Die kaartjes had ik altijd bij me, en ik herhaalde ze eindeloos, zelfs op de wc. Elke minuut telde.

'Heb je het handboek weleens doorgenomen?' vroeg ik Dia.

'Ik heb het geprobeerd, maar ik kan er niets van onthouden. Ik weet alleen nog hoeveel vrouwen de eerste keizer uit de Tan-dynastie had, en dat een van zijn vrouwen op een gegeven moment zelf de touwtjes in handen nam en het land bestuurde. Eigenlijk ben ik een beetje verliefd op haar geworden. Zo iemand heb ik nou nodig om nog iets van mijn zielige leven te maken.'

Ik schudde mijn hoofd omdat Dia zo'n hopeloos geval was, maar ondertussen moest ik toch om hem lachen. Ik wilde dat alles wat we op school moesten leren zo leuk was. Onze held, Peking Man, had zich vast een kriek gelachen toen hij het privé-leven van al die corrupte keizers bestudeerde. Waarschijnlijk had hij er stiekem van gedroomd om een van hen te zijn. Dan had hij net zoveel vrouwen kunnen nemen als hij wilde. Veel van die vrouwen werden al na één nacht afgedankt en ergens in het paleis opgesloten; ze mochten er nooit meer uit en konden zich alleen met de eunuchen vermaken.

'Mooi,' zei ik, 'dan herinner je je tenminste nog iets. Probeer dat boek gewoon te zien als een verhaal over ons en de mensen die voor ons leefden in dit land dat China heet. Maak er iets leuks van.'

'Larie. Het is alleen leuk om over vrouwen te lezen. Als ik in die feodale tijd had geleefd, zou ik als eunuch bij het paleis hebben gesolliciteerd.'

'Zou je je ballen eraf hebben laten hakken?'

'Het zou het waard zijn. Ik zou alle afgedankte dames in het paleis onder mijn hoede hebben en elke dag van ze kunnen genieten.'

'Kom op, laten we aan het werk gaan. We zitten hier niet om over meisjes te praten. Begin maar gewoon met het eerste hoofdstuk, dan overhoor ik je straks.'

Dia boog zijn hoofd en richtte zijn blik weer op het boek. Ik verplaatste mijn twee kaarsen naar een hoek van het lokaal en begon met het herhalen van mijn hoofdstukken. In het begin tilde ik er nooit zo zwaar aan, maar als ik dan dacht aan het grote examen dat voor de deur stond, werd elk feitje uit dat boek belangrijk. Op een gegeven moment werd ik helemaal paranoïde en begon ik de kleinste details uit mijn hoofd te leren, zoals de verjaardagen van elke keizer. Mijn broer, die net met de voorbereidingen was begonnen, stond versteld toen ik zelfs nog iets bleek te weten wat in een voetnoot had gestaan, de naam van een dorpje waar een keizer ooit gastvrijheid had genoten in het eenvoudige hutje van een blinde dorpeling nadat hij uit de hoofdstad was verdreven.

Het was een stille, koude avond.

Eerst hoorde ik Dia's voet nog tikken op de grond en was ik me ervan bewust als hij een van zijn dikke sigaretten rookte, maar geleidelijk ging ik helemaal op in het boek. Dia was vergeten. Een paar keer probeerde hij mijn aandacht te trekken met zijn valse gefluit. Ik negeerde hem, voor mij was dat een kwestie van discipline. Toen ik op een gegeven moment even pauze nam en opkeek, zat Dia heel schattig te snurken, kwijlend en wel. Zijn kaarsjes waren omgevallen en uitgegaan.

Ik schudde mijn hoofd en liep naar hem toe. Ik trok een haar uit mijn hoofd en kietelde zijn neusgaten ermee. Hij fronste zijn wenkbrauwen en schrok wakker. 'Stik, ik ben in slaap gevallen.'

'Hoeveel bladzijden heb je gedaan?'

'Drie.'

'Meer niet?'

'Ik heb elektrisch licht nodig. Ik word slaperig van kaarslicht.'

'Stomkop! Jullie hebben niet eens elektriciteit in jullie dorp. Hoe kun je dat nou zeggen?'

'Ik ben een ander mens en ik doe het gewoon niet goed bij kaarslicht.'

'Ach, ik denk dat het nu wel kan. Er brandt geen licht meer bij de nachtwaker.'

Prompt rende Dia naar het lichtknopje om het licht aan te doen. 'Het betekent iets, weet je dat wel?' zei hij.

'Wat betekent iets?'

'Dat ik alleen bij groot licht kan studeren.'

'Ja, dat betekent iets. Het betekent dat je een pak op je falie verdient.' Ik pakte een aanwijsstok en zat die luie drommel door het hele lokaal achterna totdat ik hem eindelijk tegen de grond wist te werken. Ik gaf hem een zachte tik en hij smeekte om genade.

'Geef nou maar toe dat je lui bent en zeg nooit meer dat soort dingen.'

'Vergeef me. Ik maakte gewoon een grapje, makker.'

De drie uur daarna zaten we in stilte te werken. Een paar keer zag ik hem een geeuw onderdrukken. Hij kneep in zijn neus, draaide aan zijn apenoren, en op een gegeven moment gaf hij zichzelf een tik met de aanwijsstok. Ik was trots op hem. Als ik hem elke dag zo hard kon laten werken, zou hij het examen waarschijnlijk wel halen.

'Nu is het tijd om elkaar te overhoren,' kondigde ik aan.

'Nee, het is tijd om ermee op te houden,' protesteerde Dia. 'Het is al elf uur. Het licht gaat zo uit.'

'We zijn nog maar net begonnen.'

'Slavendrijver. Kom maar op met je vragen.'

Ik stelde hem drie simpele vragen. Hij wist er twee. Toen was hij aan de beurt. Ik wist de antwoorden op al zijn vragen.

Hij raakte enthousiast omdat hij het zo goed deed, en we gingen door met elkaar overhoren. Toen ik weer aan de beurt was, liet Dia zich op zijn knieën zakken. 'Hé, genoeg. Ik kan niet meer. Jij hebt dat examen al in je zak, man.'

'Kom op, laten we nog even doorgaan.'

'Nee, ik ga echt dood. Als ik mijn ogen niet dichtdoe, val ik op de grond.'

Ik was echt in de stemming. Niets kon me weerhouden. Dia liet zich op de grond vallen en begon te snurken, terwijl ik rondliep en repeteerde wat ik die avond had geleerd, de verhalen eindeloos voor mezelf herhaalde totdat ik ze uit mijn hoofd kende. Het grote examen was al over een paar maanden. Ik was bang en had geen slaap nodig.

Opeens werd er op het raam geklopt. Het was aardedonker buiten. Wie kon dat nou zijn?

Meteen deed ik het licht uit, ik ging op mijn hurken zitten en kneep in Dia's oor om hem wakker te maken. De lichtbundel van een zaklamp scheen door het raam naar binnen en ging een paar keer heen en weer door het lokaal.

'Scheer je weg voordat ik mijn geweer pak!' schreeuwde een zware stem.

'Wakker worden,' fluisterde ik in Dia's oor. Hij sliep als een dode. Ik moest iets doen. Ik schopte hem, en als een geschrokken dier krabbelde hij overeind.

'De nachtwaker is wakker.'

'Stik, we moeten ervandoor.'

In het donker raapten we onze spullen bij elkaar en als ratten klommen we uit het raam. De lichtbundel volgde ons totdat we over de muur waren geklommen. Daar bleven we liggen, hijgend als opgejaagde beesten.

'Hij zei dat hij zou schieten als we niet weggingen. Denk je dat hij dat echt zou doen?' vroeg Dia.

'Ben je mal. Er hangt alleen een waterkanon tussen zijn benen, en dat is een slappe hap, zoals zijn vrouw je ongetwijfeld kan vertellen.'

Lachend liepen we terug naar huis. Het was een inspannende avond geweest, maar ik voelde me voldaan omdat ik veel had gedaan en alles had onthouden. En Dia ging vooruit. Dat de nachtwaker ons had weggejaagd, was snel weer vergeten.

De volgende dag liep de rector tijdens de verplichte ochtendgymnastiek naar het podium. Er was iets aan de hand. Dit deed hij nooit, alleen als er een heel bijzondere reden voor was.

'Gisteravond hebben twee indringers zich toegang verschaft tot onze school. Van een van hen kennen we de naam. Met de ander zijn we nog bezig. Ze zijn over de muur geklommen om binnen te komen. Ik was woedend toen ik dit hoorde.' Hij zweeg en fronste zijn wenkbrauwen.

Mijn benen trilden en mijn knieën voelden als gelatine. Ik kon een volgende openbare vernedering missen als kiespijn. In stilte smeekte ik de rector om het hele incident te vergeten. Dia keek me heimelijk aan. Alle leerlingen van de school stonden op het veld, en iedereen probeerde te raden om wie het kon gaan.

'Zoals ik al zei, ik was woedend. Totdat ik hoorde wat die jongens in het lokaal aan het doen waren. Ze zaten te leren! Ik heb tegen de nachtwaker gezegd dat ik stomverbaasd was. Wat een mooi verhaal. Als mijn leerlingen tot drie uur 's nachts aan het werk zijn, ben ik de rector van een zeer veelbelovende school. Deze jongens geven het goede voorbeeld, jullie kunnen allemaal van hen leren.'

Dit was zo'n onverwachte wending dat ik mijn oren niet kon geloven. Dia glimlachte nu naar me.

'Tegen die twee jongens zeg ik: blijf hard werken, maar denk wel om je gezondheid en klim niet meer over de muur. Jullie kunnen wel een been breken, of erger. Ik ben trots op jullie, maar ik moet jullie vragen om niet meer na middernacht op school te komen. We zullen de school tot twaalf uur openhouden, maar niet langer. Dat was het. Ga nu maar aan het werk.'

Het voelde goed om voor onze inspanningen geprezen te worden. Ik was ervan overtuigd dat Dia het ook fijn vond. Zo'n opsteker had hij hard nodig. Misschien werkte het voor hem wel als een startschot en zou hij nu samen met de anderen de eindsprint inzetten.

23

Elke ochtend stond ik bij zonsopkomst op en schuifelde ik naar de kamer van mijn broer om hem wakker te maken. Er lagen altijd wel een paar boeken naast hem; dan was hij weer eens in slaap gevallen, ondanks de zorgen over het examen. Elke ochtend sprong hij uit bed, wreef in zijn rode ogen en staarde me aan alsof ik gek was. Dat was ik ook.

Ik ging naar onze achtertuin, opende het piepende hek en draafde naar het trapje bij de rivier, waar ik op mijn hurken ging zitten om in het koele, heldere water naar mijn spiegelbeeld te kijken. Ik was afgevallen nu ik elke ochtend bij het krieken van de dag opstond en pas om elf uur 's avonds naar bed ging. Ik spatte water in mijn gezicht en droogde me met mijn mouw af. Elke nacht maar zes uur slaap. Er was een hele hoop koud water nodig om mijn ogen open te houden.

Het was al eind april. Overal hing de sterke geur van de zomer. Onze achtertuin was heel fleurig, met rode rozen, gele gagai-bloesem en witte lelies. Mijn moeder had limabonen geplant, en nu slingerde de klimplant zich in de raarste kronkels over de houten deurposten en raamkozijnen. Ik vond een plekje onder het dichte bladerdak, beschermd tegen de brandende zon, en daar zette ik mijn lekkere bamboestoel neer. Er streek een zacht briesje door mijn haar terwijl ik op bonen knabbelde.

Elke ochtend begon ik met maatschappijleer, het saaiste van de vijf vakken waarin ik examen moest doen. Het ging allemaal over de verknipte filosofie van de Communistische Partij. Sommige theorieën waren zo ingewikkeld dat ze ronduit bedrieglijk klonken – en dat waren ze natuurlijk ook.

Het was net een handelsreiziger die apparaten om tapijten te reinigen aanprees met het verhaal dat er een revolutionaire ontwikkeling had plaatsgevonden, terwijl daar helemaal geen sprake van was. En het apparaat dat hij je wilde verkopen, was lang niet zo goed als hij beweerde. Het was oersaaie zelfverheerlijking, vermengd met leugens. Keer op keer kwam ik in de verleiding om dat boek in de rivier te smijten. Wat was dit? Marxisme gecombineerd met Mao's superieure gedachten? Het was gewoon apekool uit het buitenland, opgebakken met wat plaatselijke kruiden, en het uiteindelijke gerecht werd communisme à la China genoemd. Moo goo gai pan met ketchup.

Sommige verhalen en toelichtingen waren zo vergezocht dat ik er beroerd van werd. Zoals waarom Mao in het begin van de revolutie zijn troepen naar het platteland had gestuurd in plaats van een opstand in de grote stad te ontketenen. Volgens het boek paste Mao het marxisme aan de unieke Chinese omstandigheden aan. Flauwekul. Mao rende gewoon voor zijn leven. Hij had niet eens de tijd gehad om zijn kont af te vegen. Het nationalistische leger zat hem op de hielen en hij moest het bos in vluchten. Op dat moment had hij zich echt niet met het marxisme beziggehouden.

Ik kotste bijna toen ik een heel hoofdstuk las over het belang van Mao's uitspraak: 'Ware kennis komt voort uit ervaring.' Ja hoor. Nou, zelf had hij ruime ervaring. Om te beginnen had hij zijn lelijke eerste vrouw afgedankt, een echte boerin, en was hij in bed gekropen bij een chique actrice uit Shanghai, terwijl zijn soldaten op boomwortels kauwden en half doodvroren in het noorden van Shangbei, een schuiloord waar ze uiteindelijk weer op krachten wisten te komen.

Maar wat moest dat moest. Maatschappijleer vormde nou eenmaal een vijfde deel van het examen waar in totaal vijfhonderd punten voor gehaald kon worden. Ik slikte al die gortdroge kost en probeerde mijn gevoel aan de kant te zetten.

Jin verschanste zich ook onder het baldakijn van de limabonen. Rokend en slurpend van zijn thee begroef hij zijn hoofd in zijn eigen studieboeken. Na drie maanden keihard werken was Jin met sprongen vooruit gegaan. Ik deed mijn uiterste best om hem te helpen en te begeleiden, maar eigenlijk had hij nauwelijks hulp nodig. Hij had net zomin behoefte aan iemand die hem motiveerde.

Tien jaar lang, sinds zijn dertiende, had Jin als landarbeider gewerkt. Er was geen enkel onderdeel van het boerenwerk waarin hij geen expert was geworden. Het was een stille jongen, die listigheid had aangeleerd om te kunnen overleven. Toen hij van school ging om op het land te gaan werken, werd hij door de boeren uitgelachen en met de zwaarste klussen opgezadeld. Soms verdubbelden ze de werklast zelfs. Mijn ouders waren er niet om hem te beschermen. En als ze er wél waren geweest, zouden ze weinig voor hem hebben kunnen doen. Ze waren grootgrondbezitters, schuldige mensen die met niemand in discussie konden gaan. Er werd van hen verwacht dat ze hun hoofd bogen en zich afbeulden tot op de dag van hun dood. Mijn oudste zus, Si, die tegelijk met mijn broer op het land ging werken, kwam vaak huilend thuis omdat ze zo oneerlijk werd behandeld. Maar Jin huilde of klaagde nooit. Hij werd alleen steeds stiller en sterker. Hij moest een man zijn. Al op zijn vijftiende begon hij te roken en te drinken, gewoon om geen buitenbeentje te zijn tussen de andere jongens met wie hij omging. Al snel begon men respect voor hem te krijgen, want je kon de zwaarste taken met een gerust hart aan hem overlaten. Hij kon meer gewicht op zijn schouders torsen dan alle anderen, en zonder te pauzeren tegen een heuvel op rennen. Er waren nog steeds wel momenten dat hij moest knokken tegen een oneerlijke behandeling en discriminatie, maar hij handhaafde zich en we waren allemaal heel erg trots op hem.

Inmiddels was hij in hart en nieren een vechter. Als hij het ongelofelijk zware werk op het land aan kon, zou schoolwerk een makkie zijn. Hij wilde studeren, een andere toekomst had hij niet. Neef Tan had het pad voor hem geëffend, en Jin volgde hem op de voet.

Terwijl wij studeerden, werkten onze drie zussen in de brandende zon op de velden – ze hadden ook Jins werk overgenomen. Elke dag kwamen ze bezweet en uitgeput thuis. Mijn broer en ik liepen altijd naar de deur om hen te begroeten en te bedanken. Ze glimlachten dan alleen maar en vroegen ons of we goed waren opgeschoten met de studie. We vertelden hun wat we hadden gedaan, en dan waren ze altijd even blij voor ons. Er was zoveel hoop en betrokkenheid in hun ogen te lezen. Mijn broer popelde om weer aan het werk te gaan zodra het examen achter de rug was, want hij vond het een onverdraaglijke gedachte dat anderen het werk voor hem opknapten. Hij wist hoe moordend de zomerhitte was, hoe erg rugpijn kon zijn, en dat je ondanks een dikke laag eelt op je handen altijd open blaren overhield een het snijden van de rijst met de antieke, botte sikkels die je kreeg.

Aan dit leven probeerden we nou juist te ontkomen.

Op de velden kreeg Jin altijd met sarcasme te maken. Het waren dezelfde pesterijen die neef Tan had meegemaakt. Dat hij oud genoeg was om les te geven, in plaats van les te krijgen. Dat zijn ouders de foute politieke achtergrond hadden. Dat hij niet genoeg wist om te kunnen slagen – Jin was immers al in de eerste klas van school gegaan. Hij trok zich nergens iets van aan. Zijn vrienden kwamen elke avond langs om te vragen hoe het ging en hem succes te wensen.

Na een licht ontbijt – drie kommen rijstepap voor Jin en twee voor mij – bogen we ons samen over aardrijkskunde en geschiedenis aan de lange tafel in de zitkamer, met uitzicht op de weelderige tuin. We hadden een provisorisch schoolbord waar we historische overzichten op schreven, en de grond lag altijd bezaaid met papieren. Elk detail van China's lange geschiedenis was voor ons belangrijk, en we konden de exotische hoofdsteden over de hele wereld dromen.

Soms bood Jin me een sigaret aan als we 's middags vijf minuten pauze hadden en over onze dromen en idealen praatten. De zijne waren praktisch en gericht op een comfortabel leven, terwijl de mijne grillig en een beetje vergezocht waren. Hij wilde naar een degelijke universiteit met een goede reputatie op het gebied van economie in de buurt van Gele Steen, directeur van een bedrijf worden, trouwen met een knap en betrouwbaar meisje en een gezin stichten. Ik wilde naar Beijing, de parel van China, vijftig uur met de trein van Gele Steen, om Engels te gaan studeren. Daarna waren de mogelijkheden onbegrensd.

Jin knikte altijd lachend om de verhalen van zijn jongere broer, hij gaf me eerlijke adviezen en probeerde me nooit te ontmoedigen.

'Je bent nog heel jong en de wereld ligt aan je voeten,' zei hij vaak. 'Droom maar zoveel je wilt.'

Op een dag zei hij tegen me dat ik volgens hem alles kon bereiken, dat ik overal in kon uitblinken als ik al mijn energie erin stak. Dat ontroerde me, dit vertrouwen van mijn stille, gesloten broer die acht jaar ouder was dan ik. Hij zei dat ik al heel jong dingen had aangedurfd die voor de meeste kinderen onbereikbaar waren: ik was pingpongkampioen geworden, had fluit en viool leren spelen. Dat soort dingen had hij nooit gedaan. Ik had nooit geweten dat hij in stilte altijd trots op me was geweest. We hadden nooit veel contact gehad toen we opgroeiden. Hij had altijd de rol van de man in huis gespeeld, terwijl ik juist de benjamin was.

Mijn moeder bracht ons altijd onze lunch, rijst met iets van soep met vlees. Ik wist dat we geen geld hadden, dus vroeg ik haar hoe het haar lukte om vlees te kopen. Ze zweeg even, en zei toen dat we goed moesten eten om te kunnen studeren, dat ik me geen zorgen moest maken en gewoon door moest gaan met mijn schoolwerk. Ik vermoedde dat mijn ouders de ene lening na de andere moesten afsluiten om de twee onproductieve gezinsleden te kunnen voeden. Jin en ik bespraken het en we besloten tegen onze moeder te zeggen dat ze ermee op moest houden. Dit was te veel luxe voor ons. We wilden gewoon een eenvoudige soep, gemaakt met groenten uit onze moestuin, en veel rijst. April was de maand dat het groene niet bij het gele kon, een uitdrukking die we in Gele Steen gebruikten om de periode vlak voor de oogst te beschrijven, als het eten van de vorige oogst bijna op was. En we snapten ook niet hoe onze moeder aan al die langkorrelige rijst kwam. In die tijd hadden we drie keer per dag goedkope yams voorgeschoteld moeten krijgen, maar daar konden we ons niet mee bezighouden.

Ik zei tegen Jin dat ik van plan was om na het examen geld te gaan verdienen om de schulden van onze ouders af te betalen, maar hij vond dat ik beter door kon gaan met leren, zodat ik toegelaten zou worden op de universiteit. Niets zou meer betekenen voor mijn ouders. Zodoende ploegden we door gelijk de buffels op de velden rond Gele Steen, de ene diepe voor na de andere. 's Avonds stortten we ons elk apart op onze favoriete vakken. Hij deed wiskunde, ik Engels. Om tot elf uur wakker te kunnen blijven, dronken we liters thee, zodat we de po 's nachts vaak moesten gebruiken.

Op een avond stootte Jin per ongeluk zijn theepot om. Met hangend hoofd kwam hij boven, en hij zei tegen me dat het een slecht voorteken was en dat hij waarschijnlijk zou zakken voor het examen. Ik zei dat het dom was om zo te denken, en dat ik met alle kowtows die ik voor hem had gedaan het ongelukje wel had gecompenseerd. Dat was lachen, en we voelden ons allebei beter.

Ik vond dat we een hoop tijd zouden besparen door niet meer naar school te gaan. Alles stond in de boeken, in de klas zitten was domweg tijdverspilling. Het was april, dus het grootste deel van de stof was toch al behandeld.

Al snel begon Dia hetzelfde te doen, en door zo lang achter elkaar te werken, maakte hij goede vorderingen. Soms kwam hij langs, maar meestal bleef hij in zijn dorp, een naamloos gehucht, waar hij zich opsloot op zijn kamer. Het hele dorp verklaarde hem voor gek. Hij trok zich er niets van aan. In de ogen van de dorpelingen was de oude Dia net als zijn vader en grootvader, een rokende man die geen vlieg kwaad deed, tabak kweekte in de achtertuin, met een fatsoenlijk meisje zou trouwen en een nieuwe generatie rokende mannen ter wereld zou brengen. Niet deze Dia. Hij wilde een dromer zijn in een dorp waar men dromers uitlachte. Hij zei dat hij op Einstein wilde lijken en even geniaal en gek wilde worden als hij, dus liet hij zijn haar groeien en kamde hij het niet meer. Doordat hij altijd binnen zat, stak hij heel bleek af bij de permanent gebruinde boeren, die een heel leven lang elke dag stonden te graven en te spitten onder de zon. Sommige mensen dachten dat Dia aan een ongeneeslijke ziekte leed.

Ondanks dit drukke programma lukte het me toch om Yi een kort briefje te schrijven, waarin ik hem om een verklaring vroeg voor de verdwijning van mijn vrienden en de waarheid over het geld. Ik stuurde de brief naar Yi's adres op de fabriek, en deed er een dichtgeplakte brief voor Siang bij, waarin ik hem smeekte om zoveel mogelijk geld terug te betalen aan de schoenenfabriek, áls hij het tenminste echt had weggenomen. Ik legde uitvoerig uit waarom ik er niet honderd procent zeker van kon zijn dat hij onschuldig was. Ik moest openhartig tegen hem zijn en hem zo goed mogelijk adviseren, maar ik zei er wel bij dat ik altijd hetzelfde voor hem zou blijven voelen. En ik vroeg hem uiteraard me te vergeven als ik wartaal uitkraamde. Het was alsof ik een steen in een meer gooide. Mijn vrienden waren eigenlijk altijd op pad, en waarschijnlijk deden ze inmiddels iets heel anders in een andere provincie.

De zomer diende zich aan, en dat betekende ondraaglijke hitte en miljoenen muggen. De goudkleurige rijstvelden werden geoogst, en de gevleugelde insecten waren hun huis kwijt. Als bommenwerpers vlogen ze onze kamers binnen, laag en snel. Zelfs in het zwakke schijnsel van mijn opa's olielamp kon ik hun puntige, stekelige neusjes zien, waarmee ze op mijn zoutige huid afdoken. Van de kleintjes kreeg je jeuk. De grotere exemplaren konden je echt pijn doen met hun lange, scherpe naalden. Mijn moeder maakte voor ons allebei een grote waaier van palmbladeren, die we voortdurend bewogen terwijl we ons op onze studie probeerden te concentreren. De examens waren over een maand. Als ik eraan dacht, kreeg ik een brok in mijn keel.

Jin en ik hielden op met praten over onze dromen en begonnen elkaar in plaats daarvan te overhoren, hoe gedetailleerder hoe beter. We waren zo op elkaar afgestemd dat we zelfs tegelijk naar de wc gingen en elkaar dan nog overhoorden door het dunne schot tussen de wc's heen. Elke minuut telde.

We verlengden onze dagen met nog eens twee uur, een extra uur 's ochtends en een extra uur 's avonds. We sliepen nog maar vier uur. Onze eetlust nam af. Mijn vader was bezorgd en sprak ons streng toe. We haalden onze schouders op. Het examen was al over een paar weken. In die korte tijd zouden we heus niet doodgaan.

Als Jin moe was, staarde hij diep in gedachten voor zich uit. Zijn wangen waren ingevallen, zijn huidskleur was flets, en hij had een rommelige baard laten staan. Elke keer dat ik opkeek van mijn boeken en hem zag zitten, ging mijn hart naar hem uit. Hij werd helemaal verteerd door zijn queeste naar de enige uitweg uit deze hel. Hij wilde het maar één keer proberen. Als hij zakte, zou hij zijn boeken verbranden en de rest van zijn leven boer blijven. Voor hem was elke minuut even belangrijk. Elke avond bad ik voor ons voor het slapengaan, ook al was ik nog zo uitgeput.

Er waren momenten dat ik niets liever wilde dan eindelijk een keer lekker lang uitslapen, maar als ik wakker werd en het koude rivierwater in mijn gezicht plensde, vond ik toch de energie om weer een hele dag keihard te blokken. Als ik moe werd, sloot ik mijn ogen en leunde ik achterover op mijn stoel, en probeerde ik me voor te stellen dat ik in de trein naar Beijing zat, omringd door de blozende gezichten van andere jonge studentjes. Het landschap was adembenemend mooi. Daar had je Fuzhou, Hanzhou, Shanghai, de Yangtze en de Gele Rivier, en dan, helemaal aan het eind, de hoofdstad van China, Beijing. Dan sprong ik op het perron en zag ik de vlag van mijn universiteit wapperen in de wind en werd ik door mijn docenten met open armen ontvangen.

Als ik mezelf weer eens zo'n dosis adrenaline had toegediend, kon ik er weer tegenaan. Ik dacht aan de koeien, die enorme beesten, die ploegden en ploegden en nooit klaagden. De boeken waren de uitgestrekte velden. Door die gedachte voelde ik me dan wat beter. Dan was mijn batterij opgeladen en stortte ik me weer op mijn werk. Voor ik het wist, was het weer bedtijd. Mijn dagen zijn nooit zo lang of zo kort geweest als in die tijd. We maakten ons nergens anders meer zorgen om. We leefden in onze eigen wereld, en daarin was alleen plaats voor ons verlangen om te slagen.

We glimlachten naar elkaar en moedigden elkaar aan. Ik had nooit een hechtere band met Jin gevoeld, en dat was wederzijds. We waren net marathonlopers, en we inspireerden elkaar. Telkens weer zeiden we tegen elkaar dat we bijna bij de finish waren; sneller, sneller, anders was het misschien voorgoed te laat.

Direct na de Culturele Revolutie werd studeren opeens een rage. Dichter en wetenschapper Guo Muo Ruo, die dweepte met het communisme, noemde deze periode 'de Lente van de Wetenschap'. Saaie geleerden zoals Chen Jin Nuen werden volkshelden. Chen Jin Nuen had twintig jaar aan één enkele wiskundige formule gewerkt en wist die uiteindelijk te bewijzen. Hij was een vrijgezel van achter in de veertig, een beetje gestoord, die met zijn gezondheid sukkelde en altijd in een armoedig, met papieren bezaaid kamertje had gewoond. Hij vergat te eten en te slapen en was vaak zo diep in gedachten verzonken dat hij tegen bomen botste, en dan presteerde hij het om zich te verontschuldigen omdat het niet eens tot hem doordrong dat het een boom was.

Duizenden vrouwen stuurden hem huwelijksaanzoeken – mooie actrices, artsen, leraressen en verpleegsters. De voorzitter van de Communistische Vrouwenfederatie op het instituut waar de heer Chen werkte, nam de taak op zich om al die brieven te lezen. Ze selecteerde twintig finalisten, en met hulp van een comité koos ze een vriendelijke, zorgzame verpleegster die zijn vrouw werd. Omdat er toen opeens drie keer per dag voor hem werd gekookt, kwam hij kilo's aan. Op een gegeven moment verhuisde hij naar een ruim appartement met vier slaapkamers aan een park. Hij wandelde door het park, arm in arm met zijn kersverse bruid, waar hij zich eigenlijk geen raad mee wist omdat hij alweer in een nieuw wiskundig probleem was verdiept.

Hij ging lezingen geven, en zijn toehoorders waren soms tot tranen toe geroerd. Miljoenen jonge mensen wilden precies zo worden als hij. Hij was een Chinese Einstein. Er waren studenten die zijn manier van leven nadeden, de hele nacht wakker bleven en de volgende dag met rode ogen naar college gingen, lijkbleek en hees. Afwezig liepen ze rond, ze botsten tegen stoelen en tafels en verontschuldigden zich fluisterend.

In radioprogramma's werd gepraat over jonge helden die grote moeilijkheden hadden overwonnen en op prestigieuze universiteiten waren toegelaten. Degenen die over de drempel gingen, waren verzekerd van een heldenstatus, roem, geld en een goede baan. Een universitaire opleiding stond gelijk aan geld op de bank, maar de kans dat je het zo ver schopte, was ongeveer even groot als het winnen van de loterij. Vanaf het moment dat je op een universiteit werd toegelaten, ook al was die nog zo inferieur, werd je volledig verzorgd door de overheid. Je hoefde geen collegegeld te betalen. Ze gaven je een treinkaartje, zesendertig pond rijst per maand, een bed en alle boeken die je nodig had, en je was verzekerd van een benijdenswaardige kantoorbaan. Nergens ter wereld werd het studenten zo makkelijk gemaakt.

Maar voor Jin en mij was het meer dan dat; wij moesten iets bewijzen. De familie Chen was veertig jaar lang door het slijk gehaald, en mijn ouders waren door de hel gegaan om ons groot te brengen. Nu was het moment gekomen om hen terug te betalen en te zorgen dat ze trots op ons konden zijn.

Voor elk van de drie examendagen in juli tekende ik met rode inkt een vlaggetje op de kalender. Als ik naar die vlaggetjes keek, kreeg ik prompt een brok in mijn keel. Dan begon mijn bloed te koken, mijn hart te bonken, en verjoeg een nieuw golf van energie mijn vermoeidheid. Ik stoof dan terug naar mijn boeken om weer een paar uur te blokken.

Ten slotte waren er nog maar tien dagen voor het grote examen. Jin kon niet meer slapen. Hoe vroeg hij ook opstond en hoe hard hij ook werkte, hij kon geen rust meer vinden. Hij lag in bed naar de klamboe te staren en luisterde naar het gonzen van de muggen. Mijn vader moest op zoek naar slaappillen om hem wat te kalmeren. Soms zat hij stilletjes naar zijn boek te staren, zonder dat zijn ogen bewogen, en eindeloos te piekeren. Ik wist dat hij bijna bezweek onder de spanning.

Hij beweerde dat hij zich niets meer kon herinneren. Ik zette thee voor hem en zei dat we al dat harde werken echt niet voor niets hadden gedaan. We hadden wekenlang te weinig geslapen en geen vrienden gezien, we waren zelfs nauwelijks de deur uit geweest. Ik overhoorde hem met een paar moeilijke vragen, en hij gaf feilloos de juiste antwoorden. Ik gaf hem een klap op zijn rug en hij ging weer aan het werk. In die tijd voelden we een band zoals twee soldaten in de strijd. Mijn woorden betekenden meer voor hem dan die van ieder ander.

Toch knaagde ergens in mijn achterhoofd nog steeds de angst dat ik geen van de antwoorden zou weten als ik de examenopgaven voor mijn neus kreeg. Ik had nachtmerries dat ik dichtklapte en werd dan zwetend en trillend wakker.

We ploegden verder, zweepten elkaar op met bemoedigende woorden, en soms mochten we van onszelf even stilstaan bij de zoetheid van een droom die waarheid werd. Het ging om onze familie. Het ging om een hele hoop dingen. Voor Jin, die al in de onderbouw van school was gegaan, was het ook een persoonlijke rehabilitatie om dit examen te doen. Ik verzekerde hem dat er ergens een universiteit was die hem met open armen zou ontvangen. Ik juichte hem toe en hij mij. Hij zei dat ik de top kon bereiken, de allerhoogste. Ik bedankte hem en voelde me gesterkt door zijn vertrouwen in mij. Het zou niet lang meer duren of het hele gedoe zou achter de rug zijn. Dan zouden we terugkijken en erom lachen.

24

Vijf dagen voor het nationale examen werd Gele Steen letterlijk in de vaart der volkeren opgestoten: we kregen elektriciteit. Vanaf dat moment leverde een waterkrachtcentrale vierentwintig uur per dag stroom. Niet dat Gele Steen helemaal niet bekend was geweest met dit wonder; in de tien jaar daarvoor was er beperkt stroom geleverd, vier uur per avond, door een klein station in de buurt van de commune. De oude, inefficiënte generator maakte zoveel kabaal dat iedereen het ding kon horen dreunen, en de stroom was zo duur dat niet meer dan een vijfde van de bevolking het kon betalen. De machine zorgde voor spanning in het rustige nachtleven doordat er in een bassin vlak naast de centrale kokend heet water werd uitgebraakt. Op koude dagen doken we naakt in dat bassin om een warm bad te nemen. Ook al rook het water naar olie en dreef er soms vet aan de oppervlakte, er stond altijd een rij min of meer ontklede mensen op hun beurt te wachten. Soms, als de directeur van de centrale dronken was, gebruikte hij zijn krachtige zaklamp om de badende mensen te verlichten en weg te jagen. Dan sloegen ze naakt op de vlucht, hun kleren in hun armen.

Deze generator speelde zo'n belangrijke rol in het leven van de inwoners van Gele Steen dat je een moeder tegen haar kinderen kon horen zeggen: 'Waar heb je gezeten? De generator is al aan.' Hij werd om zeven uur 's avonds aangezet en de mensen stemden hun bezigheden erop af. En als hij om elf uur 's avonds weer werd uitgezet, hadden kinderen geen excuus meer om nog buiten te zijn; het was een soort avondklok, waarna het kleine stadje Gele Steen weer in de prehistorische stilte en duisternis werd gedompeld. Alleen de maan hoorde dan nog te schijnen.

Nu zou alles veranderen. Het examen was weliswaar al over vijf dagen, maar mijn vader vond het toch een goed idee als we elektriciteit kregen. We hadden één lichtpunt, en Jin en ik lazen samen bij het peertje van vijftien watt dat aan het plafond bungelde. De eerste avond staarden we wel een volle minuut naar de lamp nadat het licht aan was gegaan. We schudden ongelovig ons hoofd en glimlachten naar elkaar. Grootvaders rokende olielamp was niet meer nodig. Ik kon waaieren om de moordende muggen te verjagen zonder het risico te lopen dat de lamp uitging.

De gevreesde dagen kwamen steeds dichterbij, en de atmosfeer in ons huishouden veranderde. Mijn moeder bad iets luider, en stond eerder op om langer te kunnen bidden. Maaltijden werden copieuzer. Er kwam altijd vlees op tafel, alleen voor Jin en mij. We protesteerden niet langer tegen deze voorkeursbehandeling, we schrokten gewoon ons eten naar binnen en gingen dan weer aan de studie. Onze zussen gingen zachter praten als ze op hun tenen langs onze kamers liepen. Maar mijn vader veranderde het meest. Hij kocht zelfs een pakje Vliegend Paard en kwam 's avonds laat naar mijn kamer om me een paar sigaretten toe te stoppen. Woorden waren overbodig. Hij wilde niets liever dan dat ik zou slagen.

Het deed me denken aan een verhaal over een vader die op een gegeven moment zijn zoon op zijn schouders droeg. Iemand vroeg aan de zoon: 'Waarom rijd je op je vader alsof hij een paard is?'

De zoon glimlachte en zei: 'Mijn vader wil het omdat hij hoopt dat ik op een dag een draak word, zodat hij trots op me kan zijn.'

Twee dagen voor het examen hielden de inwoners van Gele Steen een bijeenkomst over de kandidaten. Uit één op de drie gezinnen deed iemand mee. Weinig gebeurtenissen waren zo belangrijk. Een burgerwacht van de commune paradeerde met een luidspreker door de straten, hij verheerlijkte het examen en riep bemoedigende woorden. 'Raak niet in paniek, toon moed en een sterke geest, en wees zowel op zakken als op slagen voorbereid.'

De slogans rolden uit de luidsprekers, die op de voorkant van een bemodderde tractor waren bevestigd. De mensen luisterden zwijgend als de luidruchtige trekker langsreed. Het was oorlogstijd, en de jonge mensen trokken ten strijde.

Etensstalletjes werden bevoorraad en opgezet bij de gebouwen waar het examen zou worden gemaakt. De middelbare school en de lagere school van Gele Steen, waar sommige examens werden afgenomen, werden door honderden tijdelijke personeelsleden geveegd, afgestoft en gedweild. De lessenaars werden genummerd, en leraren werden van vakantie teruggeroepen om te surveilleren. De commune telde enkele duizenden kandidaten, die van heinde en verre naar Gele Steen zouden komen om in dat centrum van hogere kennis het examen te doen dat hun toekomst zou bepalen.

Er werd bekend dat Peking Man zijn definitieve voorspelling voor het geschiedenisexamen zou gaan doen. Omdat de school verzegeld was, hield hij hof in de aula van de commune. Eindelijk kon hij schitteren. De plek waar zoveel belangrijke politieke beslissingen waren genomen, werd zijn heiligdom.

Voor het eerst in maanden liep ik door Gele Steen, op weg naar de commune. Jin schaamde zich omdat alle anderen zoveel jonger waren en bleef thuis om een dutje te doen. Alleen de leerlingen van de middelbare school van Gele Steen mochten naar binnen. Honderden anderen stonden buiten. Peking Man had de regels bepaald; hij was eenkennig, trouw aan zijn eigen stam, vijandig tegenover alle anderen.

Dia kreeg me al snel in het oog. Hij zag er slecht uit en had nog steeds Einstein-haar. Zijn ogen waren rood, met opgedroogde gele korstjes in de hoeken – wat Einstein volgens mij niet had.

We omhelsden elkaar lachend.

'Dus je leeft nog. Nou, op wat voor studie ga je mikken?' vroeg ik hem.

'Zoals het tot nu toe gaat, vrees ik dat ik afkoers op het specialisme landbouw in mijn eigen achtertuin. Ik zal wel als tabakskweker eindigen. Da, ik overweeg om voor de bètarichting te kiezen.'

'Ben je gek geworden? Met nog maar twee dagen te gaan? Je weet niets van bètavakken.'

'Ik weet ook niets van de alfavakken.'

'Er is geen tijd meer voor dit soort twijfels, Dia. Heb je dan thuis niet zitten blokken?'

'Jawel, maar het ging mis. In het begin ging het geweldig. Ik las achttien uur per dag, en mijn lamp bleef de hele nacht branden. Uiteraard moest ik toen overdag slapen, en dan stond ik 's avonds op. Maar dan had ik honger, dus moest ik gaan koken. Na het eten kreeg ik slaap, dus ging ik terug naar bed om een dutje te doen. Nou, dat dutje liep uit, ik sliep twaalf uur achter elkaar, en dan was het verdomme weer avond. Ik raakte de kluts helemaal kwijt. Ik wist niet meer wanneer het dag of nacht was.'

'Dus nu ben je bezig met bètavakken?'

'Ik weet niet meer waar ik mee bezig ben. Ik kan niet meer.'

Ik gaf een tik tegen zijn hoofd en hij schudde zijn wilde manen als een leeuw. 'Oké, dan doe ik wel alfa.'

'Gelukkig. Laten we een plekje zoeken.'

We gingen in de volle zaal op de grond zitten, tussen onze bezwete klasgenoten. Het was zo heet dat je een vis kon grillen op de straatstenen, en een bakker zou in die aula niet eens een oven nodig hebben gehad. Honderden kinderen keken gespannen uit naar Peking Man en zijn jaarlijkse ritueel. Iedereen was ernstig, want vrienden, familie en de samenleving oefenden grote druk op ons uit om te slagen. Een normaal gesproken rumoerige meute was nu muisstil, alsof er op een vonnis werd gewacht.

Peking Man kuierde de zaal binnen, gekleed in een T-shirt dat hem twee maten te klein was en een paar centimeter van zijn harige buikje onbedekt liet, en een wijde, te lange korte broek. Zijn benen waren krommer dan je in een lange broek zou denken; dat verklaarde zijn unieke, waggelende manier van lopen.

Iedereen haalde diep adem. Dit zou ons eerste voorproefje van de examens worden, en het betekende een ruw ontwaken vanbinnen.

Peking Man keek ons zwijgend aan, met de ernstige blik van een verlosser, een dokter. *Ik weet waar jullie pijn hebben en ik ben hier om die pijn weg te nemen.*

Wilde lichtjes twinkelden in zijn ogen. Een paar keer deed hij zijn mond open, maar er kwamen geen woorden uit. Hij was en bleef een stotteraar. De derde keer lukte het. Een hard geluid weergalmde door de zaal; het klonk als een dierlijke oerkreet, en we reageerden er allemaal op. Het was een strijdkreet.

'Mijn leerlingen!' riep hij. 'Dit is een gevecht en ik ga jullie de wapens geven!'

Op elk ander moment zou de hele zaal in een deuk hebben gelegen van het lachen, maar niet die dag. Die dag geloofden we in hem. Het was een gevecht, van ons tegen de wereld, en het voelde goed dat Peking Man aan onze kant stond. Ik was bijna geneigd om te gaan staan en te salueren voor onze harige commandant, de Apenkoning.

'Na lang en naarstig zoeken heb ik mijn beslissing genomen.' Hij rolde met zijn ogen en richtte ze toen weer op ons.

'Dit is mijn eerste keus voor de examens van dit jaar.' Hij klapte een draagbaar schoolbord open, met de uitgebreide antwoorden op vier open vragen. Alle kinderen begonnen als bezetenen te schrijven. In de zaal klonk alleen het geluid van krassende pennen op papier en de snuivende ademhaling van Peking Man; het leek wel alsof er ergens een ventiel openstond.

Vervolgens legde hij de valkuilen van de vragen uit en loodste hij ons erdoorheen als een doorgewinterde zeeman in woelig water. Hij dook weg, draaide en kronkelde. Zijn logica was glashelder en hij vertelde boeiend. Geleidelijk plooide zijn gezicht zich in een glimlach. Als hij glimlachte, doken we normaal gesproken weg, want niemand wilde die grote gele tanden van hem zien. Maar dit keer was zijn glimlach geruststellend op een duivelse manier. Voor ons waren die tanden wapens.

'Elk van deze vragen kan een kwart van jullie score bepalen. Kerf deze antwoorden in je geheugen. Als een van jullie tijdens het examen geen antwoord kan geven op deze vragen, al is het maar gedeeltelijk, dan mag diegene mij niet langer zijn of haar leraar noemen. En nu vort.' Geleund op zijn ellebogen nam hij met een knikje van zijn enorme hoofd afscheid van ons gekwelde zielen. We renden de zaal uit, snakkend naar frisse lucht. Vijf minuten langer, en sommige kinderen zouden op een brancard naar buiten zijn gedragen.

Honderden anderen wachtten ons buiten op, allemaal hunkerend naar een verslag van wat er binnen was gebeurd. Ik ontweek een paar kinderen die met geld wapperden en bleef staan om afscheid te nemen van mijn gekwelde vriend Dia en hem succes te wensen. Hij klopte op mijn schouder en gaf me een stevige hand. We begrepen elkaar en gingen zwijgend uiteen. Toen ik bij de hoek omkeek, zag ik dat Dia zijn aantekeningen aan een andere jongen gaf. Hij kreeg er een biljet van één yuen voor. Dia stak het geld in zijn zak en ging op zoek naar iemand anders. Hij zou de vragen blijven verkopen totdat niemand meer belangstelling had. Uiteindelijk verkocht hij ze tien keer.

De dag voor het examen zag het in de hoofdstraat van Gele Steen zwart van de kandidaten die alvast naar de stad waren gekomen om niet op de dag zelf te midden van alle nervositeit en verwarring te verdwalen. Burgerwachten met uitgestreken gezichten bewaakten de verzegelde delen van de school en zenuwachtige kinderen tuurden naar wat er zich achter het gele lint bevond. Degenen die zich goed hadden voorbereid, namen die dag rust. Een examen dat drie lange dagen duurde, zou op zijn zachtst gezegd uitputtend zijn. Ik zag het Hoofd, de snob, afwezig dribbelen met een basketbal, als een meisje. In stilte wenste ik hem geluk: moge hij dichtklappen als hij de opgaven onder ogen krijgt.

Anderen hingen rond en kletsten met elkaar om de tijd te doden. Han, mijn vijand van de lagere school, hoorde daar niet bij. Hij had hard voor het examen gewerkt, maar de stof liep zijn granieten hoofd weer uit, beweerde zijn moeder. Die dag zat hij voor een hoge stapel boeken, zonder te weten welke hij moest lezen. Volgens zijn moeder wilde hij niet meer eten, praten of slapen. Hem wenste ik ook geluk: ik hoopte dat hij voor zijn lessenaar flauw zou vallen en nooit meer wakker zou worden.

Al sinds de vroege ochtend kwamen er buren en vrienden van mijn vader langs om ons geluk te wensen. Ar Duang, wier zoon door mijn vader was behandeld, kwam een mand boordevol fruit brengen. Ze vond dat we alles op moesten eten, zodat we de volgende dag helder van geest zouden zijn. Jin maakte een rustige indruk en babbelde met de gasten in de zitkamer. Ik wist dat hij het examen goed zou maken. Hij glimlachte en zag er ontspannen uit. Ik was al om vijf uur opgestaan en had mijn gezicht extra zorgvuldig gewassen. Mijn moeder en ik hadden gebeden en voetvallen gemaakt voor elke god in haar heiligdom. Ze had net een nieuwe ontdekt, de god van de Wijsheid, en wilde dat ik hem extra vurig zou smeken. Ik had wel tien grote voetvallen voor hem gemaakt en was ervan overtuigd dat elke kowtow iets waard zou zijn.

Hoelang ik ook naar deze dag had uitgekeken, ik was toch een beetje bang nu het eindelijk zover was. Ik had de afgelopen tien maanden gemiddeld vijftien uur per dag aan mijn schoolwerk besteed. Nu kwam daar een einde aan. Het brok in mijn keel werd groter. Toen mijn moeder me vroeg hoe ik me voelde, krikte ik mijn zelfvertrouwen op en zei dat een deel van mijn kennis misschien weg zou stromen als ik nog meer voetvallen deed.

Ze glimlachte.

Ik was de enige uit Gele Steen die Engels wilde gaan studeren; in de hele commune hadden maar acht anderen zich ook voor die richting opgegeven. De Nationale Examencommissie besloot dan ook om ons bij elkaar te zetten, zodat we het hele examen van drie dagen alle negen in de stad Putien moesten doen omdat alleen daar Engels werd afgenomen.

Mijn moeder besteedde extra veel zorg aan mijn ontbijt: een groot bord gebakken rijstnoedels met prei, oesters en eieren en soep met vlees. Pittige noedels, zei ze, om me voor te bereiden op de pittige examens. Mijn vader stopte een rolletje bankbiljetten met een elastiekje erom in mijn zak, ongeveer tien yuen in totaal. Het was ongetwijfeld het laatste geld dat er in huis was, tenzij het was geleend. Ik keek mijn vader aan. Een warme glimlach verspreidde zich over zijn gerimpelde gezicht. Tevergeefs probeerde hij te bedenken wat hij kon zeggen, dus kneep hij alleen in mijn schouder voordat hij zich omdraaide. Ik voelde mijn ogen vochtig worden.

Mijn familieleden keken zwijgend toe terwijl ik een opvouwbare bamboemat inpakte, een zakje rijst, mijn eetstokjes, een pannetje om rijst in te stomen, twee tassen met boeken en wat kleren. Mijn jongste zus, Huang, pompte de banden van een geleende fiets op. Zij zou me naar Putien brengen. Het voelde alsof ik naar het front werd gestuurd, een plek die zo ver weg was dat mijn familie niet mee kon. Ik voelde me verdrietig, maar liet dat niet blijken. Ik was zestien. Ik hees mijn bagage op mijn rug, rechtte mijn schouders en glimlachte breed naar iedereen. Door mijn houding wilde ik laten zien dat ik dapper was en klaar voor het gevecht met de vijand.

Vlak voordat ik naar buiten ging, rende ik de trap op naar boven. Ik knielde neer voor mijn raam en smeekte mijn grootvader om met me mee te komen naar Putien en over me te waken terwijl ik de antwoorden opschreef. Hij had zo innig van me gehouden en zulke hoge verwachtingen van me gehad. Hij had me de eerste karakters leren kalligraferen, met zijn hand over de mijne. Ik had hem nu harder nodig dan ooit. Ik zei tegen hem dat ik zijn naam eer zou aandoen en dat het lijden aan het eind van zijn leven niet voor niets was geweest omdat hij me de kracht had gegeven die de basis van mijn succes zou vormen. Keer op keer riep ik hem aan, met tranen in mijn ogen.

Onderweg naar Putien praatte ik een tijdje met Huang, en toen pakte ik mijn kaartjes om het vervoegen van Engelse werkwoorden te repeteren. Ik kon het allemaal dromen, maar ik was als de dood dat mijn geheugen me opeens in de steek zou laten en al mijn kennis als sneeuw voor de zon zou verdwijnen. Na drie uur fietsen tegen een harde wind in bereikten we de rand van Putien, waar een middelbare school als tijdelijk kamp was ingericht voor kandidaten van buiten de stad. Ik volgde de bordjes en vond mijn naam op de deur van een donker klaslokaal, waar ik een plekje zocht. Mijn zus stuurde ik weg, zodat ze voor het donker weer thuis zou zijn.

Het was een grote chaos in dat schoolgebouw. Er moesten drie dagen lang minstens duizend kinderen slapen. Het was overvol in de keuken. Die middag had ik mijn rijst in de grote stoompan gezet, en het duurde die avond een halfuur voordat ik mijn eigen pannetje had teruggevonden. Op het grasveld voor de school at ik koude rijst met gedroogde vis, en ik staarde naar de sterren. Ik was van plan geweest om nog wat werk te doen voor het slapengaan, maar dat was onmogelijk. Er was geen licht en geen ruimte, en ik werd voortdurend door wolken muggen belaagd. Ze waren net zo geniepig als de stadsmensen. Hun beten voelden alsof er naalden door je huid gingen en je hield dagenlang jeuk.

In het lokaal waar ik sliep hing een peertje van vijftien watt. Er waren twee kleine ramen, een aarden vloer, aarden muren en dertig slapers. We kenden elkaar niet, maar we lagen wel tegen elkaar aan. Zoals we daar lagen op de grond, leken we net een vlot dat met oude touwen aan elkaar was gebonden. De jongen links van me kwam uit de bergen en vond het duidelijk onzin om je regelmatig te wassen. Van zijn verschillende smerige lichaamsgeuren was zweet nog wel de minst erge. De iele jongen rechts van me liet de hele nacht winden en had diarree. En de hele nacht gonsden de muggen. Toen ik de volgende ochtend wakker werd, had ik overal bulten, waaronder twee op mijn ooglid.

Eindelijk begon het licht te worden. Ik kroop naar een stil plekje en knielde voor een kort gebed, daarna baande ik me een weg naar de keuken. Gelukkig kon ik mijn eigen pannetje toen wel vinden. Je moest het er laat in zetten en vroeg weer uit halen, dat was de truc. Snel schrokte ik de helft van de gestoomde rijst naar binnen en de rest liet ik staan.

Het eerste examen was Chinees. Ik was er klaar voor.

Om halfacht kwam een man de negen kandidaten voor de studie Engels halen. We maakten een wandeling van anderhalve kilometer naar de top van een heuvel, waar we examen moesten doen. Als hardlopers voor de start bleven we staan wachten, klaar om naar binnen te stuiven zodra de bel ging. Rijke kinderen werden door hun arrogante vaders gebracht in auto's die een stoffig spoor achterlieten. Stadsjongens hadden lang haar met vet erin en modieuze kleren, terwijl de meisjes lange, verleidelijke benen hadden die slechts gedeeltelijk door wijde rokjes werden bedekt. Ik droeg een geel hemd met afgeknipte mouwen, een strohoed en een korte broek, en ik was op blote voeten. Niemand keek naar me, alsof ze me in een flits hadden gezien en me onmiddellijk als een domme, verdwaalde boerenkinkel hadden afgedaan. Maar ik stond daar wel, op mijn blote voeten, zeker van wat ik wist. Niemand zei dat ik geen examen mocht doen omdat ik sjofele kleren droeg en geen schoenen had. Voor dit examen waren we allemaal gelijk. Bovendien droeg ik mijn zondagse goeie goed.

Over een kwartier zou het examen beginnen. Ik las hier en daar angst op de honderden gezichten om me heen. Verpleegsters in het wit liepen rond voor het geval er kinderen flauw zouden vallen; dan zouden ze snel naar een gereedstaande ambulance gedragen worden. Er waren ook politiemannen, gewapend met vuurwapens om mogelijke onrust de kop in te drukken. Ik vroeg me af waarom. Zagen we er soms uit als een troep plunderaars?

Ik had dorst en voelde me duizelig, zwak en moe, en ik moest alweer naar de wc, ook al was ik vijf minuten geleden nog geweest. Ik kneep mijn ogen dicht en bad in stilte terwijl de minuten tergend traag verstreken. Opa, lieve opa, help me.

De bel wekte me uit mijn gemijmer. Ik rende naar het lokaal, ging op mijn genummerde stoel zitten, en deed nog een keer mijn ogen dicht voordat ik de verzegelde opgaven openmaakte. Ik was kotsmisselijk en mijn handen trilden.

De surveillant, een kale man met een bril, knikte naar me en glimlachte vriendelijk. 'Jullie mogen nu beginnen,' kondigde hij aan.

Met mijn pen verbrak ik het zegel. Toen ik de eerste vraag las, steeg het bloed me naar het hoofd. Van het ene moment op het andere wist ik helemaal niets meer, en ik moest mijn kiezen op elkaar klemmen en me aan mijn tafel vastgrijpen. Geen wonder dat sommige mensen in een ambulance afgevoerd moesten worden. Ik wilde niet dat mij dat zou overkomen. Geleidelijk ging het gevoel over en trok de duisternis op. Ik las en herlas de vraag en schreef het eerste antwoord van die dag op.

Het examen duurde vier uur en eindigde met een lang opstel dat vijfenveertig procent van het cijfer zou bepalen. Glimlachend bij mezelf kwam ik naar buiten. Het eerste wat ik deed, was een rustig hoekje opzoeken, waar ik knielde om alle goden die me hadden geholpen te bedanken.

Ik zag dat andere kinderen opgewonden stonden te kletsen, ook al kenden ze elkaar niet eens. Ik had er geen zin in. Het was achter de rug.

Ik ging onder een grote boom op de heuveltop zitten, kauwde op gedroogde vis, dronk wat water, en pakte mijn kaartjes voor geschiedenis. Een bewaker zat vlak bij me. Ik gaf hem een Vliegend Paard en vroeg of hij me wakker wilde maken als ik in slaap viel, zodat ik niet te laat zou komen voor het volgende examen. Om twee minuten voor twee legde ik mijn geschiedenisboek weg. De bewaker lag te snurken als een buffel en zijn lippen bewogen. Kennelijk had hij een erotische droom. Te veel jonge meisjes droegen te veel verleidelijke rokjes.

Bij het zien van de opgaven grijnsde ik van oor tot oor. Peking Man had twee van de vier vragen goed geraden. Elke vraag was goed voor vijftien procent van het cijfer. Lang leve Peking Man!

Ik wist de rest van de antwoorden en had genoeg tijd om de vragen van alle kanten te bekijken, zoals we van Peking Man hadden geleerd, analytisch en helder. Ik nam me voor om een foto van hem te nemen en die in een lijst boven mijn bed te hangen als ik straks studeerde. Die man was bijna een god. Ze zouden hem op de middelbare school van Gele Steen tot halfgod uit moeten roepen en al zijn wensen in vervulling laten gaan.

Na afloop verliet ik met een dierlijke kreet van extase het lokaal, en ik danste de trap af, zodat iedereen dacht dat ik gek was.

Die avond at ik twee keer zoveel als de dag ervoor. Ik was halverwege en had nog maar drie examens voor de boeg.

Als een rank jacht zeilde ik door de tweede dag. Die ochtend stuurden mijn moeder en vader mijn zussen Ke en Huang naar Putien om mij wat fruit te brengen. Rond lunchtijd waren ze bij de school waar ik sliep. Niemand wist waar ik was, dus ploeterden ze tegen de heuvel op. Ze vroegen links en rechts naar me, totdat ze de luie bewaker te pakken hadden.

'Die jongen op blote voeten?' vroeg hij mijn zussen. Ze knikten, en hij nam ze mee naar mijn plekje onder de boom.

Ik was zo blij om ze te zien. Ze hadden tranen in hun ogen, zo bezorgd waren ze geweest toen ze me niet konden vinden. Nu hadden ze me gevonden, verdiept in een boek op het heetste uur van de dag. Het was pijnlijk voor ze om dit te zien, want ze hielden van me. Ik vertelde dat ik me kostelijk amuseerde, en ze lachten om mijn zorgeloosheid. Ik informeerde naar Jin; gelukkig deed hij het goed. Op hun aandringen at ik een groot stuk verrukkelijke watermeloen, gretig slurpend. Tevreden gingen ze weer weg.

Engels was als laatste aan de beurt, en gelukkig kwam ik niet voor verrassingen te staan. Ik kende elk woord en elke onregelmatige vervoeging. Er was een lange lap tekst, een vertaling van een verhaal over een magische ring. Nog nooit had ik me zo zelfverzekerd gevoeld over een examen. De grote stapel oefeningen die professor Wei me had gegeven, had me op alle vragen voorbereid. Ik wilde haar omhelzen en tegen haar zeggen dat zij in mijn ogen ook een godin was, en dat ik haar foto zou inlijsten en elke dag zou aanbidden.

Toen ik de laatste keer dat lokaal uit liep, viel er een enorme last van mijn schouders. Ik was vrij.

Ik begon zelfs de stadsmensen aardig te vinden, ik wilde iedereen wel om de hals vliegen. Toen zag ik mijn broer, die naar me op zoek was. Ik rende naar hem toe en we drukten elkaar onstuimig de hand.

'Hoe ging het?' vroeg hij me.

'Het had niet beter kunnen gaan,' hijgde ik buiten adem.

Hij was naar Putien gekomen om me op te halen en alle details van onze gemeenschappelijke ervaring door te nemen. We vergaten onze vermoeidheid en praatten, lachten en rookten – we raakten niet uitgepraat. We vergeleken antwoorden en berekenden dat we ongeveer vijfentachtig procent goed hadden. We waren in extase.

In de schemering reden we naar huis. Er stond een zachte bries en de lucht was koel. Onze harten waren licht als veertjes. Mijn broer was mijn beste vriend geworden. We hadden samen gevochten en gewonnen; althans, daar waren we van overtuigd.

Toen we die avond eindelijk thuiskwamen, bleek de hele familie ons op te wachten. Ik had niet beseft hoe erg ik ze had gemist, totdat ik ze weer zag. Snel rende ik naar boven om de goden te bedanken, ik nam een duik in de rivier, en daarna zaten we met zijn allen rond onze grote tafel tot middernacht te praten. Die avond was de maan zo groot en rond, vlak boven de boomtoppen, dat ik het gevoel had dat ik hem makkelijk aan kon raken. Het zachte maanlicht gaf me hoop en een warm gevoel van binnen. Dankbaar viel ik in slaap.

De volgende ochtend werd ik wakker doordat er pijnlijk in mijn oren en neus werd geknepen. Ik probeerde op te staan, maar mijn benen werden vastgehouden. Toen ik mijn ogen opendeed, zag ik mijn vier vrienden, die lelijke gezichten trokken terwijl ze me wakker probeerden te maken.

'Hé, wat doen jullie hier?' Ik wreef in mijn ogen.

'We komen je halen om te gaan jagen, studentje,' zei Siang. 'Ik heb gehoord dat je het examen goed hebt gemaakt.'

'Ja, iedereen heeft het erover.' Mo Gong trok nog een keer aan mijn oor.

'Maar vandaag gaan we lol trappen.' Yi trok de deken weg en kwam naast me liggen.

Sen duwde tegen mijn achterwerk met zijn jachtgeweer. 'Wakker worden. We moeten bijpraten. Wie weet, straks ben je misschien voorgoed vertrokken.'

Het verbaasde me dat mijn ouders hen naar mijn kamer hadden gestuurd, helemaal in het hart van ons huis, en dat mijn vrienden zich totaal niet opwonden over de brief die ik Yi een paar maanden daarvoor had geschreven.

'Ik heb het tijdens de examens hartstikke leuk gehad in Putien,' zei ik terwijl ik een hemd aantrok. 'Jullie hadden het meisje naast me moeten zien. Een kort rokje en mooie lelieblanke benen.'

'Niet zo snel, beste jongen. Heb je drie hele dagen naast een mooi meisje gezeten? Heeft ze naar je gelachen?' Mo Gong was een onverbeterlijke romanticus.

'Nou, en of. Telkens als ze een bepaalde vraag moeilijk vond,' antwoordde ik.

'En heb je nu verkering met haar?'

'Natuurlijk niet.'

'Wat stom van je, Da. Anders hadden we vandaag bij haar langs kunnen gaan. Zou dat niet gezellig zijn geweest? Succes plus vrouwen. Het is doodzonde.'

We barstten allemaal in lachen uit, maar Mo Gong leek het oprecht verdrietig te vinden.

'Maak je geen zorgen, straks kun je aan elke vinger wel tien meisjes krijgen. We helpen je wel bij het kiezen van de mooiste,' zei Sen.

'Jullie hebben me nooit teruggeschreven,' zei ik tegen Yi.

'Sinds wanneer schrijf jij brieven?'

'Wat bedoel je?'

'Hoezo? Wat bedoel jíj?' Hij lachte, want hij had geen idee waar het over ging.

'Nou, ik heb je een tijd geleden een brief geschreven.'

'Een brief aan Yi en niets voor ons?' grapte Sen. 'Wat stond erin?'

'Ja, wat stond erin?' herhaalde Yi.

'Ik had het er toen al met jullie over willen hebben. Ik heb die brief geschreven omdat ik me zorgen maakte over een gerucht. Het geld, weet je nog?'

'O ja, dat geld,' zei Siang. 'Weet je, Da, iemand probeerde mijn vader zwart te maken. Het geld van de schoenenfabriek was een paar dagen nadat het was gestolen gewoon weer terug in de kas. Niemand heeft bekend, en daarmee was de kous af.'

'Wie heeft dat geld teruggegeven? En hoe?' vroeg ik.

Siang schudde onschuldig zijn hoofd. 'Iemand heeft 's nachts ingebroken en het teruggelegd. Er ontbrak geen cent, maar niemand weet wie het is geweest. Het onderzoek is al een hele tijd geleden afgesloten.'

'Daar ben ik blij om.'

Mijn vrienden zeiden niets. Tijd om over iets anders te beginnen.

We waren die hele dag in het bos, waar we vogels schoten, fruit aten en rookten. Sen had een fles sterkedrank bij zich, en die lieten we rondgaan. Mo Gong was een beetje tipsy na een paar al te gretige teugen. We stuurden hem eropuit om de neergeschoten vogels te gaan halen. Op een gegeven moment struikelde hij, en hij zakte weg in een diepe modderpoel. We moesten hem eruit trekken. Toen rolde hij over de grond totdat hij van hoofd tot voeten met dorre bladeren was bedekt, hij begon in het rond te dansen als een aboriginal en zong malle wijsjes die klonken als Japanse volksliedjes. Ik gooide nog meer bladeren naar hem en hij danste nog uitzinniger. Sen gaf hem de fles en hij dronk hem leeg. Hij was echt stomdronken en lachte zo hard dat het op huilen begon te lijken. Toen zakte hij in elkaar, nog steeds onbeheerst lachend. We moesten hem schoppen om hem een beetje tot bedaren te brengen. Toen droegen we hem naar het midden van een houten brug en lieten we hem in de Dong Jing vallen. Hij bleef lachen totdat hij kopje-onder ging.

Wij klapten in onze handen en wachtten totdat hij boven zou komen om als een vis naar lucht te happen. Er verstreek een minuut, toen nog een. We keken elkaar aan.

'Maak je niet druk,' zei Sen. 'Hij neemt ons in de maling.'

'Hij kan nooit zo lang zijn adem inhouden,' zei ik.

'Hij zwemt beter dan jij.'

'Maar hij kan wel dood zijn. Hij is dronken, weet je nog.'

'Zelfs een dronkelap kan nog voor dertig procent helder denken. Laat je niet voor het lapje houden,' zei Yi.

'Die jongen gaat dood! Doe iets! Ik ga erin.' Ik trok mijn hemd uit en sprong in het water. De anderen bleven aan de kant staan kijken.

Opeens schoot Mo Gong als een speer omhoog en hij slaakte een wilde kreet. 'Gefopt!'

'Zie je nou wel,' zei Sen.

Mo Gong zwom naar de kant. 'Ik heb het allemaal gezien. Da zat in zijn rats, maar jullie niet. Als ik boven was gekomen en jullie hadden nog steeds lachend op de brug gestaan, dan had ik geen vrienden meer willen zijn. Je deed het geweldig, Da. En je broek is kletsnat.'

We spatten water over hem en duwden hem terug in de rivier.

De vrolijke dag eindigde met een trieste gebeurtenis. Siang miste een vogel omdat hij onzorgvuldig mikte, en het kogeltje doorboorde de schouder van een vrouw die net langsliep. Ze merkte het niet eens, want er was alleen een scherpe steek en een klein druppeltje bloed. We gingen met zijn allen naar haar toe om onze excuses aan te bieden. De vrouw greep Siangs kraag beet en dreigde hem te vermoorden met de bamboestok in haar hand.

Toen ze weer een beetje was gekalmeerd, vroegen we haar of het pijn deed. Ze schudde haar hoofd.

Sen bood haar smartengeld aan. Hij gaf haar honderd yuen en ze knikte, maakte zelfs een buiging voor hem voordat ze bijna zingend wegliep.

'Dat was misselijk, Sen.'

'Hé, we hebben dat geld zelf gewonnen. Dat hadden we die dag toch al voorspeld.'

'Hoeveel?'

'Duizenden.' Hun ogen twinkelden schalks en blij. Mijn vrienden begonnen gevaarlijk te worden.

Jins stemming wisselde met de dag. Soms was hij er gerust op dat hij goede cijfers had gehaald, terwijl hij op andere momenten dacht dat hij gaten in zijn boot had geboord en aan het zinken was. Hij stortte zich op het boerenwerk. Op goede dagen neuriede en floot hij terwijl hij de akker spitte om er de bonen voor de herfst in te planten. Dan was hij de aardige oude Jin op wie iedereen gesteld was. Op slechte dagen bleef hij de halve dag in bed liggen denken aan alle vragen die hij fout had beantwoord. In gedachten berekende hij het puntentotaal. Maar hoe meer hij piekerde, des te lager werd zijn score. Hij maakte zichzelf doodongelukkig. Wij noemden het de neef Tan-factor.

's Avonds zat ik met hem te kletsen in onze achtertuin. Mijn ouders hadden mij de taak gegeven om hem op te vrolijken, want ze wilden niet dat hij zichzelf gek zou maken. Ik haalde onze abacus erbij en maakte een schatting op grond van wat hij zich van elk examen herinnerde. Als hij zeventig procent zei, deed ik er een bescheiden vijf procent bovenop. Uiteindelijk zag het totaal er veelbelovend uit. Hij was verbaasd over mijn schatting en vroeg zich af hoe ik het had gedaan. Ik zei tegen hem dat hij te hard voor zichzelf was, en ging hem in de keuken een glas plaatselijk gestookte sterkedrank inschenken. Eerst protesteerde hij, toen dronk hij het glas toch leeg. Hij ontdooide erdoor, en daarna zaten we met de rest van de familie tot diep in de nacht te praten in het maanlicht.

Ik was juist heel anders. Mijn schatting van mijn eigen puntentotaal bleef maar hoger worden. Iedereen in mijn familie moest om me lachen. Het was op intuïtie gebaseerd, maar ze geloofden me en waren blij voor me. Niemand weerhield me ervan om de ladder van mijn dromen te beklimmen.

De landarbeiders gaven Jin de bijnaam Fang Jin. Die naam was afkomstig uit een oud volksverhaal. Fang Jin leefde honderden jaren geleden. Het was een arme boer die ervan droomde om op een dag te slagen voor het staatsexamen, dat diende als selectieprocedure voor hoge ambtenaren. Degenen die de hoogste cijfers haalden, kregen soms zelfs een dochter van de keizer tot vrouw. Een minder hoog cijfer leverde bijvoorbeeld een baan als gouverneur van een provincie of district op. Fang Jin hongerde zichzelf uit en zat de hele dag te studeren in zijn eenvoudige hutje. Hij had al vijf keer aan het examen meegedaan en was elke keer gezakt. Tegen de tijd dat hij voor de zesde keer meedeed, was hij in de veertig, en zag hij er knokig, broos en ziek uit. Tot ieders verbazing scoorde hij zo hoog dat de gouverneur hem tot districtsgouverneur benoemde. Die baan zou hem rijk en beroemd maken. Maar toen de boodschappers van de keizer met trompetten, trommels en vuurwerk naar zijn hutje kwamen, verscheen Fang Jin niet om het eerbetoon in ontvangst te nemen.

De hele stad ging naar hem op zoek. Hij was een volksheld geworden. Tegen het vallen van de duisternis werd hij eindelijk gevonden. Hij rende op blote voeten door de onverharde straat en schreeuwde: 'Fang Jin heeft gewonnen! Fang Jin heeft gewonnen!' Blije mensen scandeerden de leus in koor, alleen ging hij maar door, tot grote frustratie van de boodschapper, die pas weer weg kon als Fang Jin de benoeming persoonlijk in ontvangst had genomen. Ze probeerden hem te kalmeren, maar Fang ging door met roepen. Uiteindelijk werd er een dokter bij gehaald. Fang Jin was gek geworden toen hij het goede nieuws hoorde, luidde diens diagnose.

Jin moest lachen om zijn bijnaam. Het maakte hem zelfs rustiger.

Een maand later begonnen geruchten de ronde te doen dat alle examens waren nagekeken en dat de cijfers binnen waren. Het gemiddelde scheen laag te zijn. Er werd onder elkaar geroddeld door de kandidaten. Tegen die tijd kon Jin zich er niet meer druk om maken, terwijl ik elke avond juist nog vuriger bad. Eindeloos beukte ik met mijn hoofd tegen de zachte kussens uit eerbied voor allerlei verschillende goden en prevelde ik mijn verlanglijstje. De lijst werd elke dag langer en mijn beloftes aan de goden werden steeds royaler. Ik begon met één klein biggetje voor elke god en eindigde met vijf biggetjes plus twee koeien als al mijn wensen in vervulling gingen. Als dat gebeurde, zou mijn familie failliet gaan en zou er niets van onze wereldse bezittingen overblijven, maar daar trok ik me niets van aan. Ik vond dat we de offers best beetje bij beetje konden brengen, en desnoods konden we de goden een schuldbekentenis geven. Als alles was terugbetaald, konden we een flinke rente toevoegen. Daar zouden ze vast geen bezwaar tegen hebben.

Mijn vader was niet het type om lijdzaam af te wachten. Hij wilde nú weten of we waren geslaagd, dus stak hij zijn voelhoorns uit en fluisterde hij in de oren van zijn inmiddels honderden patiënten. Die vertelden het dan weer door aan hun familieleden, en het waaierde uit over hun vriendenkringen, in de hoop dat het iemand ter ore zou komen die bevriend was met een bestuurslid van de Raad van Onderwijs in Putien, die verantwoordelijk was voor het toekennen van de cijfers. Binnen twee dagen stond er een jongeman bij ons op de stoep die ons de naam gaf van een klerk bij de raad in Putien. Het was een goede vriend van een goede vriend van een familielid van een tante van de schoonzus van een patiënt. Onmiddellijk stuurde mijn vader een jonge onderwijzer van onze middelbare school op pad, die de cijfers van alle leerlingen moest zien te bemachtigen. Hij heette Chung. Met een brief van mijn vader fietste hij naar Putien om de verre vriend naar de cijfers te vragen.

Wij konden niets anders doen dan afwachten. Chung kwam die dag niet terug. Om middernacht stuurde hij een briefje uit Putien om te laten weten dat hij tot de volgende dag moest wachten en op kosten van de school in een hotel logeerde. De moed zonk ons in de schoenen. Mijn normaal gesproken zo luidruchtige familieleden waren muisstil. We zaten in de piepzak.

De volgende dag vroegen mijn zussen me bij het ontbijt voor de zoveelste keer hoeveel punten ik volgens mijn eigen schatting had gescoord. Ik deed er nog eens twintig punten bij. Ze lachten tot ze tranen in hun ogen hadden. Ik wist dat ze het wilden geloven. Hun liefde voor mij was oprecht, en ze hadden huizenhoge verwachtingen van me.

In de loop van die ochtend lekte er nieuws uit over het door de staat vastgestelde aantal punten dat bepaalde of je was gezakt of geslaagd. De grens was gebaseerd op het aantal beschikbare studieplaatsen: waren er honderd plaatsen beschikbaar, dan werd het minimum aan de hand van de honderd beste examens vastgesteld. Iedereen met dat aantal punten of meer kon gaan studeren, terwijl de rest pech had. Het minimum voor dit jaar was driehonderd van de in totaal vijfhonderd punten die er te halen waren.

We kregen de rillingen van dit nieuws. Het examen moest heel erg slecht zijn gemaakt.

Tijdens de lunch zaten we rond de tafel, maar niemand had trek. Jin nam alleen een paar muizenhapjes en onze zussen kakelden over allerlei onzin. Mijn vader vroeg hoe ik over het minimum dacht. Hij zei er niet bij dat ik mijn schatting waarschijnlijk moest bijstellen om een grote teleurstelling te voorkomen, maar ik wist dat hij het wel dacht. Ik week niet af van mijn oorspronkelijke schatting, al liet ik na om er zoals gewoonlijk drie procent bij op te tellen. Jin glimlachte afwezig, maar ik wist dat hij in zijn rats zat. Mijn moeder zat niet aan tafel. Ik kon wel raden waar ze was; ze praatte ongetwijfeld tegen haar goden. Dat had ze haar hele leven al gedaan en zou ze vast en zeker de rest van haar leven blijven doen. Ze was al op jonge leeftijd wees geworden, en Boeddha en de andere goden waren een soort ouders voor haar. Het was een heel zuivere vorm van liefde.

Kort na middernacht klopte Chung, de boodschapper, bij ons aan, zijn rode gezicht helemaal bezweet. Hij was buiten adem van de lange fietstocht, waar hij twee in plaats van de gebruikelijke drie uur over had gedaan. We dromden om hem heen en keken angstig naar zijn zwoegende borstkas.

'Water,' zei hij schor.

'Eerst de cijfers,' zei mijn vader.

'Ik sterf van de dorst.'

'De cijfers!' Ik had mijn vader nog nooit zo hard tegen een vriend horen schreeuwen.

Chung glimlachte.

Wij stonden met ingehouden adem om hem heen.

'Jin eerst.'

Chung slikte. 'Driehonderdvijftig.'

Er viel een merkwaardige stilte. Hij was geslaagd. Zijn gezicht werd eerst lijkbleek, toen rood. Hij was sprakeloos.

'En Da?'

'Willen jullie het echt weten?'

'Ja, ja! Voor de draad ermee.'

'Driehonderdtachtig!'

Ik voelde het bloed naar mijn hoofd stijgen. De spieren in mijn armen begonnen te trillen zonder dat ik er iets tegen kon doen.

'Ik ben nog niet klaar. Volgens het officiële verslag heeft Da een van de hoogste scores in de hele provincie Fujian, zelfs van de grote steden Fuzhou, Amoy, Chuangzhou en Nan Ping – en dat van de honderdduizenden deelnemers.'

Er waren geen kreten of dansjes van vreugde, alleen tranen. Het was een moment van triomf en blijdschap voor de hele familie Chen. Mijn vader hield mijn moeder in zijn armen, en mijn zussen snuften en omhelsden elkaar. Jin en ik schudden elkaar als gekken de hand.

Een straatarme jongen van het platteland, die alle verwende stadskinderen had verslagen. Ik kon het haast niet geloven. Ik had ongeveer veertig punten meer gehaald dan ik ooit had durven dromen. Dit was ontelbare voetvallen waard.

Ik wilde door Gele Steen rennen en het uitschreeuwen, net als Fang Jin al die eeuwen geleden, alleen zou ik zeggen: 'Vaarwel Gele Steen, hallo Beijing! En ik ben niet gek!'

25

Mijn moeder vroeg me om naar het huis van haar broer te lopen en neef Tan het nieuws te vertellen. Ik nam het smalle pad door de groene velden. De jonge rijst danste in de frisse zeewind, die ook op mij verfrissend werkte, want ik was nog half verdoofd door het geweldige nieuws. Ik haalde diep adem en begon te rennen. Ik was nog helemaal van de kaart en had het nodig om alleen te zijn en na te denken. Mijn ogen staarden in de verte en mijn gedachten dwaalden af naar dromenland. Welke universiteit zou me willen hebben? Moest ik er een kiezen met een goede naam, of met een goede vakgroep Engels? In welke stad? Beijing of Shanghai? Terwijl ik door het veld rende, had ik het gevoel dat ik in de sneltrein van Fujian naar Beijing zat, met de wind in mijn gezicht en het landschap dat langs flitste. Ik vroeg me af hoe het Tienanmen Plein eruit zou zien.

Neef Tan hield hof bij hem thuis met een paar van zijn vrienden van de AU. Ik hoorde zorgeloos gelach toen ik binnenkwam. Ze dronken thee. Ik wilde dat mijn nieuws in zou slaan als een bom, zodat die jongens van de AU dekking moesten zoeken. Tan stond op toen hij me zag. Die jongen was ook niet gek, hij voelde iets.

'Weet je al iets?' vroeg hij.

Ik bleef staan, nog helemaal buiten adem.

'Slecht nieuws?' vroeg hij bezorgd.

Ik schudde mijn hoofd. Ik wilde niet al te opschepperig overkomen op deze studenten, die allemaal trots hun wit met rode insigne van de universiteit droegen.

'Jin had driehonderdvijftig punten,' vertelde ik.

'Tjonge, dat is hoog.' Ongelovig fronste Tan zijn intellectuele voorhoofd. 'En jij?'

Ik haalde nogmaals diep adem.

'Ben je gezakt?' Hij begon al te glimlachen en stak zijn zachte handen uit om me te condoleren. Ik kende die uitdrukking op zijn gezicht.

'Ik heb driehonderdtachtig punten gehaald.'

Al zijn vrienden stonden op.

'Wat zei je?' Tan kon zijn oren niet geloven.

'Driehonderdtachtig,' herhaalde ik.

Stilte.

'Dat meen je niet,' zei Tan afwezig, terwijl hij in gedachten van koers veranderde. 'Dan wil de AU je misschien wel toelaten. Onze vakgroep Engels is beroemd.'

'Doe niet zo idioot, Tan,' zei een van zijn vrienden. 'Die jongen wil niet naar een afgelegen universiteit op een eilandje in een uithoek van China. Er is niets mis mee als je al wat ouder bent en economie studeert, maar voor Engels moet en kán hij naar een grote stad, zoals Beijing of Shanghai.'

'Ik zal alle mogelijkheden overwegen,' zei ik diplomatiek. 'De AU is vast ook een goede keus.' Ik wilde zijn trots niet krenken, want het was en bleef mijn neef, die ik graag mocht en respecteerde. Hij had het pad voor Jin en mij geëffend, en ons hoop gegeven toen we ervan overtuigd waren dat we als grootgrondbezitters door het communisme vermorzeld zouden worden.

Ik nam afscheid en zei dat ik een lekker lang middagdutje zou gaan doen.

Lachend brachten ze me naar de deur, en ze feliciteerden me met schouderklopjes. Neef Tan kneep liefhebbend in mijn nek. Dat oudere studenten me zo behandelden, voelde alsof de rode loper voor me werd uitgelegd. Opeens hoorde ik erbij. Van het ene moment op het andere had ik het helemaal gemaakt.

Ik nam dezelfde route naar huis om te voorkomen dat ik op straat aangegaapt zou worden. Inmiddels zou het nieuws over de broertjes Chen als een lopend vuurtje de ronde hebben gedaan. Dat een familie één studerend kind had was al bijzonder, maar twee tegelijkertijd? De mensen in Gele Steen zouden er nog een hele tijd wakker van liggen. Iedereen zou paf staan, dit kon gewoon niet gebeuren. Sommige mensen in Gele Steen zouden stikken van verontwaardiging. Twee kinderen van een landheer die tegelijkertijd de hoofdprijs wonnen? Dat kon gewoon niet. Er zouden vijandige protestbrieven aan de Raad voor Onderwijs worden geschreven, anoniem, met grote dikke leugens erin om een spaak in ons wiel te steken. Op hetzelfde moment dat ik door de velden liep, zouden er mensen zijn die tandenknarsend zwoeren dat ze een gat in onze ballon zouden prikken, zodat onze droom altijd een droom zou blijven. Ik wist hoe het zou gaan, en dat we ons daarom in het openbaar bescheiden en verontschuldigend moesten opstellen.

'Sorry dat ik het examen zo goed heb gemaakt, dat was echt niet de bedoeling. Ik beloof dat het nooit meer zal gebeuren.' Wat leefden we in een rare wereld. Ik mocht niet blij zijn als er alle reden voor was, en net zomin verdrietig, zoals toen mijn grootvader overleed. Ik popelde om mijn bamboemat en klamboe in te pakken en het stof van mijn voeten te schudden.

Mijn moeder deed die avond al vroeg de deur op slot, en ze maakte een eenvoudige maaltijd klaar. We droegen onze eettafel naar de achtertuin, heel stilletjes, en we dekten fluisterend. Mijn zussen waren vroeg thuisgekomen van hun werk. De jonge rijstplanten konden wel wachten, maar dit feestje niet.

Met zijn zevenen zaten we om de tafel, dicht tegen elkaar aan. Het was een beetje krap, en we schopten elkaar onder tafel en vochten met onze eetstokjes om de laatste hapjes, net zoals vroeger toen we nog klein waren. We fluisterden en lachten zachtjes, voor het geval er luistervinken buiten de muren stonden. Je kon het anderen wel laten merken als je het moeilijk had, maar vreugde moest je voor jezelf houden. Mensen werden jaloers, en er ontspruit kwaad uit het zaad van de jaloezie.

Mijn vader grijnsde als een zorgeloze leeuw en rookte zijn pijp, terwijl mijn moeder nog steeds emotioneel was over het nieuws. Het was een heel plezierige schrik voor haar. Ze bekenden allebei dat het de mooiste dag van hun leven was. Wat waren ze blij en trots. Het maakte de tientallen jaren lijden goed. Onze zussen bestookten ons met vragen, zoals welke knappe meisjes we eventueel als bruid wilden. Wij speelden het spelletje mee en werkten een hele lijst af. Geen van de meisjes was goed genoeg; de knapsten hadden geen koeien voor de bruidsschat, de lelijke meisjes hadden er juist te veel. Mijn zussen giechelden om dit dwaze gedoe totdat ze er buikpijn van kregen.

Wij zaten dromerig aan tafel, starend naar een uitzonderlijk mooie zonsondergang.

De volgende dag kwam Dia langs.

'Boeddha zij geloofd, petje af. Ik hoorde het van iemand op straat. Hoe heb je het in hemelsnaam klaargespeeld?' Hij omhelsde me.

Ik tilde hem op om hem op de grond te smijten.

'Toe nou, Da, doe niet zo kinderachtig. Je gaat nu studeren. We hoeven toch niet elke keer dat we elkaar zien op de vuist te gaan.'

Ik liet hem vallen. Hij wreef theatraal over zijn nek en schudde zijn hoofd. 'Je bent onverbeterlijk.'

'Nou, en of.' Ik plantte mijn linkervoet in zijn zachte buik.

Hij lachte als een kind. 'Gelukkig maar.'

'Hoe heb jij het gemaakt?'

'Hoe ik het heb gemaakt?' Dia stond op en klopte het stof van zijn broek. 'Ik heb mijn familie in hun hemd gezet, hele generaties. Ik durf te wedden dat alle overleden Dia's elkaar in de haren vliegen en elkaar de schuld geven van de geboorte van dit misbaksel.'

'Even serieus. Wat had je?'

'Tweehonderddrie, met een aardig briefje van de onderwijscommissie van de commune erbij, in de trant van: trek het je niet aan en probeer het gewoon nog een keer. Stelletje grappenmakers. Het klinkt meer als een gevangenisstraf dan als een examenuitslag.'

'Het valt best mee. Je zat er maar honderd punten onder. Probeer het gewoon volgend jaar opnieuw.'

'Ik peins er niet over. De universiteiten hebben nu misschien hun deuren opengezet, maar de Dia's zijn allemaal hersendood. We roken te veel, hebben altijd te veel gerookt. De nicotine heeft onze hersens vergiftigd en nu zit ik met de gebakken peren. Voor je het weet lopen de Dia-mannen met nog maar één bal rond. Dan is de tweede door de nicotine verschrompeld. Klotesigaretten, ik ben er echt doodziek van.' Hij pakte zijn tabakszak en haalde er een pluk uit om een dikke sigaret van te rollen toen hij zich opeens iets bedacht. 'Ik ben mijn papier vergeten. Ga jij eens kijken of ik wat kan lenen van je pa.'

'Je zei net dat je doodziek bent van sigaretten.'

'Dat was toen, nu is nu. Roken is goed voor de zenuwen.'

Ik rende weg en kwam terug met een handje Vliegend Paard. Hij wilde ze niet eens aanpakken. 'Die dingen smaken naar niks. Geef me liever de krant.' Hij scheurde een reep krantenpapier af, rolde een dikke, en rookte even later als een schoorsteen.

'Wat ben je nu van plan?' vroeg ik hem.

'Het leger.'

'Het leger?'

'Mijn moeder heeft me aangemeld zodra ze mijn cijfer hoorde.'

'Heb je er zin in?'

'Ja. Ik ben er aan toe om het huis uit te gaan en een man te zijn.'

'Zo voelen we het allemaal. Ik ben trots op je. Misschien word je op een dag wel generaal. Het heeft iets heel autoritairs zoals jij je sjekkie vasthoudt.'

'Ach, hou toch op. Je weet hoe trots ik ben op jou. Ik hoef het niet eens te zeggen. Morgen sta ik in dat achterlijke dorp van mij bekend als de man die onder hetzelfde dak heeft geslapen als Da de Grote. Dat laat ik ook maar op mijn grafsteen zetten.'

We kregen allemaal een aanmeldingsformulier dat we in moesten vullen, en een lijst van beschikbare studieplaatsen voor de kandidaten uit Fujian. Er was bedroevend weinig plaats voor studenten Engels. Het Eerste Instituut voor Vreemde Talen in Beijing had maar één plaats, en het Tweede Instituut twee. Er was ook een plaats op het Instituut voor Vreemde Talen in Shanghai, en dan waren er nog wat plaatsen in steden als Nanking en Fuzhou, en op de Amoy Universiteit konden twintig studenten terecht. Mijn oog viel op interessante studierichtingen als buitenlandse handel en internationale journalistiek, waar je allebei Engels voor nodig had.

Volgens de mentor op mijn school behoorde ik met mijn aantal punten tot de beste twee procent van alle kandidaten. Ik kon elke universiteit kiezen die ik wilde. Met de punten die mijn broer had gehaald, kwam ook hij in aanmerking voor een toonaangevende universiteit. Hij wilde economie gaan studeren, niet te ver van Gele Steen vandaan, omdat hij bij de familie in de buurt wilde blijven. Maar ze stonden allemaal vierkant achter mijn keus, het Taleninstituut in Beijing, de beste universiteit op de lijst van dat jaar. Ik was de vogel die ver en hoog moest vliegen, zij wilden dat ik het hoogste na zou streven omdat ik dacht dat ik het kon. En zij waren er langzamerhand eveneens in gaan geloven.

Ik leverde mijn aanmelding in bij het hoofdkantoor van de commune, een gebouw in de buurt van de gevangenis waar het hoofd van mijn lagere school me ooit had willen laten opsluiten.

De medewerkster glimlachte toen ze mijn naam en keus zag.

'Dus jij bent de ster over wie iedereen het heeft. Ik heb je verhaal gehoord. Ik wil dat mijn zoon net zo'n kei wordt als jij. Mag ik hem aan je voorstellen?'

'Natuurlijk.'

Ze stond op, liep naar een achterkamer en kwam terug met een peuter van twee. 'Geef hem eens een handje.' Ze pakte het mollige, kleverige knuistje van haar zoontje.

Ik gaf hem een hand, maar het jochie was een beetje verlegen. Ik kneep in zijn blozende wang.

'Bedankt. Ik hoop dat hij het zich later kan herinneren.'

Ik voelde me gevleid. Van de ene dag op de andere was ik voor alle moeders opeens de ideale zoon geworden.

Toen ik naar de deur liep, hield ze me staande. 'Hier, ik heb iets voor je. Neem ze maar mee en verbrand ze.'

Het waren een stuk of tien slecht geschreven protestbrieven tegen Jin en mij.

Ik rende weg en vond achter het hoofdkantoor een plekje onder een boom. Snel bekeek ik de brieven. De bespottelijkste beschuldiging was dat Jin en ik oplichters waren omdat we tijdens de examens antwoorden uitgewisseld zouden hebben op de wc. Hallo! Jin en ik zaten tijdens het examen zestig kilometer bij elkaar vandaan. Anderen vonden dat we geen universitaire opleiding verdienden omdat we uit een familie van landheren kwamen – de oude clichés, de bekende flauwekul. In een van de brieven stond dat mijn broer slechte ogen had en dat ik met de verkeerde mensen omging. Dat was waar, maar was het belangrijk?

Kennelijk niet, want de medewerkster had alle brieven aan mij gegeven. Ik was haar dankbaar voor dat vriendelijke gebaar. Ik scheurde de brieven in kleine stukjes, gooide die in een mangat en ging terug om de vrouw te bedanken. Ze glimlachte. Haar zoontje kroop over de grond, en ik bukte me om hem op te tillen en even met hem te spelen. Ik kietelde hem en hij grijnsde naar me. Toen gaf ik hem terug aan die allerliefste vrouw.

Twee dagen later kregen we een brief van de overheid dat we een volledige medische keuring moesten ondergaan. Die nacht sliep ik niet al te best. Misschien waren mijn ogen te slecht of mijn benen te kort. Ik had geen spieren en was vel over been. Mijn navel was te diep, mijn tepels zaten te ver uit elkaar en mijn ribben zwoegden als een accordeon. Waarom zou een land vier jaar universitair onderwijs willen investeren in zo'n zwakkeling?

Met de smerige tractor van de commune gingen we naar Putien. We hadden geen grote bloemen opgespeld gekregen, of zoiets. We kwamen een beetje te laat in het ziekenhuis aan, want we hadden onderweg de benzinetank moeten vullen, en de bestuurder was op een gegeven moment uitgestapt om een omgevallen boom van de smalle weg te duwen, waarna hij zeker tien minuten ruzie had gemaakt met de boer van wie de boom was.

Een verpleegster raffelde allerlei vragen af en droeg ons vervolgens op om onze kleren uit te trekken.

'Alles?'

'Ja, en snel een beetje.'

Mijn broer en ik wilden wel door de grond zakken, maar uiteindelijk stonden we toch in ons ondergoed. Wanhopig klampten we ons aan een laatste restje mannelijke waardigheid vast.

'Wat is er? Kom op, trek uit die handel. Ik heb niet de hele dag de tijd. Er staan minstens honderd meisjes te wachten.'

Dat veranderde de zaak. We gingen met ons gezicht naar de muur staan en lieten onze bescherming zakken. Kippenvel kroop als mieren over ons lichaam toen we elkaar aankeken. Het was voor het eerst dat we elkaar naakt zagen. De koude handen van de verpleegster knepen hier, voelden daar. Toen trok ze met een vies gezicht haar plastic handschoenen uit, ze gooide ze weg en waste haar handen.

We waren goedgekeurd.

'Kennelijk zit alles erop en eraan,' zei Jin terwijl hij zijn korte broek aantrok.

'Gelukkig wel. Mama en papa zijn niets vergeten.'

We lachten en stonden in een mum van tijd weer buiten.

Het wachten begon. De universiteiten in alle grote steden stuurden mensen om de kandidaten uit Fujian te beoordelen. Ze bleven enkele dagen, totdat alle beschikbare plaatsen waren opgevuld. De Raad van Onderwijs voerde hun plaatselijke lekkernijen, organiseerde voorstellingen om hen op te vrolijken en liet in de pauzes emmers vol vers fruit rondgaan. Aan het eind van het hele proces kregen ze zelfs een banket aangeboden.

Jin en ik wilden onze zussen aflossen en we namen het werk op het land van hen over. Het was erg leuk om met Jin samen te werken. Hij leerde me hoe je een ploeg recht houdt achter een buffel en keurige voren maakt. Ik schepte menselijke uitwerpselen op de bodem van een mangat in emmers, die hij omhooghaalde. Daarna droegen we ze samen naar de velden die bemest moesten worden, een paar kilometer verderop. Jin liep sneller dan ik en bleef staan om een sigaret voor me te rollen. Toen ik hem had ingehaald, gingen we samen langs de kant van de weg in de hete zomerzon zitten, we veegden het zweet af en rookten. Daarna gingen we weer verder.

Het was zwaar werk, maar we voelden ons licht van hart. We droomden, pochten, ruzieden en zongen zelfs als we ons in het maanlicht bekaf naar huis sleepten. Jin was een volkomen ander mens, niet langer de afstandelijke, oudere broer die weliswaar altijd van me had gehouden, maar nooit de kans had gehad om dat te zeggen. De mannengemeenschap in Gele Steen had hem te veel beperkingen opgelegd om genegenheid voor zijn broertje te kunnen tonen, maar nu leek het alsof een deel van hem bevrijd was. Hij zag mij als zijn gelijke en respecteerde me. We hadden samen geblokt en geknokt en uiteindelijk gezegevierd. Nooit eerder waren we zo gelukkig geweest.

Niemand was verbaasd toen Jin een aantal interessante huwelijksaanzoeken kreeg van schoonheden in Gele Steen en daar buiten. Er waren verpleegsters bij, leraressen, verkoopsters, secretaresses en actrices. Hij wilde pas trouwen als hij zijn studie had afgerond, maar onze ouders en zussen vermaakten zich kostelijk met het doorlezen van de aanzoeken. Ze deden alsof het allemaal echt was en voerden zelfs ernstige discussies over de deugden van het meisje waar hun persoonlijke voorkeur naar uitging. Sommige meisjes durfden nauwelijks meer langs ons huis te lopen, want ze wisten dat ze kritisch werden bekeken.

Op een dag kwam een mooi klein meisje van een jaar of zeven, acht naar ons huis om mij namens haar vader uit te nodigen voor een avondje televisie kijken. Er was die avond een speciaal programma. De uitnodiging kwam volkomen onverwacht. Het meisje bleek de jongste dochter van de partijsecretaris van onze commune te zijn. Hij was de enige in Gele Steen die een kleine zwartwittelevisie had, die hij trots op een tafel in de voortuin zette. 's Avonds nodigde hij de kleine groep notabelen van de stad uit, en dan werd er van zeven tot elf naar de programma's gekeken. Een uitnodiging van hem om naar het kleine, magische kastje te komen kijken, was alsof hij me officieel goedkeurde. De volgende dag zou de hele stad weten wie er bij hem was geweest en waarom.

Mijn moeder voelde zich duidelijk gevleid door de uitnodiging. Ze liet me een lang bad nemen, en ik moest mijn beste witte hemd en een paar nieuwe sandalen aan. Ik at vroeg en kuierde over de brug naar zijn ommuurde villa. Voor het hek zaten, stonden of hurkten ongeveer vijftig mensen, in de hoop dat de partijsecretaris in een goed humeur zou zijn en hen binnen zou vragen. Zo niet, dan vonden ze het ook best om de hele avond bij de muur te blijven zitten en naar de televisie te luisteren alsof het een radio was.

De mensen gingen opzij toen ik eraan kwam. De partijsecretaris stond bij de deur en waaierde vliegen weg met een gedroogd palmblad. Een korte broek spande om zijn dikke buik. Hij begroette me enthousiast.

'Er is vanavond om negen uur een toneelstuk en dat leek me wel iets voor jou.'

'Bedankt voor de uitnodiging. Ik hou erg van toneel.'

'Dat dacht ik wel.'

Ik ging naar binnen en kwam in een andere wereld. Er stonden bloemen in vazen, er was een salontafel, en luxueuze sofa's waren gerangschikt rond een tafel met de televisie, dat wonder van moderne techniek. Het was voor het eerst van mijn leven dat ik een televisie zag.

De partijsecretaris wees me de beste plaats aan, en alle aanwezigen stonden op om me te begroeten. Ik boog voor ze als een knipmes. De vice-secretaris van de partij was er, het hoofd van de vrouwengroep van de commune, het hoofd van de Jonge Gardisten en er waren ook een paar knappe dames. Al die aandacht maakte me verlegen. Bovendien waren dit mensen die mijn vader een paar jaar geleden aan zijn duimen hadden opgehangen, ze hadden mijn zus opgesloten omdat ze onze kledingbonnen had verkocht, de dood van mijn grootvader bespoedigd en een hel van zijn laatste dagen gemaakt. Nu glimlachten ze allemaal naar me, ze gaven me een hand, complimenteerden me met mijn uitmuntende resultaat. Het voelde vreemd, maar wel heel erg goed.

Ik ging zitten. Een knap meisje, de oudste dochter van mijn gastheer, bracht me een kopje dampende thee op een elegant dienblaadje en bood het me met een lieve glimlach aan. Bedeesd pakte ik de thee van haar aan, hoewel ik nonchalance probeerde te veinzen. Ze kwam naast me zitten en legde me uit hoe dat zwarte kastje werkte. Ik voelde me slecht op mijn gemak. Het was niet eenvoudig om een beleefd gesprek te voeren zonder thee te morsen.

De televisie stond de hele avond aan. De ontvangst was niet al te best, en toen er zware bewolking kwam opzetten, moesten de kijkers maar zo'n beetje raden wat er gebeurde omdat er bijna niets meer te zien was. Toch bleef het voor mij een mijlpaal. De dochter bleef me telkens thee inschenken, zodat ik telkens naar de wc moest. Ik ging tegelijk met de anderen weg, toen het programma was afgelopen en er alleen nog witte sneeuw te zien was. Mijn moeder zat thuis op me te wachten om me te vragen hoe ik was ontvangen. Ze wilde alle details horen. Ik gaf haar een uitgebreid verslag, en ze glimlachte voldaan.

26

Elke ochtend ging ik naar het postkantoor om samen met de beambte de post te sorteren. Deze mollige dame was een echte duizendpoot: ze was de telefoniste, de postbode, degene die de telegrammen verstuurde, de loketbediende die postzegels verkocht en pakketjes verzegelde en ook de moeder van de twee kinderen die op de aarden vloer speelden en de deur voor haar in de gaten hielden. Als de vrachtwagen voor de deur stopte, riep het oudste kind dat de post er was uit Putien. Dan kwam zijn moeder naar buiten en hielp ik haar met dragen. Als zij op de fiets de post bezorgde, viel haar schoonmoeder in om op de kinderen en het schakelbord te letten. Hoe sjofel dat postkantoor ook was, voor mij was het van cruciaal belang: het was het zenuwcentrum van mijn hoop en dromen.

Elke ochtend zat ik op de drempel, speelde ik met de kinderen en keek ik uit naar de groene vrachtwagen met post uit Putien. Als de auto eraan kwam, begon mijn hart te bonken van de zenuwen en klopte het bloed in mijn oren. Op een mooie herfstdag riep de jongen zoals gewoonlijk zijn moeder, en samen met haar zeulde ik een uitzonderlijk grote lading naar binnen. Ze gaf de stapel brieven aan mij, want het was vaste prik dat ik de post sorteerde, en ik bekeek ze snel en zorgvuldig.

Een grote aangetekende brief viel uit de zak. De afzender kwam me bekend voor.

Het Taleninstituut in Beijing.

De brief was geadresseerd aan kameraad Chen Da.

Ik sprong joelend een gat in de lucht. De vrouw gaf me een schaar en ik sneed de envelop open.

In één enkele zin werd me medegedeeld dat ik was toegelaten voor de studie Engels aan dit instituut, en dat ik me over een maand op de campus moest melden.

Ik rende zo snel mijn benen me konden dragen naar huis.

De hele familie was er om me te feliciteren. Met zijn allen bestudeerden we de brief en de bijgevoegde informatie over de vakgroep en de universiteit. De foto van het instituut was een waardevolle schat voor me.

Mijn droom was uitgekomen. Ik zou Engels gaan studeren in Beijing, als eerste in de geschiedenis van Gele Steen. Eindelijk had ik een toekomst, een rooskleurige toekomst. Over een paar jaar zou ik vloeiend Engels spreken, kon ik voor het ministerie van Buitenlandse Zaken gaan werken en in een smaakvolle omgeving in het Engels converseren met een deftig internationaal gezelschap. Andere dingen zouden volgen, en ik zou voor mijn geweldige familie kunnen zorgen en hun alles kunnen geven waarvan ze verstoken waren geweest.

Hoewel ik nog nooit in een andere provincie was geweest en nooit een grotere stad dan Putien had gezien, had mijn fantasie vleugels en kon ik in gedachten verre reizen maken.

Ik maakte een lijst van de mensen die ik voor mijn vertrek wilde bezoeken. Professor Wei stond bovenaan. Ze was sinds mijn examen op reis geweest met haar zus, maar inmiddels was ze weer terug.

Ik nam twee eenden mee en ging op een middag naar haar toe. Ze deed de deur open en vroeg meteen of ik al iets wist. Ik zei dat we binnen moesten praten, maar ze kon geen seconde langer wachten.

Het Taleninstituut in Beijing, zei ik.

Ze kon haar oren nauwelijks geloven.

Als een klein kind sprong ze op en neer, en ze zei dat ze zo blij was dat ze me wilde omhelzen en me wilde bedanken omdat ik zo'n goede leerling was geweest.

We omhelsden elkaar en ze liet haar hoofd op mijn schouder rusten. Ik voelde mijn witte hemd nat worden van haar tranen. Ze was zielsgelukkig.

Ik beloofde dat ik haar zou schrijven en haar op de hoogte zou houden van mijn vorderingen. Ze keek me aan en schudde langzaam haar hoofd, nog steeds ongelovig. Met haar handen aan weerszijden van haar verfijnde, tere gezicht bleef ze me vanuit de deuropening nakijken totdat ik in het bos uit het oog verdwenen was.

Haar valse hond was uiteraard nog steeds woest op me. Hij leek te zeggen: Ik ben de enige in deze stad die je doorziet. Je bent niets meer dan een provinciaal en je zult altijd een provinciaal blijven. Ik had vrede met mezelf en was het voor het eerst met die hond eens. Ik zou altijd een provinciaal zijn, niet meer, niet minder.

Mijn vader gaf me ook een lijst van mensen bij wie ik langs moest, de oudere generatie, zijn vrienden en de familieleden met wie het contact in de moeilijke jaren was verbroken. Ik ging bij al die mensen op bezoek, en werd hartelijk en met respect ontvangen.

Op een dag doken mijn vier vrienden op uit het niets, met twee fietsen aan de hand. Ze namen me mee naar een chic restaurant in Putien, waar we vroeger alleen van een afstand naar hadden gekeken; dan snoven we de verrukkelijke geuren uit een ventilatieopening op en probeerden we de prijs van elke geur te raden.

We vertelden sterke verhalen en haalden herinneringen op. Mo Gong deed zijn oude leren schoenen uit en zei dat ik ze nodig zou hebben in een koude stad als Beijing. In een fotostudio lieten we de herinnering aan die avond bevriezen op een zwartwitfoto.

Ondertussen begonnen we ons zorgen te maken over Jins toelating. Hij was wat ouder dan de meeste studenten, en we waren bang dat iemand bezwaar tegen hem had gemaakt. Met zijn score had hij nu al door verschillende universiteiten benaderd moeten zijn. De hele familie werd tussen ons tweeën heen en weer geslingerd. Ik was in een juichstemming, terwijl hij nog steeds op hete kolen zat. Er waren gevallen bekend van kandidaten met hoge cijfers die door een administratieve fout buiten de boot waren gevallen. Na verloop van tijd begon hij net als ik elke dag naar het postkantoor te gaan. Net als ik speelde hij met de kinderen als hij zat te wachten en hielp hij de vrouw met haar werk.

Eindelijk, twee dagen voordat ik weg zou gaan, kwam de langverwachte brief.

Het was een moment van grote blijdschap voor ons allemaal. Mijn moeder en vader, die hard waren geworden door alle zware jaren en de ontberingen, toonden hun gevoelens zelden, maar die dag zag ik mijn vader op een stoel ploffen, zijn gezicht in zijn trillende handen leggen en huilen. Mijn moeder moest ook gaan zitten en huilde tranen met tuiten. Iedereen snotterde.

Opeens was er een eind gekomen aan dertig jaar vernedering.

Twee zoons waren in hetzelfde jaar toegelaten op gerenommeerde universiteiten. Mijn ouders hadden niet eens van zo'n dag durven dromen. Ze hadden gedacht dat er voor ons geen toekomst was weggelegd. Het leven op school was me door iedereen zo zuur gemaakt dat ik er meerdere keren bijna de brui aan had gegeven. Jin had op zijn twaalfde op moeten houden met school, om een boer te worden met niets anders in het verschiet dan blaren op zijn handen en bespuugd te worden door de oudere boeren. De tien beste jaren van zijn leven had hij zich af moeten beulen, zonder hoop, zonder dromen, tien lange jaren waarin hij alleen tranen, honger, schaamte en duisternis had gekend.

Ik legde mijn handen op Jins schouder terwijl hij snikte. Gelukkig ging het snel voorbij. Hij was de eerste die zijn ogen afveegde en breed naar iedereen grijnsde. Het was afgelopen met alle tranen.

De twee dagen daarna stortte Jin zich op het inpakken van mijn spullen, terwijl ik iedereen in de buurt ging bedanken. Mijn hart liep over van dankbaarheid jegens iedereen, zelfs de valseriken die ons vroeger hadden gekleineerd. Van al die mensen nam ik afscheid. Ze waren ontroerd en drukten me ferm de hand. Ze beloofden voor mijn ouders te zorgen als Jin en ik er niet waren. Ik bedankte ze nogmaals.

Op de dag van mijn vertrek stonden we vroeg op. Mijn moeder had gezorgd voor alle koeien en biggetjes die ik de goden en Boeddha had beloofd; ze maakte al die dieren van bloem en water en verfde ze rood. Ik maakte duizend voetvallen en bedankte de goden voor het vervullen van mijn vurigste wens.

Mijn moeder gaf me een geborduurd zijden zakje met de as van het wierookvat en een klein beetje aarde uit Gele Steen. Ze wilde dat ik het mee zou nemen naar Beijing en het daar zou uitstrooien over de grond. Op die manier was ik ervan verzekerd dat de goden en Boeddha van thuis me beschermden. Ik stopte het zakje zorgvuldig weg in mijn houten hutkoffer.

Na het ontbijt controleerde ik voor de laatste keer mijn treinkaartje. Mijn vader, Jin en mijn zussen hadden fietsen geleend en zouden meegaan naar Putien om me naar het busstation te brengen. Mijn moeder bleef thuis, en ik omhelsde haar telkens weer. Ze huilde, maar lachte door haar tranen heen. Voor de laatste keer trok ze me in haar armen, toen gaf ze me zacht een zetje en knikte. Pas op dat moment besefte ik dat mijn moeder de mooiste vrouw van de hele wereld was en dat ik haar zou missen als ik duizenden kilometers van huis was.

Toen ik op de bagagedrager van de fiets sprong, stonden onze buren klaar om me uit te zwaaien. De sigarettenman, Liang, was oud geworden. Hij schuifelde naar voren en maakte glimlachend een buiging voor me. De dokter was er ook, hij zwaaide naar me met zijn wandelstok. Sommige buren waren naar mijn moeder gegaan om haar te troosten. Ik wierp nog een lange laatste blik op de keienstraat van Gele Steen, de Dong Jing en de Ch'ing, de hoge berg op de achtergrond.

Vaarwel, Gele Steen. Ik zal altijd je zoon blijven.

Op vier fietsen reden we kletsend en lachend naar het busstation. Ik had mijn vader nog nooit zo blij en zorgeloos gezien. Hij maakte grapjes en vertelde verhalen van toen ik klein was. Om twaalf uur waren we er. Mijn bus stond al klaar.

Jin ging met me mee naar Fuzhou om me op de trein te zetten, want ik had nog nooit van mijn leven een trein gezien. Zonder zijn hulp zou het Da in Sprookjesland zijn, en zou ik waarschijnlijk mijn trein missen. Ik had ook nog nooit in een bus gezeten. Het enige motorrijtuig waar ik ooit op had gereden, was de tractor van de commune.

Samen tilden Jin en ik mijn zware houten koffer op het overvolle bagagerek op het dak van de gammele, stoffige bus. Toen wurmden we ons erbij op een bank voor vier personen waar zes mensen zaten. Mijn zussen kwamen in de bus en omhelsden me met betraande ogen, en toen kwam ook mijn vader de treden op. Hij struikelde, en ik vloog naar hem toe. Mijn vader was een grote man, en ik verzoop haast in zijn omhelzing. Dezelfde warmte omhulde me als toen ik nog klein was en ik me onder zijn gewatteerde overjas verschool. Hij nam mijn gezicht in zijn handen en beet op zijn onderlip totdat de kleur eruit wegtrok.

'Ik ga wat fruit voor je halen, jongen. Wacht even.'

Stuntelig stapte hij uit de bus en hij rende naar een fruitstalletje, een eindje verderop. Zijn rug was gebogen, en zijn benen waren minder snel dan hij wilde. Hij struikelde bijna toen hij over de vangrail stapte die de passagiers van de toeschouwers scheidde.

Toen hij terugkwam, ronkte de motor al. Mijn vader ging voor de bus lopen om te voorkomen dat hij weg zou rijden. De chauffeur schold op hem. Hij rende naar het raam waar wij zaten en gaf me vier peren aan. Hij was buiten adem en zag er heel erg moe uit. Zijn ogen waren vochtig, maar er speelde een glimlach over zijn gerimpelde gezicht. Ik kon het niet helpen dat er tranen over mijn wangen liepen toen we wegreden uit dat volle busstation. Mijn vader zwaaide nog naar me. Reikhalzend bleef ik kijken totdat ik hem niet meer kon zien.

Ik hou van je, papa. Ik ben voor altijd je zoon.